LES AVENTURES INATTENDUES D'OLYMPE VALOESE

www.lisez.com/404-editions/24
404 éditions,
Un département d'Édi8,
92 avenue de France, 75013 Paris

Maquette de couverture : Alice Peronnet
Maquette intérieure : Romain Poiré
Relecture et corrections : Ségolène Estrangin
Suivi éditorial : Ludivine Irolla

ISBN : 979-1-0324-0473-7
Dépôt légal : septembre 2021
Achevé d'imprimer en août 2021 en France par Normandie Roto Impression s.a.s. (2103498)

SIMONNE L. PENNYWORTH

LES AVENTURES INATTENDUES D'OLYMPE VALOESE

404 ÉDITIONS

À mon papa,
qui m'a donné le goût de l'Histoire
et la nostalgie de l'ancien temps.

1

Olympe prit le carton avec précaution. Elle l'ouvrit, récupéra doucement les documents à l'intérieur, ôta le ruban qui les maintenait en place et posa les feuilles sur la table de travail. Elle s'assit et, méticuleusement, compulsa les écrits. Cela lui faisait toujours quelque chose. Parcourir des lettres, des ordres, des testaments qui avaient plusieurs siècles… c'était impressionnant. La première fois, elle avait cru pleurer.

Mais elle avait commencé fort aussi… une lettre signée Louis XIV, son monarque préféré. Elle avait fini par se dire que probablement ce n'était pas écrit par la main du Roi-Soleil mais par un autre. Ça l'avait un peu calmée et lui avait permis de se reconcentrer sur ses recherches.

Elle parcourut la lettre du gouverneur de Saint-Domingue. Elle cherchait précisément à connaître la raison de la rancœur qu'il avait contre les officiers de l'amirauté. Elle soupira. Elle ne trouvait pas grand-chose, des bribes chaque fois, qu'elle devait raccrocher entre elles à l'aide d'hypothèses. Elle n'aimait pas cela, ce n'était pas scientifique cependant, parfois, elle n'avait pas le choix. En histoire, surtout en histoire juridique maritime, il n'y avait souvent pas d'autres possibilités pour avancer. Les archives avaient été perdues, pillées ou détruites par les ouragans ou les voyages en mer.

Olympe excellait cependant à trouver les raisons de tel ou tel comportement. Comme avait dit son directeur de thèse, elle trouvait un fil et ne s'arrêtait que lorsqu'elle avait terminé de défaire toute la tapisserie. Il avait ajouté, comme une boutade, que Pénélope l'aurait probablement embauchée. C'était un clin d'œil à son prénom d'origine mythologique. Elle avait ri, plus par politesse qu'autre chose. Elle en avait tellement entendu…

Elle s'étira le dos en rangeant le carton. Elle regarda la grosse horloge au milieu de la salle de lecture et soupira. Cela faisait déjà trois heures qu'elle était là ? Elle n'en revenait pas. Le temps filait toujours trop vite quand elle se plongeait dans ses recherches. Mais là, elle était dépitée. Parce que, enfin… elle n'avait rien trouvé, pris aucune note et se rendit compte que sa matinée avait été perdue… enfin perdue… évidemment, ne rien trouver, c'était toujours quelque chose, mais bon, ça n'avait pas la même saveur.

Elle alla au comptoir et rendit le carton.

— Il me faudrait le suivant, s'il vous plaît, demanda-t-elle.

L'archiviste hocha la tête, regarda son numéro de place puis partit à l'arrière. Il s'appelait Fred. Elle n'avait jamais parlé avec lui, en dehors des banals « Bonjour », « Le suivant, s'il vous plaît », « Il va faire chaud » et « Au revoir ». Pourtant, elle le voyait tous les jours, mais elle n'était pas du genre à lier conversation d'une manière ouverte. Certains habitués des archives plaisantaient avec lui et même partageaient leur casse-croûte. Ça, elle en était tout bonnement incapable.

— Voilà pour vous, fit-il en revenant, chargé d'un énorme carton.

Olympe essaya de masquer sa surprise. Parfois, les cartons étaient tout petits et parfois anormalement grands. En général, il fallait se réjouir, mais là… elle n'en était pas certaine. Ça faisait plus de feuilles à traiter et donc plus de temps à perdre, surtout si elle ne trouvait rien. Impassible, elle récupéra le carton puis retourna à sa place.

Elle soupira, prit un élastique et s'attacha les cheveux. Ce geste, elle le faisait chaque fois qu'elle allait s'atteler à une tâche longue et difficile. C'était un peu son *banzaï* ! à elle. Les Japonais nouaient un bandeau autour du front et elle, elle se faisait une queue-de-cheval.

Comme pour le précédent, elle prit d'infimes précautions avant de commencer à éplucher les documents. Des rapports de capitaines, des notes de greffiers, il y avait de tout et surtout des papiers mal écrits. Elle sut que le déchiffrage allait lui prendre le reste de la journée.

Et tout ça pour quoi ? Écrire un article que personne ne lira ? soupira-t-elle. Elle s'adossa à sa chaise, soudainement épuisée et découragée. Elle n'aimait pas penser à ça. Ses recherches n'aidaient personne. Et elle ne pouvait même pas se consoler en se disant que c'était son travail, ce n'était pas le cas. Ou plutôt, c'était le travail qu'elle s'était donné en attendant d'en trouver un vrai. Elle voulait montrer à tout le monde qu'elle était capable de faire des travaux de recherche et de produire des articles de qualité. Elle avait détesté la manière dont le dernier recruteur l'avait considérée comme quantité négligeable parce qu'elle n'avait pas écrit dans des journaux renommés.

Elle soupira encore, essayant de faire passer son énervement. Ça ne servait à rien.

Elle allait reprendre le travail quand on l'interpella.

— Olympe Valoese ?

Elle se tourna et vit deux inconnus, des jumeaux, près de sa chaise. Ils n'avaient pas l'air commode, avec leurs visages fermés et leurs airs sérieux. Leurs yeux bleu sombre étaient fixés sur elle et elle en ressentit un profond inconfort. Ils étaient tous les deux habillés d'une veste de costume noire, d'un gilet rayé, d'une chemise rouge et d'un foulard mordoré en guise de cravate. L'ensemble aurait pu être grotesque, mais il rehaussait plutôt leur carrure.

Olympe essaya d'endiguer l'inquiétude qui la parcourait. La curiosité qu'on l'appelle, elle, au milieu des archives, était plus forte.

— Oui, répondit-elle, finalement.

— Veuillez nous suivre, ordonnèrent-ils.

Ils tournèrent les talons, sans vérifier qu'elle les suivait. Elle resta un instant abasourdie. Ils ne s'étaient pas présentés, avaient des mines patibulaires et elle était censée les suivre ? Elle essaya de réfléchir rapidement. Si elle ne venait pas, ils reviendraient probablement, elle en aurait mis sa main à couper. Elle finirait par ne plus avoir le choix.

Elle se demandait qui étaient ces types. Ils avaient l'air d'être ici comme chez eux. Et ils connaissaient son nom. Peut-être des employés des archives. Aussi bien, elle avait mal rangé un carton et eux bossaient pour la police des archives. Connaissant sa poisse, c'était possible. Mieux. Ça se tenait. Ou alors, le directeur voulait la voir pour lui proposer un poste. Depuis le temps qu'elle venait ici…

Incapable de répondre à ces questions, Olympe décida de suivre les inconnus. De toute manière, qu'est-ce qu'elle avait à craindre ? Tant qu'ils restaient dans un endroit avec du monde autour d'eux…

Elle se leva donc, prit son portable puis les suivit. Ils sortirent de la salle et descendirent les escaliers. Olympe tiqua alors qu'ils passaient devant le comptoir à l'entrée et s'engouffraient dans le réduit qui servait de vestiaire. Elle leur emboîta le pas. C'était bien la police des archives. Ils allaient la prier de récupérer ses affaires puis la foutre à la porte… Si elle était virée des archives, elle ne pourrait pas terminer son article.

L'un des types ferma la porte derrière elle. L'angoisse monta d'un cran. Qu'est-ce que c'était que ce bordel ?

— Euh… Vous pourriez me dire ce que vous me voulez ?

Les inconnus se tournèrent vers elle d'un même mouvement. Elle était cernée et son cerveau lui envoya des images d'elle violée et écartelée entre les casiers. Elle voyait déjà les gros titres : « Violences aux archives ». Pourquoi avait-elle suivi ces types ?

Elle aurait pu leur demander ce qu'ils voulaient avant de descendre avec eux, non ?

Elle nota des étrangetés qu'elle aurait dû remarquer au premier coup d'œil. Leur tenue était plus extravagante qu'elle ne l'avait cru. La veste noire était en fait une redingote, au revers de laquelle un soleil doré aux yeux de rubis et aux rayons en forme de mains était piqué. Des bottes montantes enserraient leurs jambes et des gants de cuir recouvraient leurs mains.

— Nous sommes aux ordres de Monseigneur. Il vous répondra.

Le ton était rapide et Olympe ne sut pas lequel des deux avait parlé. Monseigneur ? Qu'est-ce que c'était que cette tisane ? Qu'est-ce que l'évêque avait à voir avec tout ça ? On n'était plus au temps de l'Inquisition… si ?

— Je ne comprends pas bien pourquoi…

Olympe ne termina pas sa phrase. L'homme en face d'elle avait ouvert sa veste et avait sorti une montre oignon de son gilet. Du moins, elle pensait que c'était une montre oignon, typique du XIXe siècle mais démodée, sauf chez certains originaux. Quand il l'ouvrit cependant, un hologramme en jaillit et l'homme appuya sur le bouton principal. L'hologramme changea et il répéta l'opération plusieurs fois d'affilée.

Absorbée par ce spectacle hors du commun, Olympe n'avait pas fait attention au frère jumeau, qui s'était considérablement approché d'elle. Elle eut un mouvement et son coude heurta ses abdominaux. Elle grimaça, mais il n'avait pas l'air de s'en soucier. Elle observa de nouveau son autre… Elle ignorait véritablement comment les qualifier. « Agresseur » lui semblait un peu prématuré, « kidnappeur » avait une connotation enfantine qu'elle ne supportait plus du haut de ses vingt-huit ans, alors elle se rabattit sur « importun ». C'était joliment désuet, comme leurs fringues.

— Tu trouves ? grogna Abdominaux.

Il ne s'émouvait pas de la surprise chez Olympe ni de son regard à la fois perdu et calculateur. Elle ne semblait pas vouloir émettre une quelconque résistance et, même si elle le décidait, il ne doutait pas qu'ils pourraient facilement la maîtriser.

— Une seconde, répondit son frère. Voilà.

Olympe ne savait pas ce que c'était, mais elle comprit que c'était maintenant que tout allait se jouer. Elle allait essayer quelque chose, quand Abdominaux la saisit par le coude et l'entraîna dans l'hologramme.

Du moins, elle en eut l'impression. Elle n'arriva pas à faire un seul geste et il la contraignit à plonger vers son frère, la tête tout droit dans l'hologramme. La poigne de l'homme était puissante et ce fut la seule chose à laquelle elle put se raccrocher.

Elle ignora complètement ce qui se passa, comment ça s'était passé et pourquoi, mais elle se retrouva subitement transportée dans un autre endroit.

Exit la minuscule salle des casiers des archives d'outre-mer. À la place, elle se retrouvait dans une espèce de petit salon, étroit, avec un guéridon et un divan. Aux murs, des portraits qui lui étaient étrangement familiers. Elle n'aurait su dire pourquoi. Elle ressentit un profond vertige, mais Abdominaux la tenait toujours, l'empêchant de s'évanouir.

Que venait-il de se passer ?

Elle l'ignorait. Il y avait un léger brouhaha, celui d'une foule pressée. Des rires, des interpellations, des discussions… ils provenaient d'une autre pièce ou du dehors. Un coup d'œil à la porte-fenêtre lui montra un jardin qu'elle reconnut sans le reconnaître. On aurait dit les Tuileries, avec l'obélisque de la place de la Concorde. Mais elle ne vit ni grande roue, ni immeubles haussmanniens, ni Arc de triomphe…

Elle n'eut pas le temps de se poser davantage de questions. Abdominaux et son frère l'entraînaient vers une porte à laquelle ils frappèrent. C'était une manière anormale de frapper, plutôt comme un code. Olympe commença à avoir peur. Où étaient-ils ? Comment y étaient-ils parvenus ? Que voulaient ces hommes ? La tuer ? Encore une fois, pourquoi ? Qui était ce Monseigneur ?

Curieusement pourtant, elle ne pensait pas spécialement à s'échapper. D'abord, la poigne d'Abdominaux lui faisait comprendre qu'elle n'arriverait pas à rivaliser. D'accord, elle avait appris l'escrime, cependant, outre le fait qu'elle n'avait pas un très bon niveau, elle n'avait pas d'épée et pour le corps à corps, on repasserait. Et même si elle parvenait à s'enfuir, où irait-elle ? De toute évidence, ils n'étaient plus aux archives mais dans un autre endroit. Elle pourrait peut-être appeler la police, néanmoins elle serait bien en peine de dire où elle se trouvait alors…

Sa gorge s'assécha un peu plus quand le second frère la regarda rapidement. Il sembla la jauger puis soupira et secoua la tête. Olympe aurait voulu lui demander quel était son problème, toutefois le courage lui manquait. Elle lisait beaucoup de livres où les héroïnes arrivaient à poser des questions sans se démonter, mais ce n'était pas son cas.

— Il a entendu ? demanda Abdominaux.

— Oui, attends un peu. Il doit être en rendez-vous, répondit son frère.

Il sortit sa montre oignon. Olympe s'attendait à un autre hologramme, au lieu de ça il sembla la consulter comme une montre normale.

— Il avait rendez-vous avec le gouverneur italien à 11 heures. Il doit terminer avant de nous faire entrer.

— J'espère que ça ne sera pas long. Ce voyage m'a épuisé.

— Quelques minutes tout au plus, je suppose.

Olympe suivit l'échange, à moitié hébétée et à moitié rassurée. Une discussion à peu près normale a ce pouvoir étrange de faire redescendre la pression. Elle essaya de rassembler son courage.

— Où sommes-nous ?

Elle aurait voulu le demander d'une voix forte, assurée, mais un mince filet de voix s'échappa de sa gorge. Si mince qu'elle entendit à peine le son de sa propre voix. Elle ignorait si ses kidnappeurs (à présent, elle devait se résigner à employer ce terme) l'avaient perçue, en tout cas elle savait qu'elle ne pourrait pas recommencer.

— Au palais des Tuileries, répondit cependant Abdominaux.

Olympe écarquilla les yeux. Le palais des Tuileries ? Le Louvre ? Paris ? Mais… elle regarda vers la fenêtre… donc c'était bien le jardin des Tuileries mais… Bon sang, ils étaient à Aix-en-Provence, comment ils avaient réussi à venir ici ?

— Je pense que c'est à lui de tout lui expliquer, reprocha l'autre.

— Il nous a dit d'être aimables, se souvint Abdominaux.

— Parce que nous ne sommes pas courtois ?

— Nous sommes des soldats, nous ne sommes pas formés pour ça. Je fais un effort, expliqua Abdominaux.

Son frère soupira et regarda une nouvelle fois Olympe. Il ignorait ce que son maître voulait en faire. Il leur avait expliqué rapidement, insistant sur le caractère urgent et discret de leur mission. En voyant la jeune femme, il avait pensé que ce n'était peut-être qu'une histoire de fesses, mais il doutait à présent. Son maître n'aurait jamais déployé autant de moyens pour assouvir ses instincts.

Elle était visiblement anxieuse, essayant de rassembler ses forces et de comprendre ce qui venait de lui arriver. Monseigneur lui expliquerait tout, mais cette attente la déconcertait peut-être.

Être aimable…, se répéta-t-il avant de prendre une décision.

— Monseigneur veut vous confier une mission. Je sais que vous avez beaucoup de questions, mais nous ne sommes pas autorisés à vous en parler. Sachez que nous ne vous voulons aucun mal, assura-t-il.

Olympe le regarda, surprise. Son ton était doux et elle hocha la tête. S'ils disaient qu'ils ne lui voulaient pas de mal, elle n'avait aucune raison d'en douter. Bien que…

Et puis, encore une fois, qui était ce Monseigneur ? Poser une question dans ce sens ne lui servirait à rien, aussi préféra-t-elle essayer autre chose.

— Je peux passer un coup de fil alors ?

Son interlocuteur eut un sourire.

— Vous pouvez essayer, mais cela m'étonnerait que votre appareil fonctionne ici.

Intriguée, Olympe sortit le téléphone de sa poche et regarda. Aucun réseau. Y avait-il des brouilleurs ? Ou alors les murs étaient-ils trop épais ? Comment pouvait-on ne pas avoir de réseau en plein cœur de Paris ?

Une voix la sortit de ses réflexions. Elle était puissante, grave et Olympe réprima un frisson. C'était la voix de quelqu'un habitué à l'autorité mais non dépourvu de chaleur humaine.

— En le voyant, vous inclinez le buste. Vous n'intervenez que s'il vous pose une question et vous l'appelez « Monseigneur » ou « Votre Majesté », ordonna Abdominaux.

Son frère ouvrit la porte et Olympe n'eut pas le temps de rebondir. Votre Majesté ? Elle n'y comprenait rien. Où était-elle ?

Ils la firent pénétrer dans une pièce tendue de soie verte. Des portes-fenêtres faisaient entrer la lumière des jardins. Un large bureau trônait au milieu de la pièce, croulant sous les papiers. À gauche, un grand meuble à casiers débordait de rouleaux, tout comme les deux chiffonniers qui le flanquaient. Un feu crépitait dans la cheminée derrière le fauteuil sur le dos duquel un petit dragon vert était juché. Olympe s'arrêta un moment sur la créature, se demandant si elle était réelle ou bien un simple ornement.

Le dragon émit un petit rugissement qui la fit sursauter.

Où était-elle tombée ? Elle s'était endormie aux archives… À tous les coups, elle allait se faire réveiller par un archiviste qui lui reprocherait de baver sur des documents séculaires…

— Je vous prie d'excuser Siméon. Il est un peu chafouin aujourd'hui.

Encore surprise, Olympe se tourna néanmoins vers celui qui venait de parler. Elle nota distraitement que les deux frères s'étaient inclinés profondément mais qu'elle était passée outre les recommandations. Quand elle s'en aperçut, elle n'y parvint pas. Comment aurait-elle pu s'incliner et détacher les yeux du plus bel homme qu'elle avait jamais vu ?

2

Maximilien essaya de masquer son émoi. Elle était en tout point identique. Même yeux bleus inquiets, même bouche pulpeuse, même cheveux blonds rassemblés de manière négligée… c'était elle… tout en n'étant pas elle. Ses vêtements, d'abord, ne permettaient pas le doute. Un pantalon bleu dans un tissu grossier, un haut étrange avec une chauve-souris stylisée, rien dans son goût.

Il fit taire son cœur douloureux et se concentra. Elle le buvait du regard et il eut un sourire. Il faisait souvent cet effet-là aux femmes. Il n'ignorait pas qu'il était beau et qu'il attirait les convoitises. Le palais était rempli de ragots dans ce sens. Aussi, il ne prit pas ombrage qu'elle reste hébétée. Elle avait, de plus, toutes les raisons d'être choquée.

Il adressa un regard sévère à Léon et Léopold.

— J'espère qu'ils n'ont pas été trop brutaux, sourit-il, espérant la sortir de sa catatonie.

Olympe secoua légèrement la tête puis reprit ses esprits. Elle comprit qu'il attendait une réponse et rassembla son courage.

— Non, pas le moins du monde, assura-t-elle.

Ce n'était qu'un demi-mensonge. Elle sentait encore les doigts d'Abdominaux sur son bras gauche alors elle n'aurait pas qualifié leur intervention de « douce », mais ils auraient pu faire pire.

Cela parut satisfaire l'empereur, qui eut un geste sec en direction de ses agents.

— Laissez-nous, ordonna-t-il.

Ils ne se firent pas prier et disparurent par la porte d'où ils étaient venus. Olympe se sentit subitement abandonnée. C'était idiot puisqu'elle ne connaissait pas plus les deux hommes que celui qui était en face d'elle. Sa situation n'avait pas beaucoup changé. Quand est-ce que l'archiviste allait la réveiller ? Il en mettait du temps…

— Je vous en prie, installez-vous, la pria ensuite Maximilien.

Il désignait un fauteuil devant son imposant bureau et Olympe s'installa sans décrocher un mot. Elle n'aurait pas su quoi dire, quoi demander, alors elle attendait de voir.

— Une boisson vous ferait plaisir ? Un café ou un thé ? ou quelque chose de plus fort ? Il est presque midi, nous pouvons nous permettre de demander un peu d'alcool.

C'était une plaisanterie et il avait espéré la dérider. Elle eut un léger sourire puis se mordit la lèvre. *Comme quand elle était nerveuse*, se dit-il avant de se morigéner.

— Je prendrai un thé, s'il vous plaît. Avec des explications, ajouta-t-elle.

Elle osa cette fois soutenir son regard et le vit sourire. Il inclina légèrement la tête puis s'approcha d'un appareil auquel Olympe n'avait pas fait attention jusqu'à présent. Il était placé sur le bureau et consistait en une boîte carrée avec un tube semblable à une minimanche à air qui en sortait. Maximilien s'en approcha et donna quelques ordres qu'Olympe ne saisit pas.

Elle en profita pour l'observer encore. Sa beauté l'avait époustouflée, alors qu'elle n'aurait jamais pensé être un jour éblouie par un homme. Mais elle devait l'admettre… il était renversant. Un port altier, des cheveux bruns épais et courts, un bouc bien taillé, des lèvres fines… et puis deux avantages de taille. D'abord les yeux, d'un bleu sublime, presque translucide. Et puis le nez… un nez bourbon, un peu arqué et proéminent, qui, pour Olympe, renvoyait à Louis XIV. Et c'était là où le bât blessait. À part la couleur des yeux, cet homme avait des ressemblances indéniables avec le Roi-Soleil. Pour Olympe, c'était plus qu'il en fallait pour tomber sous le charme et rester ébaubie devant lui.

Un cliquetis suivi d'un léger bourdonnement et d'un tintement la sortit de ses réflexions. C'était l'appareil qui venait de les émettre et l'empereur se redressa pour s'approcher d'elle. Elle nota que sa mise était presque semblable à celle de ses deux soldats. Une redingote blanche avec des broderies cuivrées, un gilet, une chemise et un foulard noir avec les mêmes broderies, un pantalon gris rentré dans des bottes de cavalier noires… Au revers de sa veste, le même soleil était piqué.

Encore un rappel de Louis XIV et ça en fut trop pour Olympe, elle ne put s'en empêcher.

— Pourquoi Louis XIV ?

Maximilien se demanda pourquoi elle posait cette question. Il ne s'y était pas attendu. Où suis-je ? Qui êtes-vous ? C'était cela qu'il attendait. Il remarqua son regard posé sur son emblème et comprit.

— Lorsque Bonaparte a demandé à Louis XVI de choisir le symbole de notre nation, mon ancêtre a hésité longuement. Bonaparte voulait revenir aux origines et avait proposé l'aigle impérial, mais Louis trouvait cela un peu grandiloquent. Il a préféré choisir un symbole plus récent, plus percutant et plus représentatif de notre famille. Quelque chose qui rappellerait aux étrangers qui nous sommes en un regard. Louis XIV avait laissé une telle empreinte que ce ne fut pas long à trouver.

Il avait dit cela comme une plaisanterie – même si l'histoire était vraie – mais vit au regard d'Olympe que cela n'avait qu'augmenté sa confusion.

— Bonaparte… Napoléon Bonaparte ? balbutia-t-elle. Avec Louis XVI ?

Il sourit. Il ignorait quelle était exactement l'histoire de son monde à elle, mais *a priori*, cet événement n'avait pas eu lieu. Il se doutait que pour une historienne, c'était choquant.

— Qu'a fait votre Bonaparte ? demanda-t-il, réellement curieux.

— Eh bien, il a soutenu les Jacobins, aidé à faire tomber l'Ancien Régime et est devenu empereur par la suite.

Elle résuma rapidement ce qu'elle savait, de manière automatique. Elle répondait toujours comme ça quand on lui posait une question historique. Et ce ne fut qu'après qu'elle se rendit compte…

— *Mon* Bonaparte ?

La voir aussi chamboulée l'amusa beaucoup. La porte s'ouvrit soudainement et laissa passer un homme qu'Olympe reconnut comme un des frères jumeaux. Il portait un plateau avec des tasses fumantes, des petits gâteaux et une carafe en cristal avec un liquide ambré. Il le posa sur un guéridon qu'il plaça entre les deux fauteuils puis s'inclina.

— Votre Majesté, le ministre du Commerce vous rappelle son entretien.

— Merci Léon. J'irai le voir quand j'aurai terminé ici. Dites-lui que je suis en liaison avec Portobelo.

Léon s'inclina puis sortit. Olympe essaya de ne pas paraître dépassée par les événements. Qu'est-ce que cela signifiait ? Portobelo ? Au Panama ?

— Je suis véritablement contrit de devoir vous placer dans une position pareille, fit l'empereur en prenant la tasse du plateau.

Il la lui tendit et Olympe la prit mécaniquement.

— Je suis conscient que vous devez avoir de nombreuses questions et je m'efforcerai d'y répondre le plus clairement possible. Mais vous le voyez, je suis un homme occupé. Aussi, dois-je abréger notre entretien. Je vais donc vous expliquer rapidement pourquoi vous êtes ici et vous rassurer. Vous ne risquez rien. Du moins pour l'instant.

Cela n'avait rien de réconfortant, mais Olympe comprit qu'elle n'avait pas intérêt à l'interrompre.

— Je me nomme Maximilien, je suis l'empereur des Français et celui de l'Europe. Mon territoire est vaste. J'ignore si les noms vous diront quelque chose, mais j'ai ici une carte qui vous aidera sans doute.

Il se leva, farfouilla dans ses documents puis revint auprès d'Olympe, lui tendant un morceau de papier. Elle le prit avec précaution et l'observa. Il représentait, si elle en croyait la légende, l'Empire français en 1902. Elle resta estomaquée quelques secondes en remarquant qu'il regroupait l'Europe, de l'Irlande à la Grèce et de la Biélorussie au Portugal. Elle fixa Maximilien, ahurie.

— Je vois que votre histoire doit être bien différente. Je n'ai malheureusement pas le temps de vous en parler. J'ignore par où commencer… je… j'avais prévu cet entretien, mais je dois admettre que certaines choses sont… plus difficiles à dire.

Il s'interrompit. Il avait projeté de tout lui raconter, mais cela lui était plus pénible qu'il avait imaginé. Il serait forcé d'admettre ce qu'il n'avait pas envie d'admettre. Il vit qu'elle le considérait avec compassion et interrogation, et il essaya de parer au plus pressé.

— Sachez que vous êtes arrivée dans un monde différent du vôtre. Ce n'est pas un rêve, ce n'est pas une hallucination, c'est réel. Léon et Léopold sont venus vous chercher parce que j'ai besoin de vous. Je n'entrerai pas dans les détails maintenant. Je vous expliquerai plus longuement ce soir.

— Attendez deux secondes, pria Olympe.

Sa gorge s'était asséchée. Ce soir ? Alors il avait prévu qu'elle reste ? Comme si cela était évident… était-elle prisonnière ?

Il allait reprendre mais se tut, essayant de lui laisser le temps nécessaire.

Elle tenta de penser posément. Elle commençait à ne plus pouvoir imaginer grand-chose. Même si son cerveau ne pouvait pas admettre ce qu'on lui disait, elle comprenait pourtant que là où elle se trouvait, ce n'était pas son monde. Les tenues, la technologie… tout était pareil et bien différent. Puisqu'elle ne se réveillait pas au milieu de la salle d'archives ou dans son lit, elle finissait par supposer qu'elle ne rêvait pas non plus.

Il lui fallait plus de précisions avant d'adopter un comportement.

— Vous voulez dire que nous ne sommes plus en France ?

— Si, nous sommes en France mais pas dans votre monde… [Il chercha la meilleure manière de verbaliser son explication.] Peut-être devrais-je utiliser les termes de « dimension parallèle ». Cela vous aiderait-il ?

Olympe haussa les sourcils d'étonnement, mais c'était une expression qu'elle connaissait. Elle lisait beaucoup de romans qui parlaient de dimensions parallèles. Elle hocha la tête, voyant qu'il souhaitait une réponse.

— Je ne peux vous expliquer comment, mais sachez que nous avons trouvé le moyen de communiquer avec des dimensions parallèles, lui apprit Maximilien. Nous parvenons à les explorer, à en retirer des bénéfices, nous avons même dernièrement tissé des liens avec l'une d'entre elles et nous nous apprêtons à faire des échanges commerciaux.

De nouveau, Olympe essaya de masquer sa surprise. Les dimensions parallèles existaient et il en parlait comme d'un pays voisin… très bien… au moins cela expliquait certaines choses. Elle commençait à y voir plus clair. Peut-être était-ce le thé – le meilleur qu'elle ait jamais bu – qui faisait cet effet, mais l'inquiétude s'estompait. Elle réfléchissait plus clairement et formula une hypothèse, reprenant un comportement normal, celui d'une historienne en quête de réponses.

— Donc vous êtes venus me chercher pour… tisser des relations avec mon monde ? Mais il aurait mieux valu vous adresser à quelqu'un d'autre parce que je ne suis pas hyper-qualifiée là-dessus… L'ONU sans doute, ça aurait été un bon choix…

— Je ne vous ai pas fait chercher pour cela, sourit Maximilien. J'ai besoin de vous, uniquement de vous, Olympe Valoese.

Quand il prononça son nom, elle crut que son cœur allait s'arrêter. Pourquoi ressentait-elle une aussi forte émotion face à lui ?

Il avait noté qu'elle avait légèrement rosi à son interpellation mais décida de passer outre. Ce qu'il devait lui dire ne souffrait d'aucun délai et surtout, il aurait tout le temps de discuter avec elle ce soir. L'important pour le moment était de la rassurer et de lui faire comprendre ce qu'il voulait.

— Je vais vous demander de me faire confiance, reprit-il. Je sais, ou plutôt je ne peux qu'imaginer, ce que vous endurez en ce moment.

— Je ne crois pas que ce soit possible sans le vivre, rétorqua-t-elle.

Ce n'était pas dans le but de surenchérir ou de le provoquer, mais c'était sorti tout seul. Il sourit, la soulageant. Il ne lui en voulait pas.

— Effectivement. Puis-je vous expliquer ce que j'attends de vous ou souhaitez-vous de plus amples explications sur votre voyage interdimensionnel ?

Il avait un ton patient, mais elle n'était pas dupe. Il voulait passer au vif du sujet. Elle secoua la tête.

— J'ai enregistré l'information. Je suis dans une dimension parallèle où Napoléon a fondé un empire avec Louis XVI, vous êtes sans doute le descendant d'un roi que nous avons décapité et vous régnez sur l'Europe. Dites-moi ce que je peux faire pour vous.

Son ton s'était fait plus sec sur la fin. Elle le regretta, toutefois la moutarde commençait à lui monter au nez. Il était beau mais peu diplomate. Elle aurait plutôt pensé qu'il faudrait du tact pour ce poste. Visiblement, elle avait tort. Et elle ignorait pourquoi cela la vexait autant qu'il expédie leur entretien.

Maximilien nota le changement d'humeur de son interlocutrice. Il le déplora, cependant il n'y pouvait rien. Il ne pouvait pas retarder le ministre du Commerce plus longtemps. Il en voulut au gouverneur italien d'avoir été aussi long à lui expliquer les luttes entre Sforza et Farnese, en Émilie-Romagne. Ces deux familles avaient des liens compliqués, rien n'allait changer. Mais il avait tenu à lui expliquer par le menu ce dont il s'agissait. Ça lui avait pris de longues minutes, dont il aurait eu besoin à présent.

— Cette année, nous célébrons les cent ans de l'empire. Pour ce faire, j'ai ordonné de rassembler tout ce que nous savions des empereurs précédents afin de faire une compilation et de rendre les honneurs à ces grands hommes. Depuis que j'ai donné les ordres, les archivistes démissionnent, les accidents se multiplient autour des préparatifs et les bruits de couloir s'amplifient. Mes services secrets savent que quelque chose se trame, mais ils ignorent encore quoi. Mon empire est gangrené par les sociétés secrètes. Elles complotent assez souvent contre moi ou l'institution impériale, soit pour la faire tomber et la remplacer par autre chose, soit pour remplacer uniquement l'empereur par un autre… qu'ils doivent juger plus qualifié que moi.

Il marqua une pause puis s'humecta les lèvres.

— Je sais que cela a un rapport avec les recherches historiques… peut-être que les archivistes ont découvert quelque chose, mais ils ne veulent ou ne peuvent pas m'en parler. Aucun de mes hommes de confiance ne peut les remplacer et les historiens que j'ai embauchés ou cherché à faire travailler ont été éliminés ou priés de partir. J'ai essayé de fouiller par moi-même, hélas je n'ai ni le temps ni les connaissances nécessaires à cela. Je suis donc démuni et je me suis dit que quelqu'un d'extérieur pourrait me venir en aide.

Olympe écarquilla les yeux. Il lui proposait de la recherche historique… jusque-là, c'était dans ses cordes. Bien plus que de nouer un traité entre sa dimension et la sienne. Cependant il venait de lui dire que tout le monde en mourrait et qu'elle devait reprendre le flambeau ? Tout ça pour quoi ? Sauver son poste ? Mais qu'est-ce qu'elle en avait à faire de son poste ? ou même de lui ?

Il eut un sourire et secoua la tête. À présent qu'il se concentrait sur leur discussion, ses pensées lui apparaissaient clairement…

— Excusez-moi, ça ne se fait pas, mais vous… vous devriez porter ça. J'aurais dû vous en parler avant… Pardonnez-moi.

Il lui tendit un bandeau de cuivre puis, voyant qu'elle en ignorait l'utilité, le fixa sur son front.

— Cela brouille vos ondes et m'empêche de lire vos pensées, lui apprit-il.

— Oh ! Alors, vous avez…

— Entendu ce que vous pensiez ? Oui… Rassurez-vous, pas depuis le début. Je ne peux lire les pensées que lorsque je me concentre suffisamment sur la conversation que j'ai avec mon interlocuteur. Et vous avez raison, je suis conscient du danger que je vous demande de braver et surtout que ma personne vous importe peu. J'aimerais pouvoir compter sur votre curiosité intellectuelle et sur votre intégrité. Ce n'est pas votre monde, c'est vrai, mais j'ose espérer que vous m'aiderez quand même.

Il se leva, empêchant Olympe de prononcer un mot supplémentaire. Elle l'imita, ne sachant que faire d'autre mais pressentant qu'il allait la congédier. Il prit sa main dans la sienne et plongea son regard dans le sien. Elle retint un frisson, essayant de faire abstraction pour se concentrer sur ce qu'il lui disait.

— Je vous supplie de me venir en aide, Olympe Valoese. Je ne sais vers qui d'autre me tourner. Mon palais est truffé d'espions et de conspirateurs. Je n'ai que quelques hommes de confiance autour de moi… Je sais que vous devez encore avoir beaucoup de questions sur ce qui arrive… je ne puis y répondre, mais… puis-je espérer vous revoir ce soir ? Nous pourrons discuter plus calmement. D'ici là, je vous laisserai avec Léon et Léopold. Ils ont toute ma confiance et pourront répondre à certaines de vos interrogations. Lorsque nous nous reverrons, peut-être accepterez-vous de m'aider.

— Ai-je les moyens de dire non ?

Il la regarda comme si elle l'avait blessé. Il n'avait pas la moindre envie de l'obliger à faire quoi que ce soit. Cela le vexait qu'elle puisse imaginer un seul instant qu'elle était prisonnière.

— Oui. Et je respecterai votre volonté. Si vous le voulez, vous serez de retour chez vous avant la nuit. Je vous demande simplement les quelques heures qui nous en séparent pour que vous fassiez connaissance avec notre monde et que vous preniez votre décision en toute connaissance de cause.

Olympe avait envie de refuser, mais il semblait aux abois. Et puis, elle n'avait jamais su dire non à quoi que ce soit ou à qui que ce soit. Alors à un empereur… même si ce n'était pas le sien…

Comme il gardait sa main dans la sienne, elle comprit qu'elle devait dire quelque chose.

— Je promets de donner une réponse à Votre Majesté à son retour.

Il sourit, effleura le dos de sa main avec ses lèvres puis sortit de son bureau. Son dragon, Siméon, qui, jusque-là, n'avait pas bougé du fauteuil, étira ses ailes et le suivit dans un bruissement.

La tête d'Olympe se mit à tourner et Léon – ou Léopold – la retint de justesse.

— On devrait l'emmener dans ses appartements, lâcha le second jumeau.

— Non, tu crois ? rétorqua son frère.

Ils se foudroyèrent du regard, mais Olympe n'en avait cure. Elle avait soudainement envie de dormir.

3

Olympe ne sut pas véritablement comment elle y était parvenue, mais elle se trouvait à présent dans une chambre à coucher. Les murs étaient tendus de soie rose et jaune, les meubles étaient en bois précieux marqueté et les portes-fenêtres donnaient sur le jardin. Elle était allongée sur un lit moelleux, aux nombreux coussins, au couvre-lit brodé et au baldaquin dans les mêmes tons que les murs.

Elle se redressa pour voir Léon et Léopold, qui attendaient visiblement qu'elle reprenne ses esprits.

— Comment vous sentez-vous ? demanda l'un des deux.

— Je suppose assez bien vu les circonstances, rétorqua-t-elle.

Elle se leva pour embrasser la chambre du regard. À côté du lit se trouvait une table de chevet sur laquelle il y avait quelques livres et une lampe en cuivre. Il y avait tellement de boutons et de rouages qu'elle aurait été bien en peine de savoir la faire fonctionner. Elle se demanda dans le même temps comment allumer le lustre qui se composait de bougies mais aussi d'étranges bulles de verre qui rappelaient les ampoules, si on n'était pas trop à cheval sur la présence de filaments...

Il y avait une petite porte, donnant certainement sur un cabinet de toilette, une bibliothèque et un secrétaire ouvert. Dessus, elle y vit le même engin que chez l'empereur. Elle avait compris qu'il s'agissait d'un appareil de communication quelconque, mais elle ignorait s'il aboutissait à quelqu'un en particulier ou s'il fallait, comme un téléphone, composer le bon numéro pour trouver la personne qu'on cherchait. Elle ne voyait pas de cadran apparent, peut-être était-il dissimulé à l'intérieur…

Apparemment, la technologie était bien différente de ce qu'elle connaissait et, par acquit de conscience, elle sortit son portable pour vérifier s'il n'y avait toujours pas de réseau. Son téléphone n'en trouvait pas et elle soupira.

— Qu'est-ce ? demanda un jumeau.

Elle ignorait si c'était le même que précédemment mais répondit néanmoins.

— Un téléphone portable. Nous l'utilisons pour communiquer.

— Cela remplace les vocaphones, comprit-il en acquiesçant.

— Les vocaphones ? répéta Olympe.

Elle était intriguée par ce vocabulaire, même si, en y réfléchissant, le terme était parlant. Le jumeau s'avança vers l'appareil posé sur le bureau et le désigna dans un sourire.

— Voici un vocaphone. Vous enregistrez votre message et vous l'envoyez à un autre vocaphone.

Olympe s'approcha de l'appareil et se pencha dessus.

— Comment je fais ? Et comment on choisit le destinataire ?

— Ah, c'est simple. Vous appuyez ici pour enregistrer, fit-il en montrant un bouton en cuivre à la base de la manche à air. Ensuite, vous tournez ça, enchaîna-t-il en désignant un rouage.

Il joignit le geste à la parole et Olympe vit que le bois devant la manche à air s'était éclairé et que des numéros et des noms s'affichaient. En tournant, le jumeau faisait défiler ce qu'elle supposa être une liste de contacts.

— Une fois que vous avez choisi, vous laissez le nom apparaître et vous réappuyez sur le bouton, reprit-il. Simple, non ?

Olympe opina. Presque aussi simple que son téléphone portable.

— Ah, mais du coup quand vous sortez, vous ne pouvez pas l'emporter, comprit-elle.

L'appareil devait bien peser ses dix kilos. Elle ne se voyait pas trimballer cet attirail. Il la regarda, intrigué, comme si une telle idée était saugrenue.

— Pour quoi faire ? Quand je sors, je peux utiliser ceux qui sont dans les rues ou dans les commerces et si jamais je pars à la campagne, il reste les bandeaux de télépathie. À quoi me servirait un vocaphone portable ?

— Les bandeaux de télépathie ?

Olympe resta un instant déboussolée. Puis elle se souvint du bandeau de cuir que Maximilien lui avait mis sur le crâne et l'ôta.

— Vous parlez de ça ? demanda-t-elle en le montrant à l'homme.

Il le considéra puis secoua la tête.

— Non, ça, c'est un écran télépathique, lui apprit-il. Gardez-le quand vous êtes dans le palais, beaucoup de personnes ont la possibilité de lire dans vos pensées, l'empereur en premier, conseilla-t-il.

Olympe allait demander des précisions, mais il se détourna pour fouiller dans un tiroir du secrétaire. Elle regarda le bandeau dans sa main et se promit de le conserver. Si elle décidait de dire oui à la demande de Maximilien.

— Voici un bandeau télépathique, lâcha le jumeau en arborant fièrement l'appareil.

Olympe l'observa. Il ressemblait à celui dont elle disposait mais semblait plus léger. Le cuir faisait comme de la dentelle doublée de filaments cuivrés. Il était couplé à une boîte en laiton et bois recouverte d'inscriptions étranges.

— Vous mettez le bandeau sur votre tête, le grapheur à la ceinture et c'est tout. Le bandeau détectera votre besoin de contacter quelqu'un et le grapheur s'occupera du reste. Me demandez pas de détails, c'est de la magie à quatre-vingts pour cent, j'y connais rien.

Il souriait, inconscient du trouble qu'il créait dans l'esprit de la jeune femme. Elle soupira et s'assit sur la chaise près d'elle.

— Parce que la magie existe dans votre dimension…

Elle s'interrompit, se rendant compte de ce qu'elle venait de dire. *Votre dimension…* L'énormité de la situation lui apparut de nouveau. Excitée par les découvertes, elle l'avait momentanée oubliée.

— Excusez Léopold, il a tendance à parler à tort et à travers, lâcha le second jumeau.

Il foudroya son frère du regard puis s'approcha d'Olympe, qui leva les yeux vers lui.

— Il y a de nombreuses différences entre votre monde et le nôtre. La magie, la technologie sont très différentes, ainsi que l'histoire, si j'ai bien compris. Pour le reste, nous restons des êtres humains très semblables à vous.

— À une différence près, c'est que vous côtoyez des dragons, railla Olympe.

— C'est vrai, s'amusa Léon. Mais à dire vrai, c'est plus eux qui nous côtoient que l'inverse. Ils vont et viennent sans véritablement se soucier de ce que leur présence peut bien nous faire.

Olympe tiqua.

— Le dragon de l'empereur le suit à la trace pourtant…

— Oh, Siméon… parfois il suit, parfois non… Il lui arrive même de disparaître pendant des semaines sans qu'on ait de nouvelles, soupira Léopold. N'allez pas croire que c'est un animal domestique, il s'est simplement attaché à Monseigneur.

Léon approuva puis, au moment où Olympe allait poser une question, il l'interrompit :

— Vous devriez vous concentrer sur la raison de votre présence ici. L'empereur vous a demandé quelque chose et vous avez quelques heures pour y réfléchir. Avez-vous des questions ou des requêtes ?

L'historienne allait le rabrouer, mais il avait raison. Elle devait se focaliser sur sa situation. Sans doute que ces questions allaient trouver leurs réponses au fur et à mesure de son séjour ici.

Ah, parce que tu envisages de rester... évidemment, se dit-elle.

Elle soupira. « Non » ne faisait pas vraiment partie de son vocabulaire. Ou alors pour sécher l'escrime. Et quand bien même, c'était souvent plus pour dire oui à quelque chose que pour dire non à l'escrime. Sa décision était donc déjà prise, à l'instant même où elle avait compris que refuser mettrait Maximilien dans une position délicate. Elle ne le connaissait pas mais laisser quelqu'un dans la détresse ne faisait partie ni de son caractère ni de son éducation.

Aussi essaya-t-elle de réfléchir posément à ce qu'elle aurait besoin de savoir. Maximilien lui avait promis un entretien plus long dans la soirée. Elle voulait pouvoir en profiter au maximum pour tirer cette affaire au clair.

— Pour être honnête, j'ignore par où commencer, lâcha-t-elle finalement. L'empereur a parlé d'un complot, mais j'ignore la situation politique de l'empire. Ce monde n'est pas le mien...

Elle se tut en voyant que Léon s'était détourné. Elle le suivit du regard, le vit se pencher sur la bibliothèque, en sortir plusieurs livres, revenir vers le secrétaire, ouvrir deux tiroirs et en extraire des liasses de papiers. Il posa tout cela devant elle et la toisa. Elle parcourut rapidement les titres et s'aperçut qu'il s'agissait de livres historiques pour la plupart. *Chroniques de l'Empire français*, *Personnalités marquantes du XIXe siècle*, *Généalogie des Bourbons*, *Les Empires mondiaux*...

— Ceci devrait vous apprendre l'essentiel de la géopolitique actuelle et de l'histoire récente de notre pays. Les notes contiennent toutes les rumeurs, les théories et les observations de la favorite de l'empereur sur les personnalités de la cour. Elle était très douée pour cerner les gens, il y a donc des tonnes de renseignements à exploiter. Il y a d'autres livres dans la bibliothèque, n'hésitez pas. Et si jamais vous avez besoin de précisions supplémentaires, Léopold et moi sommes à votre service.

Olympe digéra les informations et capta le sourire encourageant de Léopold.

— Vous êtes des agents secrets ? demanda-t-elle avant de s'en rendre compte.

— En quelque sorte, admit Léon. Nous faisons partie du cercle de confiance de l'empereur. Nous sommes prêts à donner notre vie pour la sienne.

— Oy, ça va, sois pas aussi sentencieux, se moqua Léopold. Tu vas lui faire peur.

Olympe sourit. Les deux frères commencèrent à se quereller. Léon ne lui avait pas fait peur, elle avait toujours admiré le dévouement dont certaines personnes pouvaient faire preuve envers d'autres. Elle-même en était parfaitement incapable.

— Quoi qu'il en soit, reprit Léon, sortant l'historienne de ses pensées, si vous avez des questions, posez-les-nous.

Elle acquiesça puis elle entendit un éclat de rire et se tourna vers les portes-fenêtres. Le jardin s'étendait au-delà et elle eut envie de prendre l'air.

— Puis-je sortir ?

Léon sembla réfléchir quelques instants puis Léopold lui donna un coup de coude dans les côtes. Après toutes ces aventures, c'était naturel qu'elle veuille prendre l'air. Il savait que son frère avait tendance à être un peu trop sévère mais ne voulait pas refuser cette demande, bien trop raisonnable, à quelqu'un venant les aider.

— Avec quelques précautions, aucun problème, répondit-il donc. D'abord, votre mise…

Il alla ouvrir un placard et en sortit des vêtements. Olympe écarquilla les yeux alors qu'il lui tendait une tenue composée d'un long jupon blanc cassé, d'une jupe rayée marron et ocre retroussée sur le devant, d'un corset marron aux effets cuivrés, d'une chemise blanche avec un luxe de dentelles et des gants en dentelle marron. Il prit aussi autre chose puis soupira.

— Bon, ça je ne sais pas le mettre… faudrait de l'aide, s'amusa-t-il.

Léon soupira et secoua la tête. Olympe s'approcha du placard et constata qu'il y avait beaucoup d'autres vêtements, certains bien pliés, d'autres plus chiffonnés… elle regarda de nouveau la chambre, s'arrêta sur le secrétaire et constata que ce n'était pas une chambre d'ami. Quelqu'un y avait vécu, très récemment même. Elle regarda Léon.

— Vous avez parlé d'une favorite… c'est sa chambre ?

Il grimaça. Il aurait pu ne pas lui répondre et en laisser le soin à Monseigneur, mais il connaissait le problème. Elle devait le savoir pour la suite des opérations et, s'il prenait l'initiative de lui en parler, peut-être que cela soulagerait son empereur.

— Effectivement, admit-il. Elle s'appelait Artémis Rállis.

— S'appelait ?

— Elle est morte, il y a une semaine. Empoisonnée.

Olympe écarquilla les yeux. Avant qu'elle ait pu dire quoi que ce soit, Léon enchaîna :

— Monseigneur l'aimait éperdument et ce fut un gros choc, mais il n'a pas le luxe de la pleurer. Pas encore. Il doit trouver les responsables et il y a fort à parier que ce sont les mêmes qui sont en train de fomenter le complot contre lui.

— Pourquoi cela ?

— Artémis avait la même mission que vous. Elle devait trouver ce que les recherches dans les archives avaient révélé. Elle a été empoisonnée après avoir dit à l'empereur qu'elle croyait toucher au but. Elle a été tuée avant d'avoir pu rassembler les preuves nécessaires. Les notes sont les siennes, nous les avons épluchées, mais elle n'y a pas écrit ses soupçons. Nous devons reprendre son enquête là où elle l'a arrêtée. Voilà pourquoi vous êtes ici.

Olympe était sidérée de l'apprendre. Ça allait bien plus loin qu'elle le pensait.

— Il ne m'a pas parlé de tout cela, murmura-t-elle.

Elle en voulut à Maximilien. Il aurait pu lui dire qu'il avait perdu la femme qu'il aimait à cause de cette enquête. Elle ignorait pourquoi cet oubli l'ennuyait autant.

— C'est difficile pour lui, je suppose, fit Léon, nonchalant.

— Tu pourrais lui donner la vraie raison, reprocha Léopold.

Il posa les vêtements sur le lit et s'approcha de la table de chevet. Il en sortit un cadre et se tourna vers Olympe.

— Ce doit être difficile pour lui de vous parler d'Artémis parce que… enfin… regardez et vous verrez. Vous comprendrez pourquoi il vous a choisie.

Intriguée, Olympe prit le petit tableau qu'il lui tendait, le scruta et se figea. Sur la toile, une femme souriait. Une femme qui n'était autre qu'elle-même.

4

La promenade d'Olympe aux abords du Louvre n'eut rien de réconfortant. Elle avait pensé que prendre l'air lui ferait du bien, lui permettrait de digérer toutes les informations et de se mettre en bonne condition pour ensuite commencer son travail.

Mais c'était tout le contraire.

En premier lieu, parce que tout avait changé. Du Paris qu'elle connaissait, il n'y avait plus grand-chose. Elle était sortie du palais côté jardin et, s'il lui avait semblé reconnaître le jardin des Tuileries, elle avait rapidement déchanté. Le palais des Tuileries était en partie bâti dessus. Elle le contempla, émerveillée. Il avait été détruit par un incendie lors de la commune de 1870 et le voir rebâti avait quelque chose d'insensé.

Non, pas rebâti, juste pas détruit, se morigéna-t-elle.

Les pavillons de Flore et de Marsan du Louvre qu'elle connaissait étaient ainsi reliés par un bâtiment constitué d'un pavillon central et deux ailes. Son style était d'ailleurs celui des deux pavillons avec des pierres claires, de grandes fenêtres et des toits d'ardoise.

Du fait de sa présence, il n'y avait plus de perspective de la place de l'étoile au Louvre. D'ailleurs, un parterre s'étendait et elle n'était plus capable de discerner l'avenue des Champs-Élysées. À la place, un énorme parc avec quelques constructions monumentales de verre et de métal avait recouvert le quartier.

Elle reconnaissait de loin le grand palais et le petit palais, semblables à ceux qu'elle connaissait. Les quatre autres bâtiments lui étaient totalement inconnus, assez similaires aux constructions art nouveau mais très loin des immeubles haussmanniens qui représentaient Paris.

Elle n'en voyait d'ailleurs aucun en face du palais et se demanda ce qui avait pu se passer pour qu'ils n'existent pas. Toutefois, ce fut l'absence de la tour Eiffel qui la choqua davantage. Pas de dame de fer mais une immense structure de verre et de métal qu'Olympe trouva saugrenue avant de voir des dragons s'en échapper et s'y engouffrer. La première fois qu'un de ces animaux passa au-dessus d'elle, elle sursauta. Cependant, voyant que personne ne s'en effrayait, elle se tranquillisa et s'absorba dans leur contemplation.

Ces bêtes étaient majestueuses, virevoltaient dans les airs, piquaient des têtes dans la Seine, en ressortaient en s'ébrouant, trempant les humains au passage sans s'en émouvoir, puis repartaient. Certaines disparaissaient dans le lointain, d'autres se posaient ailleurs, sur des bâtiments, dans des parcs ou bien sur la fameuse tour aux dragons qui avait remplacé le symbole parisien. Elle remarqua qu'ils n'avaient pas tous la même taille. Siméon, le dragon de l'empereur, figurait parmi les plus petits. L'un des plus gros aurait dépassé allègrement l'Arc de triomphe. S'il avait existé dans cette dimension.

Elle finit par détacher ses yeux des dragons et s'approcha des quais de Seine. Le parc s'y étendait et, à part quelques chevaux et hippomobiles, elle n'y rencontra aucune circulation. C'était à la fois étrange et relaxant. Mais elle reçut un nouveau choc quand elle regarda les rives. La gare d'Orsay n'existait pas… ou plutôt elle n'était pas à sa place. Elle avait été construite sur le quai Voltaire, de l'autre côté, tout en face du Louvre, et une grande verrière ajourée avait été rajoutée devant.

En lieu et place du musée qu'elle connaissait, Olympe voyait revivre le palais d'Orsay, lui aussi normalement détruit sous la Commune. Superbe, à la manière du palais des Tuileries, il semblait rappeler à tous les bâtiments aux alentours qu'il avait triomphé. Une grande place reliait les deux constructions.

Elle vacilla sous le choc. Elle connaissait pourtant l'arrondissement sur le bout des doigts… À côté de la gare d'Orsay, derrière l'hôtel des Monnaies, il y avait l'appartement de sa grand-mère. Elle avait passé des semaines à se balader sur les quais, dans le jardin des Tuileries, à se rendre à l'île de la Cité… mais à présent, l'appartement ne devait pas exister, ni même sa grand-mère ou quelqu'un qu'elle connaissait.

Elle s'approcha encore et tourna la tête. Elle fut soulagée malgré elle en voyant la Conciergerie et Notre-Dame, mais consternée de voir une grande construction sur le pont Neuf… Elle ignorait de quoi il s'agissait et se détourna. C'en était trop.

Elle repartit sous les frondaisons, la tête bourdonnante. Les changements étaient plus grands qu'elle le pensait, au-delà de son imagination. Définitivement, elle pouvait faire une croix sur le rêve. Elle était bel et bien dans une autre dimension ou du moins un autre monde. L'empereur avait raison. Non pas qu'elle en doutât, mais quelque part, très profondément dans son cœur, elle espérait toujours qu'elle se réveillerait.

Elle s'assit devant une fontaine et s'absorba dans la contemplation des gens autour d'elle, essayant de calmer ses émotions. Il y avait foule. Ça se pressait dans les jardins, venant de tous les côtés, discutant, courant, divaguant…

Les dames avaient de longues jupes semblables à la sienne, avec un faux-cul peu proéminent, des gants de dentelle, des ombrelles délicates et parfois des cannes. Le port du corset n'était pas généralisé, même si elle le voyait sur de nombreuses femmes. Il était parfois remplacé par des gilets montrant avantageusement les formes féminines. Elles arboraient quasi systématiquement des chapeaux rehaussés de plumes ou de décorations cuivrées plus ou moins monumentales. La forme des couvre-chefs était aussi variée que leurs propriétaires : hauts-de-forme, melon, bibis… il ne semblait pas y avoir de code particulier. Les chaussures, par contre, semblaient être plus sévèrement réglementées. Bottines ou brogues furent les deux seuls modèles qu'elle vit même si tous avaient des talons de cinq centimètres au maximum.

Les hommes, quant à eux, étaient vêtus d'un pantalon long, d'un gilet sous une redingote et d'une chemise refermée par un foulard en guise de cravate. La plupart portaient des bottes de cavalier, mais certains arboraient des mocassins à talons très proches de ceux portés par Louis XIV, avec boucle et rubans. Contrairement aux femmes. Si elles portaient un chapeau, il s'agissait forcément d'un haut-de-forme décoré d'un ruban et d'une cocarde en cuivre. Ladite cocarde reprenait assez souvent le symbole de l'empereur, le soleil aux yeux rouges et aux rayons en forme de mains.

Hommes ou femmes, Olympe constata que c'était surtout un défilé de couleurs chaudes (marron, orange, rouge ou jaune), de dentelles, de froufrous, de rubans et de cuivre. Le mot *steampunk* vint instantanément à son esprit. Elle qui était friande des conventions de l'imaginaire avait l'impression d'être tombée dans un monde issu tout droit des esprits fantasques des auteurs.

C'était d'autant plus corroboré par les appareils que portaient les uns et les autres : des grosses lunettes dont Olympe ignorait l'utilité mais qui semblaient indispensables puisque Léopold lui en avait fourni une paire ; des appareils encombrants en laiton et en bois ou encore les bandeaux de cuivre télépathiques (seuls appareils que l'historienne pouvait nommer).

Même si elle ne reconnaissait pas les lieux, cela l'émerveilla tant qu'elle en oublia presque sa situation. Elle resta donc longuement à observer la foule, parfaitement habituée à présent à voir des dragons survoler les bâtiments, se poser en soulevant des tourbillons de poussière sans considérer les humains qui devaient s'éloigner ou bien picorer les poissons des bassins et fontaines.

Si ça n'avait été qu'un rêve, elle aurait voulu le prolonger. Maintenant qu'elle y était, elle n'était pas si sûre que ce ne soit pas un cauchemar.

Bien sûr, l'empereur avait laissé entendre que le passage d'une dimension à une autre était facile pour eux. Elle devrait donc pouvoir rentrer sans encombre chez elle. Malgré tout, elle ne se sentait pas à l'aise. Elle n'avait jamais aimé les changements brutaux. Elle s'adaptait à tout, mais il lui fallait du temps. Elle remarqua d'ailleurs qu'elle ne s'était pas encore mise en colère alors qu'en général c'était ce qu'elle faisait en situation de stress. Elle appréhendait sa première crise… comment réagiraient-ils ?

Elle soupira en considérant de nouveau le palais des Tuileries. Prendre une décision… dire oui ou non à un homme, un empereur… jouer les favorites…

Parce que c'est de cela qu'il s'agissait.

Elle avait à présent compris la véritable mission que l'empereur lui avait confiée. Jouer les transfuges pour démasquer les assassins de sa maîtresse. Qui s'avéreraient, avec un peu de chance, les auteurs du complot qu'il supposait s'ourdir dans les couloirs du palais. Cela allait bien plus loin que ce qu'elle avait imaginé au départ.

Une vraie mission sous couverture… mais je ne suis qu'historienne moi, pas espionne ou quelque chose de ce genre ! s'énerva-t-elle en serrant les poings.

L'appréhension s'emparait d'elle. Elle pensait ne pas être à la hauteur des enjeux. Elle n'avait jamais appris à faire ça. Mentir… elle était nulle à ce jeu. Alors se faire passer pour une étrangère dans un monde inconnu au milieu de personnes toutes plus suspectes les unes que les autres… autant la jeter dans un aquarium rempli de piranhas, ça irait plus vite.

Mais au fond, ce qui l'énervait véritablement tout en la blessant profondément, c'était que, pendant une minute, elle avait cru qu'on l'avait appelée pour ses qualités d'historienne. Personne n'avait jamais vraiment reconnu ses capacités… ou alors, malheureusement, des personnes qui n'étaient pas qualifiées pour le faire, des amis, ses parents… ils lui disaient qu'elle était géniale, une tête, intelligente, etc. mais quand il s'agissait de trouver un travail, elle se heurtait à la réalité. Elle n'était que moyenne, n'avait jamais fait les bons choix ou suffisamment d'efforts.

Alors, quand Maximilien lui avait dit qu'elle avait été choisie, sans s'en rendre compte, elle avait cru être douée.

Au final, ce n'était même pas pour ça qu'elle avait été choisie. Mais uniquement parce qu'elle ressemblait à sa favorite. Et, coup de bol, elle était historienne. Elle pourrait donc aider un peu. Mais ça n'était pas le premier choix. C'était son lien avec Artémis qui était déterminant. Ce n'est qu'en voyant le portrait, en écoutant Léon lui parler de la favorite et du complot qu'elle s'en était rendu compte.

Elle n'était pas assez douée pour qu'on la remarque. Elle ne serait jamais assez douée. Elle avait parfois du bol, elle décrochait des missions ou ce genre de choses, et on la gardait volontiers parce qu'elle était gentille et investie. Mais si on ne la recommandait pas, si elle ne connaissait pas quelqu'un ou si elle ne ressemblait pas à une favorite, on ne lui donnait pas sa chance.

— Et merde ! jura-t-elle.

Son cœur se faisait douloureux et elle refusait de se laisser envahir par ses émotions. Elle se leva du banc où elle avait trouvé refuge et reprit le chemin du palais. Elle allait leur faire voir ! Ils allaient reconsidérer leur position. Du moins, elle espérait qu'elle pourrait y arriver. La tâche s'annonçait ardue. Elle devait retourner au palais, compulser tout ce que Léon lui avait donné, établir des fichiers et des notes puis les classer afin de pouvoir discuter fermement avec l'empereur une fois qu'elle aurait cerné le sujet. Cela, elle savait faire.

Elle n'avait que quelques heures devant elle pour apprendre l'histoire de tout un monde, mais ça ne lui faisait pas peur. Même si elle avait une mémoire à trous et qu'elle oubliait rapidement ce qu'elle lisait…

Bon sang, comme historienne, je suis une calamité..., soupira-t-elle.

Ce détail venait d'entamer sa belle motivation, mais elle continua sur sa lancée.

Les gardes ne lui jetèrent pas un œil quand elle arriva aux abords du palais. Elle savait que ça avait un rapport avec le collier que lui avait donné Léopold avant qu'elle parte. Elle regarda le rubis enchâssé dans un cadre en cuivre qui battait sur sa poitrine. Apparemment, il aurait le pouvoir de détourner l'attention de celui qui le regarderait. Ce qui la rendait partiellement invisible.

Si elle évitait d'éternuer.

Elle réussit à rentrer dans le palais et à retrouver le chemin de son appartement. Elle y rejoignit Iosifína, la femme de chambre d'Artémis. Enfin, la sienne à présent. Elle avait fait sa connaissance juste après que Léopold avait avoué son incapacité à savoir habiller une dame. Léon était allé la chercher et Olympe avait compris que Iosifína était digne de confiance. Elle voulait, tout comme l'empereur, retrouver les assassins de sa maîtresse.

Pour cela, elle avait accepté de jouer le jeu. Olympe avait alors compris que l'amour pour sa maîtresse dépassait tout. Iosifína approchait la cinquantaine mais avait voué toute sa vie au service d'Artémis Rállis. Elle avait été sa perceptrice et quand les parents d'Artémis avaient décidé de l'envoyer à la cour impériale, elle avait tenu à la suivre. Elle était prête à mentir, à duper et à apprendre à une parfaite inconnue à être sa maîtresse si ça permettait de la venger.

L'historienne se souvint alors du récit qu'elle fit de la mort d'Artémis.

— Sa Majesté impériale avait l'habitude de venir dormir dans les appartements de madame de temps en temps. Ce jour-là, sa venue n'était pas prévue, mais il est arrivé aux alentours de minuit pour demander à madame de l'héberger.

À ce détail, Olympe sourit. Ce monde avait conservé quelques vieux usages comme celui de la demande d'hospitalité quand on allait chez une dame. Les maris faisaient de même avec leurs femmes quand ils avaient des appartements séparés. C'était une coutume pratiquement inconnue pour les profanes mais que les historiens, du moins Olympe, regardaient avec un œil romantique et nostalgique.

— Sa Majesté impériale a dormi avec elle, mais il n'avait pas partagé son repas. Son poison devait donc y être dissimulé puisque ma maîtresse, à cause d'un léger malaise, n'était pas descendue pour dîner. Elle avait pris son repas dans ses appartements... j'aurais dû le goûter avant elle...

Léopold vint entourer la suivante de ses bras.

— Ne vous reprochez rien, Iosifína, exhorta-t-il. C'était un poison à long terme, vous n'auriez de toute manière pas pu le trouver à temps. Et peut-être que son malaise était le premier symptôme... Vous n'avez rien à vous reprocher.

Elle renifla bruyamment mais fut incapable de reprendre son récit. Ce fut Léon qui le termina :

— Le lendemain matin, quand je suis venu réveiller Monseigneur, sa maîtresse était déjà morte dans ses bras. Il en a été... anéanti.

Olympe ne pouvait qu'imaginer la douleur et la souffrance de l'empereur tout en enviant sa maîtresse. Si elle devait choisir sa mort, mourir dans les bras de l'être aimé était définitivement sa préférée.

— Ensuite, mon frère et moi sommes allés chercher Iosifína et nous avons fini par établir que l'empoisonnement devait être la raison de cette mort subite. Au vu des circonstances et puisqu'elle ne présentait aucune autre pathologie, le choix était de toute façon restreint. C'est alors que Monseigneur a pris une décision plutôt surprenante. Il a voulu que nous taisions la mort de Mme Rállis, afin de confondre ses assassins. Nous avons donc donné l'ordre à Iosifína de faire courir le bruit de la maladie de sa maîtresse et de refuser l'entrée à quiconque la demanderait. Il fut ensuite décidé de vous appeler en renfort.

— Comment vous est-il venu une telle idée ? s'étonna Olympe.

— Lorsque le médecin a confirmé l'empoisonnement, nous avons pensé que la résurrection d'Artémis pourrait forcer les responsables

à se démasquer ou à être imprudents. Il fallait donc la remplacer. Comme nous connaissons depuis un moment l'existence d'alter ego sur chacune des dimensions parallèles, cette idée est arrivée naturellement. Le plus dur a été de trouver un sosie.

Et maintenant, je sers d'appât, se dit Olympe en arrivant à ses appartements. Elle devait admettre que tout était bien monté et que les protagonistes étaient totalement impliqués dans le projet. Ce qui lui fut démontré quand elle pénétra dans sa chambre. Iosifína lui prit les mains, le visage ému.

— Oh madame, j'ai eu si peur que vous ne reveniez pas... Merci, merci.

Olympe sourit, gênée mais touchée par cette femme.

— Pourquoi ne serais-je pas revenue ?

— Je sais que vous n'êtes pas vraiment ravie de la manière dont Sa Majesté vous a convoquée, mais il n'avait pas le choix.

— Je le sais, Iosifína, assura Olympe. Je l'ai compris. J'espère simplement être à la hauteur de la tâche qu'il veut me confier.

Iosifína la fixa, interdite.

— Vous allez accepter ? Vous allez nous aider ?

Elle refusait d'y croire, mais l'espoir s'engouffrait dans son cœur.

— Je le crois, répondit l'historienne. Je ne sais pas dire non et cette histoire me touche. Mais je vais avoir besoin de votre aide.

Iosifína hocha la tête, prête à faire tout ce qu'Olympe voudrait. Cette dernière sourit et lui dévoila son plan d'attaque.

5

Lorsque Maximilien s'annonça, le soleil disparaissait derrière les arbres du jardin des Tuileries. Olympe avait été habillée par les soins de Iosifína qui retenait ses larmes. Elle avait en effet reçu dans la matinée des toilettes qu'Artémis avait commandées mais qu'elle ne porterait jamais. À la place, c'est Olympe qui les arborerait et cela l'attristait. Même si elle commençait à apprécier la nouvelle venue.

— Je suis vraiment désolée, avait murmuré l'historienne.

Iosifína avait terminé d'agrafer le corset en reniflant bruyamment.

— Ne le soyez pas, madame. Vous n'y êtes pour rien, avait dit la suivante avant de lui tendre une espèce de cape qui cacherait le jupon et la chemise tout en mettant en valeur le corset.

Olympe avait acquiescé, néanmoins elle se sentait tout de même triste pour la femme. L'habillage dura assez longtemps, et le résultat fut finalement étonnant. La tenue était à la fois simple et sublime, dans les tons marron et ocre. Le jupon était blanc cassé délicatement brodé ; la jupe était légèrement rayée de doré, piquée de jaspe jaune, retroussée au niveau des cuisses ; le corset avait un décor floral ; le boléro aux manches longues, quant à lui, était à rayures avec des fleurs en surimpression et des galons cuivrés. L'ensemble aurait pu être surchargé, mais il était finalement assez épuré pour une tenue de gala.

Tout cela était complété par le maquillage léger que Iosifína avait réalisé de ses mains expertes. Un peu de rouge sur les joues, une touche d'ocre sur les yeux et un léger fond de teint pour éliminer les traces de fatigue. Les cheveux avaient été rassemblés dans un chignon coiffé-décoiffé qu'elle venait à peine de terminer lorsqu'un valet vint demander si Mme Rállis pouvait recevoir Sa Majesté impériale.

L'historienne prit une grande inspiration. C'était l'instant de vérité. Après des heures de réflexion, de lecture et d'entretien avec Iosifína, elle allait revoir l'empereur et lui donner sa réponse. Elle avait une meilleure idée de la situation dans laquelle il se trouvait et les notes d'Artémis avaient aussi été d'un grand secours.

— Il arrive, souffla Iosifína en arrivant dans la chambre.

Olympe déglutit péniblement alors que la suivante vérifiait une dernière fois sa mise. Satisfaite, elle sourit à Olympe puis se plaça derrière elle. L'historienne sentit le trac monter. Elle appréhendait de se retrouver de nouveau avec l'empereur, d'autant plus qu'il lui avait fait grande impression et que sa beauté lui restait dans la tête.

Lorsqu'il passa la porte, Olympe retint un sourire béat. Il était splendide dans son costume d'apparat. Il avait revêtu une redingote marron toute simple, avec une pochette, un gilet marron aux motifs floraux, un foulard bouffant qui fermait sa chemise blanche, dont les manches ressortaient par la redingote, montrant leurs poignets en dentelle. Son pantalon était assorti à la redingote et il avait chaussé des richelieux. Tous les accessoires étaient de la même couleur ocre et s'accordaient parfaitement à la tenue. Il avait une canne au pommeau cuivré figurant le soleil impérial, motif repris par la pince de son foulard.

Elle vit qu'il appréciait également sa tenue grâce au sourire qu'il arborait. Ses yeux ne mentaient pas cependant et elle y discerna un léger trouble. Son cœur se serra. Elle pria pour que son émoi ne soit pas visible et se dépêcha d'effectuer la révérence que Iosifína lui avait apprise. La jambe droite en arrière, la main droite sur le cœur et une légère inclinaison du buste.

— Je vous en prie, inutile de faire la révérence, souffla-t-il.

Il posa sa main sur son coude et elle se redressa. Il essaya de ne pas la serrer contre lui. Elle n'était pas Artémis mais son double. L'effet était saisissant pourtant, néanmoins il connaissait la vérité, il avait serré le corps inanimé de sa maîtresse, tenté de la réanimer, l'avait enterrée dans le secret… ce n'était pas elle.

— Désolée, balbutia-t-elle. Je ne suis pas encore au point…

Il sourit.

— Quand nous sommes en privé, ce n'est pas nécessaire. Faites-la uniquement lorsque nous sommes en public, pour me saluer ou pour prendre congé, indiqua-t-il. Enfin, si vous comptez rester parmi nous.

Olympe lui lança un regard qu'il ne parvint pas à déchiffrer.

— Croyez-vous que j'aurais demandé à Iosifína de m'habiller si je n'avais pas l'intention de rester ?

De nouveau, il se surprit à sourire. Elle avait plus de caractère qu'elle en avait démontré quelques heures auparavant. Le choc avait dû s'estomper. Il appréciait ce changement même si cela lui était plus douloureux. Les différences entre elle et Artémis s'amenuisaient.

— Elle aurait pu insister pour vous voir porter une fois ces tenues, supposa Maximilien. [Puis il se tourna vers Iosifína qui n'osa même pas le démentir.] Merci d'avoir averti mon valet.

Iosifína s'inclina, mais Olympe tiqua. Il répondit à sa question silencieuse.

— Il y a une heure, mon valet a reçu un message de sa part disant que vous porteriez cette tenue et que je devrais donc me vêtir en conséquence, sourit-il.

Olympe l'observa, sidérée, puis s'aperçut que leurs tenues étaient assorties. À la manière d'un couple de mariés. Elle ignorait la raison de cet usage.

— Parce que vous devez être assorti à votre favorite ? Et non à l'impératrice ? s'étonna-t-elle.

Son sourire s'élargit.

— Si vous connaissiez mon épouse, vous sauriez qu'à part à son amant officiel, elle ne s'assortit à personne.

Maximilien disait cela sur le ton de la plaisanterie et Olympe en fut choquée. En tant qu'historienne, elle n'était pas naïve au point de croire que les couples royaux ou impériaux respectaient scrupuleusement leurs vœux de mariage. Et si les infidélités masculines étaient plus connues, les écarts féminins rivalisaient en nombre et parfois aussi en notoriété. Néanmoins, qu'un empereur soit aussi ouvert sur les frasques de son épouse avait quelque chose d'incongru.

Ce n'était pas tellement l'absence de jalousie qui la choquait, certains maris se fichaient comme d'une guigne de leur épouse et, en en aimant une autre, Maximilien aurait pu emprunter ce chemin. Cependant peu d'entre eux auraient pu s'asseoir sur la nécessité de s'assurer qu'un enfant qui naîtrait serait bien de sang impérial et non un bâtard. C'était d'ailleurs ce détail qui obligeait à juger plus sévèrement les incartades féminines que masculines. On savait toujours qui était la mère mais pour ce qui était du père…

— De quoi avez-vous donc parlé pendant ces longues heures ? se moqua Maximilien, voyant la surprise d'Olympe. J'aurais pensé que mon impériale personne aurait été le sujet de conversation majeur…

— Figurez-vous que j'ai préféré apprendre l'histoire de votre pays plutôt que l'histoire de votre lit, tacla Olympe.

Elle était légèrement vexée qu'il la croit frivole au point de ne pas se consacrer à leur affaire et de préférer les rumeurs et autres potins. Il souleva un sourcil, interdit par ce mouvement d'humeur.

— Et qu'avez-vous appris ? préféra-t-il demander.

Elle fit la moue. L'histoire de ce monde était aberrante. Bonaparte était entré au service de Louis XVI avant d'être diplômé de son école. Il était titulaire d'une bourse et donc fils de roi. En effet, Louis XVI avait eu vent d'un Corse trublion qui avait des capacités mais dont le chauvinisme finirait par lui jouer des tours. Amusé, le roi l'avait fait venir à sa cour et, admiratif du garçon et de ses capacités, l'avait mis dans les pattes de l'instructeur royal. À partir de cet instant, Bonaparte n'avait plus quitté la cour, n'était retourné en Corse que pour visiter sa mère, et avait mis tout son génie militaire au service du roi.

Une fois au poste de principal ministre, remis à l'honneur pour l'occasion, et de généralissime des armées, il avait tenu à étendre le territoire français. L'Espagne était entrée dans le giron de la France après une énième querelle de succession, lors de la mort de Charles IV et de l'assassinat de Ferdinand. Le couple royal n'avait pas eu d'autres enfants et ainsi la succession, selon Bonaparte et Louis XVI, revenait à la France. C'était plus compliqué que cela, mais, après une guerre rondement menée, la France avait conquis la péninsule Ibérique. Grossie des armées espagnoles, l'armée française s'était imposée au fil du temps et l'empire s'était étendu. Italie, Prusse, Autriche-Hongrie, Danemark et tous les pays baltes jusqu'à l'Empire ottoman. Un blocus avait eu raison du Royaume-Uni, dont les alliés norvégiens et suédois devaient également subir la pression française.

En 1820, l'Europe était entièrement conquise par la France.

— Que l'association de Napoléon à Louis XVI a eu un effet détonant sur la géopolitique européenne, répondit-elle.

— C'est le moins qu'on puisse dire. Que s'est-il passé dans votre monde ? demanda-t-il, curieux.

— Je n'ai pas le cœur de vous le dire, cela briserait le vôtre, je suppose. Je me contenterai de vous dire que ce palais n'existe plus d'où je viens.

Il plissa les yeux. Il adorait l'histoire et, avec le peu qu'elle avait dévoilé concernant leur Bonaparte, il n'eut aucune peine à comprendre. L'Ancien Régime renversé, Bonaparte avait essayé de monter son propre empire, mais il avait probablement échoué quelque part. Si le palais n'existait plus, il avait dû être détruit ; rares étaient les bâtiments historiques rasés en période de paix. Il ne pouvait qu'imaginer les émeutes qui avaient dû conduire à sa destruction.

— Effectivement, je n'aurais pas le cœur d'apprendre une effroyable nouvelle de plus, appuya-t-il. J'espère que la mise en place d'un empire ne vous a pas choquée, vous.

Il plaisantait, visiblement, mais il ignorait qu'il visait juste. Olympe avait toujours regretté certains événements de l'histoire, cependant lire ceux de cette dimension avait été à la fois fascinant et effrayant. Une part d'elle était exaltée et une autre épouvantée par les conséquences des guerres nécessaires à la mise en place d'un tel empire. Toutefois, en continuant sa lecture, elle avait compris qu'elle se trompait. Les guerres n'avaient pas été aussi meurtrières que les guerres napoléoniennes. Les morts s'étaient accumulées lors de la guerre d'Espagne puis contre la Prusse, mais ensuite, les gouvernements cédaient après une ou deux batailles, limitant les victimes.

Cela s'expliquait principalement par la manière dont Bonaparte et Louis XVI menaient l'annexion des provinces conquises. Ils avaient été inspirés par la souplesse de l'Empire romain et en avaient retiré toutes les rudesses excessives. Les lignées royales restaient à leur place comme gouverneurs de province, les populations étaient intégrées naturellement à celle de l'empire et la présence impériale indéniable se faisait néanmoins discrète.

Dans leur vie quotidienne, les populations étaient finalement très peu impactées par le changement de régime. Mieux, elles y gagnaient en termes de prospérité. Et c'est cela qui avait été décisif. Sachant à quel point il faisait bon vivre en tant que ressortissants de l'Empire, les populations se levaient contre leurs gouvernements qui s'entêtaient à résister à l'envahisseur. Elles refusaient de devenir de la simple chair à canon. Désertions ou bien manifestations, appuyées évidemment par les espions français, avaient raison des royaumes plus sûrement que des batailles meurtrières.

— Dans ma dimension, empire rime avec despotisme, expliqua Olympe. Je n'étais donc pas particulièrement enthousiaste à l'idée de voir un empire de la taille de l'Europe ou, plutôt, j'espérais qu'il n'était pas comme je pourrais le craindre.

Maximilien s'approcha d'elle et la transperça de son regard bleu.

— Qu'en avez-vous pensé après vous être renseignée ? demanda-t-il.

Olympe déglutit, essayant de reprendre une contenance. Sa présence était suffocante. *Ce que ça peut être éprouvant de discuter avec un aussi bel homme*, soupira-t-elle tout en réfléchissant à ce qu'elle allait répondre.

L'empire avait été admirablement réfléchi. Le droit, dans son application quotidienne, était pensé en fonction des spécificités de chacun et non uniformisé. Seules la fiscalité, la santé et les affaires étrangères étaient des prérogatives impériales. Pour le reste, les gouverneurs avaient carte blanche tant qu'ils respectaient l'empire. Cela permettait une plus grande écoute des peuples puisque des parlements régionaux, sous autorité impériale, recueillaient leurs doléances. Doléances qui étaient ensuite transmises conjointement aux services impériaux et locaux. En discutant avec Iosifína, Olympe s'était aperçue que bien souvent c'était l'empire qui poussait les gouverneurs à adopter des mesures en faveur des doléances populaires. La gouvernante, grecque d'origine, n'en démordait pas : il faisait bon vivre dans l'empire.

— Votre empire est pensé comme une fédération et non comme le pouvoir d'un seul…, répondit finalement Olympe. Dans notre dimension, l'Europe s'est réunie en une union de pays, mais je dois admettre que ça ne fonctionne pas aussi bien que votre empire. Les intérêts des États et des entreprises l'emportent bien souvent sur l'intérêt commun européen. S'ensuivent des couacs dont pâtissent les populations. Donc… votre empire semble être une bonne chose. En tout cas, pour ce que j'en sais.

— Je suis ravie de vous voir rallier l'idée impériale, fit Maximilien, satisfait. Mais vous avez dû comprendre que ce n'était pas le cas de tout le monde. Certains nationalistes font des vagues et comme je vous l'ai dit plus tôt, des complots fleurissent un peu partout.

— Dont celui qui nous intéresse, interrompit Olympe en acquiesçant. Je sais. Il y a toujours des mécontents, on ne peut pas plaire à tout le monde.

— En effet, sourit l'empereur.

Ils échangèrent un regard complice, mais il se détourna le premier. Il était si facile de se laisser emporter par le rêve…

— Ainsi, vous nous aiderez, reprit-il pour se donner une contenance.

— Je le crois. Du moins, j'essaierai. Je n'ai pas la moindre idée de la manière de m'y prendre et quant à jouer votre favorite, je dois admettre que j'ignore si je serai bien convaincante…

— Vous l'êtes bien assez, croyez-moi, assura-t-il.

De nouveau, son regard bleu se fixa sur elle et son cœur rata un battement.

— Iosifína, veuillez nous laisser quelques instants, ordonna-t-il, toujours tourné vers Olympe.

Du coin de l'œil, l'historienne vit la suivante s'incliner puis sortir. Le bruit sec de la porte qui se ferme semblait sceller son destin. L'empereur continua de la scruter sans dire un mot pendant quelques instants puis finit par se détourner.

Il fit quelques pas, essayant de reprendre ses esprits. Elle donnerait le change, il en était assuré. Lui-même s'y serait laissé prendre. Elle avait la même apparence, les mêmes expressions, la même verve, les mêmes yeux… s'il ne l'avait pas vue morte…

— Je ne sais que trop bien ce que cela fait de prendre un rôle qu'on pense ne pas être le sien, dit-il, ses yeux se promenant sur les jardins.

Chapitre 5

Les valets allumaient l'éclairage vespéral et la foule s'agglutinait lentement devant le pavillon central. C'était une soirée importante qui inaugurait la semaine de négociation entre les empires français et japonais. Maximilien en était fier, ils allaient signer une alliance inédite. L'Empire japonais, jusque-là fermement décidé à rester extérieur au monde occidental, acceptait des échanges commerciaux et des tractations militaires concernant les empires russe et ottoman. Jamais il n'aurait pu penser qu'il parviendrait un jour à ce résultat.

Ce qui l'amenait à ce qu'il voulait dire à Olympe. Il se retourna. Elle n'avait pas bougé, attendant qu'il continue.

— Je n'avais que quatorze ans quand j'ai coiffé la couronne impériale. Je n'avais aucune idée de ce qui m'attendait. Je m'apprêtais à partir à l'École militaire et j'ai dû enterrer mon père. Je ne me voyais pas empereur, je ne l'imaginais pas… je savais que ça viendrait, mais je pensais que j'aurais plus d'expérience à ce moment-là… mais non.

Olympe le regarda. Perdre son père si jeune, elle ne pouvait pas imaginer ce que cela faisait. Elle avait vingt-huit ans et, malgré tout, si un de ses deux parents mourait, elle en serait folle de douleur. Si on ajoutait à cela la charge d'un empire…

— Vous êtes doué pour détendre l'atmosphère, reconnut-elle. Mais ce n'est pas comparable. Vous connaissiez un tant soit peu le milieu dans lequel vous deviez évoluer, vous aviez de l'aide… ne comparez pas nos deux situations.

— Vous pensez que vous serez seule ? demanda-t-il en s'approchant d'elle. Vous ne serez pas seule. Notre cercle de confiance est restreint, mais il existe bel et bien. Et vous êtes historienne, vous connaissez aussi les cours, les intrigues de palais… non ?

Olympe soupira. Elle connaissait, elle connaissait… c'était vite dit. Elle avait beaucoup lu, oui, sur les cours de Louis XIII et Louis XIV notamment. De véritables paniers de crabes.

Tout entières composées de personnes imbues d'elles-mêmes qui ne voyaient que leur avantage et sautaient sur toutes les occasions pour médire de leur voisin. Elle s'était même obligée à lire quelques biographies de personnages aussi retors et sulfureux que la duchesse de Chevreuse, Marie de Médicis ou bien Louis de Rohan.

— Oui, j'ai beaucoup lu mais je ne sais pas si vous êtes bien familier du métier d'historien… La pratique est difficile dans notre branche.

Il rit. Spontanément. Largement. De bon cœur. Et à la grande surprise d'Olympe. Ce son lui fit chaud au cœur. Lorsqu'il reprit son sérieux, il lui tendit le bras.

— Je vous en prie, laissez-moi vous aider à pratiquer, sourit-il.

Elle ignorait si les sous-entendus étaient voulus et préféra ne pas relever. Elle prit le bras impérial et s'efforça de se calmer quand il posa sa main sur la sienne. Elle était bien trop sensible à sa présence.

— Prête à affronter la foule ? demanda-t-il.

— Non, admit-elle. Mais puisqu'il le faut…

Il l'encouragea d'un sourire et ils sortirent de son appartement.

6

Contrairement à d'autres palais qu'Olympe avait eu l'occasion de visiter – comme le château de Versailles, qu'elle connaissait pratiquement sur le bout des ongles –, le palais des Tuileries lui était parfaitement inconnu. Et pour cause, détruit depuis cent cinquante ans dans sa dimension, le visiter était devenu impossible. Il y avait bien une vidéo sur YouTube, mais elle ne s'y était jamais intéressée.

De l'extérieur, elle avait noté qu'il y avait deux ailes et un pavillon central et que ses appartements se situaient dans l'aile la plus proche du pavillon de Flore, c'est-à-dire de la Seine. Il y avait deux étages et elle était au rez-de-jardin. L'aile semblait divisée en deux par un grand couloir qu'ils empruntèrent. Il y avait apparemment des salles de l'autre côté, qui devaient donc donner sur la cour du Carrousel, si elle existait toujours.

Maximilien allait lentement. Elle ignorait si c'était toujours pour faire croire qu'elle sortait de maladie et qu'il fallait la ménager ou si c'était son rythme normal quand il avait sa favorite au bras.

— Vos appartements font partie des miens, lui souffla-t-il après quelques secondes. Il y a des portes de communication directe, Iosifína vous les indiquera. Sachez simplement que cette porte amène à mon bureau et cette autre à ma chambre. Venez quand vous le souhaitez, ma favorite à un accès illimité, les gardes sont au courant.

Olympe enregistra les informations.

— Les appartements de l'impératrice et ceux de son favori sont à l'étage au-dessus, dans la même disposition. Mieux vaut vous y annoncer et voir si elle peut vous recevoir. Elle vous adore, elle tient néanmoins à mettre une distance. Question de protocole. Et puis, elle est russe.

Maximilien sourit et l'estomac de l'historienne se contracta sous la beauté de son sourire. Il s'arrêta quand ils parvinrent devant un grand escalier. Il salua quelques gardes, suffisamment pour laisser le temps à Olympe de comprendre qu'ils étaient dans le pavillon central. D'un côté du vestibule gigantesque, les jardins s'étalaient avec la cohorte d'invités, et de l'autre, la cour du Carrousel. Elle vit dans la perspective le petit Arc de triomphe et sourit. La cour du Louvre semblait inchangée, moins la pyramide et la route goudronnée. Son père aurait été ravi, il n'avait jamais aimé l'œuvre de Ieoh Ming Pei.

Ils gravirent les escaliers pour accéder au salon des Maréchaux. Ils étaient monumentaux, éclairés par des lustres et le silence se fit alors que Maximilien passait. Les gens en grande tenue étaient massés au premier étage, sur des petites travées devant les fenêtres. Olympe se força à ne pas regarder partout et se concentra sur les marches. Maximilien reprit.

— Comme cela fait une semaine que vous étiez alitée, vous aurez ma permission de ne rester qu'un instant et de vous retirer avant le dîner. Je vous indiquerai le moment adéquat pour venir me saluer.

— D'accord… est-ce que je dois… ?

Il l'interrompit d'un sourire.

— Ne pensez pas encore à votre mission. Imprégnez-vous de l'ambiance, essayez de reconnaître certaines personnes. Si vous faites un écart, prétextez la fatigue due à votre longue maladie. Ne répondez aux questions que laconiquement. Contentez-vous de « oui » ou « non », si c'est possible.

Olympe acquiesça pour montrer qu'elle avait compris. Ils arrivaient devant la salle des Maréchaux, la salle des spectacles. Maximilien fit un dernier arrêt et la regarda franchement.

— Iosifína vous a-t-elle parlé de Mlle Argyropoulou Stamatina ?

De nouveau, elle opina. C'était la meilleure amie d'Artémis, cousine d'un responsable grec qui était aussi le gendre d'un prince ottoman. Une personnalité importante qui adorait Artémis mais que l'empereur ne pouvait pas véritablement classer dans les personnes de confiance. Elle n'était donc pas au courant de l'échange et avait été tenue à l'écart de sa meilleure amie malgré les doléances qu'elle avait formulées à de nombreuses reprises.

Maximilien ne l'aimait ni ne la détestait. Artémis ne lui avait jamais rien dit, pour ne pas influencer son jugement. D'autant qu'il savait que la demoiselle n'était pas insensible à son charme. Il était donc aussi possible que sa favorite ait cultivé sa neutralité pour éviter de partager son impérial amant.

— Elle va probablement vous bombarder de questions, vu la personnalité exubérante qu'elle possède, sourit l'empereur. Mais si vous dites que je vous ai obligée à paraître, elle devrait vous protéger des autres. Ce qui vous donnera un sujet de conversation.

Le plan était bon, cependant Olympe doutait d'y parvenir. Ses qualités sociales laissaient grandement à désirer. Ou alors il lui fallait de la bière. Mais elle ignorait s'ils en servaient. Elle supposait que cela dépendrait du caractère de cette fameuse Stamatina. Iosifína semblait l'apprécier, ce qui la rassurait légèrement.

— La seule obligation que vous allez avoir, ce sera d'aller saluer l'impératrice, continua Maximilien.

Olympe se raidit. Iosifína lui avait parlé de Xénia de Russie, la femme de Maximilien, sœur de Nicolas II, le tsar. Rien que cela. L'idée de se présenter à elle en tant qu'Olympe Valoese l'effrayait, alors le faire sous l'identité de la maîtresse de son mari… cela devenait épineux. Bien que Iosifína lui ait assuré que les deux époux s'adoraient comme amis et consentaient aux amants de l'un et de l'autre. Xénia et Artémis entretenaient par conséquent une relation amicale profonde qui transparaissait dans les notes qu'Olympe avait parcourues.

— N'ayez pas peur, Xénia est au courant de tout, avoua-t-il.

Olympe écarquilla les yeux. L'impératrice savait donc qu'elle n'était pas Artémis ? Elle n'eut pas le loisir d'en demander davantage et Maximilien, tout en reprenant sa position pour rentrer dans la salle, lui fit d'ultimes recommandations.

— Nous allons entrer ensemble puis je prendrai congé et je rejoindrai l'impératrice. Vous en profiterez pour la saluer et vous pourrez vous fondre dans la foule. Nous recevrons ensuite les princes japonais et la soirée se déroulera classiquement.

Olympe ricana sur le mot « classiquement ». Pour lui peut-être, mais pour elle, une soirée classique consistait en un repas sur le pouce et un épisode sur Netflix. Elle n'était pas certaine qu'ils aient Netflix au palais impérial.

Siméon rejoignit l'empereur au moment où ils allaient faire leur entrée. Le dragon lui lança un regard qu'elle ne parvint pas à déchiffrer. Maximilien vit le questionnement dans ses yeux mais n'eut pas le temps d'y répondre.

Ils pénétrèrent dans la salle, immense, au plafond haut avec des lustres sublimes qui diffusaient une lumière douce. Ils arrivèrent entre quatre statues monumentales et firent un arrêt avant de descendre les quelques marches qui menaient à la salle proprement dite. Olympe vit les trônes de l'autre côté. L'impératrice y était déjà installée. Elle comprit que traverser la salle, même au bras de Maximilien, serait une épreuve.

— Sa Majesté impériale, Maximilien de Bourbon, annonça l'huissier d'une voix forte. La princesse Artémis Rállis.

Comme un seul homme, la foule se tut et se tourna vers l'entrée. Les murmures commencèrent aussi sec.

— Ne vous inquiétez pas, les rumeurs commencent toujours dès que je parais, plaisanta l'empereur.

Elle acquiesça, souriante. Iosifína lui avait dit qu'Artémis souriait toujours. Elle essaya de lui faire honneur alors que Maximilien l'entraînait au milieu de la foule. Celle-ci s'écartait sur leur passage et Olympe se concentra uniquement sur leur but : l'impératrice. Elle était grave, ses cheveux bruns ramenés dans un chignon plus strict que celui d'Olympe, ses yeux bleus braqués sur son époux. Sa jupe, retroussée sur le devant, était rouge vermillon avec des broderies cuivrées, tout comme son corset. Son jupon était noir ainsi que sa chemise, mais ils étaient faits d'une matière scintillante qui reflétait la lumière douce de la salle. Son bibi était une œuvre d'art en lui-même, brodé de perles et de bijoux cuivrés. Un sautoir de perles complétait sa tenue.

Elle était sublime et Olympe essaya de calmer sa respiration. La sœur de Nicolas II… juste ça. Son attention fut attirée par un homme derrière l'impératrice, habillé d'une tenue semblable à celle de l'empereur mais assortie à celle de l'impératrice. Ce que lui avait dit Maximilien lui revint : ce devait être son amant officiel. Iosifína l'avait mentionné… elle chercha son nom avant d'avoir une illumination : Alexandre Mikhaïlovitch.

Il était temps. Ils étaient parvenus au bas des marches les séparant du trône. Olympe effectua une révérence impeccable en direction de l'impératrice, qui se contenta d'un hochement discret de la tête. Maximilien se tourna vers elle alors que Siméon se posait sur le trône impérial.

— Je vais prendre congé et vous m'embrasserez, annonça-t-il en posant sa bouche sur l'oreille d'Olympe.

Elle retint un frisson en sentant son souffle contre sa peau. L'embrasser ? Il était sérieux ? Oui évidemment, elle jouait la favorite, ça devait être normal. Néanmoins, devant tout le monde ?

— Sur la bouche ? ne put-elle s'empêcher de demander.

Il s'écarta légèrement et elle vit son sourire.

— À la commissure des lèvres. Artémis le faisait toujours. Ce n'est pas protocolaire, mais elle adorait.

Ce devait être une sacrée coquine, se dit Olympe. Maximilien s'éloigna pour s'incliner devant elle et lui fit un baisemain qui la fit fondre. Puis il lâcha sa main, prêt à se retourner. Conformément à ses ordres, elle s'approcha rapidement pour lui donner un baiser à l'endroit qu'il avait indiqué. Olympe sut qu'elle ne s'en était pas trop mal tirée en voyant le sourire de Maximilien.

L'empereur la regarda disparaître dans la foule puis se reconcentra. Il ne pensait pas qu'elle serait aussi douée ; décidément, on s'y laissait prendre. Mille émotions tournaient dans sa tête et il essaya de maîtriser les élans de son cœur. Xénia vint lui prêter main-forte en s'approchant de lui. Il s'inclina pour lui baiser la main et, lorsqu'il se redressa, elle lui caressa tendrement le visage.

— Je n'aime pas ce voile de tristesse, murmura-t-elle.

Il s'efforça de sourire. Elle était bien trop perspicace. Il repoussa les souvenirs de la semaine dernière où, anéanti par la mort d'Artémis, il avait trouvé refuge dans les bras de sa femme. Il avait pleuré – Dieu seul savait combien de temps – et elle n'avait rien dit, simple présence réconfortante et soutien indéfectible. Qu'elle s'efforçait d'être encore ce soir.

— Il passera, assura-t-il.

Elle acquiesça, comme s'il avait pris la bonne décision. Puis, alors qu'il la menait vers leurs trônes, elle glissa :

— Elle m'a l'air parfaite et déjà dans son rôle.

— Oui, elle le sera. Ce n'est pas évident pour elle, mais elle nous aidera.

— Sait-elle que je suis dans la confidence ?

— Elle le sait. Elle a eu l'air légèrement choquée de l'apprendre. Je crois que les mœurs de son monde sont plus strictes que les nôtres.

Xénia fit une moue en se tournant pour laisser la foule les applaudir.

— Les nôtres ne sont pas aussi relâchées que nous le pensons. S'il n'y avait pas la magie pour assurer que les enfants que je porte sont les tiens, je suppose que personne n'accepterait la présence de favoris.

Maximilien approuva. Lui-même n'aurait pu tolérer Alexandre dans ces conditions. Il adorait sa femme et si elle était heureuse dans les bras d'un autre, peu lui importait. Toutefois, concernant les enfants, puisqu'il s'agissait avant tout de donner des héritiers au trône, sa paternité lui était chère. Et il ignorait s'il aurait pu aimer des enfants sans avoir la certitude qu'ils étaient issus de sa chair et non de celle de quelqu'un d'autre. Le doute lui aurait été insupportable.

— Peut-être te concernant, effectivement, ne put-il s'empêcher de rétorquer.

Elle lui adressa un regard exaspéré et il sourit. Ils s'assirent et Maximilien fit un geste du poignet pour signifier que le bal pouvait reprendre. La musique retentit, provenant du balcon. L'empereur regarda rapidement la foule, essayant de trouver Olympe.

— Mlle Argyropoulou l'a abordée, ne t'inquiète pas. Elle est entre de bonnes mains… enfin, je suppose.

Maximilien acquiesça. Autant qu'elle le pouvait, Olympe était relativement en sécurité avec Stamatina dans les parages. Il connaissait suffisamment la possessivité de la Grecque concernant sa compatriote pour savoir qu'elle ne partagerait pas les retrouvailles avec sa chère amie.

— Tu as demandé à… Artémis si elle n'était pas attirée par les femmes ? murmura Xénia.

Maximilien jura intérieurement. Stamatina avait une réputation assez sulfureuse, acceptant hommes et femmes dans son lit à parts égales. Il avait demandé à Artémis à plusieurs reprises si elle avait eu ce genre de rapport avec son amie, mais sa favorite l'avait toujours rassuré évasivement en lui « montrant » qu'elle aimait les hommes. Ça avait toujours été un plaisir, bien que ça ne l'eût jamais vraiment rassuré.

— Cela pourrait être gênant pour sa couverture si elle cédait aux avances de sa compagne alors que ça n'a jamais été le cas. Et la réciproque est vraie, continua l'impératrice.

— Je sais… je l'ignore, je n'ai pas pensé à lui parler de cela.

— Tu aurais dû. Même si elle m'a paru être sous ton charme. Mais qui ne l'est pas ?

Maximilien sourit puis fut déconcerté lorsque l'huissier annonça « Son Altesse impériale, le prince Victor Eugène de Bourbon » et « Son Altesse impériale André Louis de Bourbon ». Il masqua sa surprise puis se tourna vers sa femme. Elle avait un air mutin.

— Ne me remercie pas, j'ai pensé que tu aurais besoin de la fraîcheur juvénile de tes enfants. De plus, les Japonais seront plus touchés que tu les accueilles avec ta famille au grand complet. Ils ont la famille en grande estime.

S'il avait pu, il l'aurait serrée dans ses bras. Elle savait toujours quoi faire pour le dérider. Et trouver une justification diplomatique à tout. Les deux princes se frayèrent un chemin parmi la foule qui s'écartait devant eux. Victor, l'aîné, marchait en s'efforçant de rester aussi droit que possible du haut de ses cinq ans. André, son cadet, essayait de l'imiter et trébuchait parfois. Il n'avait que trois ans, ce qui engendra des regards attendris de la part de la foule. Mais lorsqu'il aperçut son père, il n'y tint plus et commença à courir pour se réfugier dans les bras paternels.

Maximilien, anticipant la réaction de son cadet, s'était d'ailleurs agenouillé en bas des marches et le serra contre lui. Il se contenta d'une tape sur la joue et d'une caresse sur les cheveux de son aîné. Victor essayait de « faire le grand » et son père ne voulait pas qu'un mouvement d'affection trop insistant ruine ses efforts.

Ils rejoignirent leur mère, qui les embrassa tous deux avec affection, et ce fut avec André dans les bras que Maximilien entendit l'huissier annoncer les princes japonais.

7

Olympe se détourna de Maximilien, essayant de calmer son cœur, qui battait à tout rompre. Elle l'avait embrassé, certes sur son ordre, néanmoins… Et comme si ça ne suffisait pas, il avait la peau douce. Elle s'éloigna le plus possible, ne sachant pas où aller mais essayant de ne plus être au centre de l'attention.

— Artémis, entendit-elle appeler avant qu'une main se referme sur la sienne.

Elle se retourna et tomba sur Stamatina qui lui souriait. Mlle Argyropoulou était une grande femme aux yeux noirs vifs et à l'épaisse chevelure brune, à peine retenue par quelques pinces en cuivre.

— Je vois que tu es entièrement remise, assez pour être égale à toi-même, se moqua sa « meilleure amie ». Ce baiser… tu sais que tout le monde le déteste.

Olympe chassa le sentiment de gêne et se jeta à l'eau. Iosifína lui avait dit qu'Artémis ne s'embarrassait pas des convenances, surtout pas avec Stamatina. Autant le faire aussi.

— Pourtant, je rentre avec lui et ma tenue est assortie à la sienne. Tout le monde sait qu'il est à moi. Ce n'est pas ce baiser chaste qui devrait les choquer, répondit-elle avec un aplomb complètement feint.

Cela ne sembla pas déplaire à sa compagne, qui éclata de rire.

— Ma chère Artémis, tu m'as manqué. Ta méchante suivante ne voulait pas que je rentre dans tes appartements ! Et l'empereur lui-même restait sourd à mes appels ! Je me suis fait un sang d'encre.

Olympe n'en doutait pas. De ce qu'elle savait, la relation entre les deux femmes était sincère et profonde. Pourquoi Maximilien s'en méfiait ou plutôt pour quelle raison la favorite n'avait-elle pas jugé bon de dédouaner sa meilleure amie des soupçons qui pesaient sur toute la cour, elle l'ignorait.

— J'ai été horriblement malade, Stamatina. Ce n'était pas beau à voir. Vraiment pas beau. Je ne saurais te le décrire. De plus, j'ignorais si ce n'était pas contagieux.

— Et tu laissais ton impérial amant prendre le risque ?

— Tu sais à quel point Maximilien peut être opiniâtre quand il le souhaite.

— De ce que tu m'as dit, ça ne te déplaît pas.

Elle donna une légère bourrade accompagnée d'une œillade coquine à son amie, qui sourit. Elle espérait qu'elle ne rougissait pas. Ça aurait anéanti sa couverture.

— En tout cas, je suis contente que tu ailles mieux. Tu as des siècles de potins en retard.

— Je compte sur toi pour me faire réviser.

— Ne te fais pas de soucis pour ça, fit-elle en prenant le bras d'Olympe pour l'entraîner un peu plus dans la foule.

Des applaudissements retentirent et Olympe vit que Maximilien avait rejoint sa femme. Les majestés impériales se tournèrent vers leur peuple, saluèrent rapidement puis s'assirent.

— Ils sont quand même renversants, n'est-ce pas ? s'amusa Stamatina.

L'historienne ne pouvait pas dire le contraire et opina simplement.

— Il paraît que l'amant de l'impératrice a fait une mauvaise chute de cheval, hier, continua la Grecque. Et comme elle n'a pas accouru à son chevet, tout le monde semble penser qu'il y a de l'eau dans le gaz chez ces deux-là. Tu as des nouvelles ?

— Non, avoua Olympe. Comment veux-tu ?

— Je ne sais pas, l'empereur aurait pu t'en parler. Entre deux parties de jambes en l'air…

— J'étais malade, Stamatina, rappela Olympe.

La Grecque lui lança un regard intrigué.

— Et depuis quand ça empêche la bagatelle ?

Olympe secoua la tête, amusée par la personnalité de Stamatina.

— Continue de me donner les dernières nouvelles de la cour, invita-t-elle pour dévier le sujet de la conversation.

— Humpf, comme tu veux. Le consul de Prusse est face à un problème de taille. La princesse Holstein a été retrouvée dans le lit de son fils. Le gouverneur, furieux, a demandé son départ. C'est peut-être la dernière fois qu'il participe à un bal impérial.

Elle désignait du bout de sa canne au pommeau cuivré un petit homme replet, engoncé dans son gilet et sa redingote couleur rouille, qui s'efforçait de faire bonne figure mais qui avait de toute évidence autre chose à penser. Olympe essaya de se rappeler qui était la princesse Holstein pour que son aventure cause autant d'émoi. Et puis, elle se rappela. Ce n'était nulle autre que la femme du gouverneur. Aussitôt, la surprise l'emporta.

— Mais enfin, elle a l'âge d'être sa mère… à quoi pensait cet enfant ? demanda-t-elle, spontanément.

— Enfant… il a quand même dix-neuf ans, se moqua Stamatina. Et même si elle approche des quarante-cinq ans, elle est très bien conservée. Crois-moi.

La Grecque ajouta un clin d'œil moqueur qui laissa Olympe songeuse. Elle allait continuer, mais l'apparition des enfants impériaux l'en empêcha. Interdite, l'historienne regarda passer les deux princes puis observa Maximilien accueillir sa progéniture avec un bonheur apparent. Sans qu'elle sache véritablement pourquoi, ce spectacle l'attendrit autant qu'il lui fit mal au cœur. Davantage encore lorsqu'il rejoignit sa femme. Elle avait appris que Maximilien avait fait son devoir et donné des héritiers au trône, toutefois cela la choquait à présent. Elle serra les poings mais ne s'en rendit compte que lorsque Stamatina pressa sa main dans la sienne.

— Tu lui offres bien plus que deux moutards, lâcha cette dernière.

C'était visiblement une tentative de la dérider et Olympe sourit légèrement. Sans pouvoir détacher son regard de la famille impériale. Il y avait là quelque chose qui la prenait aux tripes sans pour autant qu'elle parvienne à mettre le doigt dessus.

— Tiens, si tu veux rigoler, sache que le chat du consul de Roumanie a engrossé la chatte du consul de Bulgarie. Ça a fait un tel foin que l'impératrice a dû intervenir afin de ramener les deux familles à la raison. Les Petrov voulaient forcer les Sturdza à la castration de leur chat, les Sturdza refusaient, mais les Petrov sont allés jusqu'à essayer de capturer l'animal pour le faire castrer par le vétérinaire impérial. C'est ce dernier qui a alerté l'impératrice.

Olympe regarda sa compagne d'un œil étonné. Qu'est-ce que c'était que cette histoire abracadabrante à propos d'un chat ?

— Je te le dis, cette cour est hors de tout sens commun, continua Stamatina. [Puis elle désigna une grande dame entièrement vêtue de blanc, au visage sec et aux yeux bleus autoritaires.] Tiens, la vieille Agrippine. Hier, elle a piqué le peintre préféré d'Angela Vilaverde. Et elle lui a commandé des portraits de ses chevaux. Il en a pour l'éternité, le pauvre, et Angela sera trop vieille pour se faire tirer le portrait par lui ensuite. Toujours aussi sournoise, celle-là. Quand on pense que son mari est une crème…

Olympe acquiesça tout en essayant de remettre ce petit monde dans son contexte. Agrippine ne pouvait être qu'Agrippine Sarraco, la femme du consul italien, et Angela Vilaverde, celle du consul espagnol.

— On devrait lui conseiller de se faire photographier, c'est plus rapide, lâcha l'historienne avant de s'en rendre compte.

Stamatina pencha la tête sur le côté. Olympe craignit d'avoir fait une gaffe. Pourtant, elle avait vu distinctement des photos dans le secrétaire d'Artémis.

— Moui, c'est vrai… personne n'y a jamais songé. La peinture, ça reste quand même plus noble. Mais je lui suggérerai. Ça fera peut-être enrager la vieille jusqu'à l'étouffement.

Olympe soupira de soulagement. Puis retint dans un coin de sa tête que Stamatina ne semblait pas porter Mme Sarraco dans son cœur. Un homme s'approcha soudainement des deux femmes. Il était plutôt charmant avec ses cheveux blonds coupés court, ses yeux verts pétillants et sa tenue irréprochable. Olympe nota qu'il la regardait avec un air gourmand mais n'avait que du dédain pour sa compagne. Celle-ci le lui rendit bien, car elle répondit à son salut par un soupir exagéré.

Olympe comprit qu'elle ne couperait pas à cette rencontre et, essayant de garder son calme, tendit la main à l'homme, qui s'inclina pour l'effleurer du bout des lèvres. Lorsqu'il se releva, l'historienne se rappela enfin son identité. Nils Boström, fils du consul de Suède et de Norvège.

— Mademoiselle Rállis, je suis enchanté de voir que vous êtes enfin remise. Vous nous avez terriblement inquiétés, assura-t-il, gardant la main de la favorite impériale un peu plus qu'il fallait.

— Je vous remercie de votre inquiétude, monsieur, fit Olympe, dégageant sa main avec délicatesse, et m'excuse de vous l'avoir causée.

— Je vous en prie. Me tourmenter pour vous n'est pas une peine.

Olympe essaya de ne pas sourire face à cet appel du pied éhonté. Iosifína lui avait avoué que certains hommes faisaient la cour à Artémis malgré, ou à cause de, sa position auprès de l'empereur. Bien qu'elle ne cédât qu'à Maximilien, ça ne décourageait pas les célibataires, et même certains hommes mariés, de tenter leur chance. Ce Nils devait de toute évidence en faire partie, mais elle ignorait véritablement comment Artémis réagissait face à eux.

Une nouvelle annonce de l'huissier lui permit de s'échapper : les princes japonais allaient arriver et Stamatina tenait absolument à être au premier rang. Aussi, elle agrippa le bras d'Olympe et la tira pour fendre la foule, plantant là le Suédois sans autre annonce. Quand elles furent bien placées, la Grecque lui lança un regard sévère.

— Tu ne devrais pas être aussi mielleuse avec lui… ou alors, tu finis par céder à ses charmes ? Je dois admettre qu'il est charmant, mais il me semblait que tu n'avais d'yeux que pour Maximilien.

Olympe grimaça. Elle avait donc fait une gaffe. Toutefois, comme l'avait dit l'empereur, elle avait une excuse toute trouvée.

— Je crois que j'ai encore un peu la fièvre, je n'ai pas les idées claires, prétexta-t-elle.

Sa compagne eut un air désolé puis déposa un baiser sur sa joue.

— Évidemment, ma pauvre, où avais-je la tête ? Il n'y a que la fièvre qui puisse te faire être gentille avec ce cornichon.

Heureuse de s'en être pas trop mal tirée, Olympe sourit puis se tourna vers l'entrée lorsque l'huissier annonça les altesses japonaises. Le cœur d'Olympe battait à tout rompre. Non seulement, elle baignait dans une atmosphère qui aurait rendu jaloux tous les historiens qu'elle connaissait – et les autres ! –, mais en plus elle allait également voir des altesses japonaises.

Il faut dire que le Japon était aussi une de ses grandes passions à côté de l'histoire. Ce pays asiatique l'avait attirée quand elle était encore une enfant, à cause de son grand-père qui cultivait lui-même une passion pour l'Asie, et le Japon en particulier. Elle avait réalisé son rêve de visiter ce pays quelques années auparavant, mais voir l'empereur nippon n'avait pas été possible. Dans cette dimension, avoir le privilège de voir, même pressée dans une salle de bal, les altesses japonaises était un vif plaisir qu'elle ne comptait pas bouder.

Même si Stamatina continuait de lui expliquer les problèmes de goutte du consul de Pologne et les soucis de poids de la femme de l'ambassadeur russe.

8

Les altesses japonaises suscitèrent un engouement sans précédent. Leurs tenues d'apparat, très différentes de celles connues dans l'empire, connurent un succès phénoménal. Il faut dire que les kimonos étaient splendides. Ils arboraient tous les deux des couleurs rouges, ocre et noires. Les kimonos étaient richement décorés de motifs d'oiseau, les obis étaient rehaussées de broderies en fil de cuivre et les *jikatabis*, les chaussures souples traditionnelles japonaises à l'orteil séparé, étaient noires avec des motifs ocre en surimpression.

La princesse arborait un petit chapeau melon sur le côté, décoré d'un oiseau en cuivre et d'un assemblage complexe en métal qu'Olympe n'arriva pas à déchiffrer ainsi que des lunettes dont la monture et les verres symbolisaient des chrysanthèmes, l'emblème impérial. Le prince portait un haut-de-forme brodé de cuivre, agrémenté d'un foulard ocre aux motifs aviaires, et une canne en bois simple au pommeau en cuivre tournicoté symbolisant un chrysanthème.

Olympe en resta étourdie. Elle n'avait jamais vu autant d'élégance et de raffinement dans une tenue.

Maximilien reçut les altesses en s'inclinant, et présenta ses enfants et son épouse. Les deux femmes se mirent aussitôt à discuter, ce qui mit la puce à l'oreille d'Olympe. Laquelle des deux parlait la langue de l'autre ? Ou alors disposaient-ils d'un moyen de communication dont elle n'avait pas connaissance ?

— Votre Majesté a deux enfants magnifiques, complimenta le prince Haru. Et un peuple tout aussi merveilleux. J'espère que l'enthousiasme de ce soir ne se démentira pas par la suite.

— Votre pays fait rêver le nôtre, Votre Altesse, assura Maximilien.

Un raclement de gorge le fit dévier légèrement son regard et il s'apprêta à rosser l'importun, mais il découvrit Gabriel de Bragance, le responsable des négociations. Il lui fit signe d'approcher.

— Je vous présente le duc de Beja, Gabriel de Bragance, celui qui m'a poussé à entamer des négociations avec votre bel empire.

Gabriel s'inclina profondément devant son empereur ainsi que devant les envoyés de celui du Japon. Il avait mené les négociations, mais il n'avait pas encore eu la chance de pouvoir leur parler de vive voix. C'était un honneur incroyable et il essayait de ne pas laisser son enthousiasme déborder.

— Je vous remercie, cher duc, d'avoir conduit le rapprochement entre nos deux nations, fit Haru en courbant légèrement le buste. J'ai hâte de commencer le travail à vos côtés.

Le rouge monta aux joues de Gabriel, qui balbutia une réponse. Voyant la difficulté de son sujet, Maximilien intervint.

— Mais ce soir, il n'est point question de travail, Votre Altesse. Seules les réjouissances comptent. Aimez-vous danser ?

— Ce n'est pas un exercice qui me plaît, avoua le prince. Mais j'ai cru comprendre que vous, Occidentaux, l'appréciez énormément.

— Effectivement, admit Maximilien dans un sourire. Mon épouse se fera un plaisir de vous apprendre les rudiments de cette tradition et je l'enseignerai à Son Altesse, si vous me le permettez.

— J'en serai très honoré, répondit le Japonais.

Les couples impériaux échangés, une valse viennoise démarra et ils se lancèrent sur la piste. Olympe regarda Maximilien évoluer avec la princesse japonaise, qui souriait, les joues légèrement rosies. Le charme Bourbon faisait son effet et Olympe essaya d'endiguer sa jalousie. C'était on ne peut plus déplacé.

Elle ne comprenait pas comment elle pouvait avoir des sentiments aussi exacerbés envers un homme rencontré quelques heures auparavant ! Elle ne croyait que très modérément au coup de foudre et mettait tout cela sur le compte de la joie d'évoluer dans un contexte historique et de rencontrer un descendant si ressemblant de Louis XIV. Elle était donc parfaitement certaine de ne pas être tombée amoureuse comme une adolescente d'un acteur à la mode.

— Tu n'as jamais autant manifesté ta jalousie qu'aujourd'hui, nota Stamatina.

Elle avait un air moqueur plaqué sur le visage, les yeux rivés sur les poings serrés de l'historienne et Olympe essaya de ne pas se vexer.

— La fièvre, répondit-elle évasivement.

— Bien commode, cette fièvre, taquina sa compagne.

Olympe préféra ne pas répondre. Elle ne voulait pas continuer cette conversation et supposait que la Grecque finirait par trouver un autre sujet.

— Il paraît qu'ils mangent des chats au Japon… ça pourrait résoudre le problème des Petrov.

— Les Japonais ne mangent pas de chats, corrigea Olympe avant de s'en apercevoir. [Quand ce fut fait, elle n'eut pas d'autre choix que de continuer.] Au contraire, même. Ils sont en général célébrés et il y a même des îles de l'archipel qui leur sont dédiées.

Stamatina ouvrit des yeux ronds.

— Ma parole, Artémis ! Comment se fait-il que tu sois aussi cultivée sur cette nation ? Ton impérial amant te conte-t-il ces douces choses pendant l'acte ?

— Je t'ai déjà dit que nous n'avions pas… Laisse tomber. Quand on est couché pendant une semaine, on lit.

— Laisse tomber ? Quel est ce langage ? C'est intéressant… permets-moi de te l'emprunter.

— Si tu veux, fit Olympe.

— Et je ne savais pas que tu aimais lire à ce point. Des choses grivoises, oui, mais des choses cultivantes… grand Dieu ! La lecture peut être tellement ennuyante.

Olympe pria pour ne pas avoir commis une bourde mais décida de s'y enfoncer quand même. Il ne fallait pas médire de la lecture en sa présence.

— Ma bibliothèque n'est pas seulement là pour faire joli, rétorqua-t-elle.

— La fièvre te fait effectivement délirer, continua Stamatina.

Puis elle la fixa longuement. L'historienne essaya de conserver son air impassible et observa les couples se séparer à la fin de la danse. Maximilien s'inclina profondément devant la princesse japonaise mais ne lui baisa pas la main. Son chef du protocole lui avait appris que les Japonais n'appréciaient guère les contacts physiques, surtout celui-là. La valse passait pour une tradition européenne incontournable et les altesses y avaient consenti de bonne grâce, toutefois cela s'arrêtait là.

D'ailleurs l'empereur les vit s'éclipser et Alexandre s'approcher de l'impératrice. Il chercha des yeux Olympe et la trouva, à quelques mètres de lui, à côté de Stamatina, qui avait un air perplexe. Il lui sourit puis tendit sa main alors que les mesures de la valse suivante commençaient. Dans le regard de l'historienne, il perçut la surprise, juste quelques microsecondes. Elle se reprit et s'avança.

Soudain, on la percuta légèrement et elle entendit une voix, grave et profonde mais comme désincarnée.

— Ce n'est que partie remise.

On lui glissa un papier dans la main et la pression disparut. Elle se figea et essaya de regarder autour d'elle. Mais la foule se pressait et elle n'arriva pas même à apercevoir celui qui aurait pu lui dire ces mots. Dans sa main, le papier la brûlait légèrement. Elle le regarda. Il était plié en quatre et semblait normal bien que chaud, très chaud. Stamatina la poussa avant qu'elle ait pu l'ouvrir.

— Ta fièvre t'oblige à faire attendre l'empereur ? lui reprocha-t-elle.

Olympe sourit à la Grecque puis reprit son cheminement. Elle n'avait pas été absente aussi longtemps qu'elle le croyait et Maximilien ne s'était pas aperçu de son émoi. Elle reprit donc une contenance et marcha jusqu'à lui, faisant disparaître le message dans la poche de sa robe. Elle s'inclina puis prit la main qu'il lui tendait. Il posa son autre main sur ses hanches et la rapprocha de lui, plus que ce qu'il avait fait avec la princesse Sadako. Il approcha sa bouche de l'oreille de sa « favorite ».

— Savez-vous danser ? murmura-t-il.

— Pas très bien, je le crains.

— Contentez-vous de me suivre, j'irai lentement. Vous êtes encore en convalescence, je m'en voudrais de vous fatiguer.

Elle hocha la tête alors qu'il commençait à danser. Agréablement surprise, elle se laissa guider et n'eut pas l'impression d'être gauche. Soit Maximilien était un excellent danseur, soit elle était moins nulle qu'elle le pensait. Elle penchait cependant pour la première solution.

— Mlle Argyropoulou ne vous a pas trop fatiguée ? demanda-t-il.

— Non. Elle est… exubérante, préféra dire Olympe.

Maximilien émit un petit rire.

— C'est le moins que l'on puisse dire, approuva-t-il. Avez-vous fait d'autres rencontres ?

— Juste Nils Bolström.

L'empereur eut une grimace. Il détestait le Suédois. Notamment parce que Artémis aimait trop flirter avec lui. Ouvertement. Uniquement pour les rendre fous. Lui et Stamatina. Et il ne comprenait pas pourquoi il s'accrochait ainsi à sa favorite. Elle le traitait pourtant assez mal, se moquant de lui à la première occasion, lui rappelant son statut de favorite et refusant ses avances. Mais il continuait malgré tout. Maximilien ignorait si cela venait de son amour pour elle, qu'il prétendait sincère, ou bien s'il était tout simplement idiot. À moins que ce soit une manœuvre politique.

Bref, il le détestait.

— Méfiez-vous de lui. Il n'a d'yeux que pour vous et n'hésitera pas à vous faire une cour éhontée.

— J'ai cru comprendre, s'amusa Olympe. Et Stamatina m'a dit qu'Art… enfin que je n'étais pas gentille avec lui.

L'empereur essaya de réfléchir à la manière de décrire le comportement de sa favorite.

— Disons que vous aimez jouer avec lui.

Olympe fronça les sourcils. Ce n'était pas son genre de jouer avec les sentiments des gens. Ce Nils lui avait paru sincèrement amoureux, même si, évidemment, dans une cour impériale, la sincérité devait être imprégnée de fausseté. Les intrigues et la politique n'étaient jamais loin.

— J'essaierai d'être aussi méchante qu'elle, assura-t-elle.

— Pas ce soir, en tout cas. Une fois que notre danse sera terminée, vous prendrez congé en vous inclinant devant moi, je vous baiserai la main puis je vous reconduirai à la porte.

— Dois-je de nouveau vous embrasser ?

— À votre guise, sourit Maximilien.

Elle opina puis son regard tomba sur les altesses japonaises, qui regardaient, en compagnie de Gabriel de Bragance, les danseurs évoluer. Elle espéra avoir d'autres occasions de les voir.

L'empereur saisit son regard et la tristesse qu'il transmettait.

— Qu'y a-t-il ? Le prince japonais vous aurait-il plu ?

Il se moquait, mais il n'était pas serein. Peut-être que cet homme était l'alter ego d'un autre dans la dimension d'Olympe. Qu'elle connaissait. Ou bien était-ce encore autre chose. Néanmoins, il y avait de l'envie dans les yeux de sa cavalière.

Elle les tourna vers lui et il essaya de ne pas y voir ceux de sa favorite. Mais c'était incroyablement difficile.

— Non, bien qu'il soit aussi très beau, fit Olympe. [C'était une pique et il le comprit.] Je suis simplement admirative de la culture nippone et j'espère que je pourrai les revoir.

Maximilien s'éloigna un peu pour la jauger.

— Dans votre dimension, le Japon est une grande puissance ?

— Pas vraiment. Ils ont voulu l'être mais se sont fait battre par les Américains. [Il fronça les sourcils. Les Américains ? Les colonies ? Comment était-ce possible ? Il ne posa pas de questions cependant. Ça ne l'intéressait pas autant que le sort du Japon afin de comprendre pourquoi il fascinait Olympe.] De nos jours, ils sont pacifiques et sont l'image même de la sérénité.

— Vraiment ? Ce sont pourtant de fiers guerriers…

— Oui, c'est vrai. D'une certaine manière, ils le sont toujours et ont gardé leur combativité. Mais ils sont plus connus pour leurs arts. Vêtements, bandes dessinées, nourriture… les Occidentaux en deviennent de plus en plus friands.

— Vous la première, je suppose, devina Maximilien.

— Je plaide coupable, admit Olympe.

Elle n'ajouta rien de plus et ils continuèrent de danser. Maximilien pensait déjà à la suite des opérations. Cela l'empêchait de trop se perdre dans les sensations qu'il éprouvait à danser avec le sosie de sa favorite. Depuis le début de la soirée, il avait la gorge nouée et le cœur en miettes. Son éducation lui permettait de le cacher, mais danser avec elle effritait quelque peu ses intentions. Il jouait un jeu dangereux et il en avait eu conscience en montant ce plan. Mais il devait démasquer les complotistes et faire cesser les morts.

— Aucune mauvaise rencontre alors ? insista-t-il, néanmoins.

Elle le regarda, essayant de voir s'il avait perçu quelque chose.

— Juste avant de danser avec vous. Quelqu'un m'a dit « Ce n'est que partie remise » et m'a remis un mot que je n'ai pas encore regardé.

Il s'arrêta net et elle nota l'affolement dans ses yeux. Elle sut avec conviction que son inquiétude n'était pas pour elle.

— Votre Majesté ? appela-t-elle.

Il comprit ce qu'elle voulait dire et se remit à danser. Il n'était cependant plus tout à fait aussi serein. Il ne se sentait jamais en sécurité au palais, pas totalement. Et il en avait la confirmation s'il y avait besoin. On venait encore de menacer sa favorite. Mais là il y avait eu un avertissement, avec un peu de chance il pourrait éviter ce qu'il n'avait pas pu empêcher la première fois.

Il jeta un œil vers ses enfants, et vit Léon et Léopold les raccompagner avec leur gouvernante. Il n'y avait rien d'inhabituel et il connaissait suffisamment les jumeaux pour savoir que ses fils ne sauraient être plus en sécurité.

Cependant, la tension augmenta. Il fut soudainement oppressé et se tendit. Il connaissait bien cette sensation. Son entraînement militaire avait affûté ses sens même si la mort de son père l'avait empêché de le terminer. Ce qui lui permit de réagir bien plus rapidement que n'importe quel homme dans la pièce. Il entendit le déclic de l'arbalète dans les notes mourantes de la valse.

Sans réfléchir, il plaqua sa cavalière contre lui et la fit tomber au sol. Il sentit une brûlure dans son épaule et entendit l'affolement général, mais il n'avait qu'une seule inquiétude. La femme sous lui. Les ordres fusèrent et il perçut la cavalcade caractéristique des loups impériaux, sa garde rapprochée. Il n'y aurait pas d'autres tirs. Il se releva légèrement, faisant fi de la douleur dans son épaule et contempla sa favorite.

— Pas de mal ? s'inquiéta-t-il.

Sa voix n'était qu'un murmure et il se demanda pourquoi jusqu'à ce qu'il s'effondre. Les ténèbres l'envahissaient. Olympe le secouait et il vit son visage angoissé.

— Artémis, appela-t-il avant de se laisser emporter par l'obscurité.

9

Le cœur d'Olympe était en miettes. Sa robe était tachée de sang. Son ventre était contracté et elle se retenait à grand-peine de vomir. Ses jambes ne la portaient plus et elle s'était effondrée près de Maximilien.

— L'empereur est blessé ! hurla une voix.

Cela lui permit de sortir un peu de son état de choc. Une flèche saillait de l'épaule de Maximilien et il était dans les vapes. On la bouscula et quelqu'un se pencha sur lui. Il avait un uniforme de la garde impériale et prit le pouls de l'empereur. Un autre accourut. Il était vêtu entièrement de noir, arborait un masque et portait une sacoche.

— Votre Majesté ? appela-t-il en lui donnant une gifle monumentale.

Olympe réagit intérieurement à ce procédé, mais elle ne put traduire son indignation en gestes. Son corps était pétrifié.

— Pas de réaction, nota l'homme en noir.

Il sortit des ciseaux de son sac et, habilement, d'un geste reflétant une longue habitude, il coupa les vêtements et ôta les tissus qui le dérangeaient. Il palpa la blessure.

— La flèche est profondément enfoncée dans son épaule. Je vais devoir opérer, je crains que la pointe soit barbelée. L'hémorragie a l'air contenue, mais s'il s'est évanoui, cela ne peut signifier qu'une chose.

Il sortit une fiole de sa sacoche.

— Maintenez-lui la tête, ordonna-t-il au garde.

Ce dernier s'exécuta et il fit couler dans la gorge de l'empereur un liquide vert.

— Emmenons-le, fit-il ensuite. Vite !

Il se leva, laissant les loups se charger de leur empereur. Olympe regardait, complètement incapable de faire quoi que ce soit. Le médecin s'accroupit devant elle et la scruta. Elle ne semblait pas blessée. Le sang sur sa tenue n'était pas le sien. Les interpellations fusaient autour d'eux. Les loups impériaux faisaient évacuer la salle et les protestations allaient bon train. On voulait continuer d'assister aux soins de l'empereur.

Le médecin désapprouva cette quête du sensationnel et se concentra sur la femme devant lui. Sa ressemblance était époustouflante. Il était persuadé qu'il verrait les différences entre Artémis et la nouvelle venue, mais il en était incapable. Et pourtant, son regard était acéré et il connaissait bien la favorite impériale pour l'avoir soignée à plusieurs reprises. Mais il devait admettre que… elles étaient trop semblables. Plus que des jumelles.

Il continua son examen. Elle le fixait avec un regard troublé et ses membres tressautaient légèrement. État de choc classique. Son cerveau fonctionnait au ralenti et son organisme s'était figé par sécurité. Le corps de l'empereur était enlevé et la garde se dirigeait déjà vers son cabinet personnel, près du pavillon de Flore. Il ne devait pas perdre de temps et sortit une bouteille de sa sacoche. Il en fit boire quelques gorgées à Olympe.

Elle s'étouffa légèrement, mais le médecin était expert et la soutenait de manière qu'elle ne pût refuser de boire. Il s'arrêta et la fixa de nouveau. À travers son masque, elle pouvait voir son regard la jauger.

— Levez-vous et suivez-moi, ordonna-t-il.

Il l'aida à se mettre sur ses pieds puis la confia à un garde.

— Amenez-la dans mon antichambre, je m'occupe de l'empereur, mais elle voudra savoir.

Le loup acquiesça et le médecin partit au pas de course rejoindre son impérial patient. Olympe les vit disparaître, lui et son grand manteau noir, et sentit le garde la soutenir. Il n'y avait pratiquement plus personne dans la salle, seuls restaient quelques loups qui sécurisaient encore la zone.

Ils traversèrent rapidement le pavillon central pour se rendre en face des appartements de l'empereur. On la fit asseoir sur un tabouret de velours blanc dans un salon tendu de soie bleue. La porte-fenêtre donnait sur le jardin du carrousel et le Louvre. Olympe regarda le château avec détachement.

On avait tiré sur Maximilien.

Son cerveau tiqua. Non, il s'était tourné. Elle ferma les yeux. Elle ne voulait pas y penser, cependant la scène se rejoua dans son esprit. Elle allait lui parler de ce message, quand il s'était brusquement tourné et l'avait plaquée au sol. Comme s'il avait vu la flèche avant qu'elle arrive… mais dans ce cas, pourquoi se mettre sur sa trajectoire ?

Elle ouvrit les yeux.

Pour la protéger. Elle.

La flèche lui était destinée.

De nouveau, elle eut envie de vomir et avisa un pot de fleurs. Elle s'y précipita et rendit le contenu de son estomac. Il n'était pas bien lourd puisqu'elle n'avait rien mangé depuis le petit déjeuner. Qu'elle avait pris chez elle, dans son appartement. Elle essuya la commissure de sa lèvre puis se mit à pleurer. Ses nerfs craquaient.

Elle avait cru qu'elle pourrait faire face, mais elle ne pouvait pas. L'angoisse la prit. Comment avait-elle pu croire qu'elle avait l'étoffe des héros ? Elle lisait des exploits incroyables réalisés par des héros tous différents les uns des autres, toutefois elle était bien incapable de faire le quart de ce qu'ils accomplissaient.

Elle avait cru qu'elle était forte, qu'elle montrerait à tout le monde qu'elle ferait une excellente recrue… quelle présomptueuse !

Elle n'avait qu'une envie, retourner chez elle et retrouver sa vie minable. Les archives, les problèmes d'argent et les soucis de mecs de sa colocataire.

Iosifína la trouva dans cet état.

— Madame ! s'écria-t-elle.

Elle se précipita vers elle et l'aida à se relever. Elle la fit asseoir puis la jugea rapidement. Son cœur battait la chamade. On lui avait dit que la favorite avait été blessée dans l'attentat, mais ce n'était apparemment que des bruits de couloir. Sa nouvelle maîtresse ne semblait pas avoir de blessures sauf émotionnelles. Ce qui était somme toute compréhensible.

— Allons, allons, vous ne devriez pas vous mettre dans cet état, reprocha-t-elle en la serrant contre elle.

Olympe renifla bruyamment. Si elle lui disait que ce n'était pas digne de la favorite impériale, gentille ou pas, elle lui dirait sa façon de penser.

— Lucien est le meilleur médecin que je connaisse. L'empereur est entre de bonnes mains. Il fera tout ce qu'il pourra. Et il peut beaucoup. Il est aussi un peu magicien.

Elle fit un clin d'œil qui rassura légèrement Olympe. À un magicien, rien n'était impossible, n'est-ce pas ? Elle se reprit un peu et le regard tendre de la femme de chambre l'encouragea à se confier.

— Il m'a protégée, Iosifína. Moi… en croyant que j'étais elle. Il n'aurait pas dû… je ne suis personne, je ne devrais pas être là, si je n'avais pas voulu rester…

— Cela suffit ! Je ne crois pas notre empereur lâche au point de ne protéger que sa favorite !

— Peut-être mais…

— Il n'y a pas de mais ! Je vous interdis de parler de la sorte ! Vous êtes éprouvée et les pensées que nous pouvons avoir pendant ces instants sont toujours mauvaises.

— Je n'aurais pas mieux dit, opina Xénia en pénétrant dans l'antichambre.

Olympe leva les yeux sur l'impératrice. Elle était toujours en tenue de gala et était escortée par Léon et Léopold. Ainsi que par un homme grand, aux yeux noirs qui, pour Olympe, avait un faux air de Napoléon.

Iosifína se leva et s'inclina, Xénia l'autorisa alors à s'asseoir par un geste. Elle s'approcha ensuite de l'historienne. En temps normal, celle-ci aurait été pétrifiée d'être dans la même pièce que la sœur de Nicolas II, mais elle avait eu tellement d'émotions qu'elle se sentait vidée. Et incapable d'en ressentir encore une autre.

— Attendez le retour du médecin avant de culpabiliser, continua l'impératrice, sévère. Et d'abord, expliquez-moi comment cet attentat fut possible !

Elle se tourna vers Léon et Léopold. Les deux loups étaient avec les princes lors de l'attaque. Ils n'avaient donc rien vu, mais Léon, en tant que capitaine, avait été informé rapidement et avait donné les ordres en conséquence.

— Un tireur est apparu parmi les musiciens. Pourquoi ils ne l'ont pas vu et ont continué à jouer, nous l'ignorons pour l'instant. Probablement un sort quelconque, balaya-t-il.

— Comment se fait-il que les protections magiques n'aient pas arrêté la téléportation ? s'énerva le faux Napoléon.

— C'est le principal ministre, chargé des Affaires extérieures, souffla Iosifína à Olympe avant qu'elle puisse se poser la question.

Elle acquiesça automatiquement. Son nom lui revint. Charles Bonaparte. Il avait effectivement des liens avec Napoléon puisqu'il était, dans cette dimension en tout cas, son arrière-petit-fils. Elle avait appris de plus que les Bonaparte avaient pratiquement toujours été des principaux ministres, présentant leurs enfants à l'empereur régent qui se décidait à les embaucher. C'était le père de Maximilien, Philippe VII, qui avait stoppé leur suprématie en scindant leur mission. Désormais, les Bonaparte seraient responsables des affaires extérieures, mais les affaires intérieures seraient gérées par un autre principal ministre, choisi par l'empereur.

Artémis avait noté que cette décision n'avait pas plu à la famille Bonaparte mais n'avait pas trouvé de lien entre eux et le complot actuel.

Olympe observa un peu plus l'homme qui n'avait pas d'équivalent pour elle. Les descendants de Napoléon, en ligne directe du moins, s'étaient éteints avec le roi de Rome, Napoléon II, à l'âge de vingt et un ans, mort sans descendance. C'était donc pour l'historienne une curiosité de voir un homme issu de cette illustre lignée. Charles portait d'ailleurs en lui des ressemblances flagrantes avec son grand-père et son arrière-grand-père. Le même nez droit, le même regard franc, les cheveux noirs de Napoléon, les yeux bleus du roi de Rome…

Olympe s'en détacha. Encore une fois, l'histoire prenait vie devant ses yeux et c'en était trop pour son cœur déjà malmené. Elle n'écouta le reste que d'une oreille.

— Il y avait une faille que Merlin n'avait pas anticipée, admit Léon. Les protections empêchaient les intrus de pénétrer dans le pavillon central mais pas de se téléporter une fois à l'intérieur. Nous pensons qu'il s'est faufilé et qu'une fois à l'intérieur il s'est téléporté. À moins qu'il ait été à l'intérieur depuis de longues heures, guettant le moment propice.

— Il faudra revoir ce système, capitaine ! ordonna le ministre, visiblement mécontent.

— Merlin est déjà dessus, monsieur, annonça Léopold.

Il voulait essayer de calmer le principal ministre. Ses colères étaient légendaires et il n'était pas prêt à subir une soufflante. Même si elle était justifiée.

— La bonne nouvelle, c'est que nous avons réussi à arrêter le tireur, reprit Léon. Il est actuellement dans les geôles et attend qu'on l'interroge. Nous avons prévu toutes les mesures pour l'empêcher de s'enfuir et Siméon le garde.

— Alors, nous n'avons rien à craindre, sourit Xénia.

Elle savait que le dragon pouvait pétrifier n'importe qui s'il le souhaitait. Ce n'était donc plus une inquiétude. La seule qu'elle avait à cette heure, c'était la santé de son époux. Elle ne souhaitait pas que ses enfants soient orphelins ni se charger de l'État pendant la régence. Elle ne supportait pas cette idée. Même si son frère aurait vu cela d'un très bon œil.

Elle s'installa près d'Olympe et l'attira contre elle.

— Maximilien va s'en sortir. Nous savons toutes les deux qu'il est plus solide qu'il en a l'air, assura-t-elle.

Olympe acquiesça, trop angoissée pour se raidir de la proximité d'une tête couronnée.

— En attendant que nous ayons des nouvelles, j'ai laissé les altesses japonaises au bon soin de Gabriel de Bragance. Il veillera à ce qu'elles soient nourries et suffisamment rassurées sur les mesures de sécurité du palais. Le duc de Richelieu est allé raccompagner la noblesse et leur assurer que tout allait bien se passer. Charles, vous devriez rejoindre le duc de Bragance. Les Japonais vont sans doute avoir besoin d'un véritable représentant du pouvoir impérial.

— Mais, Votre Altesse…, protesta le ministre.

L'impératrice ne le laissa pas terminer.

— C'est votre devoir. Le mien est de veiller sur Sa Majesté. Je vous ferai savoir son état de santé le plus tôt possible. D'ici là, l'empire doit continuer de tourner ! Et nous sommes de toute manière trop nombreux pour ce petit salon.

Le ministre n'insista pas, s'inclina puis sortit. Près d'Olympe, Xénia poussa un soupir de soulagement.

— Nous sommes enfin entre nous… N'avez-vous aucune autre explication à nous donner concernant cet attentat ?

Elle regardait Léon, qui soupira et secoua la tête.

— Pour le moment, je crains que non, Votre Majesté. La seule chose que j'aie pu apprendre, c'est que l'arbalète était de fabrication prussienne avec un système de guidage.

— Un système de guidage ? s'étonna Xénia.

— C'est une découverte que les Prussiens ont faite il y a quelques mois à présent. Avec un cristal polarisé et un circuit imprimé, vous êtes capable de faire en sorte qu'une flèche ne rate jamais sa cible. Le cristal fixé sur la tête de la flèche est attiré par le circuit imprimé, expliqua Léon.

— Comme une mouche avec du miel, lâcha Léopold.

Il voulait détendre l'atmosphère, mais un regard sévère de l'impératrice lui fit comprendre qu'on se passerait de ses traits d'humour.

— Vous pensez que l'empereur aurait eu un tel circuit sur lui ? s'étonna l'impératrice. Cela voudrait dire que son valet personnel ou son tailleur pourraient être soupçonnés.

— J'en suis conscient, Votre Majesté. J'ai bien peur que nous ne puissions malgré tout pas les écarter. Les circuits imprimés prennent le plus souvent la forme d'une feuille de papier classique, c'est facilement dissimulable dans un revers et indécelable si l'on ignore quoi chercher. La seule chose qui puisse mettre la puce à l'oreille, c'est la chaleur que le circuit dégage lorsqu'il est actif. Mais une fois la cible atteinte, il redevient inerte.

Olympe eut un sursaut et regarda le capitaine de la garde impériale.

— Une feuille de papier classique ? Comme un message ?

Il ne savait pas où elle voulait en venir mais opina.

— Oui, pourquoi pas. Le circuit est simplement imprimé sur du papier tout ce qu'il y a de plus basique. Il suffit que la presse soit suffisamment précise pour incruster toutes les caractéristiques du cristal polarisé, et une fois que cela est fait…

Une pierre tomba dans l'estomac de l'historienne. D'un mouvement lent, elle sortit le papier qu'on lui avait glissé puis l'ouvrit. Pas de message comme elle l'avait craint, mais un schéma complexe qui rappelait effectivement les circuits imprimés qu'elle connaissait. Elle sut alors que « circuits imprimés » n'avait pas la même signification pour eux que pour elle mais que c'était bel et bien ce dont Léon parlait.

Le capitaine s'était avancé vers elle et, avec précaution, récupéra le papier. D'un regard, il lui demanda comment le document était entré en sa possession et Olympe narra sa bousculade et la menace d'un inconnu qu'elle n'avait pas pu voir. Elle était incapable de savoir s'il s'agissait d'un homme ou d'une femme à cause de la voix métallique qu'elle avait entendue.

— Cela pourrait même être le tireur lui-même si ça se trouve, supposa Léopold.

Son frère acquiesça en observant le papier. Il s'agissait bien du même type de circuit qu'il avait vu dans les essais prussiens. La qualité était élevée, signe que leur adversaire avait soit les moyens, soit les relations nécessaires pour les avoir. Et le tireur qui attendait dans les souterrains ne semblait avoir ni l'un ni l'autre. Mais pour menacer la favorite, il n'était besoin que d'un peu de conviction.

Olympe pensait que les choses ne pourraient pas être pires, mais elle s'était trompée. C'est elle qui avait amené la flèche sur Maximilien ; pourquoi n'avait-elle pas parlé de ce papier directement quand il lui avait demandé si elle n'avait rencontré personne ? Pourquoi parler de cet idiot de Bolström ? puis perdre du temps à parler du Japon ? Quand elle l'avait enfin mentionné, il avait tout de suite compris le danger. Elle avait vu son regard se durcir, il s'était arrêté… Si elle l'avait fait plus tôt…

Une main se posa sur la sienne et la serra. Elle se tourna vers l'impératrice, qui lui fit un sourire encourageant. Et puis, la porte s'ouvrit sur le médecin. Il enlevait son masque et soupira.

— Il va bien, annonça-t-il, soulageant toutes les personnes dans la salle.

10

Les mots du médecin ne parvinrent que tardivement à la conscience anesthésiée d'Olympe. Ce fut davantage l'exclamation « Le ciel soit loué ! » poussée par Xénia qui la sortit de sa torpeur.

— La flèche était empoisonnée et il est encore sous le coup du poison. Je lui ai donné un contrepoison dès que je l'ai compris et j'ai fabriqué l'antidote que je viens de lui administrer. Il faut attendre que ça fasse effet, d'ici à quelques heures. J'ai retiré le carreau, qui était barbelé. J'ai dû inciser son épaule, mais j'ai réussi à éviter les nerfs sensibles. Il ne devrait pas avoir une trop grosse perte de mobilité, continua le médecin en épongeant son front.

— Dieu vous bénisse, souhaita l'impératrice en se levant pour s'approcher de Lucien.

Il s'inclina bien bas puis Léon s'approcha.

— Avez-vous conservé la flèche ?

— Bien sûr. Je vais vous la donner. Vous pouvez entrer mais un par un, s'il vous plaît. Ensuite, je ferai transférer Sa Majesté dans ses appartements… Je peux tout aussi bien le veiller là-bas.

— Dans ce cas, le plus tôt sera le mieux, décida Xénia. Iosifína, allez dire à Alphonse de préparer les appartements de Sa Majesté. Léopold, accompagnez-la et vérifiez les mesures de sécurité. Léon, prenez cette flèche et allez enquêter. Quant à nous, ma chère Artémis, nous allons faire ce qu'une épouse et une amante sont les seules à pouvoir faire.

Intriguée, Olympe leva un air interrogateur sur l'impératrice. Cette dernière lui tendait la main et, aveuglée par la prestance et le charisme de la femme en face d'elle, Olympe la prit sans réfléchir. Elle se leva pendant que tout le monde exécutait les ordres de la souveraine et Xénia lui prit le bras. Elles se dirigèrent toutes les deux vers l'antre du médecin, qui protesta.

— Votre Majesté, un par un…

— Allons, Lucien, cette pauvre fille ne tient pas debout. Il faut bien que quelqu'un l'accompagne pour voir son amant. Et vous serez trop occupé avec Léon. Je me vois donc contrainte de lui servir de canne.

Lucien allait protester puis se ravisa. Il connaissait la princesse de Russie. Quand elle avait pris une décision, il était impossible de la faire revenir en arrière. Et puis, il savait aussi qu'elle souhaitait voir l'empereur au moins autant que la fausse Artémis mais qu'elle ne voulait ni rester en arrière ni laisser la pauvre fille seule dans l'antichambre. Elle avait opté pour la seule solution qui s'imposait et l'explication capillotractée qu'elle avait donnée permettait simplement au médecin de s'en tirer la tête haute sans véritablement avoir été désavoué dans ses ordres.

Il céda donc et les deux femmes entrèrent dans son cabinet. Olympe fut saisie par l'odeur abominable qui régnait dans la pièce. Un mélange de camphre, de fer, de sang et d'urine avec quelque chose d'autre qu'elle n'identifiait pas. L'officine était plongée dans les ténèbres, sauf quelques lampes à pétrole ou à gaz ici et là qui donnaient une atmosphère surnaturelle. Les yeux de l'historienne mirent du temps à s'habituer à la pénombre.

La première chose qu'elle vit fut deux établis sur lesquels des appareils étranges, aux rouages cuivrés trônaient ainsi que des alambics et toute une verrerie avec des produits douteux à l'intérieur. Puis, ses yeux tombèrent sur la couchette centrale, où était étendu Maximilien.

Il dormait et son torse nu se soulevait à un rythme régulier. Contrairement à un hôpital, il n'avait pas de machine près de lui, pas de tubes bizarres et ragoûtants qui sortaient de lui, pas de bips-bips incessants… juste un silence curieusement apaisant. La plaie à son épaule était masquée par un bandage blanc sur lequel un pentagramme rempli de symboles cabalistiques était tracé.

Elle entendit vaguement l'échange entre le médecin et Léon, et vit partir du coin de l'œil le capitaine des loups avec l'objet enveloppé d'un drap noir. Mais elle n'avait d'yeux que pour le blessé étendu devant elle. Elle ne le connaissait pas et pourtant le voir étendu, vulnérable, faible lui faisait un choc. La pression sur sa main se fit plus forte et elle se tourna vers Xénia.

Contrairement à ce qu'elle attendait, l'impératrice avait les lèvres serrées et se retenait visiblement de flancher. Ses yeux restaient secs, mais Olympe sut que ce n'était qu'une façade. Elle s'en voulut. La femme qui la réconfortait était celle qui avait besoin de soutien. Ce n'était pas son cas. Ignorant véritablement ce qu'on pouvait dire dans ces moments-là, elle se contenta de prendre la main de l'impératrice dans la sienne. Si cette dernière trouva ce geste osé, elle ne le montra pas.

— J'avais quinze ans quand on nous a présentés. Dix-neuf quand je l'ai épousé. Cela fait douze ans que je le connais, huit que nous sommes mariés… Je ne l'aimais pas, mais il m'a charmée et nous sommes devenus de très bons amis. Je suppose que pour vous, c'est incongru.

Elle se tourna vers Olympe, qui secoua la tête.

— Il est vrai que, chez moi, les mariages arrangés étaient souvent chaotiques, toutefois certains se sont très bien déroulés et ont débouché sur de grandes amitiés. Ça ne m'étonne pas tant que ça. Je suis même plutôt admirative de votre relation.

Xénia s'approcha de son époux.

— Il a été fou quand j'ai voulu lui imposer Alexandre. Et puis, il a rencontré Artémis. Alexandre a emménagé dans la semaine, se souvint-elle, un sourire aux lèvres. C'est un grand homme, généreux, courtois mais ferme et strict s'il le faut.

Elle se tut et Olympe ne répondit pas. Elle avait eu le même sentiment en le voyant la première fois. Il faisait partie de ces hommes dont la présence vous écrasait et vous poussait à l'admiration.

— Je ne l'ai jamais vu aussi faible… il a une santé de fer, pas un bobo, pas une maladie…

Elle avait avoué cela dans un murmure puis sembla se reprendre et fixa Olympe de son regard bleu perçant.

— Je sais que vous n'êtes pas taillée pour ça. Votre réaction le démontre trop. Artémis n'avait pas votre émotivité. [Olympe déglutit. Ces constatations lui faisaient l'effet d'un coup de poing dans l'estomac. D'autant qu'elle ne pouvait pas le nier.] Mais il croit en vous. Et je pense que vous pouvez nous aider. Êtes-vous toujours motivée ou devons-nous annoncer que, à la suite du choc, Mme Artémis Rállis est morte d'une attaque ?

Il n'y avait plus la moindre trace de vulnérabilité chez l'impératrice et l'historienne essaya de rassembler son courage. Son orgueil n'acceptait pas qu'on lui parle ainsi.

— Je ne suis pas faite pour ça, admit-elle. Les intrigues, agir sous couverture, je dois même admettre que je suis carrément nulle. Mais il y a une chose pour laquelle je suis douée. C'est rassembler des indices et comprendre l'histoire. Si vous pensez, comme c'est le cas de votre mari, que tout cela est lié à quelque chose dans vos archives, alors je le trouverai.

Sa voix s'était faite plus forte au fur et à mesure qu'elle parlait. Sa conviction s'affirmait. Elle avait envie de fuir, de retourner dans son confort et, en même temps, on venait de s'attaquer à elle, on avait blessé quelqu'un à cause d'elle… elle n'était pas prête à laisser tomber. Ça devenait personnel.

L'impératrice eut un ricanement puis sourit carrément.

— Bien, dans ce cas, il est entre de bonnes mains, conclut-elle, rassurée. Je dois faire vivre le palais et veiller sur mes enfants. Jusqu'à ce qu'il revienne à lui, je dois le remplacer avec ses ministres. [Elle s'approcha d'Olympe et posa une main sur son épaule.] Restez avec lui jusqu'à son réveil et avertissez-moi, ordonna-t-elle.

Olympe acquiesça et Xénia sortit, la laissant seule avec le médecin. Lucien ne lui accordait aucun regard et continuait de travailler sur ses établis. Elle repensa à ce que lui avait dit Iosifína. *Il est aussi un peu magicien.* Elle regarda plus attentivement les alambics et les mixtures étranges. Elle ignorait encore jusqu'à quel point ce monde était magique.

Elle allait poser la question, quand des valets frappèrent à la porte et vinrent s'occuper de Maximilien. Le médecin donna des directives et on transporta l'empereur jusqu'à sa chambre, en face de l'officine, tout près des appartements d'Artémis. On le mit au lit, on ferma les rideaux et on alluma un feu dans la cheminée. Il ne faisait pas froid, mais le médecin mit parmi les bûches quelques bouquets d'herbes séchées et Olympe sut que le feu allait servir pour assainir l'atmosphère. Ou quelque chose dans ce goût-là.

— Si jamais il tousse, hoquette ou se met à transpirer, appuyez là, ordonna-t-il en lui donnant un petit étui de bois gravé de symboles avec un bouton en cuivre.

Elle promit et Lucien partit sans demander son reste. Olympe resta quelques instants hébétée puis, alors que le dernier valet quittait la chambre, elle se laissa tomber dans la méridienne près du lit impérial. Elle était encore choquée même si elle commençait à sortir de son apathie. Les mots de l'impératrice, durs et impitoyables, l'avaient réveillée.

Maximilien grogna dans son sommeil et elle se leva pour vérifier qu'il dormait bien. Il semblait paisible et Olympe fut rassurée. On gratta à la porte de communication intérieure et Iosifína apparut.

— Je voulais voir si madame souhaitait se changer et manger quelque chose.

Olympe aurait bien pris une douche, mais elle ignorait si elle pourrait et un œil vers Maximilien lui confirma qu'elle ne se verrait pas le laisser.

— J'ai apporté une nouvelle toilette, plus propice pour une garde nocturne, ajouta la femme de chambre en s'avançant.

— Merci, Iosifína, vous êtes un ange.

La domestique sourit et s'approcha, faisant ensuite signe à quelqu'un de la suivre. Olympe vit soudainement arriver une troupe de servantes qui, dans le plus grand silence, mirent en place un baquet où Iosifína poussa Olympe une fois déshabillée. Heureusement non pudique, l'historienne vit s'affairer les servantes autour d'elle, installant des appareils et un réservoir d'eau.

Sans dire un mot, elles quittèrent la chambre et Olympe nota que pas une d'entre elles n'avait eu un regard pour le lit impérial. Respect de la personne impériale ou ordre de Iosifína, elle ne le sut jamais. Sa femme de chambre s'approcha du réservoir d'eau, ouvrit une vanne, brancha un tuyau sur un appareil en tourbillon qui se mit à rougir tandis que l'eau passait à l'intérieur. Un jet fut pulvérisé ensuite, qu'elle dirigea sur Olympe.

L'eau était à une température idéale et Olympe retint un frisson de plaisir. Ce n'était pas une douche à proprement parler, mais ça s'en approchait beaucoup. La femme de chambre nettoya l'historienne, qui n'osa pas proposer de le faire elle-même, la rinça puis la sécha avec une serviette qu'elle avait préalablement posée sur un autre appareil. Là encore, le tissu était doux et chaud et Olympe se dit qu'elle n'avait pas de soucis à se faire concernant le confort.

Elle sortit du bac et Iosifína la fit asseoir sur la méridienne pour la démaquiller et lui défaire le chignon. Elle ôta les bijoux mais laissa le bandeau antitélépathie en place. Elle lui passa ensuite un pyjama en soie brodé de cuivre consistant en un débardeur et en un pantalon évasé. Elle ajouta une épaisse robe de chambre.

— Voilà, vous êtes parée pour cette nuit. Je vous apporte quelque chose à grignoter ?

— Non, merci Iosifína. Je crois que je n'aurais pas le cœur à manger quelque chose.

— Très bien. Bonne nuit, madame.

— Bonne nuit, souhaita Olympe.

La domestique s'inclina puis repartit. Quelques instants plus tard, les servantes revenaient, débarrassaient le matériel sans un bruit et repartaient en courbant légèrement la tête. Olympe essaya de faire partir le sentiment de gêne ; elle n'avait pas l'habitude d'être servie ainsi.

Elle alla vérifier une nouvelle fois si Maximilien allait bien. Il s'agita encore et elle essaya de le calmer en posant sa main sur la sienne. Les doigts s'accrochèrent aux siens et l'empereur s'apaisa. Il murmura « Artémis » puis sembla replonger dans son sommeil profond. Le cœur d'Olympe se serra, mais elle se morigéna.

Elle n'était pas là pour ça. Ses sentiments étaient déplacés, même si elle ne parvenait pas à les contrôler. Elle devait à tout prix comprendre ce qui se tramait pour aider au mieux la famille impériale. Elle se plongea dans ses réflexions.

D'après les notes d'Artémis et ce que Léon lui avait dit, elle avait compris que plusieurs conspirations se déroulaient dans le palais impérial. Certaines étaient connues de la garde et simplement surveillées. Elles faisaient office de décompression pour les aigris et étaient donc salutaires, tant qu'elles restaient relativement peu développées. D'autres, en revanche, étaient plus sournoises, difficiles à cerner et d'autant plus dangereuses.

Artémis en avait relevé au moins deux qui pouvaient entacher les réjouissances du jubilé et expliquer la mort des archivistes. La première prenait place en Espagne. Depuis 1886, cette dernière était placée sous la houlette d'un gouverneur provisoire. Puisque l'empire respectait les dynasties, les gouverneurs étaient désignés selon les modes en vigueur chez les familles régnantes. Pour l'Espagne, bien que la mort de Charles IV et l'assassinat de Ferdinand, son fils, aient laissé le royaume sans héritier direct, il avait été décidé de donner la gouvernance du pays à son frère et donc à ses héritiers.

Or, le dernier en date, Alfonso, était mineur au moment de la mort de son père, et c'était son oncle, Vicente, qui était régent. Mais cette décision avait mécontenté plus d'un noble espagnol et ils avaient cherché des raisons d'écarter Vicente du poste pour conserver la mainmise sur le futur gouverneur. Si les archives des Bourbons leur donnaient raison, les sbires de Vicente avaient pu faire en sorte que les archivistes ne parlent pas et auraient pu tuer la favorite impériale pour qu'il conserve son emploi.

Néanmoins, tout comme Artémis le disait dans ses notes, Olympe trouvait cela un peu léger. Certes, l'enjeu était grand, mais il ne justifiait pas cet acharnement contre elle.

En revanche, la deuxième conspiration semblait plus propice.

Elle prenait place dans l'entourage du ministre Bonaparte et semblait avoir un rapport avec les débuts de l'empire. Il y avait beaucoup de confusion dans les notes d'Artémis et Olympe avait fini par comprendre que c'était parce qu'elle apprenait des choses différentes chaque fois qu'elle creusait davantage. Tout semblait imbriqué sans avoir de fil directeur. Parfois cela impliquait le ministre, parfois cela le dédouanait. Le but était obscur et la favorite ne semblait pas avoir appris en quoi il consistait.

En revanche, elle avait relevé que c'était bien du côté des Bourbons que le problème persistait. C'étaient les archives familiales qui causaient la mort ou la disparition des archivistes. Dès qu'on s'en approchait, les menaces pleuvaient. Artémis ne donnait pas de précisions les concernant et Olympe n'avait pu déterminer le problème. Les archives familiales étaient vastes, c'était tout ce qu'elle avait appris. Relevés de patrimoine, généalogie, mémoires des uns et des autres, testaments… tout y était. Alors qu'est-ce qui causait cette violence ?

Artémis avait émis plusieurs hypothèses : spoliation de biens des Bonaparte, testaments falsifiés et (celui qui la terrifiait le plus) imbroglio dans les généalogies. Remettait-on en cause la légitimité de Maximilien ? ou celle de son ministre ? Mais dans ce cas pourquoi empêcher les archivistes ? Et si on cherchait à préserver l'empereur, pourquoi ne pas le mettre au courant ?

La favorite n'y avait rien compris et Olympe ne trouvait pas cela plus clair. Elle se promit d'aller au plus vite chercher des renseignements sur tout cela pour se faire sa propre idée. Tout en essayant de mettre de côté les raisonnements d'Artémis pour arriver sans idées préconçues.

Un soupir de Maximilien la ramena à la réalité et la fatigue la rattrapa. Elle voulut aller s'asseoir sur la méridienne, où elle pourrait dormir, mais la poigne de l'empereur était ferme. Ne souhaitant pas le réveiller, elle chercha un fauteuil près d'elle pour s'asseoir, sans succès. Elle soupira. Elle commençait à être lasse et ne rêvait que d'une bonne nuit de sommeil.

Ça n'arrive qu'à moi ces trucs-là, marmonna-t-elle en se résignant.

Elle poussa légèrement l'empereur pour s'allonger sur le lit près de lui. Sur et pas sous les draps. Bien sûr, elle savait que cela ne choquerait personne mais elle, si. Déjà, l'idée de dormir près d'un presque inconnu, dans le même lit, lui était incongrue.

Mais elle avait trop sommeil et son caractère devenait bouillonnant quand elle n'avait pas assez dormi. Elle posa sa tête sur le coussin près de celle de Maximilien, sa main toujours liée à la sienne et, alors qu'elle pensait qu'elle n'arriverait jamais à trouver le sommeil, elle sombra profondément.

Siméon les trouva ainsi quand il pénétra dans la chambre. Il se posa sur la tête de lit et observa l'humain qu'il appréciait et la nouvelle venue d'un œil tendre. Il fut content d'avoir fait ce qu'il fallait avec le tireur et s'endormit, le devoir accompli.

Intermission

L'homme puait. Ce n'était pas une nouveauté, les humains puaient en règle générale. Certains plus que d'autres. Maximilien puait aussi mais beaucoup moins. Et il se lavait suffisamment pour que l'odeur ne soit jamais insupportable. Mais cet homme-là… il puait. Trop.

Siméon l'observa.

Les autres humains l'avaient attaché dans une cage, avec des fers accrochés au mur. Le métal était recouvert d'enchantements pour éviter qu'il s'échappe. Néanmoins, le dragon ne le lâchait pas du regard. Il ne supportait pas qu'on s'en prenne à Maximilien. C'était son humain après tout !

Deux hommes arrivèrent peu après.

Léon, le capitaine de la garde.

Il l'aimait bien, lui. Il avait beaucoup d'affection pour son protégé et il avait donc obtenu la faveur du dragon.

Le second était Merlin.

Siméon émit un léger grognement. Il était bien plus réservé à l'égard du magicien impérial. Il n'avait pas une odeur humaine, du moins pas tout à fait. Il traînait un léger effluve de dragon, preuve qu'on avait mené des expériences sur lui. Siméon était persuadé que Merlin était le résultat d'un croisement magique entre de la semence draconique et une femme humaine. Ça ne fonctionnait pratiquement jamais et les produits obtenus étaient rarement viables. Merlin était donc une curiosité et, à cet égard, il représentait une monstruosité pour Siméon. Les humains étaient des créatures inférieures aux dragons mais sublimes en un sens. Les dragons étaient la perfection même. Mélanger les deux… hérésie.

Mais Merlin disposait de grands pouvoirs et était fidèle à la lignée des Bourbons… il n'en fallait pas plus pour que Siméon le laisse en paix. Même s'il ne pouvait pas s'empêcher de montrer sa désapprobation dès qu'il voyait le magicien. Ce dernier commença un échange télépathique.

— *Oui, je sais Siméon, vous ne m'aimez pas. Quand cesserez-vous de me tenir rigueur des conditions de ma naissance auxquelles je ne suis pour rien ?* soupira Merlin en dardant sur la créature un regard las.

— *Quand je l'aurai décidé*, rétorqua Siméon.

Le magicien soupira de nouveau puis se concentra sur le but de sa visite. Il ne descendait pas souvent dans les geôles du palais. C'était obscur, crasseux ; ça sentait l'urine et d'autres effluves corporels que son odorat développé ne supportait que modérément.

Mais on avait attenté à la vie de l'empereur et déjoué ses protections magiques. Cela valait un inconfort passager.

— Voilà l'homme, fit Léon en ouvrant la cage. On n'a rien trouvé sur lui qui trahisse son identité ou son appartenance à une cause quelconque.

Merlin acquiesça et le considéra longuement. Il était vêtu sobrement, avec un pardessus noir élimé, des bottes tachées de boue et un pantalon troué. Son visage était commun, avec ses cheveux crasseux et sa barbe mal taillée. Mais ce qui interpella le magicien fut ses yeux. D'un rouge sang. Il se figea. Il n'y avait qu'une seule explication possible.

— *Oui*, fit Siméon dans sa tête. *Et ça ne fait aucun doute.*

Merlin regarda le dragon. Ce que cela impliquait était énorme. Bien plus que tout ce qu'il pouvait imaginer.

Léon avait vu l'expression du magicien changer et comprit qu'il discutait avec Siméon. Il aurait préféré qu'on le mette au courant mais savait qu'il était vain d'insister. Parfois, certaines choses devaient rester entre magiciens et dragons. Bien que les deux races ne soient pas liées, elles n'étaient pas moins surnaturelles et donc, parfois, les humains devaient savoir rester à leur place.

Mais le capitaine rongeait son frein. Il espérait qu'on lui transmettrait les informations qui s'échangeaient. Il devait savoir contre quoi défendre l'empereur. Que ce soit magique, draconique ou un hybride des deux. Il s'en fichait, il voulait juste pouvoir se préparer.

— Le circuit, je vous prie, ordonna Merlin sans se tourner vers lui.

L'ordre le sortit de ses pensées et il donna le papier que la fausse Artémis lui avait remis.

Le magicien s'empara du circuit et regarda ses lignes, sa formation… il chaussa un monocle teinté en rouge et observa de nouveau. Des symboles se détachaient clairement sur l'encre, cabalistiques pour la plupart, magiques pour d'autres et draconiques pour les derniers.

Siméon vint se positionner sur son épaule pour mieux regarder. Il vit également les symboles et les décrypta.

— *Tout cela ne me dit rien qui vaille*, avoua-t-il.

Merlin approuva puis demanda à Léon de lui donner la flèche. Le capitaine s'exécuta et le magicien scruta l'objet. Il perçut les mêmes symboles sur le cristal ainsi qu'une impureté de ce dernier. Un échange de regard avec Siméon suffit à confirmer sa théorie. Il redonna le tout à Léon puis s'avança vers le prisonnier. Il s'accroupit et lui releva le visage.

Les yeux hargneux se fixèrent sur lui et un sourire narquois s'épanouit sur le visage fatigué.

— La favorite vit encore, lâcha le magicien pour étouffer la morgue de son interlocuteur.

Mais il fut déçu. Le prisonnier se contenta de hausser les épaules.

— Un autre viendra. Ce n'est pas ça qui manque.

— Pourquoi elle ? continua le magicien.

— Pourquoi pas ? rétorqua l'homme.

— *Merlin !* appela Siméon.

Le magicien regarda le dragon du coin de l'œil puis se concentra de nouveau sur le prisonnier.

— Ce dragon a une dent contre toi, continua Merlin. Tu t'en es pris à son humain, tu as été mêlé à des rituels impurs... il n'en faut pas beaucoup pour user sa patience.

— Tu vas me dire que tu sauras le contrôler et que je pourrai partir si je te dis ce que je sais ? Je ne suis pas aussi naïf.

Merlin sourit.

— Non. Tu vas simplement faire un choix. Qui va te vider le cerveau ? Moi ou lui ?

La belle assurance du prisonnier sembla fondre comme neige au soleil. Il pâlit. En acceptant la mission, il savait qu'en cas de capture il serait interrogé, torturé et sans doute même passé au crible par le magicien de la cour. Mais cela ne lui avait pas paru dramatique. Pas en considérant le bonheur qu'il aurait de savoir sa mission accomplie. Et puis, il avait des assurances.

Mais il avait été pris avant d'avoir pu avaler sa capsule de cyanure ou actionner son collier étrangleur. Cela lui aurait permis de se suicider et de ne pas avoir à subir ces tourments.

— Vous ne trouverez rien, dit-il, essayant de sauver la face.

On lui avait assuré que, de toute manière, son esprit serait protégé. La magicienne avait accompli un rituel sur lui.

— Peut-être pas d'informations sur ton employeur, admit Merlin. Mais en touillant bien, je suis sûr que je trouverai quelque chose.

L'image était saisissante et le prisonnier déglutit. Il y avait une lueur dans les yeux du magicien… Le dragon n'était pas plus rassurant. Mais il ne pouvait pas trahir sa cause.

— Bien, fit Merlin en se levant. Je suppose qu'il faut que je vous le laisse, soupira-t-il en regardant Siméon.

— *Vous devriez sortir*, conseilla ce dernier.

Le magicien acquiesça et entraîna Léon à sa suite. Ils sortaient des cachots lorsque le capitaine entendu un hurlement inhumain. Il eut un frisson. Merlin resta impassible. Il lui fallait à présent entrer dans la mêlée.

11

Maximilien avait la tête dans du coton. Il se sentait lourd, avait la bouche pâteuse et des difficultés à ouvrir les yeux. Quand il y parvint, il se rendit compte qu'il était dans sa chambre, dans son lit et que le soleil commençait doucement à éclairer la pièce. Il essaya de bouger mais sentit un poids sur son côté gauche. Sa main serrait quelque chose et il se tourna.

Son cœur bondit en voyant Artémis allongée à ses côtés, son visage proche du sien, vêtue de la robe de chambre qu'il lui avait offerte. Il leva la main droite puis caressa la joue de sa favorite. Elle grogna légèrement et ouvrit les yeux. Elle avait un air ahuri et il la sentit se raidir. Le charme était rompu et il se rappela qui elle était vraiment.

Sa poitrine se serra, mais il ne put se résoudre à ôter sa main. Même issue d'une autre dimension, c'était Artémis, non ? Il vit ses lèvres trembler.

Olympe ne savait pas quoi faire et la caresse était si douce. Il était tellement beau et elle… Cela faisait un moment qu'elle n'avait pas eu d'aventures amoureuses alors, évidemment, ses sens étaient décuplés. Mais elle essayait de garder l'esprit clair. Elle voyait dans les yeux de l'empereur qu'il ne pensait pas ce qu'il faisait, la nostalgie qu'elle lisait dans son regard était flagrante. C'était à Artémis qu'il songeait et non à elle.

Pourtant, son cœur s'était mis à battre plus vite. Il lui avait plu dès le départ et à présent… l'occasion était trop belle. Sa bouche s'entrouvrit légèrement et il pencha la tête, comme pour lui dire de l'embrasser. Elle n'avait qu'une envie, c'était de se laisser tenter, mais il ne fallait pas. Il ne pensait qu'à sa favorite. Il souffrirait de se rappeler qu'elle n'était pas Artémis ; elle souffrirait de n'être pas appréciée pour elle-même. Ni lui ni elle n'en retireraient quoi que ce soit.

— Je dois appeler Lucien, murmura-t-elle.

Elle n'avait pas la force de parler à voix haute. Ses émotions étaient troublées.

— S'il vous plaît, juste un instant, pria-t-il.

Le voir malheureux lui fendit le cœur. Il passa sa main dans ses cheveux, la regarda quelques secondes puis ferma les yeux. Il acquiesça et elle comprit qu'il lui donnait la permission de faire ce qu'elle devait. Elle sortit du lit, légèrement étourdie et récupéra l'étui de bois que lui avait donné le médecin impérial. Elle pressa le bouton puis reporta son attention sur l'empereur.

Il l'observait toujours avec ce regard à la fois malheureux et déterminé. Elle n'arriva pas à le soutenir et se détourna. Le médecin entra et elle en profita pour sortir. Ce n'était pas élégant, sans doute indigne de la favorite impériale, mais la tension était trop grande, ses émotions trop chamboulées pour faire autre chose.

Elle prit la porte par laquelle Iosifína était arrivée la veille et enfila les petits salons, les salles de travail avant de tomber enfin sur son appartement. Elle s'écroula sur le lit, essayant de calmer ses tremblements. Son cœur battait à tout rompre et elle se sermonna. Sans la présence étouffante de Maximilien, elle pouvait enfin penser clairement.

Elle ignorait pourquoi ses sentiments étaient aussi forts en sa présence. Est-ce que cela avait un rapport avec Artémis ? Est-ce que, par-delà la tombe, les alter ego des dimensions parallèles partageaient un lien ? Elle ne voyait que cette solution pour être aussi sensible à la présence d'un homme. Les émotions qu'elle éprouvait provenaient forcément d'Artémis. Elle n'était jamais tombée aussi rapidement sous le charme de quelqu'un auparavant. Aussi beau soit-il.

Mais avec Maximilien... elle perdait tous ses moyens et c'était insupportable. Quelle idée elle avait eue de dormir près de lui ? Si elle avait attendu un peu, il aurait fini par décrocher légèrement sa main et elle aurait pu aller dormir sur la méridienne près du feu. Ça aurait été bien plus facile ensuite. Alors que là... elle s'était réveillée, sa main sur sa joue et ses yeux brûlant de désir pour elle... ou plutôt pour Artémis.

Et c'était sans doute ça, le plus dur à avaler. Elle n'était rien... juste le reflet de l'amour de sa vie.

Fait chier ! jura-t-elle, serrant les poings sur ses genoux.

À partir de maintenant, elle se promit de ne pas approcher l'empereur, sauf nécessité impérieuse. C'était trop douloureux.

— Madame, est-ce vous ?

Iosifína parut sur le pas de la porte et sourit, soulagée en voyant Olympe. Elle avait entendu un bruit de cavalcade et s'était demandé si un rôdeur n'était pas entré. Normalement, le palais impérial était épargné, mais ce n'était pas certain. Et surtout pas après les événements de cette nuit.

— Oui, c'est moi, fit Olympe, saluant la distraction bienvenue.

— Comment va l'empereur ? A-t-il passé une bonne nuit ?

Olympe ne releva pas le manque de sollicitude pour elle-même. Après tout, elle n'était personne pour ces gens-là, il fallait qu'elle s'y habitue.

— Je le crois. Il a dormi comme une souche. Le médecin est près de lui.

Iosifína acquiesça, apparemment ravie.

— Vous désirez un petit déjeuner ? Je vais demander qu'on nous apporte quelque chose à grignoter.

L'historienne rêva d'un bon chocolat chaud mais ignorait quel genre de petit-déjeuner était en vogue à la cour impériale.

Elle se contenta d'acquiescer. Elle avait de toute manière très faim et aurait avalé n'importe quoi.

Iosifína fit passer les ordres tandis qu'Olympe s'approchait du secrétaire. Elle avait noté plusieurs choses lors de ses recherches de la veille. Elle devait les confirmer aujourd'hui.

— Est-ce qu'Artémis se rendait elle-même aux archives ? À la vue de tous ? demanda-t-elle à la femme de chambre.

— Oui, madame.

L'historienne acquiesça. Elle avait appris que les archives se trouvaient dans une aile du palais du Louvre. Ce n'était donc pas loin. Elle prit un document et le consulta. C'était le plan du palais, qu'elle avait essayé de mémoriser. C'était très compliqué et pas le genre de choses qu'elle avait l'habitude d'apprendre. Elle essaya de trouver un chemin pour s'y rendre, mais l'arrivée du petit déjeuner interrompit sa réflexion.

Elle se tourna vers le valet qui déposa sur le guéridon près de la porte un plateau avec une tasse, ce qui ressemblait à une théière mais surmonté d'un appareil en forme de ressort, des viennoiseries qui sentaient bon le beurre et des fruits. L'estomac d'Olympe grogna, ce qui fit sourire Iosifína. Elle servit une tasse et la tendit à l'historienne.

C'était du café et elle grimaça. Elle n'aimait pas ce breuvage. Ou alors avec beaucoup de sucre. Néanmoins, elle y trempa ses lèvres puis mordit dans un pain au chocolat. Il était merveilleux de moelleux et Olympe fut rassérénée. Rien ne valait de la bonne nourriture pour la ragaillardir. Elle mangea de bon appétit tandis que Iosifína s'affairait à lui préparer une tenue.

— Vous irez donc travailler aujourd'hui, demanda-t-elle en ouvrant le placard.

— Je pense, oui. À moins que j'aie des obligations que j'ignore…

— Non, la favorite impériale n'a pas spécialement d'obligations. Il y a la réunion du cercle des femmes de l'empire qui a lieu tous les mercredis et à laquelle vous ne dérogez jamais. Vous y retrouvez Stamatina, qui insiste pour que vous preniez la tête de ce cercle, mais vous ne le souhaitez pas. Ensuite, vous donnez parfois des leçons d'histoire au prince Victor quand il en exprime le désir. Vous aimez aussi aller chevaucher dans les bois de Saint-Germain et vous rendre à Versailles pour profiter des jardins, que vous trouvez moins étouffants que ceux des Tuileries. Toutefois, vous passez la plupart de vos journées à lire ou à écrire.

Olympe cilla. Les journées d'Artémis semblaient relativement paisibles, si on omettait qu'elle se trouvait dans une cour qui avait causé sa perte. Elle aimait les grands espaces et Versailles… ce qui convenait à Olympe, elles se rejoignaient plus qu'elle pensait. Et cette considération ne lui plaisait pas.

— À écrire ? Des lettres ou…, demanda-t-elle.

— Vous écrivez parfois à vos proches restés en Grèce, mais vous écrivez essentiellement des nouvelles.

Joignant le geste à la parole, Iosifína sortit un carnet de cuir et le tendit à Olympe. Elle reposa sa tasse et s'en empara. Elle feuilleta rapidement. Les nouvelles étaient des nouvelles galantes plutôt érotiques. L'historienne regarda sa femme de chambre, qui, pudiquement, se détourna.

— Est-ce qu'el… que je les publie quelque part ?

— Oh non ! C'est déjà bien suffisant à mon avis que vous les lisiez lors des soirées chez Mlle Argyropoulou.

Olympe comprit que la femme de chambre n'était pas portée sur la littérature de charme et sourit. Elle termina de manger, s'habilla avec l'aide de Iosifína puis sortit de ses appartements. Elle se rendit dans le pavillon de Marsan, rendant rapidement les saluts qu'on lui faisait mais sans s'attarder à discuter. On lui demandait comment allait l'empereur, et comme elle ignorait ce qu'il souhaitait dévoiler, elle se bornait à un évasif « Bien » et écourtait la conversation.

Elle était plutôt contente d'elle en pénétrant dans l'aile du Louvre. Il ne lui restait plus que quelques couloirs pour arriver aux archives et ils étaient moins fréquentés. Elle pensait s'en être tirée quand on l'interpella.

— Artémis !

Elle grimaça en reconnaissant la voix. C'était celle de Stamatina. La dernière personne qu'elle voulait voir. Elle ravala sa frustration et se tourna, un sourire plaqué sur le visage. La Grecque avait l'air d'avoir pressé le pas pour la rattraper et reprit son souffle en appuyant sur son corset.

— Bon sang, tu me fais faire des efforts de bon matin, taquina-t-elle.

— Je suis désolée, mais je suis pressée.

Stamatina la considéra longuement et fit la moue.

— Et où allais-tu ? Une mission pour ton amant ? Comment va-t-il ?

Olympe sut qu'écourter comme elle l'avait fait jusque-là ne lui apporterait rien. Elle ne pouvait pas éconduire sa meilleure amie.

— Il a passé une bonne nuit. Je l'ai laissé avec Lucien. Il est tiré d'affaire. Je suppose.

— Tu supposes ? Tu n'es pas restée pour en avoir le cœur net ? s'étonna Stamatina. Je pensais que tu ne le lâcherais pas.

L'historienne sut qu'elle devrait trouver une bonne excuse pour ne pas être aux côtés de Maximilien. La gêne qu'elle avait ressentie était anormale pour Artémis et donc elle ne pourrait pas s'en servir.

— Je l'ai veillée toute la nuit et il m'a ordonné d'aller me reposer. Mais je n'arrête pas de repenser à cet instant alors… je préfère m'activer.

Stamatina eut un pincement au cœur pour son amie. Elle s'approcha d'elle puis la serra contre elle. Olympe resta figée un instant puis lui rendit son étreinte.

— Ma pauvre chérie, je n'ose imaginer ce que tu as pu ressentir. Mais il est solide, tu le sais.

— Oui, je sais.

L'historienne brisa l'embrassade et sourit à la Grecque.

— Tu devrais venir avec moi. Nous passerions la journée ensemble, on pourrait aller faire du cheval à Versailles ? Qu'en dis-tu ?

Sachant que ça devait être tentant pour Artémis, mais aussi pour elle bien qu'elle n'ait jamais monté de sa vie, elle chercha un prétexte pour refuser.

— Je ne veux pas m'éloigner, au cas où, dit-elle donc.

Stamatina eut un air contrarié. Olympe appréhenda. Est-ce qu'Artémis avait déjà refusé ce que proposait sa meilleure amie ?

— Je comprends, mais tu risques de ruminer. Je vais t'accompagner.

Quel pot de colle ! pensa Olympe. Elle voulait aller aux archives pour fouiner un peu et ne se voyait pas le faire en compagnie de la Grecque.

— Oh, ça ne t'intéresserait pas, assura-t-elle, dans un sourire charmeur. J'ai commencé un travail il y a quelque temps et je voudrais en profiter pour le terminer. Tu t'ennuierais.

Cette fois, Stamatina grogna.

— Ce travail dont tu refuses de me parler ! Je croyais qu'il n'y avait pas de cachotteries entre nous, mais tu n'arrêtes pas de m'en faire. Comme si tu n'avais pas confiance en moi…

Donc, Artémis ne lui avait parlé de rien. Cela poussait Olympe à rester sur ses gardes envers elle.

— Je suis désolée, Stamatina.

— Inutile, Artémis.

Elle tourna les talons sans rien ajouter et repartit pour le palais des Tuileries. Elle avait l'air véritablement furieuse et Olympe se mordit les lèvres. Devait-elle la poursuivre pour essayer de faire la paix et renoncer à commencer son travail d'investigation tout de suite ou non ? Peut-être que si elle proposait une autre activité, plus proche du palais, elle pourrait s'en débarrasser vers midi et travailler l'après-midi…

Mais le fait que Stamatina ne soit au courant de rien lui mettait la puce à l'oreille. Olympe n'avait pas de meilleure amie, elle ignorait donc comment fonctionnait véritablement ce genre de relation. Les seuls exemples qu'elle avait étaient ceux des séries télévisées, avec ce que ça comportait d'idéalisme. Elle se disait que des amies véritables n'avaient pas de secrets l'une pour l'autre et cela pouvait donc dire qu'Artémis soupçonnait aussi Stamatina de prendre part au complot. À moins qu'elle ait tout simplement jugé que ça ne regardait pas la Grecque ou, mieux, qu'elle ne lui ait rien dit pour la protéger de ceux qui lui voulaient du mal.

Elle en était là de ses réflexions, ignorant quoi faire, quand Siméon apparut dans son champ de vision. Il vola vers elle puis se posa sur une statue à côté d'elle. Ses yeux jaunes la fixèrent et elle lui rendit son regard.

— *Où alliez-vous ?*

Une voix s'était élevée dans sa tête et Olympe écarquilla les yeux. Elle avait pourtant le bandeau antitélépathique… comment était-ce…

— *Ce bandeau est fait pour les humains et non pour les dragons. Il en faut un plus puissant si vous voulez préserver vos pensées de notre race. Ce que je vous conseille fortement, d'ailleurs. Maximilien aurait dû vous en fournir un de ce genre…*

Elle resta interdite, ne sachant trop comment faire pour lui répondre. La voix était puissante, mais elle n'avait jamais parlé par télépathie. Elle ignorait même si elle en était capable.

— *Formulez juste des réponses, je les lirai*, rétorqua le dragon.

Sa voix était neutre, mais il grimaçait et Olympe comprit qu'elle l'exaspérait.

— *Alors, où alliez-vous ?*

— *Je comptais faire un tour aux archives pour reprendre les recherches d'Artémis.*

Le dragon acquiesça et elle le vit réfléchir.

— *Vous avez une idée par où commencer ou vous allez bêtement reprendre ses notes ?*

Elle le foudroya du regard et il bomba le torse. Elle se dit que ça ne se faisait pas de provoquer un dragon mais décida de ne pas changer de comportement.

— *Non, je n'ai pas l'intention de la suivre*, répliqua-t-elle. *Je compte aller fouiner du côté des pamphlets et des gazettes impériales.*

— *Pourquoi ?* s'étonna le dragon. *Ce sont les archives familiales qui semblent être en cause.*

— *Je sais, mais je n'ai pas envie de me faire tuer dès mon premier jour ! Les pamphlets et les gazettes me donneront les versions officielles, qui me permettront de comprendre celles qu'on cherche à remettre en cause. Ça me donnera un angle de réflexion différent et me permettra de cibler quelque chose dans les archives familiales, qui sont vastes !*

Siméon masqua sa surprise. Cette petite humaine était plus intelligente qu'il le pensait.

— *Bonne idée*, approuva-t-il.

Olympe sourit, curieusement heureuse d'avoir son aval. Elle ignorait véritablement ce que les dragons étaient dans ce monde et la relation qu'il entretenait avec l'empereur, mais elle supposait qu'ils étaient proches et c'était donc encourageant d'avoir son approbation.

— *Cependant, vous n'allez pas le faire maintenant*, reprit-il, la surprenant. *Vous allez venir avec moi.*

Elle n'eut pas le temps de penser quoi que ce soit et il s'envola. Elle resta un instant stupéfaite puis, le voyant s'éloigner sans vérifier qu'elle le suivait, elle se pressa de lui emboîter le vol.

12

— *Où m'emmenez-vous ?* demanda Olympe.

Elle suivait le dragon depuis de longues minutes déjà. Ils avaient traversé des couloirs déserts, des salons splendides où la foule se pressait, des passages de domestiques et des escaliers monumentaux. Elle ignorait le but de leur expédition, Siméon avait juste dit qu'il devait lui montrer quelque chose… mais où ? À l'autre bout de la capitale ?

— *Vous avez peur ?* s'étonna le dragon.

L'historienne sut qu'il se moquait d'elle. Cela l'irrita.

— *Voyons voir, je suis dans un palais inconnu à suivre un dragon que je ne connais pas dans une nouvelle dimension, pendant qu'on cherche à me faire assassiner… je n'ai effectivement pas de raison d'avoir peur*, rétorqua Olympe.

— *Pas la moindre, je vous l'assure.*

Olympe leva les yeux au ciel. Il ne décrocherait pas un mot, sauf pour se moquer d'elle. Mais la discussion canalisait son angoisse, alors elle décida de faire la conversation.

— *Très bien… Quel est le rôle des dragons dans ce monde ?*

— *Le rôle des dragons ?*

— *Oui, le rôle des dragons. Vous servez à quoi ? Vous êtes des animaux de compagnie ou bien vous dirigez les humains comme des pantins ?*

Siméon s'arrêta et se tourna vers elle. Ses ailes battaient plus fortement pour le maintenir en vol stationnaire et Olympe vit que l'irritation gagnait son regard.

— *Des animaux de compagnie ?* répéta-t-il.

L'historienne eut un sourire. Dans les livres qu'elle lisait, les dragons se séparaient en deux catégories : les simples animaux, similaires au cheval, et les créatures intelligentes et supérieures, imbues d'elles-mêmes. Elle comprit que, dans cette dimension, les dragons faisaient partie de la seconde. Mais elle aimait la provocation.

— *Vous êtes toujours aux côtés de Maximilien, de là à conclure que vous êtes son animal de compagnie… je voulais simplement savoir si c'était général ou non.*

— *Je ne suis pas toujours aux côtés de Maximilien, comme vous dites. Vous êtes bien familière pour une femme de basse extraction.*

Olympe retint son énervement. Femme de basse extraction… sa mère était ambulancière et son père éleveur de chèvres… OK, ce n'était pas la gloire, mais y avait aucune honte non plus.

— *Si je suis à ses côtés, c'est uniquement parce qu'il est le seul humain que j'estime*, continua le dragon, imperméable aux pensées de la jeune femme. *Il fait partie d'une longue lignée de nobles humains, parmi les seuls potables, devrais-je dire. Vous ignorez ce que c'est de partager le monde avec des abrutis comme les êtres humains.*

— *Ne vous inquiétez pas, j'ai une petite idée de ce que c'est qu'être entourée de débiles,* assura Olympe. *Les cons ne manquent pas, mais il y a des humains exceptionnels…*

— *C'est ce que je dis… vous écoutez ou non ?* répliqua le dragon. *Maximilien fait partie de ceux-là et je dois le protéger.*

— *Alors c'est ce que font les dragons ? Ils choisissent un humain et le protègent ?*

— *Non.*

Olympe s'attendait à une explication supplémentaire, mais Siméon n'ajouta rien. Pourtant, elle aurait aimé en savoir plus sur ce monde. Pour le moment, elle avait compris que la géopolitique et l'histoire étaient radicalement différentes… ou plutôt, elle avait changé à partir de la fin du XVIIIe siècle. De ce qu'elle avait compris, le reste était assez similaire à ce qu'elle connaissait.

Plus la magie et les dragons.

Mais elle ignorait dans quelles proportions ces deux derniers existaient. La technologie était apparemment un savant mélange entre techniques humaines et magiques. Maximilien avait des pouvoirs télépathiques, comme d'autres personnes. Quels étaient les autres pouvoirs ? Comment les obtenait-on ? Elle avait tant de questions.

Siméon suivait le fil des pensées de l'historienne. Il vit son impatience mais n'avait pas l'intention de lever le voile sur les mystères du monde. La plupart des humains ne les connaissaient pas. Pourquoi lui en parlerait-il ?

Ils continuèrent de cheminer et arrivèrent finalement dans un cul-de-sac, la fin d'un couloir interminable. Olympe regarda le dragon, curieuse.

— *N'ayez pas peur*, fut la seule recommandation qu'il lui donna.

Cela l'inquiéta davantage et elle sursauta quand il posa une patte sur chacune de ses épaules. Ses griffes mordirent son vêtement et meurtrirent sa peau. Elle grimaça, laissant échapper un petit cri de douleur. Siméon ne sembla même pas s'en apercevoir et, d'un coup d'ailes, la tira vers le haut.

Ses pieds décollèrent du sol et l'appréhension s'empara d'elle. Elle se crispa alors que le dragon l'élevait de plus en plus haut. Quand elle s'aperçut qu'ils filaient à une vitesse folle vers le plafond et que Siméon n'avait apparemment pas prévu de ralentir, elle cria.

Mais ils passèrent au travers comme si ce n'était qu'un nuage. Choquée, elle regarda autour d'elle. Il faisait sombre et froid et elle lança un œil vers le dragon. Ce dernier était tendu vers le haut et ses ailes claquaient toujours furieusement. Elle allait demander où ils se rendaient, bien qu'elle sût qu'elle n'aurait aucune réponse.

Elle avait l'impression d'être dans un tunnel vertical mais sans lumière au bout. Après de longues minutes où son angoisse grimpa, ils arrivèrent dans un endroit étrange. Siméon la posa sur le plancher qu'ils venaient de traverser et Olympe observa les lieux. La pièce était carrée, en bois, avec des établis où trônait de la verrerie aux formes étranges et des bibliothèques variées croulant sous les écrits apparemment anciens. Au milieu, un homme, grand, au visage grave, aux pommettes saillantes, la barbe savamment taillée et les cheveux blancs longs, dardait sur elle ses yeux bleus sévères.

L'historienne déglutit péniblement, se retenant à grand-peine de pointer du doigt Siméon et de dire « C'est lui qui m'a amenée, j'y suis pour rien ». Le dragon l'avait d'ailleurs laissée pour se poser sur un fauteuil rouge dans un recoin de la pièce.

— Bonjour, madame Valoese, fit l'homme.

On ne l'appelait jamais « madame Valoese ». À part ses anciens étudiants et quelques professeurs… et encore.

— Bonjour, fit-elle en retour, ignorant quoi faire d'autre.

— Je m'appelle Merlin, je suis le magicien de cette cour, se présenta-t-il.

L'historienne écarquilla les yeux.

— Merlin ? Comme Merlin l'Enchanteur ? ne put-elle s'empêcher de remarquer.

Le magicien pencha la tête sur le côté.

— Qui est-ce ? Un magicien de votre monde ?

— Euh, une légende plutôt… il était conseiller du roi Arthur.

Un sourire éclaira le visage du magicien. Il échangea un regard avec Siméon.

— *Sans doute votre alter ego*, lâcha le dragon avant d'étirer ses ailes.

Tracter l'humaine lui avait pris plus de force qu'il l'avait estimé.

— *Je le pense aussi*, approuva Merlin avant de se concentrer sur Olympe. Je ne suis pas enchanteur, corrigea-t-il, mais je pense que nous sommes la même personne… du moins qu'il est mon double. Comme vous celui d'Artémis.

— Oh… très bien.

Elle n'était pas très sûre de ce que cela pouvait impliquer. L'homme en face d'elle avait-il plus de mille ans ? S'il prétendait être le même Merlin que celui de sa dimension, il avait donc servi sous le roi Arthur.

— Je suis au service des rois et empereurs successifs et j'ai donc acquis une certaine aisance pour louvoyer parmi les complots, continua-t-il. La plupart sont vains, certains sont dangereux, mais ils sont tous divertissants quand on est aussi vieux que moi.

Olympe masqua sa surprise. Avait-il dit cela parce qu'il lisait dans ses pensées ? Ce qui voudrait dire que le bandeau donné par Maximilien ne fonctionnait pas non plus sur les magiciens… ou alors était-ce une coïncidence ?

— Ne vous tourmentez pas, ce bandeau est efficace contre les magiciens. Sauf ceux qui ont du sang de dragon. Comme moi. Rassurez-vous, nous ne sommes pas nombreux.

— *Encore heureux*, tacla Siméon, mais Merlin l'ignora.

— Du sang de… D'accord, fit Olympe.

Tout cela commençait à la dépasser. En fait, elle comprenait pourquoi Siméon n'avait pas vraiment répondu à sa question. Des changements historiques, elle pouvait l'envisager. Mais la magie et les dragons… même si elle les voyait, son esprit éduqué dans une dimension où ils étaient absents avait encore du mal à les concevoir.

Merlin eut un sourire encourageant.

— Je sais que tout cela est nouveau pour vous. J'ignore si vous pourrez vous y faire, mais il vous faudra essayer. Nous avons des choses à voir, vous et moi.

— Comme quoi ? Vous voulez aussi que je fouille dans vos archives ? Vous n'avez donc pas d'historien potable dans votre dimension ?

Merlin se mit à rire.

— Non, rassurez-vous. Vous n'y comprendriez de toute manière pas grand-chose. Siméon et moi voulions vous parler à propos de ce qui menace Maximilien.

La curiosité piquée, Olympe regarda les deux êtres en face d'elle. Artémis n'avait rien noté sur eux dans ses cahiers. Pouvait-elle leur faire confiance ?

— Vous savez quelque chose concernant le complot ? demanda-t-elle.

— Disons qu'il va falloir le remettre en perspective, corrigea Merlin. Jusqu'à présent, nous avions laissé cette histoire aux mains des humains. Nous le faisons toujours quand cela les concerne uniquement, cependant nous avons de bonnes raisons de croire que, cette fois, le complot les dépasserait.

— Attendez… vous protégez l'empereur mais pas contre les humains, c'est ça ? s'étonna l'historienne.

— Les humains sont assez intelligents pour se contrer eux-mêmes et Maximilien est entouré des meilleurs, expliqua Merlin. Nous n'avons pas de crainte à avoir là-dessus et nous pouvons nous concentrer sur les choses vraiment importantes.

— Comme quoi ?

— *Je crois que nous n'y couperons pas, nous devrons lui expliquer finalement*, soupira Siméon.

— *Parce que vous croyiez y échapper ?* se moqua Merlin.

Le dragon eut un haussement d'ailes, amusant le magicien.

— La magie n'existe pas sur cette Terre de manière égale. La plupart des magiciens sont traqués et exterminés dans les autres continents. Mais en Europe et en Asie, ils ont trouvé une terre d'asile. Ils se sont rapprochés des gouvernements, sont devenus les conseillers des monarques et la magie a pu s'épanouir et se développer, se mêlant aux techniques humaines pour faire évoluer la technologie plus rapidement.

Olympe acquiesça et enregistra l'information.

— Cependant, certains praticiens voulaient plus. Toujours plus. Et ils se sont mis à flirter avec les limites, à utiliser des sorts douteux… bref, ils ont commencé à développer une magie plus noire, s'alliant avec les ténèbres. Leur but était de se faire craindre des humains et de prendre le pouvoir. Ils estimaient que les humains leur étaient inférieurs et qu'ainsi ils devaient naturellement être leurs chefs.

Olympe ne réagit pas. C'était banal. Un homme qui avait du pouvoir en voulait toujours plus. Mais quelque chose la chiffonnait.

— Que sont véritablement les magiciens ? Vous me dites que certains ont du sang de dragon… comment est-ce possible ? Les humains qui ont des pouvoirs sont des magiciens ? Maximilien en est un ?

— Vous posez beaucoup de questions, sourit Merlin.

— C'est mon boulot, rétorqua-t-elle.

— *Elle est insupportable*, lâcha Siméon, mais Olympe ne l'entendit pas.

— Je vais tenter de vous expliquer de manière claire et rapide, fit Merlin, ignorant la remarque du dragon. Les magiciens sont des êtres pour qui la magie est accessible, ils peuvent quasiment en faire ce qu'ils veulent en fonction de leur aptitude naturelle à se servir d'elle. Certains ont du sang de dragon parce que certains magiciens, aidés par certains dragons, ont essayé de voir ce que cela pourrait donner puisque les dragons sont naturellement doués pour la magie. Les humains qui ont des pouvoirs ne sont pas tous des magiciens. Maximilien est un très bon exemple. Il n'est pas magicien. Les humains qui ont des pouvoirs ont des sensibilités à la magie, néanmoins c'est dû uniquement à leur corps, qui s'est développé de cette manière. Ils sont capables d'avoir un ou deux pouvoirs parce qu'ils canalisent inconsciemment leur énergie magique, mais ils sont incapables de contrôler le flux magique. Comprenez-vous ?

Olympe acquiesça. Il devait y avoir des tas d'autres subtilités, toutefois elle pensait comprendre l'essentiel. Elle aurait le temps de peaufiner plus tard.

— Donc les dragons aident les magiciens ?

— Ce n'est pas systématique. Les dragons sont, de manière innée, capables de manipuler la magie complètement et sans limite. Ils sont en quelque sorte les gardiens de l'énergie magique. En général, nous sommes proches, mais les dragons aiment se tenir à l'écart du monde des humains. Ils mènent leur vie comme bon leur semble, s'établissent où ils le souhaitent, qu'il y ait des humains ou non n'influe pas leur décision. Bien que certains, plutôt paresseux, préfèrent se mettre à côté des humains, qui vont leur apporter de la nourriture et ainsi leur éviter de chasser.

— *Nous ne les aimons pas plus que les hybrides*, daigna Siméon.

— Les hybrides ? Ceux qui ont du sang de dragon ? comprit Olympe.

— Oui, acquiesça Merlin. Notre ami Siméon nous considère comme des aberrations. Je crois que c'est l'avis d'une grande partie de sa race, ce qui explique pourquoi ils ont exterminé les dragons et les humains responsables de ces expérimentations. Ils n'ont pas tué tous les hybrides, uniquement ceux qui n'auraient aucun rôle à jouer. Ce qui fait que je dois la vie à un coup de chance.

Siméon claqua de la mâchoire pour approuver. S'il n'avait pas vu dans son futur que Merlin allait servir un grand empire humain, il l'aurait croqué comme il l'avait fait pour les autres.

— Bref, maintenant que vous avez un peu mieux compris la magie et les dragons, nous allons pouvoir passer au vif du sujet, reprit Merlin, soucieux *a priori* d'écourter la conversation. Comme je vous le disais, les mages noirs se sont développés et ont toujours en tête de faire tomber les empires humains et d'exterminer les magiciens et les dragons qui se mettraient en travers de leur route. Les autres magiciens, le plus grand nombre, les repoussent sans problème et sans mêler les humains la plupart du temps, ou bien innocemment en conseillant à leur souverain d'attaquer tel ou tel pays plutôt qu'un autre...

Olympe haussa un sourcil, amusée par la nonchalance du magicien, qui avouait, sans se démonter, manipuler l'empereur.

— L'empire d'Europe est le plus puissant en ce moment. Les campagnes qu'il a menées et les alliances qu'il est en train de forger sous la gouvernance de Maximilien en font une menace pour les mages noirs et les dragons renégats. Par conséquent, nous avons de bonnes raisons de croire que le complot visant à faire tomber l'empereur n'est pas qu'un complot humain et que, si une raison quelconque se cache dans les archives familiales des Bourbons, elle ne peut être liée qu'à la magie.

— Autrement dit..., commença Olympe, peu sûre de ce que cela signifiait.

— Autrement dit, nous allons devoir combattre les mages noirs ensemble, ma chère.

13

— Si vous pensez que je vais balancer des éclairs…, commença Olympe.

Merlin eut un rire.

— Non, nous savons que vous ne disposez pas de pouvoirs. Artémis Rállis n'en avait pas et tenait même la magie comme quantité négligeable, juste bonne à fabriquer des objets pour faciliter le quotidien.

— Ce qui explique en partie pourquoi elle ne mentionne pas cette éventualité dans ses notes, comprit Olympe.

— *Je pense que c'est même plus que cela*, fit Siméon, lisant dans les pensées de l'historienne. *Elle ne l'a simplement pas envisagée.*

— Elle aurait dû, non ? s'étonna Olympe.

— Oui, et non, tempéra Merlin. N'étant pas porteuse de pouvoirs, elle n'était pas très au fait de l'importance de la magie. Les magiciens vivent cachés et nous ne sommes pas toujours en train de rappeler que nous sommes là. Les humains savent que la magie fait partie intégrante de leur vie par le biais des nombreux appareils que nous améliorons et qui permettent à tout le monde de profiter des bienfaits magiques. Mais ils ne nous voient pas comme une race à part entière… ils nous considèrent plutôt comme une classe particulière, avec des capacités différentes, toutefois pas plus différentes que celle d'un artiste ou d'un maçon. Pour eux, nous sommes doués pour quelque chose et c'est tout.

— *Ils ne se rendent pas compte de ce qu'est la magie réellement et de la nécessité de canaliser sa puissance et de veiller sur ceux qui l'utilisent*, tacla Siméon.

— C'est vrai, approuva Merlin. Du coup, Artémis ne voyait pas pourquoi nous pourrions être impliqués dans un complot. Ou alors, uniquement à titre individuel. Pour elle, c'était forcément politique et la magie ne fait pas partie de la politique.

— C'est une erreur, lâcha Olympe. Comme si on disait que l'agriculture n'est pas politique… tout est toujours politique. Les paysans ont des revendications, pourquoi pas les magiciens ? Dès lors, pourquoi ne fomenteraient-ils pas un complot ?

— Parce que nous n'en avons jamais eu, résuma Merlin.

— Mais elle connaissait les mages noirs, non ? Alors pourquoi…

— *L'existence des mages noirs est tenue cachée du grand public*, coupa Siméon. *Il ne manquerait plus que la population se mette à paniquer à l'idée que des personnages aux pouvoirs supérieurs soient voués au mal.*

— Comment est-ce possible ? Les mages noirs n'ont-ils pas intérêt à se faire connaître puisqu'ils souhaitent faire peur aux humains pour les soumettre ?

— Tant qu'ils n'ont pas suffisamment de puissance à opposer aux humains et aux autres magiciens, ils préfèrent faire profil bas. Ils n'ont jamais fait quoi que ce soit qui laissait supposer qu'ils voudraient se révéler pour l'instant, expliqua Merlin.

— Et vous pensez que c'est maintenant ? Et le complot viserait quoi ? demanda Olympe.

— Je vous ai dit que l'empire des Bourbons était un des deux empires qui accueillait le plus favorablement les magiciens, répéta Merlin. Mais contrairement aux Russes, qui les contraignent par de nombreuses obligations, les magiciens européens sont très libres tant qu'ils respectent les lois impériales. Mieux, en leur offrant des conditions de vie très supérieures à la moyenne, l'empire européen se les attache par affection.

— Dans ce cas, tous les magiciens devraient venir ici, non ? sourit Olympe.

— *C'est pratiquement le cas*, intervint Siméon. *Les trois-quarts des magiciens de ce monde vivent sur le territoire européen. Les autres ont souvent des attaches affectives plus grandes pour les autres pays et acceptent les brimades ou espèrent faire changer les choses. Et on ne change rien en quittant le navire.*

L'historienne hocha la tête. Elle était d'accord avec ça.

— Les mages noirs, eux, sont éparpillés partout. Leur loge se réunit dans un lieu tenu secret que nous ne sommes pas parvenus à localiser. Mais l'empire des Bourbons est dans leur viseur parce qu'il permet à la majorité des magiciens de vivre en harmonie et de développer leur magie. Le faire tomber, ce serait porter un coup fatal à leurs ennemis.

— Ils veulent donc détrôner Maximilien pour démanteler l'empire ?

— *Démanteler l'empire ou remplacer l'empereur par un autre… ça, on n'en sait rien*, admit Siméon.

— Pourquoi ne pas en avoir parlé avec Artémis ou avec l'empereur ? s'étonna Olympe.

— *Parce que nous ne le savions pas avant-hier soir*, avoua le dragon.

Olympe le regarda. Il fit claquer ses mâchoires. Merlin décida de parler avant lui.

— Nous avons attrapé le tireur, celui qui vous visait mais qui a eu Maximilien à la place.

L'historienne déglutit. La scène repassa rapidement dans sa tête. Un frisson la parcourut.

— Il n'a pas voulu décrocher un mot. Il avait du matériel prussien, de la technologie ottomane, des amulettes égyptiennes, une boîte japonaise et des papiers russes dans son sac. Bref, un vrai bric-à-brac qui est encore entre les mains des services secrets de Sa Majesté pour inspection. Je ne suis pas certain qu'on trouve quoi que ce soit, cependant Léon a tenu à mener son enquête à sa manière.

Merlin haussa les épaules. C'était une perte de temps pour lui, mais il ne pouvait pas empêcher les humains de chercher à s'occuper et de croire que ce qu'ils faisaient avait un sens ou produirait un résultat quelconque.

— Ce qui était plus intéressant par contre, c'est la magie qui entourait cet objet, continua-t-il en s'approchant d'un établi.

Olympe le suivit et entrevit la flèche, accompagnée du fameux circuit imprimé. Son sang se glaça en voyant l'instrument qui avait blessé l'empereur, mais elle se morigéna pour ne rien laisser paraître devant ses interlocuteurs. Ils avaient suffisamment peu d'estime pour elle comme cela. Le magicien lui tendit un monocle teinté et lui fit signe de regarder le cristal.

Elle s'empara du monocle, le tint devant son œil droit et s'approcha. Aussitôt, des symboles apparurent sur le cristal. Des symboles qu'elle ne connaissait pas. Si seulement elle avait suivi des cours de linguistique, elle aurait au moins pu dire s'ils provenaient d'une civilisation quelconque mais non… elle pouvait simplement affirmer que ce n'étaient pas des idéogrammes, de l'écriture cunéiforme ou des caractères gothiques. Ni même des hiéroglyphes.

Elle se redressa, et regarda Siméon et Merlin.

— Vous vous attendez à ce que je sois capable de lire ça ? demanda-t-elle, légèrement effrayée à l'idée qu'ils l'aient fait venir pour ça.

S'ils comptaient sur elle, elle allait les décevoir et elle détestait avouer son incompétence. Merlin sourit en secouant la tête, ce qui la soulagea un peu.

— *Si vous étiez capable de lire cela, ce serait très étonnant*, cracha Siméon. *Nous ne sommes pas idiots. Ce sont des caractères draconiques mêlés à des symboles alchimiques.*

Olympe acquiesça. Effectivement, c'était idiot de penser qu'elle avait une chance de pouvoir les décrypter.

— Donc, vous savez les lire.

— En partie, avoua Merlin. Pour le draconique, c'est limpide. Pour les symboles, c'est moins simple. Je suis capable de reconnaître les symboles, leur signification et leur utilisation, mais à la manière d'une formule chimique, suivant avec quoi ils sont associés leur sens peut changer.

— C'est comme le japonais, comprit-elle.

Ils la regardèrent avec étonnement. Elle savoura son petit triomphe.

— Vous savez parler japonais ? lâcha le magicien.

— Pas couramment. Je me débrouille pour les besoins essentiels. Ils ont un alphabet de base et des idéogrammes, mais leur sens change en fonction des associations. Un idéogramme a une signification propre, mais quand on l'associe à d'autres son sens et sa prononciation peuvent changer. Ce qui rend la langue un peu difficile à apprendre.

— Eh bien, c'est le même principe pour les symboles alchimiques, sourit Merlin, réellement bluffé. Bien que, même si vous parlez couramment l'alchimie, elle soit en constante évolution donc vous ne pourrez jamais totalement la cerner et les interprétations sont multiples.

— *Bref, Merlin cherche encore la meilleure traduction de ce charabia, mais cela nous confirme que les mages noirs et les dragons renégats sont impliqués*, conclut Siméon.

— Pourquoi ? Je veux dire… pourquoi ce seraient les mages noirs ? Ça ne pourrait pas être les autres magiciens ?

— *Ces paresseux ?* se moqua Siméon.

Merlin lui lança un regard noir qu'il ignora grandement.

— Hormis ceux qui participent activement à la lutte contre les mages noirs, les autres magiciens sont plutôt paisibles et pacifiques. Ils n'ont guère de revendications ou de problèmes. L'empire est généreux avec eux, suffisamment pour leur ôter toute envie de se rebeller.

Olympe fit la moue. Elle avait des gros doutes là-dessus. On avait toujours besoin de quelque chose d'autre. Rares étaient les personnes qui se satisfaisaient de ce qu'elles avaient. Mais puisque Merlin semblait sûr et que Siméon envisageait ça comme une farce, elle n'insista pas. Elle n'y connaissait rien après tout.

— Et puis, si cela peut vous rassurer, reprit Merlin, histoire de la convaincre un peu plus de laisser tomber l'idée d'une implication des magiciens, le fait que j'aie du mal à décrypter ces symboles est une preuve que ce sont les mages noirs qui les ont gravés. Nous avons fait plusieurs conventions entre les magiciens afin de pouvoir nous comprendre. Ne pas les respecter n'est pas envisageable…

— *Cela demanderait de réfléchir*, appuya Siméon.

— C'était surtout pour mieux se comprendre malgré les barrières des langues, rétorqua le magicien.

— OK, vous avez fait des règles d'orthographe, quoi, résuma Olympe.

Merlin la regarda, stupéfait, puis sourit de nouveau.

— Effectivement, voyons cela comme ça. Donc, ne pas respecter l'orthographe serait inconcevable. Croyez-moi, les mages noirs sont impliqués.

— *Oui, et puis, je l'ai vu dans l'esprit de l'humain, aussi… C'est sans doute par-là que vous auriez dû commencer, Merlin*, reprocha Siméon.

Le magicien masqua son exaspération.

— Pourquoi ne pas m'avoir interrompu dans ce cas ?

— *Je me disais que vous finiriez par y arriver tout seul. Je voulais vous donner cette satisfaction. Mais vous pataugez…*

Merlin soupira.

— Vous avez lu dans l'esprit du tireur ? Alors, vous savez qui est à la tête du complot… et ce qu'ils veulent…, lâcha Olympe.

— *Quelle naïveté !* se moqua Siméon. *Un homme de main n'est pas au courant de toute l'organisation qui l'emploie. C'était le cas de celui-là. La seule chose que j'aie pu en tirer, c'est la certitude que son esprit avait été trafiqué par un mage très puissant qui ne respecte pas les conventions de magie élémentaire. La présence de magie noire était évidente. De plus, il avait bu du sang de dragon et s'il y a bien quelque chose qu'on ne peut obtenir sans l'autorisation d'un dragon, c'est du sang.*

— Du sang de dragon ? Pourquoi boire du sang de dragon ? s'étonna l'historienne.

— Dans certains cas et sous certaines conditions, en général l'accomplissement d'un rituel maléfique, l'absorption de sang de dragon permet de décupler les capacités physiques et magiques d'un magicien, expliqua Merlin.

— *Ce qui prouve la connivence des mages noirs et des dragons renégats*, conclut Siméon.

— Peut-être qu'ils auraient pu capturer un dragon, tenta Olympe.

Siméon tapa sa patte contre la tête du fauteuil, qui s'ébranla. De la fumée s'échappa de ses narines et il claqua furieusement des mâchoires.

— *Personne ne touche à un dragon !* s'énerva-t-il. *Les humains et les magiciens ne sont pas de taille à lutter contre nous ! Encore moins à capturer l'un des nôtres, y compris le plus faible.*

— Cela équivaudrait à combattre un dieu, expliqua Merlin.

Olympe hocha la tête, pourtant elle n'était pas convaincue. Il lui apparaissait de nombreux moyens pour capturer un dragon, mais, encore une fois, elle essaya de penser à autre chose. Elle ne voulait pas remettre en cause les affirmations de deux êtres qui vivaient dans cette dimension depuis plus longtemps qu'elle.

— Donc des mages noirs et des dragons renégats veulent me tuer… parce que je suis sur la piste d'un complot humain, résuma-t-elle.

— C'est cela, confirma Merlin.

C'est fou ce que j'ai comme bol, quand même, se dit-elle.

— *Ce qu'il faut à présent, c'est découvrir pourquoi les archives sont importantes, ce qu'ils cherchent à y trouver et leur but*, reprit Siméon. *Sans doute la mort de Maximilien ou son abdication et la panique qui s'ensuivrait.*

— Il nous faut connaître leurs complices humains et désamorcer ce complot avant qu'il parvienne à maturité, continua Merlin. Avez-vous des pistes ?

— Non… Comme je le disais à Siméon avant qu'il m'emmène ici, je comptais aller faire un tour dans les archives pour lire les gazettes et les pamphlets impériaux afin de trouver des versions officielles qu'on pourrait vouloir remettre en cause. Si l'on veut destituer un empereur, il faut le discréditer.

Merlin approuva.

— C'est une bonne idée. Vous en avez parlé à Léon ? Il pourrait vous aiguiller…

— Non, je n'y ai pas pensé, admit Olympe. Mais il doit avoir beaucoup de travail et je ne l'ai pas revu depuis hier. Et puis, je souhaitais aussi faire profil bas. Je ne veux pas attirer l'attention. Déjà que je me suis brouillée avec Stamatina.

Siméon grogna.

— *C'est fâcheux. C'est la plus grande commère de la cour.*

— J'essaierai d'arranger les choses dans ce cas.

— Ce serait bien, fit Merlin. Et j'ai une idée pour y parvenir…

Il se tourna pour fouiller dans ses affaires, jura plusieurs fois puis extirpa quelque chose avec force et s'approcha d'Olympe. L'historienne pencha la tête pour essayer de comprendre ce qu'il lui montrait pendant que Siméon émettait un bruit qu'elle finit par assimiler à un rire.

14

Olympe n'en menait pas large. Maintenant qu'elle savait ce que Merlin lui avait donné pour arrondir les angles avec Stamatina, elle n'était pas à l'aise. Siméon l'avait déposée dans les jardins du Carrousel, dans le bosquet d'arbres, et elle devait donc trouver Stamatina dans toutes les Tuileries avec *ça* dans la poche.

Elle arrivait aux abords du pavillon de Marsan, là où la Grecque l'avait abordée. Elle n'y était plus, évidemment. Olympe ignorait combien de temps exactement elle avait passé en compagnie de Merlin et de Siméon, mais suffisamment pour que Stamatina se soit éloignée du dernier point connu.

L'historienne fit jouer sa mémoire défectueuse. Iosifína lui avait donné quelques précisions sur la Grecque. Elle lui avait donné ses préférences sexuelles… qui n'en étaient pas finalement puisqu'elle mettait ceux qui lui plaisaient dans son lit, un point c'est tout. Olympe avait ainsi appris qu'Artémis et elle s'étaient parfois laissées aller à ce genre de choses jusqu'à ce que Maximilien arrive dans l'équation. Artémis refusait à présent systématiquement. Ce qui avait soulagé Olympe, qui ne se voyait pas simuler un acte sexuel qu'elle n'apprécierait pas. Les filles, elle avait testé et c'était non. Définitivement.

Iosifína lui avait aussi donné quelques indications sur les habitudes des deux amies, les endroits préférés de Stamatina et les loisirs qu'elles partageaient. Olympe priait pour que leur prise de bec ne rende pas nulles toutes ces informations. Bien que retrouver la Grecque dans un palais où elle aimait se faire voir ne risquât pas de représenter de difficulté majeure mais puisse susciter la curiosité et obliger l'historienne à parler avec des gens.

Elle se rendit donc dans l'un des endroits préférés de Stamatina, un café dans les galeries du palais royal. C'était à la fois assez proche de la cour pour pouvoir y retourner en cas de besoin et assez loin pour ne plus ressentir le poids de la proximité impériale. La Grecque adorait y aller, d'autant que le propriétaire se faisait fort de réserver des boissons nouvelles aux dames de la cour et que la carte changeait de semaine en semaine.

Elle sortit donc du Louvre, traversa la rue de Rivoli, qui bien évidemment n'avait rien de commun avec ce qu'elle connaissait. Les bâtiments étaient presque similaires, mais il y en avait un nouveau, le ministère des Finances, incendié en 1871 chez elle, qui trônait là, en face du jardin des Tuileries. Olympe allait essayer de comparer ce qui restait à ce qui avait disparu, puis renonça. Peut-être plus tard, lorsqu'elle aurait du temps à perdre. Si elle en avait.

Elle fonça donc tout droit vers le palais royal, qui n'avait, par bonheur, pas changé. Elle passa sous les premières arches, franchit les travées et parvint aux jardins. Eux non plus n'avaient pas changé, sauf quelques statues supplémentaires peut-être et plus de tables dans les galeries. Elle vit partout un étalage de robes sublimes et de tenues somptueuses, et comprit que toute la cour se retrouvait là.

Elle tenta de raser les murs pour ne pas se faire voir. Elle n'avait aucune envie qu'on lui demande des nouvelles de Sa Majesté ou des siennes. Elle n'était pas d'humeur à tailler le bout de gras. Elle se faisait donc discrète, tournait la tête quand des gens s'approchaient, tirait excessivement sur le châle que Iosifína lui avait mis afin de cacher le bas de son visage et réussit à se frayer un chemin en toute discrétion jusqu'au café.

Elle y entra, admira les gravures vantant les mérites de tel ou tel alcool et chercha Stamatina des yeux. Elle l'aperçut finalement, entourée de trois femmes et deux hommes qui se permettaient parfois des gestes déplacés entre eux. Olympe sut qu'elle venait de tomber sur la « cour » de la Grecque, ses amants et amantes régulières.

Elle y reconnut le fils du consul de Grèce, Nikolaos Theotokis et sa femme, Alexandra ; l'épouse du vice-consul de Croatie, Zora Pejacevic ; la fille du consul de Pologne, Zofia Potocki, et le mari de la consule du Monténégro, Milo Tomanovic. Olympe ignorait les relations qu'elle avait avec les uns et les autres… Il semblait à Iosifína qu'Artémis se plaignait souvent de Zofia mais parlait en bien de Milo. La suivante avait eu du mal cependant à lui donner des renseignements concrets.

Mais elle n'en eut pas besoin.

Quand elle s'approcha, Nikolaos, Alexandra et Zofia s'avancèrent, lui barrant la route menant à Stamatina.

— Madame la princesse, fit Nikolaos, dédaigneux.

Olympe fit la moue. Le père d'Artémis visait aussi la place de consul. Les deux familles avaient donc une relation tendue et de toute évidence cela transparaissait entre eux.

— Monsieur Theotokis, rétorqua-t-elle.

Elle était contente de n'avoir aucun titre à lui donner. Cela lui semblait une petite satisfaction, mesquine sans doute mais qui lui fit du bien. Il s'en rendit compte parce qu'il eut un mouvement d'humeur.

— Que fais-tu ici ? demanda Zofia, moins soucieuse des convenances.

— J'aimerais m'entretenir avec Mlle Argyropoulou, si cela ne vous fait rien, répondit Olympe.

Elle essayait d'être calme et de ne pas envenimer la situation. De toute évidence, Stamatina s'était entourée de sa cour pour se faire plaindre et ils la protégeaient en retour. L'historienne vit cependant Milo et Zora échanger un regard compatissant. Ce fut Milo qui se pencha sur Stamatina pour lui murmurer quelques mots. Il était d'une nature plus calme et savait que les brouilles entre les deux femmes ne duraient pas. Retarder leurs retrouvailles, c'était retarder l'inévitable… ce qui était aussi inutile que chronophage.

— Que veux-tu ? Je croyais que tu m'avais tout dit ce matin ? demanda Stamatina.

Cette question obligea les deux Hellènes et la Polonaise à battre en retraite. Olympe s'approcha et s'efforça de prendre un air désolé.

— Stamatina, c'est ridicule, tu le sais.

— Tout ce que je fais est toujours ridicule avec toi, grommela la Grecque.

Olympe jeta un œil autour d'elles.

— Allons marcher, veux-tu ? proposa-t-elle pour qu'elles soient moins soumises aux regards de la cour.

Stamatina fit la moue puis soupira. Elle se leva, pria ses amants de l'attendre et rejoignit Olympe. Elles marchèrent pour sortir de la galerie et se mettre à l'ombre des arbres du jardin.

— Eh bien ? s'impatienta Stamatina alors que le silence s'éternisait.

Olympe réfléchit à ce qu'elle devait dire. Il s'agissait de trouver les mots justes. Merlin et Siméon étaient inquiets d'une brouille éventuelle entre les deux femmes. Ce qui signifiait que Stamatina avait beaucoup d'influence à la cour. Moins qu'Artémis mais plus qu'Olympe. Elle avait besoin de son soutien. Pour le moment.

— Je sais que ce n'est pas évident, ces temps-ci, commença donc Olympe. Je te fais des cachotteries et tu as raison de m'en vouloir.

Stamatina acquiesça, heureuse que son amie se range enfin à son opinion. Depuis des semaines, elle refusait pourtant de reconnaître ses torts.

— Qu'est-ce que ça cache ? demanda-t-elle, suspicieuse.

— Rien, promit Olympe. Mais je ne suis pas libre de te parler de ce que je fais, alors… en gage de notre amitié, et tu sais qu'elle m'est précieuse, je t'offre ceci.

Elle tendit la boîte en bois offerte par Merlin. Curieuse, Stamatina s'en empara et l'ouvrit. Un grand sourire coquin illumina son visage puis elle lança un regard soupçonneux à Olympe.

— Est-ce que tu cherches à acheter mon amitié ?

— Non, bien sûr que non. Mais j'espère que ça compensera les secrets que je dois malheureusement continuer d'avoir pour toi. Je ne veux pas que tu penses que parce que je ne te dis pas tout, tu ne m'es pas chère. Je ne suis pas libre de ces informations et, jusqu'à ce que je le sois, je me suis dit que je pouvais essayer de te consoler…

— On dirait un mari qui offre des fleurs à sa femme, nota la Grecque.

Olympe haussa les épaules. Elle n'arrivait pas à déterminer s'il s'agissait d'un reproche, elle préféra donc garder le silence.

— Tu es allée voir Merlin ? reprit Stamatina.

— On ne peut rien te cacher, sourit Olympe.

— Il n'y a que lui pour savoir ce qui ferait plaisir à une dame aussi raffinée que moi.

L'historienne retint un sourire. Elle ignorait si elle aurait employé le mot « raffinée »… « Libertine » aurait été plus juste. Et Merlin était donc un sacré coquin pour pourvoir la cour en jouets semblables. En le voyant, Olympe n'en avait pas cru ses yeux. Un sextoy version 1902-steampunk… et, si elle en croyait Merlin, applicable à toutes sortes d'orifices, y compris les moins habituels. Elle avait coupé le magicien dans son élan et avait juste pris l'objet. Elle n'avait pas besoin de mode d'emploi pour le donner à Stamatina.

— C'est vrai, confirma Olympe. Je savais qu'il aurait quelque chose pour me faire pardonner. Et apparemment, c'est une primeur.

Stamatina haussa un sourcil, flattée cette fois. Elle fit encore la moue puis serra Olympe contre elle. L'historienne lui rendit son étreinte, soulagée de sentir la tension entre elles s'évanouir.

— À ton avis, avec qui je devrais le tester ? demanda la Grecque en se tournant vers sa cour.

— Je ne sais pas… Tu as le choix…

— Voui… mais Milo n'aime pas trop les artifices… Zora en raffole par contre… Nikolaos et Alexandra sont également friands de ces jouets, mais ils m'énervent un peu… je vais peut-être demander à Zora et Zofia.

Olympe approuva puis perçut le regard interrogateur de Stamatina. La Grecque soupira puis demanda, avec un ton sérieux :

— À moins que tu veuilles le tester avec moi…

Olympe resta un instant interdite puis secoua la tête. Elle essaya de trouver un moyen de refuser poliment.

— Stamatina…, commença-t-elle.

— Je sais, je sais, soupira la Grecque. Tu ne veux que l'empereur dans ton lit… il ne t'est pas fidèle, mais tu tiens absolument à l'être, toi ! Je ne comprends pas pourquoi ! Nous nous amusions bien pourtant, nous pourrions continuer sans que cela affecte ta capacité à coucher avec ton étalon impérial.

L'historienne essaya de trouver une réponse à sa question, et elle lui vint plus facilement qu'elle l'aurait cru.

— Nous nous amusions certes, mais je ne m'amuse pas avec Maximilien. Nous sommes amoureux, lui et moi. Et je n'ai plus envie de la bagatelle sans les sentiments. Ça n'a pas la même saveur.

Stamatina la considéra, légèrement étonnée. Elle aurait aimé répliquer, mais ce n'était pas la peine. Artémis avait raison. Et Stamatina ne le savait que trop bien. Elle pouvait étreindre qui elle voulait, utiliser tous les objets qu'elle souhaitait, ingérer tous les aphrodisiaques possibles et recourir à tous les sorts et potions imaginables, elle n'arrivait pas à oublier Artémis.

— Je comprends, soupira-t-elle. J'espère qu'il sait la chance qu'il a.

— Je le crois, assura Olympe.

Elle aurait pu avoir peur de mentir, mais il lui semblait que Maximilien était bien trop attaché à sa favorite pour ne pas mesurer l'importance qu'elle avait. Et la douleur qu'elle voyait dans ses yeux sachant ce qu'il avait perdu… Non, Olympe était convaincue de ne pas se tromper.

— Tu es certaine que ce que tu fais n'est pas dangereux ?

L'historienne cilla. Pourquoi le travail que confierait un empereur serait dangereux ? Il l'était certes, mais comment la Grecque pouvait le soupçonner ?

— Pourquoi dis-tu ça ?

Stamatina pencha la tête sur le côté.

— Allons Artémis, ne me prends pas pour une jeune fille évaporée ! Je suis une vieille routière de la cour impériale ; je sais comment cela fonctionne.

De nouveau, Olympe tiqua. Elle commençait à percevoir une colère et une tension chez la Grecque.

— De quoi tu parles ?

Stamatina serra les mâchoires. Dans un mouvement d'humeur, stressée par la situation et la dispute précédente, elle avait trop parlé.

— Tu le sais très bien. L'empereur pourrait vouloir te confier des missions qu'on ne devrait confier qu'à des gens entraînés pour ça et non à sa favorite. Tu as été mêlée à son attentat hier soir ! Et je suis persuadée que ce n'est pas lui qui était visé !

Olympe écarquilla les yeux.

— Comment peux-tu dire une chose pareille ? Pourquoi voudrait-on tuer la favorite de l'empereur quand on peut le tuer, lui ? C'est grotesque, ma parole !

— Peut-être mais Maximilien t'a protégée. J'en mettrais ma main à couper ! Le mouvement qu'il a eu… Crois-moi, je reconnais un chevalier servant à des kilomètres à la ronde !

L'historienne n'en doutait pas. De même qu'elle admettait qu'un spectateur attentif ait pu remarquer le geste protecteur de l'empereur envers elle. Et elle savait que Stamatina n'avait pas dû lâcher Artémis des yeux pendant sa danse avec lui. Elle aurait donc pu le noter. Mais Olympe devait tout faire pour détourner son attention. Elle n'avait pas trente-six solutions et une seule lui vint à l'esprit.

— Tu crois qu'on a voulu attenter à ma vie ? Mais pourquoi… on voudrait faire souffrir Maximilien en me tuant ?

Elle essaya de mettre ce qu'il fallait de panique dans sa voix pour que Stamatina abandonne ses doutes, mais pas trop, pour éviter de lui mettre la puce à l'oreille. Artémis était apparemment une femme forte qui ne devait s'affoler que difficilement.

La Grecque resta un instant interdite devant la réaction de son amie.

— Allons, tu as toujours su que cela te mettait en danger ! Tu n'as jamais été aussi naïve !

— Je ne suis pas naïve ! se défendit Olympe. Mais j'aimerais comprendre pourquoi on me choisirait moi et pas Maximilien !

Stamatina fut décontenancée par le changement d'humeur mais un brin rassurée. Cela correspondait plus à Artémis.

— Je suis désolée d'avoir parlé de tout cela, dit-elle en lui prenant la main. J'ai peur pour toi, voilà tout.

— Je le sais bien, Stamatina. Mais tu n'as pas d'inquiétude à avoir. Si l'on me tue, ce sera par jalousie uniquement. Ce que m'a confié Maximilien… quand je pourrai t'en parler, tu rigoleras.

— Vraiment ? Ça ne me paraissait pas drôle pourtant…

— Oh, ce n'est pas drôle. J'ignore pourquoi il a pensé à moi et encore plus pourquoi j'ai dit oui. Je ne peux cependant pas revenir sur ma parole et je suis obligée d'y consacrer une bonne partie de mon temps et de mon sérieux. Mais crois-moi, rien de ce que je fais pour lui ne mérite qu'on me tue.

Olympe s'efforçait de sourire et Stamatina la considéra longuement. Sentant qu'elle n'obtiendrait rien de plus, elle soupira.

— Très bien, Artémis. J'espère que nous en rirons ensemble mais sois prudente, je te prie.

Olympe acquiesça puis se laissa entraîner par la Grecque. Cette discussion lui paraissait troublante et curieuse, mais elle aurait tout le temps d'y repenser plus tard. Pour le moment, elle devait trouver le moyen de refuser de déjeuner avec Stamatina et sa cour.

15

Finalement, Olympe n'avait pas pu décliner l'invitation à déjeuner de Stamatina. Elle avait donc passé deux heures en compagnie des gens les plus libertins et les plus provocateurs de la cour impériale. C'était à la fois amusant et inquiétant. Seul Milo lui avait fait une forte impression et laissé un agréable souvenir. Le Monténégrin était spirituel et adorait l'histoire.

Ils avaient ainsi eu une longue discussion concernant les rois fondateurs de la France et Olympe avait pu apprendre beaucoup de choses à propos des Bourbons de cette dimension. Ils étaient pratiquement tous dotés de pouvoirs, même si les souverains n'avaient pas tous les mêmes, et les avaient mis au service de la France. Pour la plupart.

Hugues Capet avait eu le don de persuasion, lui permettant d'être élu roi et de fonder la dynastie capétienne. Philippe II Auguste possédait une puissance phénoménale, malheureusement compensée par de longues périodes de repos où son organisme était très faible. Philippe IV le Bel était télépathe quand il s'en donnait la peine. François Ier contrôlait le feu, expliquant la salamandre et les victoires éclatantes ainsi que le développement de l'artillerie sous son règne. Louis XIV avait le don d'ubiquité, ce qui lui permettait d'avoir un coup d'avance sur ses rivaux européens – raison pour laquelle il avait souvent remporté ses batailles – tout en restant à Versailles pour tenir la noblesse enfermée.

C'était incroyable !

Et Olympe avait été heureuse de comprendre que les rois ne s'en étaient pas servis contre le peuple. Aux dires de Milo, il était évident que les monarques n'en avaient fait qu'une utilisation raisonnée et raisonnable pour servir leur royaume. Ce qui avait forgé le respect de tous et leur avait attaché la fidélité des peuples. Le Monténégrin supposait que cette pondération avait un rapport avec les conseillers des rois. Ceux-là limitaient parfois les bouffées de colère de leurs souverains, les empêchant de commettre des impairs. Cela tenait principalement à la nature des conseillers, les contraignant à juguler l'utilisation de la magie puisqu'ils étaient pratiquement tous soit dragons, soit magiciens.

Ainsi, Philippe d'Antogny avait été alchimiste, Mazarin un magicien plus puissant que Merlin ; Richelieu, Sully et Antoine Duprat (pour ne citer que ceux-là) étaient en réalité des dragons… Elle avait déjà appris cela en lisant les livres d'histoire, mais l'entendre dire procurait une tout autre sensation. Et elle rêvait déjà de ce passé plein de magie et de dragons alliés aux complots politiques et aux manœuvres militaires. Toutes ses passions réunies en une…

Mais malgré cette discussion – que Zofia avait fini par interrompre en prétextant que la culture était vulgaire –, elle avait passé un moment difficile. On lui demandait des tas de petits renseignements sur l'intimité de Maximilien dont elle n'avait aucune idée. Elle avait dû louvoyer, refusant de répondre, alternant les fins de non-recevoir fermes et les allusions innocentes. Puisqu'elle ignorait ce que faisait Artémis, elle ne voulait pas paraître trop tranchante ou trop frivole. Et cancaner ne lui paraissait pas faire partie du personnage d'Artémis. La favorite et elle se ressemblaient un peu de caractère, lui avait avoué Iosifína, et comme elle détestait répandre les potins…

Vu l'expression que Stamatina arborait quand elle avait pris congé, elle se disait qu'elle avait dû être assez convaincante.

La Grecque l'avait embrassée et elles avaient convenu de se retrouver le lendemain pour discuter du dîner. Qui promettait d'être fort intéressant puisque la cour allait bourdonner autour de l'état de santé de Maximilien. Surtout s'il ne paraissait pas. Olympe ignorant les intentions de l'empereur, elle n'avait pu confirmer ou infirmer une présence impériale.

À présent, elle retournait au palais des Tuileries, dans ses appartements. Elle n'avait pas envie d'aller aux archives après tout cela mais comptait confronter ce qu'elle avait appris de Siméon et de Merlin aux notes d'Artémis. Peut-être que quelque chose allait lui apparaître. Si les mages noirs et les dragons étaient liés à une des nombreuses conspirations présentes au palais, cela laissait forcément des indices qu'Artémis n'avait pas pu louper.

Du moins, c'était ce qu'Olympe espérait.

Lorsqu'elle passa la porte de son appartement, une grande tension disparut de ses épaules. Elle se sentit plus légère. Elle n'avait plus besoin de faire semblant et elle se rendit compte de ce que cela faisait peser sur elle. Elle n'en avait pas eu conscience mais à présent que ses muscles se dénouaient, elle comprenait qu'elle avait été sur des charbons ardents toute la journée. Et en même temps, se faire enlever par un dragon dès le matin, cela n'aidait pas.

Elle retira sa cape, la posa sur un fauteuil et s'écroula sur le lit. Elle ferma les yeux et sut qu'elle pourrait s'endormir en un instant. Elle hésita quelques secondes puis fit un effort et se leva. Elle avait de quoi faire, une mission à accomplir. Elle s'assit au bureau d'Artémis, prit une plume, du papier vierge et les carnets de la favorite.

Elle nota tous les éléments qu'elle trouvait étranges, curieux et inexplicables. Elle demanderait à Iosifína ou à Léon si cela pouvait avoir un rapport avec la magie. Certes, Merlin et Siméon lui avaient demandé de ne pas parler de l'implication des mages noirs au capitaine des loups. C'était encore un secret qu'ils avaient justifié par le fait qu'il n'était qu'un humain aveuglé par l'amour qu'il vouait à son souverain. Olympe trouvait cette décision mesquine mais n'avait rien dit. Néanmoins, sans dévoiler sa conversation avec eux, elle pouvait demander à Léon des explications et voir ce qu'il en dirait. De toute manière, elle ne doutait pas qu'il soit déjà parvenu à l'implication des mages noirs et des dragons.

Il avait aussi vu les indices que Merlin et Siméon avaient mentionnés et elle ne doutait pas que ses capacités rationnelles aient fait le reste. Mais pour le magicien et le dragon, c'était impensable. Ils avaient tendance à sous-estimer les humains et cela ne lui plaisait pas. Sans doute parce qu'elle-même n'était qu'une humaine.

Elle avait déjà bien avancé quand la femme de chambre entra dans ses appartements.

— Madame est là ! soupira-t-elle, apparemment soulagée.

— Apparemment, sourit Olympe.

La domestique s'approcha d'elle et lui rendit son sourire.

— Vous me cherchiez ? demanda l'historienne.

— Oui, madame. Tout le monde vous cherche.

— Ce n'était pas compliqué de me trouver ici, taquina Olympe.

— Mais vous étiez partie ce matin travailler aux archives, je ne pensais pas que vous rentreriez au milieu de la journée… Ma… vous ne le faites jamais d'habitude.

— Oh, eh bien, j'ai eu quelques imprévus et j'ai décidé de compulser un peu plus les carnets d'Artémis. Mais pourquoi me cherchiez-vous ?

— Rien de grave, j'ose espérer ? s'enquit Iosifína.

— Non, rien de grave. Iosifína, pourquoi tout le monde me cherche ?

L'inquiétude commençait à poindre chez Olympe.

— L'impératrice vous demande. Urgemment.

Joignant l'acte à la parole, Iosifína ouvrit le placard. Il fallait changer rapidement sa maîtresse. La tenue qu'elle portait n'était pas convenable pour une apparition devant l'impératrice. Elle sortit une des nouvelles tenues et fit lever Olympe pour la déshabiller sans lui laisser le temps de protester.

L'historienne essayait de toute façon de comprendre pourquoi l'impératrice voulait la voir.

— Est-ce qu'on vous a donné les raisons de cet appel ?

— Non, on m'a juste dit que vous deviez vous présenter à ses appartements. Je vous cherche depuis deux heures. Vous n'étiez pas aux archives et l'on ne vous y a pas vue de la journée. Les valets ne savaient rien – ceux-là alors, si je les tenais – et je commençais à m'inquiéter.

— Je vous l'ai dit, il y a eu des imprévus et ensuite j'ai déjeuné avec Stamatina et ses amis.

Iosifína arrêta ses mouvements et la regarda droit dans les yeux.

— Tout s'est bien passé, assura Olympe. Nous avons discuté de choses inutiles et j'ai décidé ensuite de revenir ici pour travailler.

La domestique hocha la tête puis continua à vêtir sa maîtresse. Olympe essaya de faire passer l'angoisse. Certes, elle avait parlé avec l'impératrice la veille au soir, mais les circonstances étaient différentes. Que se passait-il donc ?

— Comment va l'empereur ? demanda-t-elle, soudainement effrayée que cela ait un rapport avec une rechute.

— Nous ne sommes pas en deuil, il doit donc aller aussi bien que possible. Je n'ai noté aucun bruit de couloir concernant sa santé… aucun qui soit fiable en tout cas.

Olympe hocha la tête. C'était rassurant. La mort de l'empereur signifierait probablement qu'on la chasserait de la cour et elle se demandait si elle aurait le temps de trouver Léon pour qu'il la ramène à sa dimension. Elle refusait de penser à ce que sa mort pouvait signifier d'autre pour elle, à titre personnel. Là-dessus, ses sentiments étaient toujours confus.

Une fois aussi prête qu'elle le pouvait, Iosifína partit annoncer sa maîtresse et Olympe se retrouva seule pour gravir les escaliers et attendre devant les appartements de l'impératrice. Ils étaient situés exactement au-dessus de ceux de l'empereur et à côté de ceux de son favori. C'était bien commode comme cela. Les étages étaient réservés aux couples. Elle avait aussi appris que les enfants impériaux avaient emménagé dans le pavillon de Flore, rendant toute cette aile du palais à la famille impériale au grand complet.

Elle soupira et essaya de faire passer le trac quand un valet vint la chercher. Il l'introduisit dans un grand salon tendu de soie blanche aux motifs dorés et la pria de s'asseoir sur les divans. Il sortit en s'inclinant et le stress d'Olympe monta d'un cran. Ça ressemblait à une convocation chez le directeur et elle n'aimait pas cela.

Son regard s'attarda sur les jardins, où une meute de petits dragons semblaient prendre un malin plaisir à s'attaquer à une vieille femme qui agitait sa canne pour les faire partir. Les paroles de Siméon sur la grandeur de sa race lui revinrent. S'il avait été là avec elle, il aurait probablement trouvé une excuse. Elle crut même l'entendre dire « *Chaque race a ses brebis galeuses* » et sourit.

La porte s'ouvrit sur Xénia et l'historienne se raidit. Elle exécuta une révérence impeccable afin de saluer l'impératrice.

— Ce n'est pas nécessaire, assura cette dernière en s'approchant d'elle. Artémis s'en passait bien, vous pouvez faire de même. Lorsque nous sommes seules, c'est entendu.

Olympe hocha la tête. L'impératrice s'assit sur un divan puis lui fit signe de s'installer près d'elle. L'historienne s'exécuta et Xénia soupira.

— Comment allez-vous ?

Olympe fut surprise par cette question. Elle s'attendait à des réprimandes même si elle ne voyait pas pourquoi on lui en ferait, mais la conversation semblait démarrer normalement.

— Je vais bien, répondit-elle.

— Vraiment ? Hier soir, vous ne sembliez pas dans votre assiette.

— J'étais encore sous le choc, admit Olympe. Même si je suis toujours catastrophée qu'il y ait eu un attentat, j'admets que de savoir que l'empereur aille bien me réconforte.

Xénia hocha la tête.

— Il paraît que vous avez dormi avec lui…

Olympe masqua sa surprise. Il y avait un soupçon de reproche…

— Vous m'aviez ordonné de ne pas le quitter d'une semelle alors…

— Alors vous avez partagé son lit, pendant qu'il était inconscient, nota Xénia.

L'historienne ne trouva pas grand-chose à répondre. L'impératrice semblait furieuse, jalouse même, alors qu'elle acceptait Artémis sans sourciller.

— Il m'avait pris la main pour se rassurer et je n'ai pas réussi à me dégager. J'ai dormi sur le lit près de lui mais pas dans le lit. Et il ne s'est rien passé.

— Le regrettez-vous ?

— Pourquoi je le regretterais ? Je ne connais pas votre époux et si vous me connaissiez un peu plus, vous sauriez que je ne suis pas femme à laisser un homme profiter de moi le premier soir.

Elle avait gardé un ton calme, mais la moutarde commençait à lui monter au nez. L'impératrice ne l'avait-elle convoquée que parce qu'elle était jalouse ? Mais à son sourire, Olympe comprit que c'était plus compliqué que cela.

— Je suis heureuse de vous l'entendre dire. J'adorais Artémis et je serais vraiment triste qu'il la remplace aussi rapidement. Bien qu'il ne serait pas à blâmer puisque vous lui ressemblez tant… ce qui fait que je vous en voudrais à vous en cas d'écart de sa part.

Les choses étaient logiques, mais Olympe s'insurgea quand même :

— On blâme toujours les femmes pour ces choses-là. C'est fou le nombre de raisons que l'on peut invoquer pour justifier le comportement adultérin d'un homme mais le peu d'excuses qu'on trouve pour les femmes.

— Les femmes doivent être irréprochables. Les hommes ne sont pas assez forts pour se contrôler. Nous sommes plus puissantes qu'eux.

— Ce n'est pas une excuse. Mais soit. S'il se passe quoi que ce soit, et cela m'étonnerait fort, j'en porterai la responsabilité. Est-ce là tout ce que vous aviez à me dire ?

Xénia considéra la femme en face d'elle. Elle avait paru effacée et fade la veille au soir, choquée par les changements et les tensions des heures qu'elle avait vécues. Xénia s'était persuadée qu'elle n'avait pas la force de caractère d'Artémis. Mais à présent… il se pourrait que Maximilien n'ait finalement pas commis d'erreur en lui demandant de les aider.

— Non, j'avais d'autres choses à voir avec vous. Avez-vous avancé sur les comptes-rendus d'Artémis ?

— J'ai terminé de les lire et je suis en train de noter des observations, des choses que je ne comprends pas bien. Je demanderai à Iosifína ou à Léon de m'éclairer.

— Y en a-t-il beaucoup ?

Olympe se demanda si l'impératrice se moquait d'elle, sous-estimant ses capacités intellectuelles, mais répondit :

— Non, ne vous tourmentez pas.

— Avez-vous déjà des pistes de recherche ? Peut-être que vous avez vu quelque chose qui a échappé à Artémis…

— Pour l'instant, je regrette, je ne peux pas vraiment vous répondre. J'ai des pistes, oui, mais je dois continuer à voir. Attendez-vous un rapport quotidien ?

— Non. Vous n'avez pas demandé de nouvelles de Maximilien, nota Xénia.

De nouveau, Olympe fut surprise. La Russe passait du coq à l'âne…

— Je suppose que s'il y avait du nouveau, vous me l'auriez dit.

— En effet. Il va bien. Il ne pourra pas se montrer ce soir au dîner, mais demain il sera sur pied.

— C'est une bonne nouvelle.

— Vous n'êtes pas allée le voir.

— J'avais du travail, rétorqua Olympe.

Et aucune envie de me confronter de nouveau aux sentiments que j'éprouve pour lui, ajouta-t-elle en son for intérieur.

— Je n'en doute pas, fit Xénia en se levant.

Olympe l'imita. L'impératrice semblait lui en vouloir de ne pas être restée au chevet du souverain tout en lui reprochant qu'il se raccroche à elle. C'était farfelu… La Russe repartit sans ajouter quoi que ce soit et l'historienne resta muette de stupeur. Elle allait sortir, essayant de comprendre ce qui venait de se passer, quand on l'appela. Elle se retourna et vit Léon et Léopold s'approcher d'elle.

— Nous devons vous parler, fit le capitaine des loups.

Il avait l'air si sérieux que le ventre d'Olympe se contracta. Elle acquiesça et il la fit sortir des appartements impériaux.

16

Les loups l'emmenèrent dans la galerie de Diane, en face des appartements de l'impératrice. Il y avait foule dans cette salle qui enchanta Olympe. C'était une petite réplique de la galerie des Glaces, avec un magnifique plafond peint, des lustres splendides et des girandoles dorées. Les miroirs reflétaient le jardin du Carrousel. Des personnes y flânaient et les murmures des conversations bruissaient agréablement.

— Avez-vous avancé dans vos recherches ? demanda le capitaine des loups.

Olympe retint un soupir. Il était sérieux ? Elle ignorait qu'elle devait rendre des comptes à tout le monde dans cette histoire. Merlin, Siméon, Stamatina, Xénia et maintenant Léon… elle avait passé la journée à répondre aux questions des autres.

— Vous vous rappelez que je ne suis arrivée qu'hier ? rétorqua-t-elle, plus durement qu'elle voulait. Que voulez-vous que je puisse faire en vingt-quatre heures ? D'autant que j'ai dû apprendre l'histoire de tout un monde, l'étiquette d'un palais impérial, les noms et les visages d'une centaine de personnes, participer à un bal, me remettre d'une tentative d'attentat, participer à un déjeuner avec les gens les plus frivoles que j'aie jamais vus… je crois que ça ira. Alors, non, je n'ai pas avancé. Quand on arrêtera de me poser la question et qu'on me fichera la paix, peut-être que j'y penserai.

Léon la regarda, incrédule. Olympe essaya de se calmer en voyant son expression choquée. Ça y est, elle faisait sa mauvaise tête. Elle aura tenu presque une journée entière sans s'énerver ! Un exploit. Mais les bonnes choses avaient une fin. Léopold gloussa, abaissant un peu la tension entre eux.

— On est dessus depuis des semaines, ce serait honteux si vous aviez trouvé quelque chose en quelques heures, nous aurions dû démissionner et nous retirer à la campagne.

Il blaguait, mais son frère reconnut néanmoins le reproche sous-jacent.

— Veuillez m'excuser, pria-t-il donc. Il est évident que vous ne pouviez pas faire de miracles. Je suis à cran, voilà tout.

Olympe hocha la tête. Elle s'en voulait un peu de l'avoir ainsi houspillé, mais elle aussi était sous tension.

— Ce n'est rien, je vous assure. Je comprends votre position. Et même si je n'ai pas avancé, j'aurais néanmoins plusieurs questions concernant les notes d'Artémis. Vous pourriez peut-être m'éclairer à ce sujet.

Le capitaine opina.

— Avec plaisir. Allons-y maintenant si cela ne vous dérange pas.

— Pas du tout. Au contraire.

Les loups la conduisirent jusqu'à l'escalier et prirent le chemin de l'appartement de la favorite.

— Vous avez terminé de tout lire ? reprit le capitaine.

— Oui, pratiquement. Je relis pour essayer de trouver des liens.

— Avec quoi ? demanda Léopold.

Olympe se mordit la lèvre. Elle ne devait pas mentionner son entrevue avec Merlin et Siméon, mais, encore une fois, elle ne doutait pas de la capacité déductive du capitaine des loups. S'il n'avait pas déjà deviné, ça ne saurait tarder. Mais une promesse était une promesse… ce qui n'empêchait pas qu'on pouvait flirter avec les limites.

— Pour être honnête, il y a parfois des choses que je ne comprends pas. Puisqu'Art… puisque je ne les ai pas soulevées, je me dis que ce doit être parce que la compréhension du monde m'échappe un peu.

Elle ponctua sa phrase d'un faux rire qui lui rappela un peu celui qu'avait la Castafiore quand elle disait une boutade. Mais elle ne voulait pas attirer l'attention au cas où les gens qu'ils croisaient tendraient l'oreille. Elle allait passer pour stupide, par contre…

— C'est possible, concéda Léon. Les explications qu'on vous a données étaient sommaires, nous avons paré au plus pressé.

— Et je le comprends parfaitement, assura Olympe, mais du coup je peine un peu parfois.

Le capitaine acquiesça alors qu'ils arrivaient aux abords des appartements. Un garde retint Léon pour lui murmurer quelque chose à l'oreille. Son chef répondit sur le même ton et le loup partit. L'historienne interrogea Léon du regard, mais il ne répondit pas et ouvrit la porte de son appartement. Elle n'insista pas. Elle n'avait pas envie d'entendre « Sécurité impériale ».

Elle alla directement au secrétaire et récupéra les carnets de la favorite avec ses annotations.

— Si j'ai bien compris, les seuls véritables ennemis de l'empire sont les princes ottomans et les territoires du Maghreb, résuma-t-elle.

Léon approuva. L'Empire ottoman voulait étendre ses territoires et la région autour de la Grèce, incluant la Macédoine et la Bulgarie, était le théâtre de conflits réguliers. Les territoires du Maghreb se faisaient la guerre entre eux, la plupart du temps, ou contre l'Empire ottoman, mais les incursions navales étaient légion, perturbant les relations économiques et commerciales à l'intérieur des frontières impériales.

— Artémis semblait cependant penser que le complot pourrait tourner autour de Charles Bonaparte, continua-t-elle.

— C'est l'idée qu'on a eue, effectivement.

— Comment ?

Léon croisa ses bras et réfléchit à la formulation.

— Il y a quelques indices, des réunions entre les membres de la famille Bonaparte et certains exilés, des lettres entre les sympathisants de Charles et des ennemis de l'empereur, et puis certains rapports des archivistes impliquaient la famille Bonaparte.

— Dans quels termes ? Artémis ne le mentionne pas.

— Parce qu'elle n'a pas eu accès à tous les rapports, répondit Léopold.

Son frère le foudroya du regard, mais Olympe fut surprise.

— Comment pouvait-elle enquêter si elle n'avait pas connaissance de tout le dossier ? s'étonna-t-elle.

Léon se gratta l'arrière de la nuque. Il n'aimait pas cette question, ni la réponse qu'il devrait formuler.

— On lui a fourni l'essentiel de nos informations, du moins…

— Celles que vous jugiez pertinentes, lâcha l'historienne.

Elle désapprouvait clairement et Léon répondit par un haussement d'épaules. Elle soupira.

— Quelles informations n'avait-elle pas ? Qu'ont trouvé les archivistes sur les Bonaparte ?

— Pas grand-chose, des peccadilles, assura Léon.

— On ne tue pas pour des peccadilles, rétorqua Olympe.

— Ça dépend. Les fous, oui, lâcha Léopold.

— Alors ? Quelles sont ces peccadilles ? insista l'historienne.

Léon soupira. Il n'en avait pas parlé à Artémis parce qu'il ne voulait pas qu'elle alerte l'empereur. Et d'ailleurs, Merlin était au courant et avait expressément demandé qu'elle ne soit pas dans la confidence. Mais il n'avait pas parlé d'Olympe… Le capitaine se sentit délié de son serment et céda.

— Ils ont trouvé des liens entre François, le fils de Napoléon, et des loges magiques. Pas forcément les meilleures, celles qui trempaient un peu dans la magie noire.

Olympe tiqua. Merlin ne l'avait pas mentionné. Et il avait prétendu qu'il n'avait jamais considéré la possibilité que les mages noirs soient derrière ce complot jusqu'à l'attentat d'hier soir. Il était donc coutumier des cachotteries.

— Et vous dites que ce sont des peccadilles ? lâcha Olympe. Ces mages noirs ne sont-ils pas dangereux ?

Le capitaine des loups haussa les épaules.

— Si, évidemment. Mais surtout pour les magiciens. Et puisque Merlin semblait dire que ce n'était pas important…

— Vous lui faites confiance à ce point ? Alors qu'il s'agit de la sécurité de l'empereur ?

— Faut dire que la magie… On est bêtement humains, nous, rappela Léopold. Certains d'entre nous ont des pouvoirs mais pour ce qui est de la vraie magie… avec les sorts, les pentagrammes et tout l'attirail… ça nous dépasse largement.

— C'est vrai, approuva son frère. Si nous avons un magicien impérial, c'est justement pour ce genre de situation. Il s'occupe des mages, nous des humains.

— Mais c'est complémentaire pourtant ! Vous devriez échanger les informations ! s'insurgea Olympe.

Elle comprenait maintenant mieux pourquoi Merlin et Siméon pensaient que le capitaine était incapable. Il en était lui-même persuadé ! Dans ces conditions, comment lui faire confiance ? Et puis, si c'était la procédure habituelle…

— Merlin ne le fait jamais, alors…, soupira Léopold.

L'historienne n'en revenait pas. Deux unités se partageaient la sécurité de l'empereur et au lieu de jouer en équipe, elles jouaient perso.

— Eh bien, vous pourriez être plus malins que lui ! rétorqua l'historienne.

Elle soupira puis croisa les bras sur sa poitrine. Cela la dépassait.

— Pourquoi le fait que François ait fréquenté les loges noires serait des peccadilles ? reprit-elle pour recentrer le débat.

— Tout le monde le faisait à cette période, ça n'avait rien d'exceptionnel de tenter l'occultisme et d'être séduit par des rituels sataniques, répondit Léopold.

— Charmant, commenta Olympe. Admettons… est-ce que Charles trempe là-dedans ?

— Pas à notre connaissance, fit Léon. [Il reprit avant qu'elle embraie.] Nous faisons toujours surveiller les ministres, autant pour leur sécurité que pour celle de l'empire.

— Sa famille ?

— Pas vraiment… mais nous n'avons pas contrôlé tous leurs agissements, répondit le capitaine.

Olympe enregistra l'information. Peut-être que les Bonaparte étaient liés aux mages noirs mentionnés par Merlin et Siméon, et dans ce cas il s'agirait du cœur du complot. Les mages noirs auraient pu les infiltrer pour avancer leurs pions.

— Est-ce possible de le faire ?

Léon se mit à réfléchir. La famille Bonaparte comptait près d'une vingtaine de membres, tous plus ou moins actifs dans les sphères politiques. Il avait plusieurs hommes à mettre sur le coup, mais il ignorait si cela suffirait. Il faudrait réduire la surveillance à ceux qui seraient les plus susceptibles d'avoir des accointances avec le milieu magique. Et il eut une idée.

— Je pense, oui. Je dois réduire le nombre de surveillances à organiser, mais j'ai la personne parfaite pour m'indiquer qui surveiller et qui laisser de côté, finit-il par affirmer.

— Tu vas l'appeler ? s'étonna Léopold.

— Pourquoi pas ? C'est une bonne source d'information pour ce genre de choses, répondit Léon.

— Pour un filou, je suppose que oui, répliqua son frère.

Olympe adressa un regard interrogateur au capitaine, qui soupira.

— Nous avons quelques informateurs qui n'ont pas une réputation absolument irréprochable, expliqua-t-il.

L'historienne haussa les épaules.

— Ça me paraît inévitable dans ce genre de métier. Du moment que ces informations sont fiables, faites ce que vous voulez.

Léon masqua sa surprise. Il s'attendait à des hauts cris et des récriminations, mais la femme en face de lui faisait preuve d'une ouverture d'esprit peu commune. Ce qui lui plut.

— Seulement, la surveillance des Bonaparte ne passera pas inaperçue, prévint-il.

— Ce n'est pas comme si je n'étais pas menacée, répliqua Olympe.

Les loups sourirent et inclinèrent la tête. L'historienne attira de nouveau l'attention du capitaine sur les notes qu'elle avait prises. Il les parcourut, lui expliquant certaines choses et cillant sur d'autres, notamment celles concernant l'Empire ottoman.

— Pourquoi cela vous chagrine-t-il ? demanda-t-elle, curieuse.

— Je ne sais pas pourquoi cela vous a mis la puce à l'oreille, mais vous devriez songer à une carrière dans la police, la félicita-t-il.

— Je suis historienne, repérer les détails c'est mon travail, lâcha Olympe.

Elle faisait comme si le compliment ne l'atteignait pas, mais elle priait pour que sa joie ne se manifeste pas par une rougeur excessive du visage. Elle avait tendance à rougir quand elle était gênée et cela l'avait toujours profondément embarrassée. Ce qui créait un cercle vicieux…

— Eh bien, vous êtes douée. L'homme que vous avez souligné est un grand dragonnier.

— Un dragonnier ? Je croyais que les dragons étaient une race supérieure…

— Ça, c'est ce qu'ils veulent nous faire croire, sourit Léon. Concrètement, oui, ils n'ont pas besoin de l'humain pour vivre. Cependant, certains d'entre nous ont dédié leur vie à leur étude et sont devenus des spécialistes… à tel point que certains sont devenus des médecins attitrés des dragons, d'autres des compagnons sans faille et d'autres encore ont fait des expériences… parfois avec leur accord, parfois sans…

Olympe hocha la tête. Merlin et Siméon lui avaient expliqué la chose.

— On appelle ces humains les « dragonniers » et l'homme dont vous avez pris le nom est célèbre pour avoir une cohorte de dragons qui le protège. On ignore vraiment pourquoi, sans doute Siméon est-il au courant.

— Attends, attends…, fit Léopold, alors ça veut dire que les mages noirs et les dragons seraient partie prenante dans ce complot ?

Olympe prit un air innocent. Comme elle le soupçonnait, les loups avaient tiré leurs propres conclusions sans qu'elle ait besoin d'éventer le secret de la conversation qu'elle avait eue le matin même avec le magicien et le dragon.

— En effet, confirma Léon avant de lancer un regard espiègle à l'historienne. Et je suppose que c'est pour cela que Merlin et Siméon vous ont convoquée ce matin, sourit-il.

Olympe resta médusée un instant. Comment pouvait-il le savoir ? Puis, cela l'amusa. Après tout, il était le capitaine des loups impériaux. Elle était peut-être suivie lorsque Siméon lui avait ordonné de le surveiller et ainsi Léon aurait fait ses propres déductions. Elle cherchait une réponse à formuler quand Iosifína rentra.

— Je m'excuse de vous déranger, madame, mais l'impératrice demande votre présence au repas des ministres de ce soir.

— Le repas des ministres ? s'étonna-t-elle.

— C'est un repas hebdomadaire que donne l'empereur avec sa famille et ses ministres, expliqua Léon. Cette semaine, il était question que les princes japonais soient aussi conviés. Cela a été maintenu même si Monseigneur ne pourra paraître. Je suppose que l'impératrice veut votre présence pour pallier son absence.

Nous allons prendre congé pour vous laisser le temps de vous préparer. Nous avons, de toute manière, quelques préparatifs à faire aussi de notre côté.

Il s'inclina, imité par Léopold. Ils sortirent par la porte de communication intérieure avec les appartements de Maximilien, laissant Olympe aux mains de Iosifína.

17

Le repas ministériel était une épreuve à laquelle Olympe se jura de ne plus jamais participer. Si un jour elle faisait de la politique et devenait ministre, elle refuserait d'y prendre part. Et elle se demandait toujours comment Xénia avait eu l'idée de l'y convier. Léon lui avait dit que les favorites n'allaient jamais au repas des ministres mais que ce devait être une mesure exceptionnelle pour compenser l'absence de Maximilien. Olympe n'avait pas saisi en quoi. Et Xénia n'avait pas eu un mot pour elle, se contentant de lui décocher un regard de connivence. Regard qu'elle n'avait pas tout à fait compris. Apparemment, l'impératrice attendait quelque chose d'elle… pourtant, elle était bien en peine de savoir quoi.

La réception avait été courte et on était tout de suite passé à table, dont le plan avait été revu au regard des circonstances. À la place du couple impérial, au centre, on avait mis les altesses japonaises. L'impératrice Xénia s'était installée à leur gauche avec son amant, et Gabriel de Bragance à leur droite. Olympe siégeait entre lui et le duc de Richelieu, qui faisait face à Charles Bonaparte. Les deux épouses des principaux ministres étaient à leur droite.

Puis venaient tous les autres politiques accompagnés de leurs conjoints. Les ministres et les secrétaires d'État affiliés à chacun étaient ensuite disposés du côté de leur ministre principal.

On trouvait ainsi, pour les portefeuilles de l'Intérieur, séides du duc de Richelieu : Matéo Médicis, ministre des Finances et sa femme, Giulia ; Hermine de Cambacérès, duchesse de Parme, ministre de la Police, et son mari, Régis ; François, duc de Rohan, ministre chargé des Provinces impériales, et sa femme, Marie ; Gustav Dohna-Schlobitten, comte, secrétaire d'État à la Fonction publique, et sa femme, Ingrid ; le duc Émile de Croÿ, secrétaire d'État à la Légation, et sa femme, Esperanza.

Concernant l'Extérieur, les subordonnés de Bonaparte étaient le comte Henry de Lancastre, ministre de la Marine, et sa femme, Élisabeth ; Juan Borgia, duc de Gandi, ministre de la Guerre, et sa femme, Adriana ; le duc Philippe d'Ursel, ministre du Commerce, et sa femme, Adélaïde ; la duchesse Tamara de Czartorysk, secrétaire d'État à la Diplomatie, et son mari, Jozef ; et pour terminer, Léonie, duchesse de la Trémouille, secrétaire d'État aux Forces armées, et son mari, André.

À présent qu'elle les voyait tous, Olympe comprenait… elle servait de conjoint à Gabriel. Elle s'en ouvrit à son voisin de table, qui lui adressa un grand sourire. Il était assez charmant et agréable, comme elle avait pu le constater pendant la réception. Ce qui avait rassuré Olympe : l'ambiance allait être morose, mais son compagnon de table serait plaisant. C'était déjà ça.

— J'espère que cela ne vous dérange pas, dit-il. Pour moi, ce fut une agréable surprise.

— Parce que vous l'ignoriez ? s'étonna Olympe.

— Comment aurais-je pu imaginer que la princesse Rállis serait ma cavalière ? [Son expression s'assombrit.] Comment va notre empereur ?

Olympe masqua son embarras. Elle n'avait pas vraiment pris de nouvelles de Maximilien. Le réveil de ce matin était encore dans son esprit, mais on lui avait déjà fait comprendre qu'une favorite digne de ce nom se serait inquiétée de son amant, voire n'aurait pas quitté son chevet de la journée. Néanmoins, ce n'était pas le style d'Olympe et elle ne pensait pas que ce fût celui d'Artémis.

— Il va bien. Il sera remis demain, mais il a préféré garder le lit ce soir, répondit-elle, répétant ce qu'on lui avait dit.

Gabriel fut déçu, toutefois il ne le montra pas. Il pensait qu'en demandant à la favorite il aurait des nouvelles différentes de la version officielle. Il aimait profondément Maximilien, celui qui avait cru en lui et dans les négociations avec l'empire du Soleil-Levant.

— Ce sont de bonnes nouvelles, conclut-il donc.

Olympe se mordit la lèvre, s'apercevant qu'il s'attendait à autre chose. Elle détourna la conversation.

— Oh, je suis certaine qu'il regrette son absence. Les altesses impériales sont des exemples de dignité et de beauté, il aurait apprécié de voir Bonaparte obligé de leur faire des courbettes.

Gabriel haussa un sourcil, surpris. Voilà qui était déjà plus à son goût. Il savait pertinemment que ce n'était pas le grand amour entre Charles et Maximilien. Les Bonaparte, Premiers ministres de père en fils depuis près d'un siècle, commençaient à devenir arrogants. Charles n'échappait pas à la règle, d'autant que son père lui avait fait comprendre que les empereurs devaient être durement réprimés par des gens du peuple.

Comme si les Bonaparte pouvaient encore se prétendre être issus du peuple. Mais ils restaient accrochés à cette image. Napoléon n'était rien mais s'était hissé au plus haut des fonctions gouvernementales par sa ténacité et ses talents. Ils croyaient tous avoir hérité de ses capacités. Pour la plupart, c'était le cas, Gabriel n'en doutait pas. Charles en était un parfait exemple. Il était excellent dans ses fonctions. Cependant, comme tous les Bonaparte, il avait quand même un problème concernant la noblesse.

Leur famille n'était pas noble, ne l'avait pas été et ne le deviendrait jamais. Ils n'avaient jamais obtenu de titre malgré les services rendus. Gabriel ignorait véritablement pourquoi, mais c'était un fait. La seule chose dont ils pouvaient se prévaloir, c'était leur appartenance à la dynastie des Premiers ministres.

Cette absence de titre les avait convaincus d'autre chose. Puisqu'ils n'étaient pas nobles mais exerçaient néanmoins des fonctions importantes, ils étaient imbus de leur propre suffisance, convaincus de représenter le bas peuple. Charles avait hérité de cette vision des choses. D'autant que son père, aigri par la décision impériale de scinder en deux son portefeuille de Premier ministre, avait vraiment une dent contre la fonction.

Et comme si ça ne suffisait pas, Charles détestait les Japonais. Il avait harcelé Gabriel, l'avait traité de traître à plusieurs reprises. Il s'en était défendu. Il était convaincu qu'une alliance entre les deux empires ne pourrait être que bénéfique, mais Charles était persuadé du contraire. Pour Bonaparte, les Japonais étaient des ennemis en puissance dont il fallait se méfier.

Leur vaste territoire, de la Nouvelle-Zélande à la Chine orientale, en passant par la Corée, les plaçait en deuxième position en termes d'occupation continentale. Ils menaçaient la Russie – bien que Gabriel ait tout fait pour inclure leur allié historique dans la paix qu'ils concluaient avec les Japonais – et continuaient leur avancée en attaquant l'Australie. Bonaparte avait peur qu'ils deviennent trop gros et les menacent à leur tour. Gabriel avait rétorqué que c'était précisément à cela que servaient les liens commerciaux. Mais Charles n'avait rien voulu entendre.

Maximilien s'était posé en arbitre, donnant raison à Gabriel et obligeant Charles à faire des courbettes devant les présumés ennemis. Leur dernière discussion ne s'était pas bien passée et, juste avant la réception, Charles était venu invectiver Gabriel.

— Savez-vous qu'il me tient pour responsable de l'attentat contre l'empereur ? fit Bragance.

Olympe écarquilla les yeux mais ouvrit les oreilles.

— Pourquoi donc ?

— Il estime que les Japonais sont forcément dans le coup et qu'ainsi c'est ma faute, lâcha Gabriel.

Même si Gabriel savait ces allégations sans fondement, il n'était pas à l'aise quand on l'accusait de quelque chose. Il espérait surtout que l'empereur ou sa famille ne prêterait pas foi à tout cela. Il n'avait jamais eu que l'intérêt de sa nation en ligne de mire et, bien qu'il adorât le Japon, si la conclusion d'un traité avait pu avoir cette conséquence, il n'aurait pas insisté.

— Quel serait l'intérêt des Japonais dans tout cela ? demanda Olympe.

Elle savait pertinemment que les Japonais n'y étaient pour rien puisque ce n'était pas l'empereur qui avait été visé, comme Charles le supposait, mais elle. Et dans aucune de ses réflexions, Artémis n'avait parlé des Japonais. Néanmoins, peut-être que Gabriel savait quelque chose qu'elle ignorait ou qui pourrait la lancer sur une autre piste. Et elle gardait en mémoire que Charles ignorait qu'elle était visée. Comme Artémis le soupçonnait, même si les Bonaparte étaient peut-être dans le complot, ce n'était pas le cas de Charles.

Gabriel haussa les épaules. Selon Charles, c'était le premier mouvement d'une guerre d'ampleur. Mais les armées japonaises étaient occupées à garder les frontières de la Chine et à repousser leur territoire en Australie. Se mettre à dos l'empire européen, c'était se mettre à dos la Russie, sur laquelle ils pourraient éventuellement compter pour maîtriser la Chine. Ils n'avaient pas suffisamment de puissance de feu pour se le permettre.

— Il prétend que cela nous affaiblira et qu'ainsi ils pourront nous attaquer… c'est ridicule, mais enfin…

L'historienne acquiesça. Elle jeta un œil vers Charles Bonaparte, qui discutait avec sa femme. Il ne regardait pas les altesses impériales, qui semblaient avoir noué une conversation amicale avec Xénia. Comme elle avait pu le constater à la fête, les deux femmes s'entendaient à merveille.

On ne dirait pas que son mari a été blessé hier, remarqua Olympe. C'était méchant et elle se réprimanda. Xénia était une princesse, une altesse impériale depuis sa naissance. Cacher ses émotions était une seconde nature et il ne fallait pas la blâmer pour son éducation.

— Au fait, il paraîtrait que vous aimez le Japon vous aussi, reprit Gabriel.

Olympe tiqua. Comment cela lui était-il venu à l'oreille ?

— C'est exact.

— Comment vous est venue cette passion ?

L'historienne réfléchit rapidement. Elle n'était pas très bonne pour mentir, mais elle pouvait peut-être mâtiner simplement la vérité.

— Mon grand-père avait une grande passion pour l'art asiatique, je suppose que j'ai hérité de cet amour.

— J'ignorais que le prince Rállis aimât la culture asiatique, nota Gabriel.

— Ce n'était pas une passion qu'il affichait, assura Olympe.

Le duc sembla accepter l'explication puis fut appelé par le prince Haru. Olympe soupira intérieurement, soulagée de ne pas avoir à poursuivre cette conversation, qui risquait de dériver. Mais son répit fut de courte durée.

— J'espère que votre voisin de table ne vous importune pas.

Elle se tourna vers son deuxième voisin, le duc de Richelieu. Le Premier ministre chargé de l'Intérieur était un homme d'une quarantaine d'années, aux cheveux gris argenté, au profil noble et aux yeux bleus rieurs.

— Non, ne vous tourmentez pas. Il a une conversation charmante.

— Le duc de Bragance n'est pas connu que pour cela, méfiez-vous, fit Joseph avant de se servir dans le plat qu'on lui apportait.

Olympe ignorait tout de la réputation de son voisin et ne répondit pas. Elle imitait le ministre quand il reprit.

— J'espère que ce repas ne vous ennuie pas. La politique n'est pas faite pour les favorites, j'en suis conscient, mais il fallait bien quelqu'un pour accompagner Gabriel. Et puisque l'empereur ne pouvait y assister, j'ai pensé que sa favorite serait une marque d'estime suffisante pour nos hôtes.

— C'est donc à vous que je dois ma présence ici, comprit Olympe alors qu'on lui présentait la sauce.

— Je le crains. J'espère que vous me pardonnerez, sourit Joseph.

Il avait l'air jovial et Olympe essaya de se rappeler rapidement ce qu'Artémis avait noté dans ses carnets. Elle n'avait pas grand-chose à lui reprocher, si ce n'était un certain perfectionnisme et son intransigeance. L'historienne avait senti que la favorite aimait mieux le ministre de l'Intérieur que celui de l'Extérieur. Elle ignorait cependant quelles étaient leurs relations mais puisqu'il semblait enclin à manier l'exercice de la boutade, elle se décida à faire de même.

— Je ne suis pas encore décidée, lâcha-t-elle. Je vous le ferai savoir ces prochains jours.

À l'expression amusée de son interlocuteur, elle comprit qu'elle avait bien fait.

— N'hésitez pas à me dire si jamais je peux faire quoi que ce soit pour accélérer votre mansuétude. J'ai un nouvel étalon dans mes écuries qui pourrait vous ravir.

Connaissant l'amour de la favorite pour les chevaux, Olympe fut obligée de se montrer intéressée. Elle ne détestait pas les équidés, mais elle n'y connaissait rien. Même si une de ses amis possédait un haras de pur-sang arabes.

— Vraiment ? Parlez-m'en un peu plus, je jugerai.

Joseph sourit et se lança dans l'éloge de sa nouvelle acquisition. Lignage, résultats de courses, récits des tractations avec les anciens propriétaires – des Andalous – et du voyage jusqu'à sa nouvelle demeure de Saint-Cloud, au palais des Richelieu, leur domicile parisien. Olympe sourit et laissa échapper quelques exclamations au bon moment mais pria pour qu'on intervienne.

Elle croisa quelquefois le regard de l'impératrice, qui restait aussi mystérieux pour elle qu'au début du repas. Elle essayait pourtant de comprendre ce que voulait lui dire Xénia, sans y parvenir.

Ce fut Gabriel qui signa la fin de son ennui.

— Madame Rállis, appela-t-il.

— Excusez-moi, cher Joseph. Je pense que j'aimerais beaucoup connaître votre étalon. Vous êtes proche du pardon, assura-t-elle.

Il inclina légèrement la tête et sourit. Elle se tourna vers le duc de Bragance.

— Je suis désolée de vous déranger en pleine conversation, mais le prince Haru voudrait vous dire quelques mots après le repas.

Olympe cilla.

— Vraiment ? J'en serai honorée, mais… savez-vous pourquoi ?

— Je lui ai parlé de votre passion pour le Japon et puisqu'il sait que vous êtes la favorite de Maximilien, il voudra certainement vous en parler. Il s'est entretenu longuement avec l'impératrice cet après-midi. Il aurait dû discuter avec l'empereur, mais…

Olympe opina. Les circonstances… Elle observa Haru. Il avait repris la conversation, entre Xénia et son épouse. Il semblait à l'aise, mais Olympe le trouvait suspect. Sans trop savoir pourquoi.

Gabriel scruta sa voisine. Il aurait juré qu'elle sauterait de joie ou qu'elle serait au minimum flattée, pourtant cela semblait la paniquer. Il n'avait jamais côtoyé Artémis, en tout cas pas d'aussi près. Il parlait beaucoup avec Stamatina ; entre libertins, rien de plus logique. Concernant Artémis, c'était plus difficile. Elle ne faisait pas partie de leur club et Stamatina n'en parlait guère. Ou alors pour se plaindre que ses attentions soient dirigées vers l'empereur et non vers elle.

Gabriel ne s'en était jamais préoccupé. Mais savoir qu'elle aimait le Japon en faisait une connaissance appréciable et il espérait pouvoir continuer à mieux la connaître. Sans parler du fait qu'elle était ravissante bien que chasse gardée de l'empereur.

Néanmoins, elle lui semblait différente, à cet instant. Artémis était joyeuse et ne perdait jamais une occasion de rire ou de plaisanter. Mais l'idée d'un entretien privé avec le prince japonais semblait la désarçonner. Ça ne correspondait pas à l'image qu'il s'était faite d'elle.

Olympe saisit le regard de Gabriel et reprit son rôle.

— Il semblerait qu'on veuille à tout prix que je remplace Sa Majesté impériale, finit-elle par dire, taquine. D'abord, ce repas, ensuite un entretien avec nos hôtes…

— J'espère qu'il ne vous vient pas à l'idée de refuser…

— Bien sûr que non. Si je refusais, je n'ose imaginer les répercussions sur les négociations. Non, je lui parlerai si c'est ce qu'il souhaite. J'espère simplement pouvoir répondre à toutes ses interrogations.

Soulagé, Gabriel accueillit avec un grand sourire le dessert.

18

On amena Olympe dans le salon d'Apollon. Le plafond, orné de stuc, était peint, figurant Apollon assis sur son char. La pièce était meublée avec de lourds fauteuils et des canapés. Devant la cheminée, il y avait une table avec un jeu de cartes et une étrange boîte ornée de verrous et d'engrenages. Un piano mécanique jouait un air qu'Olympe reconnaissait sans pouvoir le nommer. Un air familier mais légèrement différent de ses souvenirs. Et elle aurait été bien en peine de le trouver.

Le prince Haru était assis sur un canapé, près de la cheminée, et fumait un cigare. La fumée était aspirée vers le plafond, mais Olympe ne trouva pas l'extracteur d'air. En la voyant arriver, il se leva et s'inclina. Olympe fit la révérence puis s'inclina à son tour. D'un geste, il l'invita à s'installer sur un fauteuil en face de lui. Elle s'exécuta. Elle appréhendait cet entretien, non seulement parce que la teneur l'inquiétait mais surtout parce que si le prince ne parlait pas français elle était dans la mouise. Son japonais était bien trop rudimentaire pour assumer une conversation de cette sorte.

Toutefois Iosifína l'avait rassurée. La femme de chambre avait débarqué à la fin du repas pour retoucher son maquillage et sa coiffure. C'était apparemment normal et Olympe n'avait pas bronché, d'autant que cela lui donnait l'occasion de s'épancher. Ce qui avait permis à la domestique de lui parler des traducteurs simultanés dissimulés dans les volutes volumineuses des chapeaux, dans les pommeaux des cannes ou dans les lunettes.

Olympe avait alors compris pourquoi les gens portaient toujours des chapeaux, tenaient des cannes ou arboraient des lunettes… Dans un empire polyglotte, sans langue officielle, c'était nécessaire. En conséquence, Iosifína lui avait conseillé de ne pas ôter son chapeau le temps de la conversation. Ce qu'Olympe avait promis de faire.

Mais bien qu'elle ait été rassurée sur cet aspect de la conversation, la perspective restait effrayante. Et mystérieuse. Aussi laissa-t-elle l'initiative au prince.

— L'empereur d'Europe est chanceux d'avoir autant de belles femmes autour de lui. Sa cour est l'une des plus magnifiques que j'aie vues, commença-t-il.

Olympe masqua sa surprise. Elle ne s'attendait pas à cette entrée en matière. Elle connaissait le goût des Japonais pour la beauté et le sens de l'esthétisme mais quand bien même…

— Je ne crois pas que Votre Altesse ait quelque chose à envier. La cour impériale de Son Altesse doit également être sublime.

— M. de Bragance m'a dit que vous admiriez mon pays, est-ce vrai ?

— C'est vrai.

— Pourtant, vous n'étiez pas là au début des négociations. Je ne crois pas que M. de Bragance ait mentionné votre nom avant cette semaine.

— C'est une passion récente, expliqua Olympe. J'ai été malade avant votre venue et j'en ai profité pour lire sur votre pays. Il m'a tout de suite enthousiasmée.

— Vraiment ? Vous n'êtes pas effrayée ? Comme la plupart de vos compatriotes ?

— Les Européens sont peu informés de vos coutumes et de votre culture. Il y a beaucoup de fausses rumeurs qui circulent à votre sujet. On dit même que vous mangez des chats.

Je dénonce ces rumeurs, mais… Quant à moi, j'aime la sensibilité de la culture japonaise, la recherche de la beauté dans la cuisine, la danse, la musique, l'art… il s'en dégage une sérénité que j'apprécie par-dessus tout.

Haru s'avança légèrement dans le fauteuil et scruta la femme devant lui. On lui en avait fait un portrait peu flatteur. Elle était aussi belle qu'écervelée et fêtarde. Elle n'était pas libertine mais l'avait été et conservait des liens avec ce milieu. Elle ne lisait pas ou alors uniquement des récits érotiques. Bref, ce n'était pas une personne à laquelle il aurait pensé pour faire la conversation. Et puis Gabriel lui avait dit qu'elle aimait son pays, qu'elle s'était documentée et Haru avait été emporté par la curiosité. Il l'avait observée pendant le bal, elle n'avait pas paru si écervelée que ça. Pendant le dîner, il avait fait la même constatation. Elle semblait converser avec ses voisins de table avec l'aisance d'une femme cultivée et non d'une femme de charme.

Et à présent, sa perception de la culture de son pays l'éblouissait. Jamais une étrangère n'avait eu ces mots pour qualifier l'âme du Japon. La sérénité… voilà quelque chose d'incongru. Même Gabriel, pourtant passionné, s'arrêtait à l'esthétisme sans comprendre que le but derrière était l'atteinte de la sérénité. Il était donc persuadé qu'on lui avait menti à son sujet. Et qu'il faudrait peut-être compter sur elle dans les négociations. Et puisqu'elle tenait le lit de l'empereur…

— Allez-vous faire partie des négociations ? demanda-t-il.

Elle resta un peu interdite devant le changement de sujet flagrant mais se reprit rapidement.

— Non, ce n'est pas mon rôle.

— Vous n'êtes pourtant pas qu'un beau visage, assura Haru en se rencognant dans le canapé.

Il croisa ses jambes dans un mouvement élégant et darda ses yeux noirs sur l'historienne. Elle ignorait s'il y avait une insulte sous-jacente et préféra penser que non.

— Peut-être, mais ce n'est pas ma place.

— Vous n'êtes là que pour le bon plaisir de l'empereur, je comprends. Néanmoins, vous amèneriez quelque chose de rafraîchissant à ces négociations. L'impératrice est charmante et Sadako l'apprécie beaucoup, mais… il y a beaucoup d'autres hommes à part elles.

— Vous n'aimez pas la compagnie des hommes ?

— Si, mais j'aime avoir le point de vue féminin. Votre sexe a toujours des idées pertinentes. Et vous… vous seriez une compensation très suffisante à l'absence de votre empereur.

— Il ne restera pas absent très longtemps. L'attentat d'hier l'a sonné, mais il sera parfaitement capable de reprendre son rôle dès demain. Ne vous tracassez pas pour cela.

— Je n'en doute pas. Néanmoins… pourriez-vous assister aux négociations ?

L'historienne était dans une impasse. Elle ne pouvait pas se mettre en travers d'un souhait d'une altesse impériale. Artémis était une personne bien trop importante pour se moquer de ce genre d'invitation. Mais elle avait une mission. Certes, il ne semblait pas y avoir de limite temporelle et peut-être parviendrait-elle à tout concilier, toutefois elle n'avait pas l'intention de passer une éternité dans ce monde. Bien qu'il soit enchanteur et plaisant.

— Je pense que c'est une demande que je devrais formuler à Sa Majesté. En fonction de sa réponse, j'accéderai à votre requête.

Le prince Haru sourit légèrement. Il courba la tête puis se leva. Olympe l'imita.

— Je suis ravi de cet entretien, princesse. J'espère qu'il se renouvellera.

Il s'inclina de nouveau puis prit congé. L'historienne n'avait pas répondu, essayant encore de comprendre ce qu'il venait de se passer. Puisqu'elle était seule, elle se laissa tomber dans le fauteuil et se perdit dans la contemplation du feu.

Cette conversation était irréelle. Un prince réclamait sa présence… est-ce que c'était la compensation de Dieu ? Toutes les déceptions qu'elle avait vécues dans sa vie devaient-elles la mener à ce moment ? Mais elle avait l'impression de tricher. Elle n'était pas à sa place, c'était peut-être Artémis et non elle que le prince Haru voulait. Et même si ce n'était pas le cas, ce n'était pas son monde. Elle ne devait pas s'éparpiller. Elle était ici pour une raison. Il n'avait jamais été question d'autre chose.

La porte s'ouvrit et Olympe se tourna pour voir Xénia entrer. L'impératrice s'était changée. Elle était prête pour aller dormir, avec une robe de chambre brodée de perles et de fil cuivré. Elle laissa entrevoir un déshabillé de satin lorsqu'elle s'installa à la place du prince Haru. Olympe ne s'étonna pas de cette tenue décontractée. Les appartements de l'impératrice étaient de l'autre côté du couloir.

— Que voulait Son Altesse impériale ?

Olympe hésita. Mais elle n'avait aucune raison de ne pas répondre.

— Parler de ma passion pour le Japon.

— Artémis n'aime pas le Japon. À part le sexe et mon mari, elle n'aime rien.

— Je sais. Mais moi, si. Et dans la conversation, ça m'a échappé.

— Vous faites une piètre espionne…

— Parce que je n'en suis pas une. Une fois pour toutes, je suis historienne ! Pas favorite, pas espionne, pas policière, historienne !

Elle se tut devant l'air interloqué de l'impératrice. Encore une fois, son caractère avait refait surface. C'était fou comme vingt-quatre heures suffisaient pour qu'elle soit aussi à l'aise, qu'elle se comporte normalement.

— C'est vrai, concéda Xénia.

L'éclat d'Olympe l'avait amusée et rassurée. Elle avait du caractère finalement. Ce qui était nécessaire pour ce type de mission.

— Est-ce qu'il n'a parlé que de son pays ? continua-t-elle.

— Non, il voulait savoir si j'allais faire partie des négociations. Je lui ai dit que non, mais il a insisté. Il faudra que je demande à l'empereur.

— Il vous dira non. Je vous dis non. Vous avez autre chose à faire.

— Je le sais, rétorqua vertement Olympe. J'espère simplement qu'un refus impérial suffira.

— Cela vous déçoit de ne pas pouvoir participer ?

— Non.

La réponse était rapide, mais elle était sincère. Elle n'y connaissait rien en négociations et tout ce qu'elle connaissait du Japon était déformé. Elle finirait par commettre un impair…

Xénia le vit et fut satisfaite.

— Est-ce que cela vous convient ou voulez-vous parler d'autre chose ? demanda Olympe.

Elle en avait assez. Beaucoup de choses s'étaient passées aujourd'hui. Moins bouleversantes que la veille, c'était entendu, néanmoins elle avait envie d'aller dormir.

— Vous ne m'aimez pas, nota l'impératrice.

Ce constat l'amusait plus qu'il l'ennuyait.

— Non, ce n'est pas ça. Je ne vous connais pas assez pour le savoir. Je suis simplement très lasse.

— Je le comprends. J'étais venue pour discuter à propos du prince Haru. C'est fait, vous êtes donc libre.

Olympe se leva puis fit la révérence. Elle allait sortir quand Xénia la rappela.

— Avez-vous des sentiments pour Maximilien ?

L'historienne arrêta ses gestes. Elle déglutit, hésitant sur ce qu'elle devrait avouer. D'autant plus qu'elle ignorait elle-même ce qu'elle ressentait.

— Est-ce qu'il y a une bonne réponse ? préféra-t-elle demander en se tournant.

Xénia sourit.

— Non, admit-elle.

Olympe hocha la tête et sortit. L'impératrice fut surprise mais ne la rappela pas. Elle avait sa réponse. Cette copie d'Artémis était amoureuse de Maximilien. Restait à savoir si ces sentiments étaient les siens ou ceux d'Artémis…

Xénia s'intéressait beaucoup aux dimensions parallèles et, parmi les recherches qu'elle avait effectuées, celles sur les alter ego la passionnaient avant tout. Outre le physique, la plupart des doubles avaient le même caractère, les mêmes passions ou la même personnalité. Concernant les sentiments, c'était la même chose. Ils étaient attirés par les mêmes personnes et parfois, même s'ils ne s'étaient jamais rencontrés, les sentiments de l'un influaient sur les sentiments de l'autre.

La Russe s'était toujours demandé quel crédit elle pouvait accorder à ces recherches. Elles étaient faites par des scientifiques renommés, toutefois… elle trouvait cela très subjectif. Et pourtant. À présent qu'elle pouvait comparer deux doubles, elle devait reconnaître que ces études s'avéraient assez exactes.

Olympe et Artémis semblaient différentes, mais dans le fond elles étaient très semblables. Côté physique, elle ne parvenait pas à les différencier. Alors, côté sentimental, elle avait cru… Pourtant Olympe n'avait pas posé une seule question concernant Maximilien.

Mais cette apparente indifférence cache en fait un profond intérêt, soupira-t-elle.

Et elle ignorait si c'était une bonne chose.

19

Olympe referma le document d'archives et soupira. Elle avait les yeux piquants et un mal de crâne venait de se déclarer. Elle regarda la grande horloge mécanique dans la salle d'archives. Elle indiquait 17 h 30. Elle décida que cela pouvait suffire pour aujourd'hui. Elle pressa le bouton de cuivre près d'elle et rangea les papiers dans le carton-tube avant de le fermer à l'aide d'une boucle en cuir.

Elle allait le déposer dans l'immense circuit qui faisait le tour des archives, mais un bruissement d'ailes lui fit comprendre qu'elle avait une autre option. Elle le laissa donc sur la table et le dragon, Vivien, vint prendre la boucle en cuir dans ses serres avant de repartir. Elle le regarda avec un petit sourire.

Elle n'aurait jamais cru s'habituer à ce genre de choses et pourtant… après une semaine passée aux archives du Louvre, elle avait fini par s'adapter à leur fonctionnement. Bien sûr, elle s'était attendue à ce que cela change complètement de ce qu'elle connaissait mais pas à ce point-là.

Ici, pas la peine de faire une carte ou de réserver ses documents à l'avance.

Il suffisait de venir, de s'installer à une table, de brancher son bandeau télépathique ou son grapheur à la table et de commander les documents qu'on souhaitait. Ils arrivaient quelques minutes plus tard seulement, soit par le biais d'un dragon, soit par le biais du circuit. Les dragons n'étaient pas toujours enclins à donner un coup de main. Certains le faisaient parce qu'ils adoraient la poussière et l'odeur du papier, ce qui en faisait naturellement des rats de bibliothèque. À la manière de Fafnir, ils protégeaient les archives comme un trésor et, en apportant aux humains les documents, ils leur faisaient comprendre qu'ils étaient à manipuler avec précaution.

Olympe s'était pétrifiée la première fois. Le regard inquisiteur de Vivien, le principal dragon archiviste, l'avait complètement stupéfaite… et intimidée. Elle avait dû attendre d'être remise pour être certaine que ses tremblements ne soient pas la cause d'un déchirement intempestif des papiers fragiles. Elle n'avait aucune envie de goûter à la colère de l'archiviste. Et puis, la surprise passée, elle trouvait cela finalement très salutaire pour les archives. Son monde devrait prendre exemple et préserver ses archives aussi bien que cela.

Elle avait vu fonctionner le grand circuit des archives. Lorsque Vivien n'était pas là ou qu'il ne voulait pas livrer, les humains utilisaient d'immenses tubes de verres où ils déposaient les cartons avant de les renvoyer par pression aux archivistes. Ou l'inverse. Ça faisait un potin de tous les diables et l'historienne avait sursauté. Elle avait remarqué qu'elle était la seule mais était intriguée. Comment était-ce possible de se concentrer avec un tel boucan ? Finalement, après quelques jours de pratique, elle n'y faisait plus attention.

Ces deux modes lui semblaient infiniment plus pratiques que se déplacer jusqu'aux archives et réserver une heure et demie à l'avance les documents nécessaires. Elle savait bien qu'il fallait aux archivistes le temps de descendre et de trouver le bon document, de s'assurer de sa viabilité avant de le faire monter en salle de lecture. Néanmoins, c'était assez contraignant même si on finissait par obtenir un roulement plus que satisfaisant.

Mais elle n'était pas dupe, impossible de mettre en place ce système dans ce monde… il y aurait des râleurs entre l'odeur des dragons et le bruit des tubes…

Avec un sourire, Olympe rassembla ses affaires et se prépara à sortir des archives. Elle le faisait toujours avec un pincement au cœur. Cette pièce était la seule où elle se sentait vraiment chez elle. Les vieux papiers l'apaisaient toujours. Ça remettait en perspective tellement de choses et elle sentait toutes ses inquiétudes fondre. Elle n'était rien devant le temps.

L'idée de retrouver ses appartements et Iosifína qui passerait une heure à la préparer pour le gala de ce soir ne la réjouissait vraiment pas. Mais elle ne pouvait pas se permettre de faire faux bond à Gabriel. Déjà, Maximilien, comme escompté, lui avait permis de ne pas assister aux négociations. Elle ignorait ce qu'il avait véritablement dit au prince Haru, mais ce dernier était venu le lendemain lui demander pardon de son insistance.

Elle avait masqué sa surprise et avait dû néanmoins promettre de dîner avec eux tous les soirs de la semaine. Elle avait tenu sa promesse et ça avait été une agréable surprise. Elle s'attendait à des dîners protocolaires, mais ça n'avait pas été ça. Tous les dîners avaient été détendus. Presque familiaux puisqu'il n'y avait que les altesses japonaises et la famille impériale. En dehors des deux amants impériaux, Alexandre et elle. Même Gabriel n'y était pas convié, cependant il ne paraissait pas en prendre ombrage.

Olympe ignorait véritablement le fonctionnement de la cour impériale, mais elle avait pu noter que l'étiquette n'était pas aussi stricte qu'il paraissait et que Maximilien tenait à avoir un quotidien le plus normal possible. Il travaillait, rejoignait ses ministres pour le déjeuner, reprenait le travail puis se consacrait à ses enfants en fin d'après-midi et dînait avec sa femme. Parfois leurs favoris les accompagnaient, parfois ils étaient seuls, parfois encore ils partageaient leur table avec des hôtes de passage si, et seulement si, ils en éprouvaient l'envie. Les dîners d'apparat étaient donc rares, ainsi que les galas et les soirées.

L'historienne n'en avait pas vraiment été étonnée. La cour de France avait toujours eu une étiquette particulièrement relâchée, même du temps de Louis XIV, réputée être la plus stricte de toutes. Mais comparée à l'étiquette espagnole, ce n'était rien. À peine quelques formules de politesse en fonction des rangs et les révérences qui variaient… ainsi que l'usage ou non d'un tabouret en présence du roi. Ce dernier avait semble-t-il disparu au fil du temps, avait pu constater Olympe. Globalement, l'étiquette se résumait à cela. L'empereur, comme ses ancêtres, restait disponible, le palais ouvert à tous après un contrôle de sécurité routinier… Bref, il faisait bon y vivre.

Le caractère très commun des journées impériales n'avait ainsi pas spécialement choqué Olympe et elle avait compris que Gabriel ne se sente pas lésé de ne pas assister à tous les dîners des altesses japonaises. L'historienne avait donc pu faire connaissance avec Alexandre, l'amant de l'impératrice. Ce dernier était au courant du changement de favorite et lui avait adressé des compliments pour son subterfuge, qu'il jugeait réussi.

Il lui avait promis une aide concernant ses recherches autour du complot et Olympe avait apprécié le geste. Il n'était pas aussi frivole qu'il paraissait et avait été enchanté de lui parler davantage de son monde et surtout de la Russie, qui lui manquait énormément. Il y retournait parfois, mais Nicolas II ne l'appréciait pas, ce qui espaçait automatiquement les occasions d'y aller.

— Je vous souhaite une belle soirée, princesse, fit Hippolyte en portant une main à son chapeau… qui était resté sur la table.

Cet éclat sortit Olympe de ses pensées et elle salua l'homme d'un mouvement de la tête. C'était un ancien professeur d'université qui se perdait dans les méandres de l'histoire de l'hôtel de Rambouillet, détruit pour faire construire le pavillon Turgot du Louvre. Il voulait reconstituer l'histoire non seulement du bâtiment mais aussi de Catherine de Vivonne et montrer à quel point son salon avait été le point de départ du roman moderne.

Il était gentil et l'aidait parfois à décrypter des textes obscurs. Il n'avait pas de famille et ses recherches étaient tout ce qu'il avait. Mais elle appréciait beaucoup l'homme.

— N'oubliez pas de rentrer chez vous, Hippolyte, conseilla-t-elle, gentiment.

Il inclina la tête et promit avant de s'absorber de nouveau dans ses documents. Olympe sut qu'il n'était pas près de partir et sortit. Elle respira à plein poumons l'air du soir et admira le coucher du soleil, qui conférait à la cour du Carrousel une lumière toute particulière.

Elle goûta l'instant quelques secondes. Une semaine… elle vivait dans ce monde depuis une semaine. Curieusement, sa dimension ne lui manquait pas tellement. Ce qui lui manquait le plus, c'étaient ses amis et sa famille. Si elle avait eu un moyen de communiquer avec eux, elle se serait installée ici.

Oui, enfin, personne ne t'a invitée à rester… qu'est-ce que tu ferais là ? T'arrives déjà pas à trouver un boulot chez toi…, se dit-elle avant de repartir vers ses appartements.

Elle y parvint quelques minutes plus tard et trouva, comme prévu, Iosifína en train de préparer sa tenue.

— Bonsoir, madame. La journée a-t-elle été fructueuse ?

Olympe grimaça. Même si l'ambiance aux archives était différente, il y avait une chose identique : on pouvait passer des jours à fouiller sans rien trouver. Et l'historienne faisait ce constat. Elle s'était décidée à ne chercher que dans les informations officielles et la propagande impériale pour voir ce qui pouvait exciter les complotistes. Elle avait croisé ces données avec les rapports de police, les pamphlets antigouvernementaux et les complots déjoués par le passé.

Il avait fallu faire un choix pour la date de départ. Puisque cela risquait de menacer le jubilé, le point de départ pouvait être soit au début de l'Empire, soit au début du règne de Maximilien. Elle avait finalement décidé d'aller du plus récent au plus vieux, supposant qu'un siècle aurait suffi pour assainir les archives de tout ce qui pourrait coûter le pouvoir à l'empereur.

Elle était pour l'instant remontée jusqu'au père de Maximilien, Philippe VII. Elle avait alors compris que son règne avait été marqué par une énorme guerre contre les Ottomans. Les victoires et les défaites s'équilibraient et les pertes humaines avaient été nombreuses. De nouvelles armes avaient été développées des deux côtés et Olympe avait compris, avec l'aide de Merlin et Siméon, que les mages noirs et les dragons y avaient pris une part active. L'empire européen aurait pu s'effondrer si les dragons et les magiciens ne s'étaient pas ligués pour équilibrer les forces. Finalement, les vingt ans de guerre, soit presque la totalité du règne de Philippe VII, s'étaient soldés par un retour aux frontières d'origine. Ni l'un ni l'autre des belligérants n'avait agrandi son territoire.

On encensait l'empereur pour avoir réussi à préserver son empire, mais on lui reprochait aussi d'avoir sacrifié des vies pour un résultat nul. Les deux sons de cloche se retrouvaient partout, à chaque bataille. Et ce qu'Olympe avait retenu, c'était le fait que, contrairement à ce qu'il aurait dû être, le principal ministre en charge de l'Extérieur, Joseph Bonaparte, n'avait pas tenu son rôle de tampon.

Logiquement, un principal ministre permettait de dériver la colère du peuple contre lui et ainsi d'épargner la tête du pouvoir, le président, le roi ou l'empereur. Cela permettait à ce dernier d'éventuellement désavouer son ministre et de changer d'idée pour se conformer au peuple. Il rentrait ainsi en grâce et évitait le soulèvement populaire. Dans le monde d'Olympe, c'était précisément à cause de l'absence d'un principal ministre que la Révolution française avait eu lieu. Si le peuple avait trouvé un exutoire, peut-être que…

Dans cette dimension, les principaux ministres avaient bel et bien eu ce rôle, les empereurs restant les amis du peuple. Philippe VII avait changé tout cela. Il avait d'abord scindé en deux le poste de principal ministre, le divisant entre affaires intérieures et affaires extérieures. L'idée aurait pu être bonne si son ministre de l'Extérieur avait joué son rôle de tampon. Mais ça n'avait pas été le cas de Joseph Bonaparte. Malgré les ordres clairement mauvais qu'il pouvait donner, Philippe VII ne le désavouait pas et allait même jusqu'à le soutenir publiquement. Des erreurs politiques pour Olympe, qui lui mettaient la puce à l'oreille. D'autant que l'empereur laissait le crédit des bonnes idées à son ministre… C'était le monde à l'envers et l'historienne était donc persuadée que c'était là le cœur du problème.

Depuis deux jours, elle creusait dans cette direction, essayant de comprendre comment fonctionnait le tandem Joseph-Philippe VII. Et la seule chose qu'elle avait apprise l'avait stupéfaite. Les deux hommes se haïssaient. La thèse d'une liaison torride entre eux deux était donc passée à la trappe. L'amour unilatéral de l'empereur pour son ministre restait cependant d'actualité, mais Olympe n'avait pas encore osé en parler.

Un raclement de gorge la sortit de ses pensées. Iosifína la regardait, un léger sourire aux lèvres. L'historienne essaya de se souvenir de sa question, mais la domestique secoua la tête.

— Vous êtes toujours rêveuse quand vous revenez des archives, nota-t-elle.

Elle s'approcha d'Olympe pour la débarrasser. Elle enleva son chapeau puis son corset et l'historienne respira plus librement. C'était beau, les corsets, mais fichtrement enquiquinant.

— Je suis désolée, Iosifína. Il me faut toujours un temps d'adaptation pour revenir au présent.

— Le passé est si attrayant ?

— Parfois. Il est fini, simple… même s'il y a des surprises, on connaît la fin de l'histoire. C'est… rassurant.

— Je comprends.

— Mais je n'ai pas tellement avancé. Je sens que le problème vient de cette relation entre Joseph et Philippe…

Cela réunissait tout : les bonapartistes, les Ottomans, les mages noirs, les dragons… Ça devait forcément être cela.

— Peut-être que vous pourriez demander à l'empereur, après tout c'était son père, suggéra Iosifína.

Olympe fit la moue alors que la domestique lui enlevait sa robe. Elle y avait pensé, mais elle répugnait à rencontrer Maximilien. Depuis le lendemain de l'attentat, ils ne s'étaient croisés que furtivement. Elle n'avait pas vraiment cherché à le voir, refusant de faire face aux sentiments qu'elle ne comprenait pas et elle avait été très occupée. Entre les recherches et les mondanités... sa vie n'avait jamais été aussi remplie. Même pendant les dîners, elle était accaparée par le prince Haru et n'avait pas eu le loisir de parler avec Maximilien... qui ne cherchait pas non plus sa présence.

— J'y songerai, fit-elle cependant.

Le dîner de gala lui donnerait peut-être une occasion de parler à l'empereur et lui demander audience. Même si la porte de droite donnait directement sur ses appartements...

— Mlle Argyropoulou vous a fait chercher de nouveau cet après-midi, continua Iosifína.

Olympe retint un soupir.

Stamatina était gentille et elle l'appréciait véritablement, mais elle n'avait pas envie de passer du temps avec elle. Elle risquait trop de se trahir, d'autant que la Grecque aimait la pousser dans ses retranchements. Alors elle évitait autant que possible sa présence. Mercredi dernier, ça n'avait pas été possible et elle avait dû se résoudre à assister à la réunion du cercle des femmes de l'empire, ce qui l'avait profondément ennuyée puisque cela consistait bêtement à un échange de potins. À part cela, elle évitait de retrouver Stamatina, à moins d'être avec d'autres personnes. Elle avait donc déjeuné trois fois avec elle et ses amis et son impression agréable concernant Milo s'était confirmée. Elle appréciait le Monténégrin et cela semblait réciproque. Les déjeuners devenaient bien plus agréables quand il était là.

Elle savait que Stamatina rongeait son frein et elle s'efforçait parfois d'avoir des attentions envers elle pour compenser. Elles avaient fait deux balades nocturnes dans le jardin des Tuileries et admiré le ballet reproducteur des dragons, qui apparemment rentraient dans une grande phase d'accouplement. Olympe avait d'abord refusé, mais la curiosité l'avait emporté. Et les soirées avaient finalement été agréables.

— Elle sait pourtant que j'ai le dîner de gala ce soir, soupira Olympe, reprenant la conversation avec Iosifína.

— Justement, elle pensait que vous lui accorderiez du temps cet après-midi.

— Était-elle très contrariée ?

— Passablement. [Olympe étouffa un juron.] Mais je pense qu'un dîner avec vous dans votre restaurant favori devrait faire l'affaire.

— Mon restaurant favori ? Quel est-il ?

— L'Atlantis, dans le Marais.

L'association était intéressante.

— Bien, faites les réservations pour demain soir dans ce cas.

— Ce sera fait.

Olympe hocha la tête, mais le sourire de Iosifína lui mettait la puce à l'oreille.

— Il y a un problème avec ce restaurant ?

— Non, mais madame n'est pas claustrophobe ?

— Pourquoi demandez-vous cela ?

— C'est que… l'Atlantis se trouve dans le Marais… la zone inondée de Paris. Cela n'existe pas dans votre monde ?

Olympe écarquilla les yeux. Une zone inondée et un restaurant dedans… Qu'est-ce que c'était encore que cette histoire ? Elle n'eut pas le temps d'en demander davantage, un valet frappa à la porte.

— M. le duc de Bragance demande à madame la princesse si elle est prête à le rejoindre.

— Faites dire au duc que j'arrive, fit Olympe.

Iosifína acheva en hâte d'habiller sa maîtresse puis la regarda partir. Elle espéra que tout se passerait bien ce soir. Mais la favorite au bras d'un autre… l'empereur ne serait pas ravi.

20

Le gala avait été une agréable surprise. Rien à voir avec le dîner des ministres. Olympe avait discuté avec le prince Haru et la princesse Sadako autour des merveilles de Kyoto et s'était enthousiasmée avec Gabriel sur la cuisine qu'un des chefs des altesses japonaises avait préparée pour la réception. Bien sûr, il y avait eu des points noirs. Nils Bolström s'était montré odieux envers Gabriel et avait fait des reproches à peine voilés à Olympe. Elle avait soudainement compris pourquoi Artémis se montrait méchante avec lui.

Il était extrêmement possessif et supposait que la poursuivre de ses assiduités lui donnait des droits sur sa personne. Elle le remit fermement à sa place, devant témoins, et ponctua sa réplique acerbe d'un rire grandiloquent. Stamatina la félicita mais lui reprocha aussi d'être accaparée par les altesses japonaises et le duc de Bragance. Heureusement, Olympe avait pu lui promettre le dîner du lendemain à l'Atlantis et Stamatina avait instantanément rayonné, avant que l'historienne soit de nouveau happée par la soirée.

Elle se demandait comment la favorite pouvait supporter toutes les obligations mondaines qu'elle avait et surtout la manière dont les uns et les autres s'appropriaient son temps sans même la consulter ou penser une seconde à ce qu'elle souhaitait.

Mais le dîner fut une charmante distraction avec de nouveaux plats japonais qui enchantèrent la cour et flattèrent les palais d'Olympe et de Gabriel. Le duc n'avait jamais mangé de nourriture aussi raffinée et fraîche. Et l'historienne, pourtant habituée à la nourriture japonaise, dut admettre qu'elle n'y connaissait rien. C'était délicieux.

— Promettez-moi que vous viendrez dans mon beau pays et je vous servirai de la nourriture plus délicieuse encore, lui avait dit le prince Haru.

Durant le dîner, elle avait été placée entre son altesse impériale et le duc de Bragance, ce qui la ravissait. Elle avait souri.

— Je le ferai plus rapidement que vous pourriez le penser, avait-elle promis.

Tout en songeant qu'elle ne pourrait, malheureusement, pas assurer son engagement. Mais le prince japonais avait été heureux et Olympe était restée sur son petit nuage. Et elle y était encore quand elle parvint à sa chambre. Iosifína l'y attendait, préparant son bain et sa tenue pour la nuit. Elle passa le temps de sa toilette à parler du dîner et de Gabriel, et la domestique tiqua.

— Et Sa Majesté ?

— Eh bien ? s'étonna Olympe.

Elle ne comprenait pas pourquoi sa femme de chambre parlait de Maximilien.

— Vous ne lui avez pas parlé ?

— Il était occupé avec sa femme et ses enfants. Puis avec la princesse Sadako et les ministres. Je crois même l'avoir vu en grande conversation avec la baronne Savorov. Il n'a pas eu l'air de s'ennuyer.

— Mlle Savorov ? répéta Iosifína.

Elle suspendit son geste et regarda Olympe, décontenancée.

— Eh bien ? Qu'y a-t-il avec cette dame ?

— Madame… Vous ignorez qui est la baronne Savorov ?

— Une des suivantes de l'impératrice, répondit Olympe. [Elle était vexée que la domestique la pense aussi attardée.] Une fille d'un industriel russe, à ce que je sais.

— Oh ce n'est pas ça, l'important. C'est votre ennemie jurée. Elle cherche les faveurs de l'empereur et ne perd pas une occasion pour lui faire du charme. Elle guette le moment où il sera suffisamment délaissé pour ne pas y résister. Ce qui fera le bonheur du tsar.

Un vertige prit Olympe. Les avertissements de Iosifína concernant le fait de se rendre ouvertement à une réception en compagnie d'un autre homme lui revinrent. Elle s'était justifiée par la maladie d'Alexandre, l'amant de Xénia, qui privait l'impératrice d'un cavalier, obligeant ainsi son mari à paraître à ses côtés. Et il était impensable qu'une princesse arrive à ce genre de soirée sans être accompagnée.

La domestique vit que l'historienne avait compris et acheva de la vêtir pour la nuit. Elle savait que cette soirée allait avoir des conséquences. La favorite de l'empereur ne pouvait être la cavalière de personne. Sauf si l'empereur approuvait, à l'extrême limite. Mais elle n'ignorait pas qu'Olympe avait accepté l'invitation du duc de Bragance sans en avertir Sa Majesté.

— Je suggère une visite matinale à Sa Majesté impériale, fit-elle au bout d'un moment. Des excuses seraient appropriées. Je tâcherai de savoir s'il a passé la nuit avec cette baronne.

Olympe hocha la tête, reconnaissante. Elle avait peut-être commis une erreur. De bonne foi certes, puisqu'elle n'était pas Artémis, cependant… Elle aurait dû prendre en compte les avertissements de Iosifína, mais elle appréciait trop Gabriel, et leur passion du Japon les avait sans doute rapprochés un peu trop.

— Merci, Iosifína. Je suis désolée de vous donner du travail supplémentaire.

La domestique allait répondre, quand un valet frappa à la porte. Elle alla ouvrir et il annonça la venue de l'empereur.

— Madame la princesse peut-elle le recevoir ?

Surprise, Olympe échangea un regard avec Iosifína. Mais elle savait ce qu'elle devait faire. Refuser maintenant serait un affront.

Il n'était pas avec cette baronne et Olympe en fut soulagée. Combattant cette jalousie sous-jacente, elle pria le valet de dire à l'empereur qu'elle était disposée à le voir. Quelques secondes après, il entra. Il avait pris le temps de se changer, ayant revêtu une robe de chambre et un pyjama de soie blanc.

— Veuillez nous laisser Iosifína et dire à la garde que je passe la nuit chez ma favorite.

La femme de chambre exécuta une révérence puis partit sans demander son reste. Olympe allait protester. Comment osait-il prétendre passer la nuit avec elle ? Mais son regard bleu se braqua soudainement sur elle et sa résistance fondit.

Évidemment, s'il attaque avec ses yeux, je ne peux plus rien faire, soupira-t-elle.

La colère de l'empereur était cependant soutenue. Sa favorite avait paradé au bras d'un autre homme, ne lui avait pas parlé de la soirée et, comble de l'horreur, l'avait laissé en conversation avec cette baronne Savorov, l'âme damnée de Nicolas II. Tout ça après l'avoir soigneusement évité depuis une semaine. Il était furieux, jaloux, blessé… et immensément triste que la femme en face de lui ne soit pas Artémis.

Toute sa rage disparut en un instant après ce constat. Elle lui ressemblait tellement qu'il avait passé une soirée exécrable, oubliant tout le reste. Mais elle n'était pas Artémis, elle n'était qu'une étrangère qui venait d'un monde parallèle. Même si elle suscitait sa jalousie, elle ne méritait pas son ire. Il soupira longuement et observa Olympe.

Si Artémis m'avait fait cela, je lui aurais dit ma façon de penser et nous aurions fait l'amour aussi sauvagement que possible. Et j'aurais fini par comprendre qu'elle n'avait fait ça que dans le but de me rendre jaloux… mais avec elle ? s'interrogea-t-il.

— Quelles étaient vos intentions en vous présentant avec le duc de Bragance ? demanda-t-il, essayant de contrôler le fond de colère qui persistait.

Olympe fut décontenancée par cette question calme et apparemment maîtrisée. Mais elle se reprit.

— Je n'en avais pas, promit-elle. Je savais simplement qu'Alexandre étant malade, Votre Majesté devrait se joindre à l'impératrice et lorsque le duc de Bragance m'a demandé de l'accompagner, puisque nous nous apprécions, j'ai accepté.

— Vous vous appréciez ? répéta Maximilien. Jusqu'à quel point ?

La colère l'avait repris, malgré ses efforts. Elle lui ressemblait trop. Et en même temps il avait pensé à Olympe toute la semaine, espérant qu'elle allait bien, qu'il n'y avait pas d'autres menaces et se demandant pourquoi elle ne venait pas le voir. Il lui devait des excuses pour l'autre fois, ce réveil où il l'avait priée d'endosser le rôle de son amante. Et il se devait de la protéger après l'avoir arrachée à son monde.

— Qu'insinuez-vous ? Que je coucherais avec lui ? demanda Olympe d'une voix blanche.

Maximilien haussa les épaules.

— Pourquoi pas ? Je ne connais pas vos mœurs !

— Sachez que je ne couche pas avec un homme parce que nous avons eu quelques conversations charmantes. Et même si c'était le cas, je ne suis pas votre favorite.

— Mais vous êtes ici en son nom ! rappela l'empereur, complètement furieux, à présent. Vous vous devez d'agir comme elle le ferait ! C'est pour cela que je vous ai fait venir.

— Oh ? Je croyais que c'était pour résoudre un complot ! rétorqua Olympe. Je ne pensais pas que ça incluait de jouer votre amante à tous les niveaux ! C'est pour cela que vous avez décrété que vous passeriez la nuit ici ? Comment dois-je me placer ? Sur le lit, les jambes écartées, à attendre votre bon vouloir ?

Cette image la choqua dès qu'elle la dit et elle se tut. Déjà parce que s'il lui disait oui, elle savait qu'elle s'exécuterait. Il était trop beau, ses sentiments envers lui étaient trop exacerbés et elle avait toujours eu pour philosophie de profiter de la vie. Elle le regarda, priant cependant pour qu'il ne lui demande pas de s'allonger.

Il croisa son regard. Il était abasourdi. Il venait précisément de lui reprocher ce qu'il s'était promis de ne pas lui reprocher. Il s'appuya un moment sur le secrétaire.

— Veuillez m'excuser, fit-il donc. Vous n'êtes bien évidemment pas tenue d'accomplir tout ce que ferait Artémis… et je vous prie de m'excuser si je vous l'ai fait croire.

Elle mit du temps à comprendre qu'il parlait du réveil de la semaine dernière où il lui avait demandé de rester près de lui un instant. Il voulait se perdre dans le rêve de son amante ressuscitée, ce qui l'avait profondément blessée. Elle s'approcha de lui.

— Non, vous aviez raison. Et je vous prie de m'excuser aussi, je sais que… puisque je lui ressemble, ça doit être… très difficile pour vous. Je ferai un effort à l'avenir.

Il leva les yeux vers elle et le cœur d'Olympe se tordit. La tristesse infinie lui sauta à la figure. Il n'avait pas le droit de la blâmer pour ne pas être Artémis, mais elle n'avait pas le droit de le blâmer parce qu'il le faisait. Elle n'imaginait même pas ce que ça pouvait faire de perdre un être cher, de ne pas pouvoir faire son deuil, de devoir taire la douleur et de voir une femme lui ressembler prendre son rôle aux yeux de tous.

— Je vous remercie. Et je ne prétendais pas… les rumeurs sur cette soirée vont se répandre, on va dire que nous sommes brouillés et je ne veux pas que la protection que la position de favorite vous octroie disparaisse. En passant la nuit ici, en le criant un peu, nous ferons taire une partie des racontars. Bien évidemment, je n'ai pas envisagé un seul instant que nous passerions à l'acte.

Ou plutôt, il l'avait envisagé mais sans savoir qui il avait envie de serrer contre lui. L'image de son amour disparu ou cette femme venue d'un autre monde pour laquelle il s'inquiétait plus que pour sa femme.

Elle lui sourit, rassurée. La tension entre eux redescendit. Ils étaient en paix.

— Bien alors, je suppose que vous prendrez le lit et je dormirai sur la chauffeuse, décida Olympe.

Elle voulait changer de sujet et les contingences matérielles lui avaient paru la meilleure solution.

— Non, la chauffeuse n'est pas confortable, croyez-moi, sourit Maximilien. [Elle crut déceler une lueur lubrique quand il regarda la banquette, mais elle s'évanouit rapidement.] Le lit est assez grand pour deux.

Elle le regarda, doutant de ses propos. Ce n'était pas un lit pour une personne, mais ce n'était pas non plus un lit pour deux.

— Je ne prends pas beaucoup de place, ajouta-t-il. Vous avez un côté préféré ?

— Non, répondit-elle automatiquement.

— Dans ce cas, cela ne vous ferait rien si je prends le côté extérieur ? Je me lève à 4 heures du matin et je ne voudrais pas devoir vous déranger.

Elle acquiesça. Le lit était poussé contre le mur et, s'il prenait la place intérieure, il devrait la pousser pour se lever. Cette intention la toucha, mais elle la combattit et grimpa sur le matelas. Elle se colla le plus possible contre le mur alors qu'il s'allongeait près d'elle. Elle se raidit lorsque sa main frôla la sienne.

— Voulez-vous parler un peu ? proposa-t-il.

Il la sentait tendue et ne voulait pas que le malaise l'empêche de dormir.

— Si vous le souhaitez, accepta-t-elle. Vous avez un sujet de prédilection ?

— Je pensais que vous auriez encore des questions à me poser sur ce monde, sourit-il. Toute votre curiosité a-t-elle été satisfaite ?

Elle se mordit les lèvres. Non, sa curiosité n'était pas satisfaite.

— Je me demandais… nous sommes en 1902 et je viens de 2020… comment est-ce possible ?

Maximilien acquiesça. C'était une très bonne question.

— Je vais schématiser… Du reste, c'est ce qu'on a fait avec moi pour que je comprenne, se moqua-t-il avant d'enchaîner. Le temps est une courbe et les dimensions parallèles sont enroulées autour de cette courbe. Ce qui nous donne la capacité de sauter de l'une à l'autre et ainsi de remonter ou de descendre la courbe du temps.

Olympe acquiesça.

— Donc vous seriez capable de remonter le temps dans votre dimension ? ou de vous projeter dans le futur ? s'enthousiasma-t-elle.

— En théorie, admit Maximilien. Mais je l'interdis formellement.

— Vous peut-être, mais les autres…

— Quels autres ? Les autres empires ? [Olympe hocha la tête.] Non, la technologie des autres dimensions n'appartient qu'à mon empire et elle est jalousement gardée par Merlin et Siméon.

L'historienne écarquilla les yeux. Décidément, ces deux-là avaient des secrets à revendre.

— Alors… il n'y a que vous qui pouvez…

— Ordonner qu'on l'utilise, oui. Et je ne le fais que pour le bien de mon empire, comme lorsque je vous ai fait venir.

Olympe opina. Elle comprenait aisément les dangers d'une telle technologie. Si tout le monde la possédait, le chaos finirait par s'installer au gré des changements apportés par les uns et les autres. On pouvait espérer qu'un homme ou deux soient raisonnables, mais la planète entière… ? C'était utopique.

— Combien de mondes avez-vous déjà visités ? demanda-t-elle, curieuse.

— Moi, aucun, taquina Maximilien. Mais mes équipes sont déjà allées dans une vingtaine de mondes. Certains étaient intéressants, d'autres non…

— Mais vous négociez avec l'un d'eux, non ? se rappela Olympe.

— C'est exact. J'étais très réticent au début, mais je me suis dit que ce serait bénéfique.

— Parlez-moi de ce monde.

— Eh bien, il y a un grand empire sur le territoire qui reprend l'Europe, mais ils n'ont pas ces noms-là. Ils appellent leur royaume Svagna et leur reine se nomme Jarène. Ils n'ont pas encore découvert l'Amérique, possèdent une magie élémentaire puisque toute la population a des pouvoirs et leur technologie correspond à peu près à la Renaissance.

— Waouh… et ils sont à quelle période ?

— Assez curieusement, un peu comme vous, vers le XXIe siècle.

Olympe haussa les sourcils de surprise. Elle ne s'y attendait pas…

— Et les autres ?

— Voyons… il y en a un qui est très proche de nous, la technologie est similaire et, s'ils n'ont pas de dragons ou de pouvoirs magiques, ils ont des créatures fantastiques dans les rues : des elfes, des gobelins, des trolls… qui sont mélangés avec les humains sans aucun problème. Il y en a un autre qui ressemble plus à votre monde mais avec des êtres maléfiques qui menacent l'humanité. Nous avons rencontré un certain Paul, qui nous a demandé de ne pas revenir. Il ne pouvait pas gérer des êtres extra-dimensionnels en plus des… il a appelé ça des « souterrains », je crois. Ça m'a choqué parce que je ne vois pas pourquoi on appellerait des démons par le nom de tunnels, mais enfin…

Olympe sourit. Effectivement, c'était curieux. Quoique les démons étaient censés vivre sous terre, alors…

— Il y en a aussi un autre où la population dispose des pouvoirs des quatre éléments, un autre où les humains ont colonisé l'espace, un autre où les femmes ont pris le pouvoir, et d'autres encore…

— De quoi faire pâlir d'envie n'importe quel auteur de roman, sourit Olympe.

— Je suppose, oui.

Ils échangèrent un sourire complice puis Olympe se détourna. Son cœur battait à tout rompre et même si la conversation détournait agréablement l'attention, son corps était néanmoins tendu par la proximité de celui de l'empereur.

Maximilien sentit qu'il n'était pas insensible à la présence d'Olympe et décida de combattre son envie. Ça n'aurait pas été juste pour lui et pour elle.

— Je crois que je ferais mieux de dormir, fit-il.

Elle acquiesça, l'autorisant tacitement à éteindre la lumière. Il claqua des doigts et le lustre s'éteignit. Olympe garda sa surprise pour elle. Elle avait demandé plusieurs fois à Iosifína comment faire fonctionner ce stupide lustre et c'était aussi simple que cela ? Dire qu'elle demandait à sa domestique d'éteindre chaque fois… Elle se sentait ridicule.

Maximilien se cala dans l'oreiller et son parfum flotta jusqu'à l'historienne. Un effluve agréable de musc et de savon… elle se mordit les lèvres et essaya de trouver le sommeil malgré son désir.

INTERMISSION

En sentant le dragon s'approcher, Merlin jura. Des jours qu'il était sur la traduction de ces foutus symboles. Et il n'y parvenait pas. Trop de sens, trop de combinaisons, trop de possibilités. C'était une tâche insurmontable.

— *Pourquoi votre pessimisme ne m'étonne pas ?* soupira Siméon en volant dans la pièce.

Le magicien se tourna alors que le dragon se posait sur le dossier de ses fauteuils. La bête le scrutait avec ses yeux inquisiteurs et il détestait ça. Cette condescendance, la recherche du moindre échec qui confirmerait la piètre opinion que la créature avait de lui, le refus de voir ses qualités… il commençait à en avoir plus qu'assez.

Il avait plus de mille cinq cents ans et il en avait marre d'avoir l'impression de n'être qu'un gosse qui ignore ce qu'il fait. Et venant d'un dragon né il y a peine un millénaire, c'était trop fort.

— Ce n'est pas pessimiste mais réaliste, se défendit donc Merlin. Les combinaisons sont trop nombreuses pour que je me fie au hasard.

— *Vous ne croyez pas au hasard ?*

— Bien… [Merlin se tourna et agença les symboles puis lut à voix haute.] La chaise de mon cul est aussi large que la fenêtre du grand-père est perchée. Ça ne doit pas être ça, vous êtes d'accord ? [Le dragon acquiesça. De nouveau, le magicien arrangea la phrase.] Les framboises mûres sont accrochées aux tableaux de mon château. Drôle de message, n'est-ce pas ?

— *J'en conviens.*

Merlin essaya une nouvelle combinaison :

— Le barreau cadeau est dans le sac annuel.

— *Non plus.*

— L'expert rieur est coincé dans la partie supérieure de la nouveauté.

— *J'ai compris votre point de vue.*

— Bien. [Merlin soupira.] Je suis navré, mais je dois me rendre à l'évidence. Si je ne demande pas de l'aide, je ne vais pas y arriver.

— *Vous ne songez pas à aller voir les mages noirs pour leur demander de décrypter ce message ?* se moqua Siméon.

— Non… ou du moins, un magicien qui n'est pas tout à fait un mage noir…

— *Vous songez à Basalmo ?* s'étonna le dragon.

— Effectivement.

— *Mais cet homme n'a plus sa tête depuis sa prétendue mort ! La potion qu'il a absorbée pour donner le change lui a brouillé le peu d'esprit vivant qu'il lui restait.*

— Peut-être, mais il reste un grand alchimiste… il pourra m'aider à décrypter ces symboles. Et puisque tout le monde le croit fou, même s'il parle de notre entretien, personne ne le croira.

Siméon secoua la tête en désapprobation. Ce n'était pas une bonne idée. Basalmo était un fou de son vivant et après sa pseudo-mort, il l'était encore plus. Si les magiciens ne s'en étaient pas occupés, les dragons l'auraient certainement mangé pour empêcher sa magie de persister.

— Avez-vous une autre solution ?

— *Trouver un magicien compétent !* grogna le dragon.

— Siméon ! gronda Merlin. Vous ne trouverez pas de magicien plus compétent que moi ! Vous le savez, arrêtez de me dénigrer.

— *Si vous étiez compétent, vous sauriez décrypter quelques pauvres symboles alchimiques.*

— Je les décrypte, c'est leurs combinaisons qui m'échappent !

— *Et vous pensez qu'un fou vous aidera ? Excusez-moi de croire en votre incompétence.*

— Quand il s'agit des jeux de l'esprit, un raisonnement moins méthodique peut aider. Il voit des choses que l'on n'a pas conscience de mettre de côté.

— *En somme, vous êtes incompétent parce que trop compétent,* ironisa Siméon.

Il y avait une pique là-dedans, mais le magicien se refusa à la chercher. Le dragon ne l'aimait pas et c'était vain d'essayer de lui prouver sa valeur. Il préféra changer de sujet.

— Qu'a dit Richelieu ?

Siméon perçut le changement de ton et n'insista pas.

— *Il dit toujours qu'il ne sait rien, mais vous le connaissez.*

Merlin hocha la tête. Même s'il ne frayait plus dans les cercles les plus hauts de la politique, Armand du Plessis de Richelieu restait le dragon le mieux informé de l'empire.

— Vous a-t-il parlé des renégats ? et de leur association aux mages noirs ?

— *Vous savez qu'elle est connue depuis belle lurette. Les mages noirs se servent des renégats pour se livrer à des expériences interdites.*

— Interdites parce que les dragons les ont interdites…, nota Merlin.

— *Interdites parce qu'elles sont contre-nature. De la même manière qu'il ne me viendra pas à l'idée de croiser un chien et un humain, je ne vois pas pourquoi on croiserait un magicien avec un dragon ou un humain avec un dragon…*

Il avait mis toute sa colère dans ses propos et le magicien serra les poings. Il détestait qu'on lui dise qu'il était contre-nature. Contrairement aux autres essais, il était vivant, dans toutes ses capacités intellectuelles, physiques et magiques, et il ne se trouvait pas plus monstrueux qu'un autre…

— *Si c'était le cas, pourquoi n'avez-vous pas d'enfants ?* tacla le dragon.

Le magicien fit jouer sa mâchoire. Il était stérile. Il le savait et n'en avait jamais conçu la moindre amertume. Son art était tout pour lui et lui suffisait. Et puisqu'il était immortel, l'idée de transmettre quelque chose après sa mort ne le tracassait pas. Mais cette stérilité prouvait les dires du dragon. La nature se chargeait généralement de rendre stériles les êtres qui ne devaient pas perdurer, qui étaient… contre-nature. Siméon eut un sourire.

— Reprenez, voulez-vous, pria Merlin.

Il serra les dents, mais le dragon s'aperçut que la conversation n'avait que trop duré.

— *Richelieu m'a donné quelques pistes concernant les dragons, des noms essentiellement de lieux qui peuvent servir à leurs rencontres, et des refuges. Des alchimistes seraient également mêlés à tout ça…*

— C'était une hypothèse, fit Merlin.

— *Dont nous n'avons pas parlé à Olympe.*

— Elle ignore ce que sont les alchimistes.

— *Elle devrait le savoir…*

Le magicien haussa les épaules. Les alchimistes, comme Basalmo, étaient des humains avec ou sans pouvoirs magiques qui essayaient malgré tout de faire de la magie. Ils étaient fous la plupart du temps et dotés de peu de capacités. Ils ne représentaient pas un grand danger et aidaient parfois les magiciens dans des tâches subalternes. La corporation veillait simplement à ce qu'ils ne deviennent pas trop téméraires et tâchait de limiter leurs petites expériences. De manière générale, les magiciens les considéraient comme quantité négligeable et il n'était pas venu à l'idée de Merlin d'en parler avec Olympe.

— Uniquement si leur rôle est important, mais je ne vois pas en quoi. Sont-ils plus que des pourvoyeurs de moyens ou de cachettes ?

— *Richelieu semblait dire qu'ils étaient plus impliqués dans cette histoire que nous le croyions au premier abord. Les mages noirs semblent avoir augmenté leurs capacités.*

Merlin regarda Siméon, les yeux ronds.

— Ils ont commis cette folie ?

— *Vous voyez que les expériences interdites ont de bonnes raisons de l'être,* tacla Siméon.

Merlin ne rebondit pas. Si c'était le cas, il comprenait mieux pourquoi il avait du mal à déchiffrer les symboles alchimiques. Il récupéra le message et, sans adresser un mot au dragon, sortit en trombe de son laboratoire pour se rendre chez Basalmo. Il n'y avait plus de temps à perdre.

21

Lorsque Olympe se réveilla, Maximilien était déjà parti. Il lui avait dit se lever tôt, alors elle n'en fut pas étonnée. Elle aurait cru que son départ l'aurait réveillée. Elle s'étira dans le lit, regarda le soleil inonder le jardin des Tuileries et soupira. Elle n'en revenait toujours pas de ce qu'elle vivait. Dans un autre monde… et il y en avait encore tellement à découvrir…

Elle se leva et pressa un bouton pour appeler Iosifína. La domestique arriva, un valet à sa suite portant le petit déjeuner. Il posa le plateau sur le guéridon puis sortit en s'inclinant. Olympe perçut le regard inquisiteur de sa femme de chambre. Elle l'inspecta, elle, puis regarda le lit, comme si elle cherchait à trouver quelque chose.

— Je n'ai pas couché avec lui, Iosifína, fit Olympe, interrompant ses recherches.

Elle s'approcha du plateau et prit un peu de raisin.

— Vraiment ? Il a pourtant passé la nuit ici. Les gardes m'ont dit qu'il n'était sorti qu'à 4 heures du matin, l'heure de son lever privé.

— C'est vrai. Enfin, je suppose, je dormais.

— Vous dormiez ?

— Je dormais, sourit l'historienne.

La femme de chambre la regarda, curieuse.

— Il me semblait qu'il vous plaisait… et vous n'avez rien tenté ?

Olympe soupira. Iosifína était très perspicace. Elle se demanda si c'était une qualité obligatoire pour les femmes de chambre ou s'il n'y avait qu'elle.

— Non, je n'ai rien tenté. Vous savez très bien que ça ne rimerait à rien. Il ne pense qu'à Artémis, je ne suis pas Artémis, inutile d'épiloguer. Nous avons simplement dormi ensemble pour faire taire les rumeurs.

— Cela a parfaitement fonctionné !

L'historienne ne répondit rien. Elle se doutait bien que les gardes et les valets étaient les pires commères. Exactement comme l'avait prévu Maximilien, la rumeur selon laquelle ils étaient réconciliés ferait le tour du palais avant midi. La « favorite » était sauvée. Mais Olympe n'en menait pas large. Elle avait passé une bonne nuit, bien qu'elle ait mis un temps fou à s'endormir.

Avoir un tel homme dans le lit sans en profiter… la dernière fois que ça s'était produit, elle était encore vierge et s'était endormie avant de comprendre que son camarade voulait plus. Depuis, quand elle dormait avec un homme, il se passait quelque chose. Même si ce n'était pas long. Mais avec Maximilien… il n'avait pas semblé enclin à faire quoi que ce soit et de toute façon cela l'aurait trop perturbée. Ses sentiments étaient suffisamment confus comme ça pour en rajouter.

Elle sortit de ses réflexions pour laisser Iosifína l'aider à s'habiller puis repartit pour une journée aux archives. À présent qu'elle était persuadée que le problème venait de la relation Joseph Bonaparte-Philippe VII, elle était décidée à éplucher toutes les archives de ce règne pour trouver le souci. À commencer par les archives militaires relatant les conflits avec l'Empire ottoman.

Et elle avait du pain sur la planche.

Elle salua donc rapidement Hippolyte, qui lui répondit par un sourire, puis Vivien, qui lui apportait son premier document. Elle l'interpella avant qu'il reprenne son envol.

— Excusez-moi, mais savez-vous où je peux trouver un recueil chronologique ? Est-ce que vous avez ça ?

— Cela dépend. Que cherchez-vous exactement ?

Sa voix était rauque et il avait visiblement du mal à articuler avec ses longues dents. Olympe, elle, avait du mal à s'habituer à le voir parler alors que Siméon s'exprimait uniquement par la pensée. Apparemment, cela dépendant de l'envie du dragon.

— Les grandes dates du conflit entre l'empire et l'Empire ottoman.

Le dragon se mit à réfléchir. Les archives avaient certains rayonnages consacrés à la chronologie de la France. Concernant l'empire, c'était plus récent et il essaya de chercher un archiviste qui aurait pu faire cela.

— Allez voir au rayon « Conflits impériaux » et aux dates qui vous intéressent. Je ne sais pas si nous allons avoir une étude exhaustive. Pendant ce temps, j'irai voir ce que j'ai dans les documents archivés.

— Merci.

Le dragon inclina légèrement la tête puis s'envola. Olympe se leva et se rendit à l'endroit indiqué. Les grands rayonnages étaient disposés tout autour de la salle de lecture, sur deux étages, et le domaine qui l'intéressait avec été mis dans un angle, peu pratique et mal éclairé. Elle soupira. Elle héritait toujours des coins pourris des archives, là où personne n'allait jamais.

En parcourant les étagères, elle se rendit compte de sa poisse. Les documents n'étaient pas classés, ou si peu. À peine étaient-ils rangés par dates, mais on retrouvait des histoires de la pêche à côté du Code pénal, les courants littéraires côtoyaient les développements agricoles et les études sur le renouveau de la peinture à côté du recueil sur les nouveaux appareils de la seconde moitié du règne de Philippe VII. Elle soupira et chercha désespérément la chronologie des batailles ou quelque chose approchant.

Elle ne comprenait pas pourquoi c'était difficile de trouver un tel document. Et puis, elle se fit la réflexion que même si elle cherchait les années 1864-1889, ça ne faisait jamais que moins de cinquante ans dans ce monde. Il était donc logique de ne pas trouver de document exhaustif. C'est comme si on voulait chercher des documents sur la guerre contre le terrorisme. Il y avait eu des études, mais pour les chronologies sérieuses, on pouvait s'accrocher. Elles omettaient toutes quelque chose.

Elle soupira. Ça ne s'annonçait pas aussi bien qu'elle le pensait.

Elle continua cependant ses recherches, mais, alors qu'elle croyait avoir trouvé quelque chose, la terre se mit à trembler, une explosion retentit, une vague de chaleur la propulsa contre le mur et elle cogna le coin d'une étagère.

Elle s'effondra, sonnée. Elle ne resta évanouie que quelques secondes et la première chose qu'elle vit en ouvrant les yeux, ce furent les flammes qui ravageaient les archives. Son cœur se brisa. Le passé partait en fumée devant elle… ce n'était pas possible. Elle toussa et se rendit compte que, là où elle était, elle était coincée.

La peur prit le pas sur sa tristesse et elle regarda autour d'elle. Elle entendit un rugissement de fureur et vit Vivien se débattre dans les flammes. Il avait plusieurs objets métalliques dans le corps, une de ses ailes ballottait, *a priori* brisée, et l'autre était déchirée. Il saignait abondamment, pourtant il essayait de cracher un maximum de glace sur les flammes pour les éteindre. Il en envoyait autant qu'il le pouvait, mais c'était loin d'être suffisant.

— Vivien ! hurla Olympe dans l'espoir de se faire entendre.

Elle essaya de s'approcher au maximum du dragon, mais les flammes l'entouraient et elle se retrouva rapidement coincée. Elle essaya de maîtriser son angoisse. Faire une crise ne serait d'aucune aide.

— Vivien, répéta-t-elle.

Mais le dragon était sourd à ses appels. Il ne pensait qu'à une seule chose : l'incendie. Il devait l'éteindre. Il ne pourrait pas sauver tous les documents, toutefois il se devait d'en préserver un maximum. Même si cela lui coûtait le peu d'énergie qui lui restait.

Comprenant que l'archiviste ne dévierait pas de son devoir, Olympe essaya de trouver une autre solution. Elle toussa, la fumée âcre l'étouffant. Elle tenta de la percer et se rendit compte qu'une partie des bibliothèques du second étage s'était effondrée devant la porte, bloquant les issues. La salle était toujours en proie aux flammes, la chaleur se faisait insupportable et Olympe recula un peu.

Vivien cracha un bloc de glace qui étouffa des flammes à quelques mètres de là et l'historienne retint un cri. Elle vit le corps sans vie d'Hippolyte. Il gisait sous une table de travail, brûlé. Olympe eut un haut-le-cœur et se réfugia dans le coin pour y vomir. Elle essuya ses lèvres d'un revers de la main puis avisa la fenêtre.

Elle allait l'ouvrir et suspendit son geste… elle savait qu'avec les incendies, parfois, ouvrir une fenêtre était dangereux. Mais elle ne se rappelait plus dans quelles conditions. Si elle l'ouvrait, est-ce qu'elle n'aggraverait pas la situation ? Le feu rugirait peut-être de plus belle et les archives seraient anéanties.

Vivien tournoyait toujours et elle était mal placée pour voir si ses efforts payaient. Elle regarda à travers la fenêtre. Le verre était gondolé et brouillait la vision, mais elle vit distinctement un attroupement devant le bâtiment et des hommes, sans doute des policiers, qui faisaient en sorte que la foule n'approche pas de l'incendie.

Est-ce qu'il y avait des pompiers dans les parages ?

Elle toussa une nouvelle fois et s'étrangla. Elle avait du mal à respirer. La chaleur était suffocante, la fumée brûlante et elle n'y tint plus. Son instinct de survie fut plus fort. Elle ouvrit la fenêtre et se pencha, sans force. Un retour de flammes fit exploser les archives et Vivien hurla. Le souffle projeta Olympe au-dehors et elle atterrit dans la poussière de l'allée.

Sonnée, elle vit néanmoins les flammes sortir des fenêtres. On la traîna plus loin, mais elle n'entendit rien. Ses yeux étaient fixés sur l'incendie et la culpabilité l'emporta. Elle n'aurait pas dû ouvrir la fenêtre. Elle fut un brin soulagée en voyant Vivien sortir, défonçant un peu plus les ouvertures. Le dragon fit quelques pas avant de s'écrouler.

— *Il ira bien.*

Elle avait reconnu la voix qui venait de résonner dans sa tête et chercha Siméon. Le dragon de l'empereur se posait près de son semblable et lui donnait un léger coup de museau. Le regard d'Olympe fut ensuite attiré par des petits dirigeables qui survolaient les archives. De l'eau se déversa sur le bâtiment, cependant elle n'agissait pas normalement ; elle coulait sur les murs et pénétrait par les fenêtres, comme si elle se mouvait consciemment, dans l'unique but d'étouffer les flammes. Elle aperçut alors Merlin qui flottait à côté des dirigeables, les mains tendues et comprit la situation.

— O… Artémis ! appela soudain une voix.

Le cœur battant, Olympe vit Maximilien se précipiter vers elle. Léon tenta de l'empêcher, mais l'empereur l'écarta et s'agenouilla près de l'historienne.

— Faites venir Lucien ! ordonna l'empereur.

Il prit les mains d'Olympe dans les siennes et fixa sur elle un regard inquiet.

— J'ai entendu l'explosion… allez-vous bien ? s'enquit-il.

Il était visiblement inquiet et Olympe en fut touchée. C'était pour elle, cette fois, et pas pour Artémis.

— Je crois, juste…

Elle tourna de l'œil. Maximilien la retint alors qu'elle s'écroulait et la prit dans ses bras. Il se releva et retourna au palais des Tuileries. Il refusa l'aide de Léon. Il n'était pas question qu'il confie cette femme à quelqu'un d'autre. Le loup impérial le comprit et se contenta de frayer un passage à travers la foule. Ce ne fut pas difficile.

Lorsque les badauds avaient compris que la favorite avait été prise dans l'explosion, un silence s'était fait. Et ils s'écartèrent devant leur empereur, s'inclinant légèrement sur son passage.

Maximilien ne les regardait pas. Il n'avait qu'un objectif, rejoindre le palais des Tuileries et Lucien. Il pouvait voir la poitrine d'Olympe se soulever, mais un étrange sifflement dans sa respiration l'inquiétait. Il ne savait que trop bien que les victimes d'explosion pouvaient mourir bien après à cause d'une complication : les poumons brûlés ou la trachée obstruée.

Lorsqu'il arriva aux abords du palais, Lucien en sortit. Le médecin observa rapidement sa patiente et hocha la tête.

— Mettons-la dans ses appartements, elle y sera plus à l'aise, décida-t-il.

Maximilien acquiesça et prit la direction de la chambre d'Artémis. Il y parvint quelques minutes plus tard et posa délicatement Olympe sur le lit. Il céda la place au médecin mais ne s'éloigna pas trop. Il rongea son frein alors que Lucien prenait son temps.

Le docteur ne voulait surtout rien manquer. Il prit les constantes, vérifia les voies aériennes, dit une incantation et appuya un cristal rouge sur la poitrine d'Olympe pour connaître son niveau d'empoisonnement, la palpa minutieusement pour s'assurer qu'elle n'avait pas de fracture puis soupira.

— Elle ira bien, assura-t-il à l'empereur.

Celui-ci fut instantanément soulagé et adressa un regard reconnaissant au médecin. Ce dernier l'ignora et prit un étrange appareil dans sa sacoche. Il appliqua un masque de cuir sur la bouche et le nez de l'historienne, relié par un tube en cuivre souple à une boîte en bois. Le médecin actionna la série d'engrenages dont la boîte était constituée et un ballon se gonfla avant de se dégonfler. Il répéta l'opération plusieurs fois jusqu'à ce qu'Olympe ouvre les yeux.

— Vous êtes dans vos appartements et tout va bien, annonça le médecin.

Elle se débattit un peu, mais il continua, d'une voix apaisante, la main sur le bras de l'historienne :

— Je suis en train de vous administrer de l'oxygène, c'est bientôt terminé, assura-t-il.

Elle se tranquillisa quelque peu puis ses yeux accrochèrent Maximilien. Elle vit l'inquiétude sur le visage de l'empereur, même si ce dernier réussit à lui adresser un sourire. Ils restèrent un instant à se contempler puis Lucien retira le masque du visage d'Olympe.

— Reposez-vous. Je viendrai vous voir en fin d'après-midi, annonça-t-il.

Elle acquiesça alors qu'il partait. Maximilien ne bougea pas pendant quelques secondes et elle essaya de se relever.

— Non, il vous a dit de vous reposer, ordonna-t-il.

— Je sais mais… je n'aime pas être allongée.

Il opina et la soutint pour la redresser et l'appuyer sur la tête de lit. Il l'aida à placer des coussins et Olympe soupira quand elle trouva sa position. Puis elle se rappela pourquoi elle était dans cet état.

— L'incendie ? Est-ce que les archives sont… comment va Vivien ?

Maximilien sourit. Son inquiétude le touchait.

— Je pense qu'il doit être maîtrisé maintenant. Merlin et les pompiers ont dû y veiller. Et ne vous tracassez pas pour Vivien, c'est un dragon. Le feu ne lui fait rien.

— Peut-être, mais il était blessé, contra Olympe, inquiète.

Maximilien cacha sa surprise. Il n'avait pas vu de blessures, mais… il avait été obnubilé par elle.

— Les dragons guérissent vite, assura-t-il.

— Et les archives ? Est-ce que tout a brûlé ?

Il grimaça.

— Je ne sais pas. Je suppose que cela prendra un peu de temps avant de le savoir.

Olympe soupira. Oui, il allait falloir faire l'inventaire…

— Hippolyte…, murmura-t-elle. [L'empereur pencha la tête, curieux et légèrement irrité d'entendre un nom masculin dans la bouche d'Olympe.] Il travaillait sur… il… il est mort…

Des larmes piquèrent les yeux d'Olympe. Et quand elle se mit à penser qu'il y avait plusieurs autres personnes aux archives avec elle ce matin-là, elle ne put retenir sa crainte.

— Calmez-vous, Olympe, pria Maximilien en s'asseyant près d'elle. Calmez-vous, répéta-t-il.

Il l'attira contre lui et embrassa ses cheveux. Elle exhalait la fumée, la suie et le papier brûlé, mais il n'en avait cure. Il sentait qu'elle crispait ses mains sur sa poitrine et la força à le regarder. Elle était morte d'angoisse.

— Tout va bien, assura-t-il.

— Non, tout ne va pas bien. Il y a eu des morts et si ce n'était pas un accident, alors c'est à cause de moi et…

Comprenant ce qui la tracassait, Maximilien posa ses mains sur la nuque de l'historienne et la regarda dans les yeux.

— Vous n'y êtes pour rien. Si c'est une explosion criminelle, c'est le poseur de bombes le responsable. [Elle ferma les yeux, secouant la tête.] Et si vraiment vous cherchez un responsable, c'est moi. Je vous ai fait venir, je vous ai mise en danger…

— Non…

— Si vous étiez morte…

Il se tut, la gorge nouée d'angoisse. Il avait imaginé le pire quand il avait été averti d'une explosion dans les archives, il avait accouru, Léon sur les talons, et l'avait vue être expulsée par la fenêtre lors de la seconde explosion. Quelques secondes après, elle s'évanouissait dans ses bras. Il caressa sa joue, heureux qu'elle aille bien. Il accrocha son regard, à la fois inquiet et perdu, puis passa son pouce sur ses lèvres. Elle trembla, ferma légèrement les yeux, d'où s'échappa une larme, et il se pencha. Elle était si belle, il avait été si inquiet…

Il effleura timidement sa bouche et, puisqu'elle ne le repoussait pas, il approfondit le baiser. Son cœur cognait sa poitrine, son corps se tendit et ses émotions furent bouleversées. Ses mains se perdirent dans ses cheveux alors qu'il sentait les siennes sur son dos. Il la plaqua contre lui, faisant jouer sa langue avec la sienne. L'envie lui fouailla les entrailles, mais, sans qu'il s'y attende, Olympe le repoussa.

Il vit le doute passer dans ses yeux. Mais elle se trompait. C'était elle et non Artémis qu'il venait de serrer contre lui. Ce constat lui fit plus de mal qu'il voulut l'admettre. Il allait la rassurer quand Léon pénétra dans la pièce.

— Sire, vous devez venir de toute urgence ! L'impératrice vient de faire un malaise.

Il aurait aimé moucher son capitaine des loups, mais la raison de le déranger était valable. Tiraillé entre sa frustration et son inquiétude pour Xénia, il se tourna vers Olympe. Elle s'était bien écartée de lui et lui adressa un regard gêné.

— Allez-y, je vais dormir, je crois, fit-elle d'une voix timide.

Il aurait voulu rester discuter, mais elle avait besoin de se reposer et il devait aller voir son épouse. Il inclina légèrement la tête puis se leva et sortit.

22

Le baiser l'avait chamboulée. Entièrement. Confusément. Comme jamais un baiser ne l'avait perturbée. Non seulement, il embrassait bien, mais en plus ça avait été comme si elle avait enfin trouvé sa place. Un simple jeu de lèvres avec cet homme l'avait propulsée sur une autre planète où les sens étaient surdéveloppés et les émotions exacerbées.

Mais… il y avait toujours un « mais ».

Son cœur se brisa dans sa poitrine et elle se cala dans les cousins, les genoux serrés contre sa poitrine. Le doute la rongeait et elle détestait ça. Elle se retint de pleurer et de s'allonger en chien de fusil. Cette position la réconfortait toujours. Elle souffla plusieurs fois puis ferma les yeux. Lucien avait dit de se reposer, elle devait essayer de dormir.

Ce fut plus facile qu'elle croyait.

Elle était si fatiguée nerveusement qu'elle s'endormit presque instantanément. Lorsqu'elle se réveilla, le soleil se couchait sur les jardins. Elle regarda les ombres s'allonger, le ciel se teinter d'orange, le soir tomber et soupira. Elle entendit un bruissement près d'elle et se tourna pour voir Iosifína qui se levait.

— Ah, madame est réveillée. J'hésitais, sourit cette dernière.

Olympe se redressa.

— Oui, je suis réveillée. Quelle heure est-il ?

— Presque 18 heures Dois-je faire appeler Stamatina ?

Dix-huit heures ? Elle avait donc dormi la journée entière ? Elle n'y était jamais parvenue. Même lorsqu'elle avait contracté la mononucléose. Elle était plus fatiguée qu'elle l'aurait cru. À moins qu'il n'y ait pas eu que de l'oxygène dans la boîte mystérieuse de Lucien.

— Pourquoi Stamatina ?

— Vous deviez aller dîner ensemble à l'Atlantis, rappela la femme de chambre. Mais après cette journée…

— Oui, je vois. Est-ce qu'elle est venue ?

— Non, aux dernières nouvelles, elle était partie faire du cheval à Versailles avec les Theotokis. Elle n'apprendra l'explosion qu'en revenant. Et si elle ne se trouve pas ici, c'est qu'elle n'est pas encore rentrée.

— Elle risque dans ce cas d'aller directement au restaurant, fit Olympe.

Iosifína lui sourit, comme si elle était naïve.

— Cela m'étonnerait fort qu'après une journée de cheval elle ne rentre pas se laver et se changer. Surtout pour un dîner en votre compagnie.

Olympe ne pouvait pas la contredire.

— Est-ce que Lucien est passé ?

— Non, pas encore. Voulez-vous que je le fasse appeler ?

Olympe hésita puis acquiesça. Si Iosifína le proposait, cela signifiait qu'il était possible pour la favorite de faire venir le médecin impérial. La domestique ouvrit la porte, héla un valet et le chargea d'aller rapidement chez Lucien lui dire que la princesse Rállis souhaitait le voir. Quand elle revint, elle s'arrêta devant un plateau et remplit un verre d'eau, qu'elle tendit à sa maîtresse. Olympe le prit avec reconnaissance et en but quelques gorgées.

L'eau était fraîche et apaisa sa gorge sèche. Elle s'étonnait toujours que cette époque puisse garder de l'eau fraîche dans une carafe plus longtemps que dans la sienne. Lorsqu'elle s'en était ouverte à Iosifína, sa femme de chambre avait été surprise qu'elle ne connaisse pas les carafes enchantées permettant de conserver les liquides à la température souhaitée.

Le médecin apparut quand elle rendait le verre à Iosifína et s'approcha d'elle, sérieux.

— Comment vous sentez-vous ? demanda-t-il.

Il prit ses constantes.

— Bien. J'ai dormi toute la journée. Est-ce que vous m'avez droguée ?

— C'est possible, admit le médecin.

Il n'y avait pas la moindre honte dans sa voix et Olympe s'en amusa. Lucien lui demanda ensuite d'ouvrir la bouche et inspecta sa gorge avant de poser un cristal sur sa poitrine. Apparemment satisfait, il eut un petit sourire.

— Vous allez bien, jugea-t-il.

Olympe fut heureuse de le savoir mais demanda néanmoins :

— Suffisamment pour aller manger au restaurant avec Stamatina ?

Le médecin fronça les sourcils et fit la moue.

— À l'Atlantis, plus précisément, ajouta Iosifína.

Cette information rassura Lucien, qui eut un sourire.

— Oh, alors c'est bon. Le fait d'aller sous l'eau est excellent pour l'oxygénation du sang. Cela vous fera du bien et même si vous serez fatiguée après, il ne peut en ressortir que des bienfaits.

— Aller sous l'eau ? s'étrangla Olympe.

Et puis, elle se souvint que sa femme de chambre avait effectivement fait remarquer que le restaurant se trouvait dans la zone inondée de Paris. Qui n'existait pas dans sa dimension.

— Ah, je vois que votre domestique vous doit quelques explications, s'amusa Lucien. Je vais vous laisser.

Il s'inclina et partit sans demander son reste. L'historienne se tourna vers Iosifína, qui allait vers l'armoire choisir une tenue adéquate.

— Iosifína? appela-t-elle quand elle comprit que la femme de chambre n'avait pas l'intention de parler.

— Je ne sais quoi vous dire, madame. Je crois qu'il faut le voir pour s'en rendre compte. Je suis étonnée qu'une telle chose n'existe pas dans votre monde… Comment avez-vous fait pour assécher le Marais ?

Olympe ne répondit pas. Elle l'ignorait totalement. Devant son silence, la femme de chambre reprit :

— Il n'y a pratiquement aucune habitation sur terre et tout le quartier a été bâti en zone inondable. On peut s'y rendre en métropolitain ou en hippomobile, mais parfois il faut emprunter les ascenseurs sous-marins. J'ignore ce que vous préférez comme mode de transport. Stamatina aime le métropolitain… si vous vous y rendez ensemble alors…

— Je crois que ce sera préférable, confirma Olympe.

Iosifína s'inclina. L'historienne se leva et elle l'aida à se préparer. Olympe se rendit compte qu'elle était plus excitée qu'auparavant. Une zone inondée à Paris ? Habitable et accessible par le métro ? C'était insensé, du délire, inouï. La curiosité la dévorait. Et puis, elle n'était pas sortie de l'enceinte du palais, sauf pour se rendre au palais royal – ce n'était pas vraiment sortir des Tuileries – et elle se réjouissait donc de visiter Paris.

Quelques minutes plus tard, Stamatina se faisait annoncer. Elle eut un grand sourire en pénétrant dans les appartements et se précipita pour serrer Olympe dans ses bras.

— Bon sang, Artémis, quand j'ai su ! Une explosion dans les archives ? Comment est-ce possible ? Est-ce que les loups ont une piste ? Comment vas-tu ? Bien, si j'en juge ta tenue… Je me suis habillée pour me rendre au restaurant et j'ai appris la nouvelle par ma femme de chambre. Martha aurait dû me le dire dès mon arrivée, mais non, il a fallu qu'elle me laisse lui ordonner de m'habiller pour cette soirée. Je me réjouissais d'aller à l'Atlantis en ta compagnie, mais…

— Mais quoi ? l'interrompit Olympe. Nous y allons, comme prévu.

Stamatina resta un instant interdite.

— Tu es certaine ? Enfin, tu…

— Je vais très bien ! Même Lucien l'a dit. Tu vois que tu n'as pas à t'inquiéter. Et moi aussi, je me réjouissais d'aller à l'Atlantis. Cela fait si longtemps. Ne me refuse pas ce plaisir.

Stamatina fut heureuse d'entendre ça, elle coula néanmoins un œil vers Iosifína.

— Ah ça ! s'exclama Olympe. C'est à ma femme de chambre que tu demandes la permission que je sorte ?

La Grecque sourit. Puis prit le bras de son amie.

— Tu as raison. Dans ce cas, allons-y. Nous prenons le métropolitain ? Ce sera plus drôle.

— Je te suis, sourit Olympe.

Elle vit le plaisir évident de la Grecque. Mais elle n'avait pas à feindre son enthousiasme et même si elle appréhendait de devoir tenir toute une soirée avec Stamatina, essayant de ne pas se trahir, elle avait tellement hâte de visiter que cela n'avait presque plus d'importance.

Elles se rendirent, bras dessus bras dessous, jusqu'à la station des Tuileries. Elle n'était pas si différente de ce qu'Olympe connaissait. Il y avait toujours les carreaux blancs caractéristiques du métro parisien, les noms des stations en blanc sur fond bleu et le liseré vert. Les publicités, en revanche, n'existaient pas… À la place, il y avait de grandes mosaïques avec les lieux se trouvant à la surface. Il y avait donc une représentation du palais des Tuileries, des jardins, de l'Arc de triomphe du Carrousel, du ministère des Finances… et puisque cette station desservait le palais impérial, elle était bien plus importante que celle de la dimension d'Olympe.

Heureusement, Stamatina la guida à travers les différentes galeries et la conduisit aux quais de la ligne 1. Sur une gravure du plan de métro, Olympe put constater qu'il y avait huit lignes en tout desservant le Paris intra-muros. Elle ignorait combien il y en avait en 1902 sur sa dimension et prit l'information sans émotion. Mais lorsque le métro arriva, elle comprit à quel point elle avait encore des choses à apprendre dans ce monde.

C'était un assemblage de métal et de verre bien différent des métros qu'elle connaissait. Leur forme était plutôt oblongue, leur donnant l'allure de mini-sous-marins. Le verre prenait la majeure partie de l'espace et les ferronneries le maintenant représentaient les motifs des panneaux indiquant le métropolitain. Un bruit de machine à vapeur se faisait entendre, mais Olympe ne vit pas une seule locomotive.

Elle en était encore à se demander comment le métro fonctionnait lorsque Stamatina la prit par la main pour s'engouffrer dans le wagon face à elles. Elle y trouva des fauteuils en velours très moelleux, des gens bien habillés et aucune trace de vandalisme. Elle se fit alors la réflexion que ça ne sentait pas l'urine. Est-ce que l'hygiène était différente dans ce monde ou bien est-ce le ménage qui était effectué différemment ?

Ses réflexions furent coupées par les quatre stations qui les séparaient du Marais. Elles avaient la même disposition que celles des Tuileries, avec les monuments en mosaïques, l'absence de publicités, les carreaux blancs et les noms sur fond bleu, mais chacune dégageait une atmosphère différente et Olympe ne sut pas dire en quoi.

— Oh, Artémis, si tu savais le sang d'encre que je me suis fait, fit Stamatina après qu'elles eurent passé Palais-Royal.

Elle prit la main d'Olympe et la serra fortement.

— Il ne fallait pas, je vais bien. Du reste, je suppose que tu l'aurais su immédiatement s'il m'était arrivé quelque chose.

— Humpf, si tu crois que ton empereur m'aurait avertie… il me déteste.

— Ce n'est pas mon empereur et il ne te déteste pas.

Olympe était quasiment certaine de ne pas mentir. Si Maximilien avait détesté la Grecque, il aurait été plus cinglant dans ses mises en garde. Il lui avait simplement fait l'effet d'un homme un peu jaloux d'une amitié aussi profonde.

— Je n'en suis pas si sûre que ça… il est si froid avec moi.

— Parce qu'il sait que tu le détestes, toi ! sourit Olympe.

Stamatina haussa les épaules, ignorant sa mauvaise foi.

— Évidemment que je le déteste. Ta mission soi-disant peu dangereuse a failli te coûter la vie deux fois ! Et tu ne me feras pas croire que ce n'étaient que des coïncidences !

Olympe n'avait rien à redire. Ce qu'elle avait dit à la Grecque ne tenait plus. C'était absurde.

— Je le sais, mais je ne comprends vraiment pas pourquoi.

— Tu devrais, fit Stamatina. Dis-moi sur quoi tu travailles !

— Je ne peux vraiment pas, Stamatina !

— Mais enfin, c'est insensé ! Pourquoi donc ?

Olympe se tourna quelques instants, à la fois pour trouver une réponse et pour que la Grecque ne voie pas son trouble. Elle décida d'être sincère. Malgré la singularité du personnage, elle appréciait réellement la meilleure amie d'Artémis.

— Crois-tu qu'en sachant que ce que je fais est dangereux je t'en parlerais ? Pour que tu sois toi aussi en danger ? N'y compte pas !

La Grecque allait réagir, mais cet aveu fit frémir son cœur.

— Oh, Artémis, ne put-elle s'empêcher de soupirer.

Elle serra plus étroitement la main d'Olympe dans la sienne et l'historienne se sentit coupable. Ce n'était pas comme avec Maximilien. Il savait en conscience que la personne en face de lui n'était pas son amante. Mais Stamatina… elle était encore persuadée d'être avec la femme qu'elle aimait. Olympe n'était qu'une menteuse, une hypocrite et cela lui devenait douloureux.

— Est-ce que tu es vraiment sûre de toi ? reprit Stamatina. Est-ce que…

Comprenant ce qu'elle allait dire, Olympe posa son autre main sur la sienne.

— Je tiens à toi, Stamatina. Vraiment. Tu sais que tu m'es chère. Je ne veux pas risquer ta vie. Je te fais assez de mal comme cela.

Son amie la regarda intensément, des larmes aux bords des yeux. Artémis avait toujours été inflexible et, de nouveau, il n'y avait que Maximilien pour elle. Le fait qu'elle veuille préserver sa vie lui faisait plaisir, mais ce n'était pas suffisant. Elle renifla bruyamment. Il lui fallait accepter le fait que cette aventure impériale ne serait pas de courte durée. Cela faisait des années, toutefois elle avait toujours eu l'espoir…

— Bien, je n'en parlerai plus. Mais je continuerai à asticoter Maximilien.

Olympe sourit et laissa Stamatina poser sa tête sur son épaule. Leurs mains liées, elles abordèrent la partie immergée de Paris. L'historienne maîtrisa son émotion. Il n'y eut pas de changement trop soudain, si ce n'est un bref arrêt après la station Châtelet. Et pour cause, on changea de voie, l'éclairage devint bleu et le tunnel sombre laissa place à un tube en verre qui s'enfonçait sous l'eau.

Olympe écarquilla les yeux.

23

Des poissons-chats, des silures, des perches, des carpes, des brochets… au travers de la vitre du métropolitain, Olympe assistait au ballet des poissons de la Seine. Qui n'avaient d'ailleurs pas l'air dérangés le moins du monde par la présence d'un tube dans leur milieu. Pas plus par les bâtiments parfois ronds, parfois étroits qui parsemaient les fonds. Malgré leurs formes diverses, ils étaient tous faits en métal et en verre avec luxe de ferronneries décoratives.

Et contrairement à sa crainte, on voyait très bien sous l'eau. Des lampadaires en forme de boule diffusaient une lumière bleutée très agréable. Elle ignorait comment ils fonctionnaient, mais ils fonctionnaient. C'était féerique.

— On dirait que tu vois ça pour la première fois, se moqua Stamatina en notant l'air ébahi de sa compagne.

— Eh bien, ce spectacle est magnifique, admit Olympe, craignant de se trahir. Peut-être que d'avoir échappé à la mort, ça me fait voir les choses différemment.

Et ce n'était pas un mensonge pour le coup. Même si elle n'avait jamais rien vu d'aussi beau, elle n'aurait peut-être pas autant apprécié la chose s'il n'y avait pas eu l'explosion. Une perche soleil passa et elle sourit largement.

— Regarde ça, plus besoin d'aller à l'aquarium ! sourit-elle.

Stamatina ne put s'empêcher de répondre au sourire d'Artémis. Sa joie était communicative.

— On comprend mieux pourquoi ils ont mis l'aquarium ici, s'amusa-t-elle.

Elle désigna machinalement un bâtiment rond avec plusieurs dômes. Artémis étira le cou pour mieux voir et cette attitude fit tiquer la Grecque. Elle s'attendait à une nouvelle attaque contre l'aquarium que son amie n'aimait pas, mais il n'en fut rien.

— Il faut dire que c'est plus facile, se contenta-t-elle de dire.

Le métro s'arrêtait en gare du Marais et Stamatina ne put que s'étonner de cette attitude. Elles sortirent de la station et empruntèrent le chemin de verre jusqu'à l'entrée de l'Atlantis. Le restaurant était situé au sommet d'une tour immergée en forme d'algues, comme si les plantes le portaient. Des lumières bleues traçaient le contour de la structure en cuivre et les poissons allaient et venaient librement entre les lames de métal. C'était splendide, mais Olympe contint son émotion cette fois-ci.

Elles furent reçues par un homme charmant, avec une chevelure rousse flamboyante qui les emmena à une table près des vitres, où Olympe put admirer tout le quartier.

— J'espère qu'il ne va pas en cuisine, sinon on risque de trouver des cheveux dans notre assiette, se moqua Stamatina quand le serveur fut parti.

Olympe étouffa un rire. Elle remarqua que la salle était quasi pleine mais qu'il n'y avait que très peu de bruit. Globalement, la clientèle semblait issue de la haute société ; tout le monde avait un comportement parfaitement calme, cordial et civilisé. Enfants non admis, ne put s'empêcher de sourire l'historienne.

Elle regarda le menu, curieuse de voir quel genre de nourriture servait un établissement tel que celui-ci. Elle fut agréablement surprise en voyant que la carte était éclectique mais à tendance irlandaise. Pommes de terre, whisky et chou avaient la part belle, dans des versions qu'Olympe trouvait modernes et légères. À sa grande surprise, elle vit que la carte des bières comportait la célèbre Guinness et elle ne put s'empêcher d'en commander quand le serveur revint.

— Tu prends de la bière ? Toi ? s'étonna Stamatina.

— Je ne sais plus qui m'en a tellement parlé que j'ai envie d'y goûter, éluda-t-elle.

— Eh bien, il aura fallu que cette explosion te procure un sérieux choc pour que tu t'essaies à la bière. Tu n'as jamais aimé cette boisson amère, le « champagne des rustres » comme tu l'appelles.

Olympe rendit la carte au serveur et essaya de trouver une explication rationnelle. Mais si Artémis n'aimait pas la bière, elles étaient plus différentes qu'elle l'avait pensé. Il lui faudrait demander des explications à Iosifína.

— Tu as sans doute raison, admit-elle donc. Mais tu sais, cette explosion… j'étais convaincue que j'allais mourir, coincée là entre la fenêtre et les rayonnages, il y avait du feu partout. Je crois que j'ai simplement envie de ne pas avoir de regrets.

— Tu as toujours souhaité ne pas avoir de regrets, nota Stamatina.

— Je vais encore plus appliquer cette philosophie maintenant.

La Grecque acquiesça tandis que le serveur revenait. Il déposa la bière devant Artémis, qui eut un grand sourire, puis le whisky qu'elle avait commandé. Elle se demandait si l'attitude étrange de son amie provenait de cette explosion ou s'il y avait autre chose. Mais elle n'eut pas le temps de creuser la question.

— Est-ce que tu as eu… des nouvelles ? demanda Olympe d'une petite voix.

— Des nouvelles ? À propos de quoi ? s'étonna la Grecque.

— De l'incendie. Est-ce que les archives… ?

— Martha ne m'a pas dit grand-chose. Apparemment, les archives ont brûlé dans leur quasi-totalité, malgré le fait que le dragon qui les garde ait tout fait pour l'éviter. Quoi que tu doives chercher pour l'empereur, je suppose que c'est parti en fumée.

Olympe acquiesça, mais cela lui brisait le cœur. Il n'y avait rien de plus triste qu'un pays qui perdait la mémoire. Elle se consolait en se disant qu'avec les dragons millénaires, les magiciens centenaires et autres choses qu'elle ignorait, ils pourraient peut-être reconstituer les fonds en partie. Cependant, les témoignages d'hommes morts étaient perdus à jamais. Et Hippolyte avec eux…

Penser au vieil homme lui fit plus de mal qu'elle l'aurait cru. Contrairement à ce qu'il se passait dans son monde, où elle n'avait jamais lié d'amitié avec quiconque, elle l'avait fait avec Hippolyte. Même si elle ne le connaissait pas tant que ça, ce n'était pas un inconnu qui avait péri dans des circonstances tragiques.

— Au moins, peut-être qu'on arrêtera d'essayer de te tuer, fit Stamatina en lui prenant la main.

Cela sortit Olympe de ses pensées et elle sourit timidement à la Grecque.

— On verra et cette bière est excellente ! reprit-elle.

Elle souhaitait clore le sujet et la boisson lui donna un prétexte excellent. Si la Guinness était sa bière préférée dans sa dimension, elle était à deux doigts de changer pour cette version. Toujours aussi amère, il y avait un léger goût de cannelle qui était tout simplement à tomber.

— Eh bien, voilà que je suis en compagnie d'une rustre ! se moqua Stamatina.

Elles trinquèrent néanmoins avant de passer aux choses sérieuses. Il fallait à tout prix parler de la mystérieuse relation entre la lectrice du comte d'Arenberg et l'apprenti du palefrenier royal. Olympe écouta la Grecque lui raconter tous les derniers potins de la cour et suivit avec attention le dénouement concernant les chats des consuls de Roumanie et de Bulgarie.

Le dîner se passa très agréablement. Olympe découvrit une facette de Stamatina : son incroyable tenue à la boisson. La Grecque enchaînait les verres de whisky, de vin et de champagne avec une facilité déconcertante et sans le moindre effet secondaire. L'historienne avait déjà la tête qui tournait après sa première Guinness et elle admira la capacité d'éponger de Stamatina.

Elles retournèrent aux Tuileries, heureuses, et la Grecque s'amusa même à faire du gringue à un des gardes en faction devant le pavillon central. Olympe la retint juste avant qu'elle se mette à le tripoter. Il n'osait faire aucun geste de défense envers un membre de la haute société.

— C'était un jeune, tu aurais pu me laisser faire. Il ne sait, de toute évidence, pas remettre en place les folles comme moi, il faut qu'il apprenne, lâcha la Grecque alors qu'Olympe la ramenait à ses appartements, pratiquement de force.

— Stamatina, tu n'as pas envie qu'on dise que tu as abusé de la vertu d'un jeune garde…

— La vertu d'un jeune garde ? Crois-moi, celui-là est déjà passé entre les mains d'un certain nombre de gardes, si tu vois ce que je veux dire.

Malheureusement, Olympe voyait très bien et espérait que ce n'était pas vrai. Elle ignorait la moralité des gardes impériaux, mais elle ne voulait pas croire que Maximilien laisserait faire un tel bizutage… s'il était au courant.

— Tu devrais te coucher, conseilla Olympe avant d'aviser la femme de chambre de la Grecque. Martha, aidez-moi, je vous prie.

— Tout de suite, princesse, fit la domestique, qui prit Stamatina contre elle.

— Veillez à ce qu'elle boive de l'eau avant de dormir, ordonna l'historienne.

— Oui, princesse. Ce sera fait, promit la femme de chambre avant de disparaître dans les appartements de Stamatina.

Olympe, le sourire aux lèvres, regarda les portes se fermer puis retourna à sa chambre. C'était assez loin puisque les appartements de Stamatina, comme tous ceux des dignitaires de la cour, étaient situés dans l'aile près du pavillon de Marsan, ce dernier étant réservé aux hôtes de marque temporaires. Et la Grecque logeait au deuxième étage, près du salon des Maréchaux, là où le bal en l'honneur des altesses japonaises avait eu lieu.

L'historienne eut un frisson en passant devant les portes et descendit les grands escaliers aussi rapidement que possible. Malgré l'heure tardive, elle croisa plusieurs gardes et valets qui la saluèrent tous respectueusement. Il n'y avait pas un bruit dans le palais et elle aurait pu croire être dans un château fantôme.

En passant dans le pavillon central, les restes calcinés des archives lui apparurent. Son cœur se serra et elle soupira en s'appuyant sur une des arcades.

— Vous en avez réchappé, réjouissez-vous, lâcha une voix.

Olympe sursauta et se retourna.

— Bon sang, Léon ! Vous m'avez fait une peur bleue !

— Pardonnez-moi, ce n'était pas mon intention.

Elle opina. Elle chercha des yeux Léopold, toujours collé à son frère, ne le trouva pas. Le capitaine vit sa surprise mais n'expliqua rien. Il avait autre chose à faire et il n'avait qu'une envie, c'était de se coucher.

— Je vous attendais, dit-il.

— Ah bon ? Je suis désolée… je dînais avec Stamatina.

— C'est ce que Iosifína m'a dit. Je pensais vous voir avant que vous partiez, mais j'ai manqué le coche. J'ai donc dû attendre votre retour.

L'historienne culpabilisa. Elle voyait que l'homme en face d'elle était fatigué. Il avait les traits tirés et de gros cernes s'épanouissaient sous ses yeux. Être capitaine des loups impériaux ne devait pas être une sinécure.

— De quoi vouliez-vous me parler ? De l'explosion de ce matin ? Est-ce que vous avez trouvé quelque chose ?

— Il y avait une machine infernale sous une des tables, proche de la vôtre aux dires de Vivien.

Olympe crut s'étouffer. Ainsi, elle était bel et bien visée. Elle n'en doutait pas vraiment, néanmoins…

— Comment va-t-il ?

— Il va bien. Son aile mettra du temps à guérir, mais il enrage de ne pas avoir pu protéger les archives. Vous n'avez rien à me dire ?

— À quel propos ?

— N'avez-vous rien vu de particulier ?

— Je venais d'arriver… j'ai eu à peine le temps d'interroger Vivien et je suis partie dans les rayonnages…

— C'est sans doute cela qui vous a sauvé la vie, nota Léon.

Olympe acquiesça. Si elle était restée à sa table… elle frissonna. La vie tenait à si peu de chose.

— Vous avez des pistes ?

— La machine infernale était un mélange parfait entre alchimie, magie et savoir draconique. Si nous cherchions la preuve de l'implication des mages noirs et des dragons renégats, nous l'avons.

Olympe approuva. Effectivement… et puisqu'il y avait de l'alchimie, cela signait aussi l'implication des humains.

— Est-ce qu'il y a moyen de connaître les alchimistes derrière tout ça ?

— Comment cela ? s'intrigua Léon.

— De là d'où je viens, la plupart des créateurs signent leurs œuvres. Je me demandais s'il n'y avait pas moyen d'obtenir la signature ou des caractéristiques particulières qui permettraient de définir qui est le créateur de cette machine.

Léon réfléchit quelques instants. Cette idée était intéressante. La technologie utilisée était un hybride entre technologie ottomane et européenne. Ça aurait pu être un engin européen trafiqué par un Ottoman ou l'inverse. Siméon et Merlin n'avaient rien voulu dire concernant la magie et le savoir draconique.

— Je ne sais pas, finit-il par dire. Je vais faire des recherches, c'est une bonne piste. Voulez-vous que je vous raccompagne jusqu'à vos appartements ?

Olympe hésita mais comprit au regard du loup que ce n'était pas une option. Elle accepta le bras qu'il lui tendait et essaya de chasser son appréhension. Il fallait qu'elle découvre au plus vite qui avait tenté de la tuer. Et que Léon, Merlin et Siméon se décident enfin à travailler ensemble.

Demain, je leur parle à tous les trois ! décida-t-elle.

24

Olympe écarquilla les yeux en descendant de l'hippomobile. Stamatina était venue la chercher un peu avant le déjeuner. Elle tenait absolument à continuer ce qu'elles avaient entamé la soirée dernière et l'avait invitée dans les jardins du Trocadéro. Loin du palais, loin des intrigues et loin des ruines des archives.

L'historienne avait compris que cela partait d'un bon sentiment et elle n'avait rien eu à redire. Elle avait donc accepté l'invitation de la Grecque et repoussé à plus tard son entrevue avec Merlin et Siméon. De toute manière, elle devait trouver la façon de les contacter et surtout trouver comment chercher des indices maintenant que les archives avaient été anéanties.

En vacances forcées, elle avait donc décidé qu'une invitation au Trocadéro ne se refusait pas. D'autant qu'elle était curieuse. On était en 1902 et d'après ce qu'elle avait vu, certains bâtiments disparus dans son monde survivaient ici et d'autres n'avaient jamais existé. Elle était donc excitée à propos du palais du Trocadéro. Était-il toujours là ou non ? Cela faisait partie à ses yeux des monuments parisiens qu'elle regrettait le plus… même si elle ne l'avait jamais connu. La nostalgie était quelque chose d'étrange.

Et il était là.

Superbe avec ses arches, ses deux tours semblables à des minarets orientaux, le dôme pareil à un cirque. Les statues figurant les cinq continents gardaient l'entrée et l'émotion envahit Olympe. Des dirigeables passaient au-dessus du jardin du Trocadéro et gravitaient aux abords de la tour aux dragons, en lieu et place de la tour Eiffel.

De près, Olympe se rendit compte que cette tour était aussi d'inspiration mauresque et se mariait parfaitement avec le palais du Trocadéro. D'ailleurs, en les regardant alternativement, elle comprit qu'ils formaient un ensemble. Les jardins, la grande allée, les jets d'eaux et le pont semblaient mener vers la tour. Les dragons virevoltaient autour, essayant d'éviter les zeppelins ou cherchant au contraire à les percuter, se baignaient dans les fontaines apparemment conçues pour eux, faisaient chavirer les navires en plongeant dans la Seine… c'était un ballet stupéfiant et il fallut que Stamatina la secoue pour qu'Olympe bouge.

— Eh bien, on dirait que tu vois tout ça pour la première fois ! se moqua la Grecque. Je conçois que ça fait longtemps que nous ne sommes pas venues mais quand même !

— Excuse-moi, Stamatina.

Olympe se morigéna. Elle devait faire plus attention et surveiller ses expressions. Même si elle en prenait plein les yeux en empruntant le promenoir du Trocadéro pour se rendre aux jardins, elle essaya de conserver une attitude digne.

— Je ne pensais pas que tu accepterais ce déjeuner, fit Stamatina après un moment.

Olympe tiqua.

— Pourquoi aurais-je refusé ?

— Parce que c'est ce que tu as fait toute la semaine, rétorqua la Grecque.

— Tu exagères. Nous avons mangé ensemble quelquefois.

— Non, nous avons déjeuné avec mes amants, ce n'est pas la même chose.

L'historienne ne pouvait pas la contredire. Elle avait tout fait pour ne pas se retrouver seule avec Stamatina. Précisément parce qu'elle craignait de faire un faux pas et de se trahir. Elle avait pris de l'assurance hier soir, mais elle commettait peut-être une erreur.

— Eh bien, tu vois, je m'en suis lassée, répondit-elle. Il n'y a plus que ta présence qui me convient maintenant.

Stamatina sourit, flattée.

— Heureuse que tu t'en sois souvenue.

Olympe secoua la tête. La Grecque était redoutable et ne baissait jamais les bras. Même si elle avait semblé accepter la situation hier soir, elle continuait à lancer des piques à Artémis. L'historienne se demandait comment la favorite faisait pour jongler entre Maximilien et elle. Après une semaine, elle était déjà fatiguée. Sans parler de la culpabilité qui la rongeait.

— Passons par les jardins, veux-tu ? J'aimerais qu'on aille une dernière fois à notre endroit.

Olympe ignorait ce qu'était cet endroit mais accepta. Stamatina avait pris une voix grave et l'historienne se fit la réflexion qu'il s'agissait peut-être pour elle d'une sorte de pèlerinage, d'une manière de dire adieu à son histoire avec Artémis.

— Pourquoi « dernière fois » ? demanda-t-elle pour en avoir le cœur net.

La Grecque lui sourit. Elle prit une profonde inspiration et admira le paysage en descendant les marches qui les séparaient des jardins. Elles passèrent entre les fontaines pour gagner l'autre côté du jardin et descendirent vers la Seine. Elle garda le bras d'Artémis contre elle, sans répondre.

Olympe ne la forçait pas. Elle avait compris que la Grecque cherchait à savourer chaque seconde. Un petit dragon les prit en chasse au moment où elles allaient parvenir de l'autre côté. Elles se mirent à courir à toute allure, mais le dragon s'amusait à les arroser en passant à travers les fontaines et à tournoyer au-dessus d'elles, libérant l'eau accumulée.

Stamatina riait à gorge déployée. C'était la première fois qu'un dragon la prenait ainsi pour cible et elle se délecta de l'émotion qu'il suscitait chez elle. Et de l'expression d'Artémis aussi catastrophée que paniquée.

— Allons nous mettre à couvert ! hurla Stamatina en l'entraînant vers les arbres.

Olympe lui emboîta le pas. Heureusement, les talons que portaient les femmes de cette dimension n'étaient pas hauts et il fut aisé de parcourir les quelques mètres qui les séparaient des frondaisons protectrices. Le dragon les abandonna à la lisière et les deux femmes s'adossèrent à un tronc d'arbre. Essoufflées et trempées, elles riaient néanmoins.

— Nous voilà dans un sacré état, sourit la Grecque.

Elle constata avec amusement (et effroi) que les plumes de leurs chapeaux faisaient triste mine mais étaient heureusement maintenues par les décorations de cuivre ; leurs chemises trempées étaient transparentes, ne laissant aucune place à l'imagination, cependant leurs corsets préservaient de la vue des étrangers le plus important.

— Iosifína va faire une crise cardiaque, s'inquiéta Olympe, amusée cependant.

— C'est le moins que l'on puisse dire, sourit Stamatina.

Elles échangèrent un regard complice puis la Grecque soupira et alla jusqu'à un belvédère qui surplombait la Seine et offrait une vue imprenable sur la tour aux dragons. Olympe but le paysage du regard mais se concentra rapidement sur Stamatina.

— Tu ne m'as pas répondu, nota-t-elle. Pourquoi « dernière fois » ?

La Grecque plongea son regard dans le sien puis soupira.

— Je crois que je vais partir, Artémis.

— Partir ? Où ça ?

— On avait toujours dit qu'un jour viendrait où on irait voir le monde… J'ai entendu dire que Constantinople était magnifique, et Jérusalem, les pyramides, le Nil, les ruines d'Avalon, les steppes de Russie, la grande muraille de Chine, les fresques de Babylone, la montagne aux dragons… On devait voir tout ça ensemble. Ça ne se fera pas, n'est-ce pas ?

Olympe ne répondit pas. Peut-être qu'Artémis aurait pu dire oui, mais elle ? Quand tout ça serait terminé, elle retournerait chez elle. Et Stamatina apprendrait de manière brutale que sa compagne était morte…

— C'est ce que je pensais, murmura la Grecque. Maximilien et toi, c'est pour la vie… Je l'avais compris, pourtant je ne l'ai pas accepté… et il va falloir. Je ne veux pas qu'on se brouille, toi et moi. Je veux que tu restes persuadée que je suis ta meilleure amie et ta compagne pour la vie, que tu pourras toujours compter sur moi, mais… la vie est courte.

Olympe prit les mains de Stamatina dans les siennes.

— Je comprends. Tu as raison. Je ne sais pas si Maximilien et moi c'est pour la vie, mais je ne suis pas libre de le laisser et peut-être ne le serai-je jamais. Tu dois pouvoir…

Elle n'acheva pas sa phrase. Une douleur effroyable éclata dans son côté et elle s'écroula. Elle entendit Stamatina hurler et sentit la dureté du sol quand sa tête heurta une racine. Elle cracha du sang et sa vue se brouilla.

La Grecque resta un instant interdite. Artémis gisait devant elle, le côté gauche maculé de sang. Maintenant qu'elle la voyait ainsi, elle entendit la détonation. Ou plutôt, elle s'en souvint. Elle s'agenouilla près de la favorite et hurla à l'aide. Elle essaya de trouver la blessure, mais elle était située légèrement sous l'aisselle. Malgré tout, comme elle put, elle tenta de faire un point de compression. Son foulard se teinta rapidement de sang, elle continua de hurler et d'employer son bandeau télépathique.

Elle avait enfin pris la décision de s'éloigner d'elle, ce n'était pas pour l'enterrer avant de partir. Elle refusait de la perdre dans ces conditions. Artémis était en danger, c'était un fait depuis le bal pour les Japonais. C'est elle qui avait été visée par la flèche, elle encore qu'on avait voulu tuer en faisant exploser les archives et, à présent, un nouvel attentat. Un tireur d'élite.

Stamatina aurait voulu se concentrer uniquement sur la blessure, mais son esprit raisonnait tout seul. Là où elles étaient, il n'y avait pas beaucoup d'endroits où un tireur aurait pu se poster pour l'atteindre. Il devait se situer sur une des deux tours du palais du Trocadéro. D'après la blessure, l'angle de tir suggérait que le tireur était en hauteur et c'était le seul endroit possible.

Le fusil était donc puissant et les seuls capables de faire des fusils avec cette portée étaient les Prussiens. Les Ottomans aussi, mais elle n'eut pas le temps de dérouler son raisonnement. Elle vit Léopold, le lieutenant des loups impériaux, courir pour les rejoindre.

— Que s'est-il passé ? demanda-t-il en se débarrassant de sa veste.

Il la pressa sur le foulard de Stamatina puis farfouilla dans la poche de son gilet. Il en sortit un tissu décoré d'un pentagramme et, après que la Grecque eut retiré les compresses de fortune, l'appliqua directement sur la blessure. Le sang s'arrêta et l'Hellène s'essuya le front avec le revers de sa main.

— Un tireur embusqué… enfin, je suppose. Sur une des tours, probablement.

Léopold cilla. Stamatina utilisait un langage militaire qu'il ne lui connaissait pas. Il transmit les informations à travers son bandeau télépathique aux autres membres de son unité. Il leur ordonna de se rendre aux tours du palais pour y arrêter un tireur. Il aurait pu mettre en doute la parole de la Grecque, mais son esprit affûté avait tiré les mêmes conclusions qu'elle.

Il ne s'attarda pas et prit Olympe dans ses bras. Elle avait perdu beaucoup de sang et même s'il avait arrêté l'hémorragie, Lucien lui avait bien précisé que le pansement magique n'avait qu'un effet limité dans le temps. Ils devaient retourner de toute urgence au palais. Il courut à toute allure vers leur véhicule de patrouille et s'y engouffra. Stamatina était sur ses talons et il s'en félicita. Ils allaient avoir besoin d'elle pour expliquer tout cela.

Richard, son subordonné, mit en marche le moteur à eau et appuya sur l'accélérateur. Ils s'intégrèrent dans la circulation et Léopold envoya un message à Lucien pour qu'il se tienne prêt.

— *Il est déjà prêt*, lui assura Siméon.

Entendre le dragon de l'empereur rassura le loup autant que cela l'effraya. Si Siméon était au courant, alors l'empereur aussi. Pour une fois, il maudit Siméon d'avoir demandé à Maximilien d'être le seul dragon à pouvoir lire les bandeaux télépathiques des loups impériaux. Normalement, les bandeaux de la garde étaient inviolables par les dragons, les magiciens, les porteurs de sang de dragon et les humains doués de pouvoirs ou utilisant un appareil magique.

Mais, avec l'aide de Merlin, Siméon avait introduit une faille dans les bandeaux télépathiques des loups et était en contact pratiquement constant avec eux. Il savait ce qu'ils échangeaient et ce qu'ils pensaient à chaque instant. Ou peu s'en fallait. Son frère supposait que cela devait demander de l'énergie au dragon et que la créature ne le faisait que quand il y avait un réel intérêt, un soupçon ou une activité inhabituelle.

Léopold l'espérait, parce qu'il n'aimait pas vraiment la créature. Et le fait qu'il sache tout avant qu'ils puissent le dire était un des aspects qu'il appréciait le moins. Comme dans ce cas précis. L'empereur allait s'inquiéter de l'état de sa favorite, même si ce n'était pas vraiment sa favorite. Léopold avait bien vu la manière dont il avait réagi après l'explosion des archives, la veille. Il ne doutait pas que Monseigneur serait anéanti, en colère et difficile à contrôler.

Le loup examina de nouveau Olympe. Elle respirait toujours, faiblement, et sa peau était très pâle. Léopold retint un juron. Près de lui, Stamatina avait la mine défaite. Du sang avait maculé sa tenue, son chapeau était de travers et ses cheveux décoiffés, mais elle semblait s'en ficher comme d'une guigne. L'inquiétude était gravée sur son visage.

Encore une qui va faire le siège de l'antichambre de Lucien, pensa Léopold.

— Nous arrivons, annonça Richard.

Léopold soupira de soulagement. Il ne leur avait fallu que quelques minutes et le pansement tenait toujours bon. Heureusement que Lucien avait pourvu les loups de quelques gadgets magiques. C'était parfois utile.

Reprenant l'historienne dans les bras, Léopold s'élança hors de leur véhicule et parcourut en quelques minutes les mètres qui les séparaient de l'antre de Lucien. Le médecin les attendait et le pria d'allonger sa patiente sur la couchette. Le loup s'exécuta avant de reculer. Stamatina et l'empereur entraient à leur tour, mais le médecin se mit à aboyer.

— Personne n'entre ! Dehors !

Ils battirent en retraite sans demander leur reste, y compris Maximilien, à qui l'angoisse serrait le cœur.

25

Maximilien faisait les cent pas dans la salle d'attente de Lucien. Il ne savait pas où se mettre. Son cœur battait à tout rompre, son corps tremblait, ses entrailles se nouaient. Il paniquait encore plus que lorsqu'on lui avait annoncé que la naissance d'André se passait mal et qu'il devrait peut-être choisir entre la mère et l'enfant.

Ce n'était pas Artémis, il le savait, mais une femme innocente qu'il avait choisi d'envoyer dans un panier de crabes. Elle avait survécu à deux tentatives d'attentats, pourtant il insistait. Et ce baiser… qu'en dire ? Il se gratta la nuque et essaya de respirer. Ce baiser lui avait donné l'impression de vivre à nouveau.

Son regard tomba sur Stamatina. La Grecque était figée, assise sur un fauteuil, la robe et les mains en sang. Une bouffée de colère s'empara soudain de l'empereur.

— Que s'est-il passé ?

Sa voix bourdonnait de fureur, ce qui réveilla un peu la Grecque. Elle leva sur lui des yeux emplis d'incompréhension et de tristesse.

— Sire, vous devriez peut-être…, tenta Léon.

Le capitaine posa la main sur le bras de son souverain, mais ce dernier se dégagea violemment.

— Et vous, où étiez-vous passé ? Croyez-vous que vous puissiez laisser partir ma… favorite comme cela, sans protection ?

— Léopold la suivait, Monseigneur. Son intervention rapide a permis de l'amener au plus vite chez le médecin impérial.

— Mais ce n'est pas suffisant ! s'écria Maximilien. Comment cela a-t-il pu se produire ?

Le capitaine n'avait pas la réponse. Il coula un regard vers son frère derrière lui. Encore taché de sang, le loup impérial haussa les épaules d'impuissance. Ils étaient en train d'enquêter, mais ils n'avaient pas encore eu de nouvelles. C'était trop tôt.

— Nous l'ignorons pour le moment, tempéra Léon. Nous le découvrirons.

— Comme vous avez découvert qui est derrière ce complot ? Faites-moi rire ! lâcha l'empereur.

Vexé, le capitaine s'agita puis inclina la tête. Se sachant injuste, Maximilien soupira. Son inquiétude le rendait fou.

Il était en train de vérifier les dernières clauses des traités avec les Japonais lorsqu'on lui avait annoncé que sa favorite avait été blessée lors d'une promenade au Trocadéro. À peine avait-il eu le temps de sortir de son bureau qu'il voyait passer Léopold, portant Olympe dans ses bras, et Stamatina. Il n'avait vu qu'une seule chose : Olympe endormie, du sang sur sa robe et sur son cou en quantité trop importante.

Et maintenant, il devait attendre. Il détestait être aussi impuissant.

— C'est votre faute, murmura soudainement Stamatina. C'est entièrement votre faute.

Maximilien se tourna, intrigué par les paroles de la Grecque.

— De quoi parlez-vous ?

— C'est votre faute ! Elle enquête sur quelque chose pour vous et on essaie de la tuer pour cela. Mais vous continuez à la mettre en danger ! C'est votre faute ! [Elle se leva et s'approcha de l'empereur. Avant que Léon ait pu faire un geste, elle flanqua une gifle à Maximilien, qui recula sous le choc.] Si elle meurt, ce sera sur vous ! Vous ne pourrez vous en prendre qu'à vous-même !

Elle hurla alors que Léopold et Léon essayaient de la maîtriser. Maximilien se tenait la joue, cuisante, et regarda la Grecque. Il ne pouvait pas la blâmer pour sa colère. Elle était légitime. Il se reprochait déjà tout cela.

— Laissez-la, ordonna-t-il.

Ses loups le regardèrent, intrigués.

— Mais… sire, commença Léon.

— Non, elle a raison. Tout cela est ma faute.

Les loups se consultèrent puis lâchèrent Stamatina, qui s'effondra sur un des sièges. Elle se mit à pleurer et l'empereur la scruta. Il n'avait jamais voulu vraiment savoir ce qui liait les deux femmes. Il avait demandé ; Artémis n'avait jamais répondu. Mais la douleur de la Grecque faisait trop écho à la sienne pour qu'il se fourvoie.

La femme en face de lui aimait profondément sa favorite et ce n'était pas qu'une question de possession. Avaient-elles été amantes avant qu'ils soient ensemble ? C'était à présent très probable. Avaient-elles continué après ? Il n'en savait rien. Toutefois, il était à peu près certain qu'Olympe n'aurait pas fait ce genre de choses sans lui en parler. Sans savoir pourquoi, cela le rassura.

Il aurait dû être fou de colère, avoir l'impression d'être trahi, mais ce ne fut pas le cas. Les affaires d'Artémis étaient les affaires d'Artémis, pourtant, au-delà de ça, quelque chose lui titillait la conscience.

— Dites-moi exactement ce qu'il s'est produit, demanda-t-il en se tournant vers Léopold.

Surpris, le loup eut un regard pour son frère, qui haussa les épaules dans une attitude d'incrédulité. Il semblait dire : *C'est l'empereur qui te pose la question tu réponds, évidemment !* Le lieutenant rassembla ses idées pour essayer d'être cohérent.

— La… favorite est partie du palais vers 10 heures du matin en compagnie de Stamatina. Elles ont emprunté une hippomobile et ont roulé vers le Trocadéro en passant par les berges de la Seine. Elles sont sorties sur la rive droite, en face de la tour aux dragons. Elles se sont promenées dans le palais du Trocadéro puis ont rejoint les jardins. Un dragon les a attaquées, mais elles ont trouvé refuge sous les arbres. Elles ont ensuite atteint le belvédère et étaient en train de discuter lorsqu'O… la princesse Artémis s'est effondrée. Nous sommes intervenus sur-le-champ, j'ai moi-même vérifié la gravité de la blessure et j'ai appliqué un des pansements que Lucien nous a donnés. Nous avons ensuite pris le chemin du palais.

Maximilien leva la main, le faisant taire. L'empereur fit quelques pas. Il serrait les poings le long de ses hanches. Il n'aurait jamais dû autoriser Olympe à se comporter comme sa favorite. Avec les deux attentats, il aurait dû redoubler de précaution, cloîtrer la jeune femme dans ses appartements, ne l'autoriser à sortir qu'avec une escorte rapprochée… Artémis aurait refusé, mais il aurait peut-être pu convaincre l'historienne. Bien que les deux femmes aient semblé disposer du même caractère.

— Vos premières constatations sur place ? continua Maximilien d'une voix blanche.

Il voulait savoir, même si les révélations de son lieutenant des loups le crucifiaient chaque fois.

— C'était une balle tirée de loin. Vu l'angle de tir, la seule position pour le tireur était sur une des tours du palais.

L'empereur cilla et se tourna vers son garde.

— Une des tours du palais ? Vraiment ? Combien de distance par rapport au belvédère ?

— Trois cents mètres, Monseigneur. C'est donc une arme de précision qui a été utilisée, répondit Léon.

— Ou un pistolet modifié par magie, ajouta Maximilien. [Ses loups opinèrent.] Faites venir Merlin.

Léon fit un geste en direction de Léopold et ce dernier s'inclina avant de partir chercher le magicien impérial. L'empereur allait poser une question à son capitaine, mais la présence de la Grecque le dérangeait. Elle ne semblait pas en état de comprendre quoi que ce soit, néanmoins Maximilien jugea plus prudent de se taire. Et puis, la chose qui le titillait plus tôt l'embêta de nouveau. Il essaya de mettre le doigt dessus.

Un tir de précision exigeait un emplacement idéal, la réunion de certaines conditions, un bon tireur, mais surtout une grosse préparation en amont. Savoir où se trouvait la cible en faisait partie. Il observa de nouveau Stamatina. Léopold avait semblé dire que leur promenade était inopportune, imprévue… Dans ce cas, comment un tir de cet acabit avait-il pu être réalisé ? Comment le tireur avait-il su qu'elles iraient au Trocadéro ?

— *Siméon*, appela Maximilien.

Le dragon n'était pas présent physiquement, mais leur lien télépathique était puissant. Et il répondit quasi instantanément.

— *Oui ?*

— *Peux-tu transmettre mes questions à Léon ? Nous ne sommes pas libres de nos discussions et je préfère m'en remettre à toi.*

— *Aucun problème.*

Maximilien vit un léger tic sur le visage de son capitaine et sut que Siméon était entré en contact avec lui. Il se tourna vers les fenêtres des jardins du carrousel et posa sa première question. Il ne souhaitait pas que Stamatina puisse comprendre qu'une discussion s'amorçait entre Léon et lui. Elle était toujours effondrée, mais il n'était sûr de rien à présent.

— *Mlle Argyropoulou est-elle suspecte dans le complot ?*

— *Non*, répondit Siméon avec un temps de retard. *Pas qu'il sache. Apparemment, Artémis n'a rien noté à son propos dans ses carnets. Et l'historienne n'a rien dit non plus. Elle n'a pas posé de questions la concernant.*

Maximilien fit jouer ses mâchoires. Ainsi, Artémis n'avait pas dédouané sa meilleure amie. Cela pouvait tout et ne rien dire. Ne pas être mentionné dans les carnets de la favorite ne voulait pas forcément dire que vous étiez innocent ni que vous étiez coupable.

— *Peut-on la soupçonner ? Est-ce qu'il y aurait de quoi la relier à notre complot ?*

La réponse se fit attendre. Impatient, l'empereur fit claquer sa langue et se tourna vers son capitaine.

— *Peut-être*, répondit Siméon.

Cette réponse ne le satisfit pas et il soupira.

— *Vos hommes ont besoin de temps pour étudier cette possibilité*, reprit le dragon.

— *Et toi ?*

— *Moi, je ne sais pas. Et je ne peux pas dire ce que la Grecque pense, elle porte en permanence un des écrans télépathiques les plus puissants. Son esprit est impénétrable.*

C'était suspect sans l'être forcément. À la cour impériale, les pensées étaient protégées davantage. Maximilien rongea son frein. Il fallait enquêter, ce n'était pas clair. Il essaya de passer en revue tout ce que lui avait dit Léon. Olympe soupçonnait fortement les Ottomans, et un lien entre les mages noirs et les dragons renégats. L'empereur n'avait pas encore eu le temps d'en discuter avec Merlin, et il était irrité que son magicien n'ait pas pensé à se mettre en contact avec le capitaine des loups impériaux.

Il n'ignorait pas que les deux hommes ne s'entendaient pas, mais il lui semblait que pour les servir, lui et l'empire, ils devraient faire un effort. Et connaissant son capitaine, il savait que c'était le magicien le problème. Avec Siméon, ils formaient parfois un drôle de duo. Ils se détestaient et faisaient cavaliers seuls. Maximilien tolérait ce fonctionnement pour les crises magiques ou draconiques mais lorsqu'il y avait des humains en jeu, la collaboration des deux était nécessaire, que ça leur plaise ou non.

Comme s'il savait que l'empereur pensait à lui, Merlin entra, précédé par Léopold. Le magicien s'inclina devant Maximilien. Sa présence fit sursauter Stamatina. L'empereur l'ignora.

— Combien de portée un pistolet peut-il gagner avec une assistance magique ?

— Tout dépend, mais je dirais qu'à partir du moment où le magicien est doué… il peut tout faire.

L'empereur hocha la tête. C'était bien ce qu'il craignait.

— Sire, mes hommes viennent de m'envoyer un rapport, intervint Léopold.

Il tenait sa montre à gousset dans le creux de sa main droite et s'approcha de l'empereur.

— Eh bien ?

— Ils n'ont trouvé aucune trace du tireur dans les tours, mais ils ont interrogé le personnel du palais et ils ont remarqué qu'ils avaient tous un trouble de la mémoire. Aucun ne se souvient de ce qu'il a fait ou vu entre 8 heures et 9 heures ce matin.

Maximilien fut à peine surpris.

— Manipulation mentale soit par magie, soit autre, conclut-il.

Léon acquiesça ainsi que Merlin. Le capitaine des loups s'inquiéta immédiatement des conséquences. Il savait que les mages noirs étaient impliqués, mais tout semblait les désigner véritablement. Et puisque le magicien semblait imperméable à ses supplications, il décida de poser une question à laquelle il serait obligé de répondre puisque l'empereur était là.

— La protection magique du palais ? demanda-t-il donc.

Le magicien lui lança un regard contrarié.

— Répondez, Merlin, conseilla Maximilien. Avant que je vous pose la question moi-même.

— Je l'ai renforcée depuis que nous savons, répondit-il simplement.

Léon allait insister, quand l'empereur le fit taire d'un geste. Ils n'étaient toujours pas libres de leurs paroles. Certes, il aurait pu faire évacuer Stamatina, mais il n'était pas certain que la Grecque se laisse faire et le scandale de son expulsion ne servirait à rien. De plus, ils en avaient déjà beaucoup trop dit. Elle était futée, elle ferait ses déductions, peut-être plus tard puisqu'elle ne semblait pas en état de les faire immédiatement.

À moins que ce soit un rôle et qu'elle fasse réellement partie des conspirateurs. Auquel cas… il vaut mieux nous taire, se dit Maximilien.

Il se replongea donc dans l'angoisse de l'attente. Il avait fait tout ce qu'il pouvait pour le moment. Il regarda la porte fermée du médecin. Cela prenait trop de temps. Lucien était beaucoup plus rapide normalement. Une balle, cela ne lui donnait pas autant de travail d'habitude.

Tout cela voulait donc dire qu'il y avait eu des aggravations… la balle était-elle perforante ou avait-elle explosé après être entrée dans le corps d'Olympe ? Avait-elle répandu un poison ? ou un sort ? Ou bien les hémorragies étaient-elles trop importantes ? Lucien était-il impuissant ? Cherchait-il la meilleure manière d'expliquer à son souverain qu'Olympe était morte ? Avait-elle déjà succombé ?

Il ferma les yeux et prit une profonde inspiration. Se faire des idées ne menait à rien. Mais il n'en pouvait plus d'attendre. Son angoisse augmentait graduellement. Il ne pourrait pas revivre ça. S'il devait voir de nouveau son cadavre… il n'y parviendrait pas.

La porte finit par s'entrouvrir, livrant passage à Lucien. Le médecin essuyait ses mains dans une serviette blanche tachée de sang. Il était inquiet mais se força à sourire légèrement en voyant l'empereur.

— Vous pouvez la voir. Elle s'en sortira, annonça-t-il.

26

Le cœur battant, Maximilien s'avança vers l'antre du médecin. Son regard tomba sur Stamatina qui se levait, encore hébétée. La colère l'enflamma et il se tourna vers Léon pour lui donner un ordre silencieux. Le capitaine le comprit et s'approcha de la Grecque. Sachant son inquiétude maîtrisée, il pénétra dans le cabinet à la suite de Lucien.

Elle était étendue devant lui, l'épaule bandée, inconsciente, sa robe déchirée dans l'urgence, le sang séché sur son cou. Ses poings se serrèrent le long de ses hanches. Il resta un instant à la contempler, la culpabilité l'étreignant. Il l'avait arrachée à son monde pour la projeter ici, là où il savait qu'elle ne serait pas en sécurité.

Il n'avait pas hésité. Il voulait venger sa favorite, on la lui avait prise, on lui avait arraché l'amour de sa vie et il n'aurait de cesse de poursuivre les responsables. Toutefois, devant les conséquences de cette décision, devant la blessure d'une inconnue… cela lui paraissait un bien piètre motif.

— La balle était perforante mais n'a pas explosé. Cependant, elle était plongée profondément dans l'organisme, quelques minutes de plus et elle aurait atteint le cœur. Je n'aurais rien pu faire.

Ces mots se plantèrent dans l'esprit du souverain et il ferma les yeux : « quelques minutes de plus ».

— Les dégâts étaient assez importants, mais j'ai réussi à résorber la plupart des lésions. Le pansement ensorcelé fera le reste, si elle reste au repos quelques heures. Je sais qu'il y a le gala ce soir mais… Enfin je suppose que…

Maximilien ne répondit pas. Il était devenu imperméable à tout cela. Le gala en l'honneur des Japonais qui suivrait la signature officielle des traités… il était à mille lieues d'y songer. Pourtant, il savait qu'il devrait y retourner au plus vite.

— Peut-elle regagner ses appartements ? Je n'ai pas envie qu'elle reprenne connaissance ici, s'inquiéta Maximilien.

Lucien ne fut pas surpris par l'absence de réponse de son empereur. Lorsqu'il était préoccupé, Maximilien suivait son propre cheminement de pensée.

— Oui, à condition qu'une personne reste près d'elle pour surveiller l'évolution. Si le pansement rosit, il faudra que j'intervienne une nouvelle fois.

L'empereur acquiesça gravement puis prit Olympe dans ses bras. Il aurait pu – il aurait dû – demander à des valets de la porter sur une civière, mais, comme après l'explosion des archives, il était hors de question qu'il la confie à quelqu'un d'autre. La tête de l'historienne retomba sur son torse et il fit jouer sa mâchoire.

Il sortit de l'antre du médecin par l'autre porte, celle qui menait plus directement aux appartements de sa favorite. Ses loups le regardèrent, mais aucun n'intervint. Il pénétra dans la chambre d'Artémis et déposa Olympe sur son lit. Il entendit Iosifína entrer à sa suite, pourtant il ne se tourna pas pour lui parler.

— Il faut la laver, la changer et surveiller son pansement. Au moindre changement de couleur, faites appeler Lucien.

Un froissement de tissu lui indiqua que la femme de chambre s'inclinait puis partait donner les ordres nécessaires. Il resta un instant à observer l'historienne, qui dormait paisiblement. Ses sentiments étaient confus, la colère et la culpabilité dominaient, mais il y en avait tellement d'autres. Le petit portrait d'Artémis qui trônait sur la table de chevet lui fit un électrochoc.

Elles étaient si semblables…

Le retour de Iosifína avec des serviteurs lui fit comprendre qu'il était de trop. Sans un mot, il sortit par la porte de communication intérieure et rejoignit son cabinet de travail. Merlin et Siméon s'y trouvaient. Il s'en réjouit.

— Dites-moi que vous avez une piste ! Merlin, vous avez vu Basalmo. Qu'a-t-il dit ?

Merlin fut surpris. Il avait pris toutes ses précautions. Comment l'empereur avait-il pu savoir qu'il avait visité le comte de Cagliostro ?

— Oh, je vous en prie. Vous n'êtes pas naïf au point de penser que je ne fais pas surveiller les alchimistes ? ou bien mon magicien impérial ?!

— Je croyais que vous m'honoriez de votre confiance…

— Lorsque vous ne dites pas tout à mon capitaine des loups, je me méfie, rétorqua Maximilien.

— Sire ! C'est grotesque, s'insurgea le magicien. Vous savez que je vous suis loyal. Et les humains n'ont que faire des querelles entre magiciens…

— Pas lorsqu'elles entraînent des morts, Merlin ! C'était la condition, vous le saviez ! Je vous laisse les coudées franches mais uniquement si vous protégez les humains et pas seulement ma personne ! Vous êtes au service de l'empire, pas des magiciens, est-ce clair ?

Le magicien, furieux, serra les poings, et s'inclina néanmoins. Siméon se tint sur ses gardes. Il protégerait Maximilien si Merlin décidait de faire quelque chose d'inconsidéré. Le capitaine des loups entra à ce moment précis. Il échangea un regard avec l'empereur, qui sut que le problème grec serait l'étape suivante.

— Que vous a dit Basalmo ? reprit Maximilien.

— Que les alchimistes avaient récemment été approchés par plusieurs membres de la cour pour les mettre en contact avec les mages noirs.

— Qui ?

— Il n'a pas donné de noms.

— Comme c'est commode, railla Maximilien.

— Les alchimistes sont allés le voir pour avoir des conseils mais ont refusé de divulguer l'identité de leurs commanditaires.

— *Ils sont moribonds, ils se raccrochent comme ils peuvent à la moindre étincelle de pouvoir dont ils pensent disposer*, nota Siméon.

— Cacher un complot contre l'empereur ne leur garantit pas d'obtenir du pouvoir, cracha Maximilien. Que leur a-t-on promis ?

— Je l'ignore, mais ils ont effectivement mis en contact des membres de la cour avec les mages noirs et servent d'entremetteurs entre les deux, reprit Merlin. Ils leur donnent des refuges, parfois des subsides et des accès au palais.

— Comment ? s'intéressa Maximilien.

— Pots-de-vin, embauche de valet, il y a mille et une façons de s'introduire au palais, lâcha Merlin en haussant les épaules.

— Nous ne pouvons pas contrôler tout le monde et, avec les bandeaux télépathiques, les boucliers personnels et les autres tours de magie vendus librement par les magiciens, la sécurité devient difficile à maintenir, commenta Léon.

— C'est pour cette raison que le magicien impérial doit normalement nous aider à nous prémunir de tout cela, n'est-ce pas ? demanda l'empereur.

Il avait un ton mielleux, mais ses yeux envoyaient des éclairs.

— Votre Majesté, je peux vous assurer que j'ai fait tout mon possible et que, jusqu'à présent, vous n'avez pas eu à vous plaindre de mes services ! Ni aucun de vos prédécesseurs.

— Trois attentats ont eu lieu contre ma favorite en plein cœur du palais, un quatrième au Trocadéro... je sais que vous ne pouvez pas tout prévoir, néanmoins cela commence à bien faire, nota Maximilien. Dois-je vous rappeler que l'un d'entre eux a réussi ?

Merlin déglutit.

— Avez-vous réussi à déchiffrer le message sur le cristal ? continua l'empereur.

Le magicien écarquilla les yeux de nouveau. Décidément, il était bien mieux renseigné qu'il le pensait. Merlin ne lui aurait pas caché les résultats de ses investigations, toutefois, jusque-là, il avait toujours préféré garder les détails pour lui. Cela le contrariait, mais il n'avait pas le choix.

— Pas encore, je reviens à peine de chez Basalmo. Mais il m'a donné plusieurs clés et je pense pouvoir y parvenir.

— Bien, dans ce cas, faites un rapport à Léon. Je veux qu'à partir de maintenant vous n'ayez aucun secret pour lui. Il va d'ailleurs vous accompagner et vous lui donnerez tous les renseignements dont vous disposez.

Merlin allait protester. Les humains ne pouvaient pas empiéter sur son domaine, mais il comprit, au regard de l'empereur, qu'il ne saurait tolérer la moindre doléance. Il avait trop souffert et la colère prenait le pas.

— Vous soupçonniez l'implication des mages noirs depuis le début, lors de la mort du premier archiviste. Il est fâcheux que nous n'en ayons pas tiré les enseignements nécessaires. Je ne veux pas qu'une telle chose se reproduise à l'avenir. Je l'interdis ! J'attends une collaboration sans faille de votre part à tous les deux.

Le magicien et le capitaine se regardèrent. La tension était à son comble puis, sachant les circonstances exceptionnelles, Merlin s'inclina avant de sortir, suivi par Léon.

Maximilien poussa un profond soupir alors que Siméon venait se poser sur le dossier de son fauteuil.

— *Êtes-vous en forme, sire ?*

— *Ai-je l'air de l'être ?*

— *Suffisamment pour rencontrer quelqu'un ?*

Maximilien se tourna vers Siméon, surpris.

— *De qui parles-tu ?*

En guise de réponse, le petit dragon fit un geste en direction de la porte-fenêtre. Une ombre encapuchonnée se glissa à l'intérieur du cabinet de travail de l'empereur. Maximilien se leva, prêt à dire à ses gardes de ne pas intervenir, mais aucun ne vint.

— Ils sont juste incapables de me voir, sire. Nulle inquiétude, ils vont bien et sont tout à fait capables de vous défendre, dit l'inconnu.

— Sauf contre vous, me semble-t-il, lâcha Maximilien.

— Personne ne peut se défendre contre moi, rétorqua l'ombre.

Elle rejeta sa cape sur le sol et l'empereur écarquilla les yeux. Des yeux noirs, un profil taillé à la serpe, un nez proéminent, des cheveux blancs mi-longs, une pâleur de mort et un visage émacié lui firent face.

— Richelieu..., murmura-t-il, incrédule.

— Pour vous servir, répondit le dragon en s'inclinant.

Maximilien admira encore une fois l'être devant lui. Ce n'était qu'une forme humaine que seuls les dragons les plus âgés pouvaient emprunter, mais elle avait tellement marqué son pays. L'éminence grise, celui qui avait soutenu son aïeul Louis XIII, la main de fer, l'esprit le plus retors et le plus stratège de tout l'empire, le mentor de Mazarin… il y avait tant à dire.

L'ancien principal ministre de la France en imposait toujours.

— Je suis allé le voir pour discuter ensemble de la manière dont les mages noirs et les dragons renégats sont partie prenante au complot qui nous intéresse, expliqua Siméon. *Il m'a fourni plusieurs pistes concernant les renégats et c'est grâce à lui que nous avons compris l'importance des alchimistes. Je pense que si Merlin ne vous a pas encore fait part de tout cela, c'est par manque de temps.*

— Ne prenez pas sa défense, interdit Maximilien. Il tient à me faire des rapports personnels et écarte mon capitaine des loups. Ce n'est plus acceptable.

— J'aime bien Léon, mais il n'est pas capable de gérer les choses draconiques, remarqua Siméon.

— J'entends bien, assura l'empereur. Mais dans cette affaire, je veux une collaboration sans limite et je ne transigerai pas.

— Et vous aurez raison, intervint Richelieu, qui avait suivi la conversation télépathique. Le complot qui vous vise est complexe et mêle différentes entités qui ne collaborent pas en temps normal. Vos services doivent s'entendre, c'est l'évidence même.

Mouché, Siméon s'inclina. Maximilien ne prit pas la peine de savourer son petit triomphe mais fut heureux de savoir Richelieu de son côté.

— Êtes-vous venu nous prêter main-forte ? demanda l'empereur.

— Oui et non. Je vous renseigne puisque cet empire est le rêve que je voulais accomplir avec votre aïeul, mais je n'interviendrai pas. Je suis trop vieux et je commence à m'épuiser. Toutefois, après le passage de Siméon, je me suis un peu renseigné et je suis tombé sur des choses assez intéressantes qui vous touchent de près.

De sous sa cape, il sortit une liasse de papiers qu'il fit tomber sur le bureau de l'empereur. Maximilien, curieux, les prit et commença à les parcourir. Pour l'essentiel, c'étaient des rapports de troupes, les siennes et celles d'Abdülhamid dans la région de Dedeagac, un port stratégique grec, mais aussi de Kavala et d'autres villes de la région à cheval entre la Grèce, la Macédoine et la Bulgarie… là où le front avec les armées ottomanes était le plus fort.

Il avait eu vent de quelques revers de ses propres armées et soupçonnait de l'espionnage. Il avait dépêché plusieurs magiciens et attendait leur rapport.

— Vous dites que tout cela à un rapport avec le complot qui m'occupe ?

— Sans le moindre doute. La taupe que vous cherchez n'est pas sur le front, elle est ici et renseigne l'ennemi.

— Qui ?

— Ce n'est pas bien clair, quelqu'un qui a des accointances avec la Grèce et les armées ottomanes, mais j'admets que mes informations là-dessus sont assez difficiles. Cependant, je pense que c'est aisé de le deviner.

Maximilien froissa les papiers dans ses mains. Il savait parfaitement de qui il pouvait s'agir et étouffa un juron. C'était en effet évident.

— Néanmoins, tout cela n'est que la face émergée de l'iceberg, continua Richelieu. Les mages noirs et les renégats se servent de cela pour cacher leurs véritables ambitions.

— Qu'espèrent-ils ? Détruire l'empire ? me détruire, moi ? Ils attaquent ma favorite parce qu'ils pensent qu'elle a découvert quelque chose ? Ou est-ce uniquement dans le but de me déstabiliser ?

— Je crois que tout est lié, Votre Majesté, et vous allez devoir faire preuve de sang-froid, si cela vous est possible. Je sais que c'est chose difficile pour vous autres, les Bourbons, sourit Richelieu.

Maximilien ne releva pas. Il connaissait trop bien les difficultés que le dragon avait eues avec son ancêtre, au tempérament vif.

— Je ferai de mon mieux, promit l'empereur.

— Bien, dans ce cas, j'aurai une question à vous poser. Avant que nous passions aux choses sérieuses. [Maximilien hocha la tête.] Comment se comporte Joseph de Richelieu, mon héritier ?

27

— Vous êtes certaine que c'est bien prudent ? s'inquiéta Iosifína.

Olympe prit le temps de la réflexion. Non, elle n'était pas certaine. Non, ce n'était pas prudent. Elle coula un regard vers Lucien. Le médecin impérial était venu la voir quand elle s'était réveillée une heure avant et il était revenu parce que Iosifína avait peur.

— Est-ce contre-indiqué ? demanda-t-elle au médecin.

Lucien réfléchit. La blessure était belle, bien cicatrisée. Il avait constaté une raideur des tissus, rien de plus normal cependant.

— Pas vraiment, admit-il. Toutefois, davantage de repos ne peut être mauvais.

— Mais je ne risque rien à paraître ce soir ?

— Non, vous ne risquez rien. À part un nouvel attentat…

Olympe le foudroya du regard. Ce n'était pas la peine de lui rappeler sa situation. Léon était passé rapidement. Apparemment, Merlin s'était fait remonter les bretelles par Maximilien et devait à présent collaborer avec les loups. Olympe avait été ravie de l'apprendre. Elle en aurait de toute manière touché deux mots à l'empereur dès qu'elle en aurait eu l'occasion. Ne pas avoir à le faire l'avait soulagée.

Mais apprendre ce qui se passait était plus effrayant. Les soupçons sur les Ottomans avaient été confirmés par Richelieu lui-même ainsi que l'implication des mages noirs et des renégats… Olympe avait été déçue de ne pas avoir pu parler avec lui, ça aurait été un grand moment ! Même si elle savait qu'elle se serait probablement liquéfiée sur place.

La présence des mages noirs et des renégats l'avait laissée perplexe. Elle comprenait les conflits entre magiciens et mages noirs, mais elle n'arrivait pas à savoir ce qu'ils gagneraient à détruire l'empire d'Europe. Éliminer la concurrence ? Dans ce cas pourquoi ne pas s'attaquer à Merlin ? En quoi détruire un empire humain permettrait-il aux mages noirs de prendre le pas sur les magiciens ? Au contraire, cela risquerait de les forcer à se réunir et de construire une force à leur opposer. Elle n'arrivait pas à comprendre.

Et malheureusement, Léon l'ignorait aussi. Malgré ses questionnements, Merlin n'avait rien dit, rien lâché pouvant lui permettre de deviner les plans des mages noirs. Quant aux alchimistes, l'historienne s'était avouée vaincue. Le capitaine lui avait expliqué ce dont il s'agissait et l'importance que Richelieu semblait leur accorder, contrairement à Siméon et à Merlin.

De tout cela, ils en avaient conclu que quelqu'un à la cour était la taupe des Ottomans, sans doute liée aux Bonaparte afin de faire tomber l'empire de l'intérieur, soit en piratant les ordres impériaux concernant les troupes, soit en déterrant une affaire des temps passés pouvant remettre en question la légitimité de Maximilien. À présent que les archives étaient détruites, ce n'était plus la peine d'espérer savoir de quoi il retournait. Mais Olympe se demandait pourquoi faire brûler les archives si on voulait à tout prix déterrer ce secret… ou s'en prendre à elle.

Alors un nouvel attentat n'était pas à écarter, pourtant elle sentait qu'elle devait se montrer, parader au bras du duc de Bragance pour dire véritablement adieu aux altesses japonaises et montrer à tous qu'une balle ne saurait atteindre la favorite impériale. Sans qu'elle s'en rende compte, un certain orgueil s'était éveillé en elle. Ils voulaient la tuer, elle montrerait qu'elle était toujours là, survivant inlassablement… jusqu'à ce qu'ils parviennent à leurs fins.

Mais Olympe n'avait plus peur.

Évidemment, elle n'imaginait pas comment Léon allait pouvoir annoncer à ses parents qu'elle avait perdu la vie en combattant pour un empereur qu'ils ne connaissaient pas, mais elle laissa ces considérations de côté. Elle ne devait pas penser qu'ils allaient échouer. Elle devait songer à la victoire. C'était comme à l'escrime. Si on avait peur d'aller au contact par crainte de se faire toucher, non seulement on ne risquait pas de toucher l'adversaire mais on avait toutes les chances de perdre.

— Je prends le risque, Lucien, fit-elle donc. Faites dire au duc de Bragance que je réponds favorablement à son invitation pour le gala de ce soir.

Iosifína soupira mais donna les ordres nécessaires et un valet partit en quatrième vitesse jusqu'aux appartements du duc.

— Je ne saurais que trop vous conseiller de limiter les activités, pas de danse, manger léger, pas d'alcool et pas d'émotions fortes.

— Je ferai tout ce qui est en mon pouvoir, promit Olympe.

Le médecin opina puis sortit sans demander son reste. L'historienne se prépara à affronter les regards et les remarques acerbes de Iosifína, mais cette dernière se précipita vers l'armoire pour en retirer une tenue de gala et ne dit rien. Elle prépara Olympe, la maquilla, la coiffa et la para de bijoux. Alors qu'elle terminait de fixer le chapeau sur la coiffure de l'historienne, cette dernière n'y tint plus.

— Iosifína, je préfère encore subir votre courroux que votre silence.

La femme de chambre soupira puis lança un regard franc à Olympe.

— Je ne suis pas très contente que vous sortiez, ce soir. Vous devriez vous reposer. Mais au-delà de ça… le duc de Bragance… encore ?

— En quoi cela vous dérange-t-il ?

— Cela dérange l'empereur. Il ne tolérera pas que vous vous pavaniez à son bras une seconde fois.

Olympe rongea son frein. Sa dispute avec Maximilien résonnait encore à ses oreilles. Il n'avait pas apprécié qu'elle escorte Gabriel à un dîner, alors à un gala…

— Le favori de l'impératrice est-il rétabli ?

Iosifína fit la moue.

— Non, paraît-il.

— Et l'impératrice ? Elle a fait un malaise, non ? Comment va-t-elle ?

— Bien, ce n'était qu'une simple insolation. Elle est restée trop longtemps dans les jardins avec la princesse Sadako.

— Elle sera donc présente au gala et l'empereur devra l'escorter. J'ai besoin d'un cavalier, n'est-ce pas ?

— Oui, mais…

— Je sais que vous n'aimez pas le duc de Bragance, j'ai cru comprendre que ses mœurs vous rebutaient, cependant nous sommes amis, autant que nous le pouvons. Et je ne crois pas que cela soit contraire à ce que pourrait faire Artémis.

— Elle ne paraderait pas avec un autre homme !

— Non, mais elle ne refuserait pas la compagnie d'un homme qu'elle apprécie alors qu'elle ne peut pas avoir celle de l'homme qu'elle aime. Ai-je tort ?

— Non, effectivement. Mais elle savait apaiser la colère de son amant. Et je croyais que vous ne vouliez pas avoir ce genre de relation.

À cette mention, les entrailles d'Olympe se contractèrent. Oh, elle le voulait ! Mais entre ses hésitations, les avertissements de Xénia et l'inextricabilité de la situation, ce n'était pas souhaitable.

— Il y a beaucoup de façons d'apaiser la colère d'un homme, rétorqua-t-elle.

— Pourquoi vous entêter ?

— Je ne m'entête pas, Iosifína, mais… [Olympe soupira. Elle ignorait comment exprimer ce qu'elle ressentait.] Nous partageons énormément de choses, Ga… le duc et moi. Et quand je parle avec lui du Japon, j'ai l'impression de faire partie de ce monde. Pendant quelques secondes, je n'ai pas l'impression d'être une hypocrite.

La femme de chambre arrêta ses gestes et considéra la jeune femme. Olympe s'était tellement bien adaptée à leur univers qu'elle avait oublié qu'elle n'en faisait pas partie. Iosifína n'avait pas oublié sa maîtresse, loin de là, mais la présence d'Olympe lui semblait plus naturelle que jamais. Et elle ne pouvait qu'imaginer le poids qu'elle devait porter. Les mensonges, adopter une conduite, une vie entière…

Elle s'en voulut.

— Je suis désolée. Je n'ai pas pensé que vous pourriez vous sentir… C'était évident, mais…

— Mais vous pensez toujours à l'image de votre maîtresse, je le comprends, sourit Olympe. Ce n'est rien. M'accorderez-vous cette récréation ?

— De bon cœur, assura Iosifína. Et si jamais l'empereur y trouve à redire, je lui parlerai !

L'historienne sourit puis un valet vint demander si madame la princesse était prête pour recevoir le duc de Bragance. Après un ultime arrangement de la part de sa domestique, Olympe rejoignit Gabriel.

Ce dernier était splendide et il commença par s'enquérir de l'état de santé d'Olympe, qui lui assura qu'elle pourrait tenir le coup à condition de ne pas danser. Étant un piètre danseur, il accéda rapidement à sa requête et ils se rendirent ensemble au salon des Maréchaux.

Olympe s'attendait plus ou moins à ce que le gala de clôture ressemblât au gala d'ouverture, mais il n'en était rien. Il y avait bien plus de monde puisque, outre la cour impériale, les ministres, les bourgeois parisiens et des environs, les quelques personnes importantes de l'empire qui n'étaient pas à la cour et tous ceux qui en avaient fait la demande, assistaient aux réjouissances.

Elle se rendit compte très rapidement que la fête avait gagné tout le palais et se jouait également dans la galerie de Diane et dans la cour du Carrousel. Plusieurs buffets avaient été installés et les invités passaient de l'un à l'autre. Des orchestres étaient disséminés dans des recoins mais parvenaient à jouer en même temps la même musique à la seconde près, ce qui donnait unité et harmonie à cette fête hors du commun.

Gabriel l'entraîna jusqu'à la salle du trône, où ils retrouvèrent Maximilien, Xénia, Haru et Sadako. Les deux couples impériaux discutaient joyeusement, entourés de leurs plus proches conseillers. Olympe savait que la signature officielle des traités de commerce entre les deux empires avait eu lieu à peine deux heures auparavant.

En la voyant, le prince Haru vint la saluer immédiatement, mais Olympe remarqua le regard noir que Maximilien jeta à Gabriel. À la fois heureuse de susciter la jalousie de l'empereur, mortifiée de le mettre en colère et énervée qu'il croie la posséder, Olympe essaya de se concentrer sur le prince japonais. Mais elle n'y parvint pas. Tout au plus arriva-t-elle à comprendre qu'il l'invitait de nouveau à séjourner dans son pays et que Gabriel promit pour elle.

Léon la sauva de cette situation en l'arrachant des bras de Gabriel d'une manière polie et néanmoins ferme.

— Est-ce l'empereur qui vous envoie ? demanda-t-elle.

S'il disait oui, elle en serait tout à la fois flattée, amusée et irritée.

— Non, répondit-il. [Olympe masqua sa déception.] Je ne pensais pas vous voir ce soir.

— J'ai décidé que je devais me montrer. Je pense que me voir en vie est un coup dur pour nos ennemis. Peut-être…

— … deviendront-ils hargneux au point de prendre davantage de risques ? termina Léon.

Elle comprit à son ton qu'il trouvait son idée saugrenue. Piquée au vif, elle rétorqua :

— Plus ils seront hargneux, plus ils risquent de commettre des erreurs. Et vous ne pouvez pas savoir à quel point je suis forte pour pousser les gens à bout.

— Si, je commence à en avoir une bonne idée ! lâcha le capitaine en désignant du menton Maximilien. [Olympe ne releva pas.] Artémis a louvoyé des années dans cette cour sans s'attirer les foudres autant que vous.

— Mais elle a succombé à la première tentative, lâcha l'historienne.

Elle se rendit compte que c'était déplacé et soupira.

— Ouvrez l'œil dans tous les cas. Vous n'êtes pas à l'abri…

— Je le sais, figurez-vous. Tout le monde s'accorde à me le rappeler.

— Bien.

Il allait prendre congé, quand Olympe le retint par le bras.

— Comment va Stamatina ? Je ne l'ai pas vue et vous ne l'avez pas mentionnée…

Le capitaine resta un instant grave puis se dégagea en douceur.

— Je vous en parlerai demain. Mais ne vous attendez pas à la voir ce soir.

Olympe tiqua, se demandant ce que cela voulait dire. Est-ce que celui qui lui avait tiré dessus avait touché Stamatina ? Ou bien l'avaient-ils arrêtée ? Pour quel motif ? L'inquiétude l'étreignit, cependant elle n'eut pas le loisir de réfléchir plus avant. Gabriel revenait vers elle, un verre de champagne à la main.

— Tout va bien ? demanda-t-il.

— Oui, assura Olympe. Profitons de la soirée, voulez-vous ?

— Avec plaisir. D'autant que je pars demain avec la délégation japonaise.

— Vraiment ? Pourquoi ?

— Je ne sais pas vraiment. J'en suis ravi, notez bien. Le prince Haru avait demandé que des ambassadeurs accompagnent les traités pour être témoins lors de la signature par son père. Sa Majesté avait refusé que j'y aille, mais apparemment il est revenu sur sa décision.

Olympe regarda Maximilien, il était en train de discuter avec le duc de Richelieu. Elle supputait que son revirement subit avait une autre explication mais se réjouit pour Gabriel.

— C'est formidable. Faisons en sorte que cette dernière soirée soit inoubliable.

Le duc de Bragance lui sourit et ils se rendirent au buffet afin de goûter aux différents sushis que les maîtres japonais avaient préparés. Puis ils allèrent dans les jardins et discutèrent presque toute la soirée des geishas. Le prince Haru leur donna quelques précisions sur les quartiers de plaisir japonais puis ils assistèrent à un feu d'artifice qui illumina le Louvre.

Olympe avait déjà assisté à des feux d'artifice, pour le 14 Juillet ou le Jour de l'an. Pourtant, là, c'était magique ! Ce n'étaient pas seulement des explosions colorées mais de véritables tableaux qui prenaient vie. Les premières fusées dressaient le cadre puis le décor et les deux autres détonations faisaient vivre des personnages ou des animaux. C'était incroyable. Elle ignorait où commençait la magie et où s'arrêtait la technologie, elle s'en fichait. C'était sublime.

Comme si Gandalf était arrivé avec ses fusées.

Et elle se demanda si Gandalf n'existait pas vraiment…

28

Toujours émerveillée par les fusées, Olympe ne s'aperçut pas de sa fatigue. Mais elle chancela alors que le feu d'artifice s'achevait. Gabriel allait lui proposer de la raccompagner, quand il vit l'empereur s'avancer vers eux. Il n'avait pas pu rater les regards noirs que lui lançait son souverain et déglutit quand il s'arrêta devant eux.

— Cher duc, je vais vous éviter de raccompagner la princesse à ses appartements. Je vais m'en charger moi-même, si elle m'y autorise, fit Maximilien en s'inclinant légèrement devant Olympe.

Cette dernière comprit à son regard qu'un refus ne serait pas toléré et opina légèrement. Elle prit congé de Gabriel puis, menée par Maximilien qui lui avait pris le bras, prit le chemin de la sortie. Il la soutenait autant qu'il la conduisait fermement.

— Je n'ai pas dit au revoir au prince Haru…

— Je lui transmettrai demain lors de son départ, assura Maximilien.

Il avait les yeux lointains et ne la regarda pas. Elle pouvait sentir la tension dans son bras et comprit qu'il était véritablement en pétard. Elle essaya de maîtriser son enthousiasme et son appréhension. Elle avait dit à Iosifína qu'il y avait plusieurs manières de calmer un homme, mais, en fait, à part le sexe et la nourriture, elle n'en voyait pas d'autre. Et elle n'avait rien pour cuisiner dans ses appartements…

— Et l'impératrice ?

— L'impératrice est assez grande pour se raccompagner toute seule, trancha Maximilien. [Et puis, il s'adoucit.] Elle est allée voir comment se portait Alexandre.

Olympe n'ajouta rien. Dans ces conditions, évidemment…

Ils furent rapidement arrivés à ses appartements et Olympe maudit celui qui avait décidé que les appartements de la favorite devaient être de plain-pied, à deux pas de l'entrée principale. Elle allait quitter la relative sécurité de la proximité de témoins et serait livrée au courroux de Maximilien. Elle essaya de trouver une solution pour s'expliquer quand ils franchirent les portes de sa chambre. Avant de se dire que les justifications étaient pour les faibles. Mais elle ne s'était jamais considérée comme forte…

— Êtes-vous satisfaite de votre soirée ?

Ça sentait le piège, mais Olympe décida de rester honnête.

— Très. Cette soirée était particulièrement réussie. Je me suis bien amusée. Et le feu d'artifice était magnifique. Nous n'en avons pas de tels dans notre dimension.

Il hocha la tête. Il essayait de ne pas être furieux contre elle, pourtant il n'avait pas pu s'en empêcher. La voir au bras du duc de Bragance toute la soirée l'avait rendu fou. Le matin même, il la tenait dans ses bras, inconsciente, blessée, craignant pour sa vie et à présent… Et puis, elle avait chancelé, elle était encore faible.

— Écoutez, je sais que vous êtes en colère parce que je suis allée au bal avec Gabriel, mais ce n'est pas… je sais que dans une cour les apparences sont importantes, mais…

— Mais quoi ? Vous croyez que vous en êtes exempte ? Que parce que vous n'appartenez pas à ce monde vous pouvez vous en affranchir ?

Olympe déglutit. Sa colère était presque palpable. Dans sa vie, elle n'avait jamais affronté quelqu'un d'aussi furieux. Même son père, dans ses excès de colère, n'était pas aussi terrifiant. Et en même temps, elle le trouva diablement excitant.

— Justement, je ne suis pas de ce monde !

— Et vous pensez que cela vous donne le droit de faire des faux pas ?

— Vous pourriez être indulgent…

— L'indulgence est une qualité qui est refusée à un souverain, surtout dans ce genre d'affaires ! Vous croyez que, parce que vous êtes soudainement fatiguée du poids que vous portez, vous pouvez vous accorder une récréation ? Vous croyez que l'envie de vous évader est possible quand vous faites partie de la cour impériale ? C'est un luxe que vous ne pouvez pas vous permettre !

— Mais je ne fais pas partie de votre cour ! Je ne suis qu'une femme que vous avez fait venir d'un autre monde et…

— Que j'ai chargée d'une mission qu'elle a acceptée ! rappela durement Maximilien. Je pensais que vous saviez ce que cela voulait dire.

— Et je vous ai dit que j'étais nulle à ce jeu-là ! rétorqua Olympe.

Elle était bien décidée à ne pas se laisser faire.

— Alors que faites-vous ici ? Vous profitez pleinement de notre monde ?

— Si on ne passait pas son temps à essayer de me tuer, je pourrais ! répliqua l'historienne en croisant les bras sur sa poitrine.

Le rappel brutal de la réalité frappa durement Maximilien. Sa colère retomba et il soupira. Olympe s'aperçut que son coup avait porté et détourna le regard. Ils restèrent un instant sans rien dire, reprenant leur souffle et leurs esprits.

— Je suis désolé de vous avoir entraînée là-dedans, finit par dire Maximilien, sincère.

Il avait un regard triste posé sur elle et le cœur d'Olympe se brisa. Elle s'approcha de lui, pour l'étreindre, le rassurer mais se reprit et se contenta de hausser les épaules.

— J'ai accepté et, hormis les attentats, c'est cool.

— Cool ? s'intrigua le souverain.

Olympe fut amusée de son ignorance.

— C'est une expression pour dire que c'est amusant, exaltant.

— Une expression de votre monde, comprit-il.

Elle opina sans rajouter quoi que ce soit.

— Il vous manque ? chuchota-t-il.

Elle eut du mal à répondre. Elle n'y avait pas beaucoup songé. C'était assez naturel pour elle. Quand elle était à fond dans un travail, elle ne pensait à rien d'autre. Mais maintenant qu'on lui posait une question aussi directe…

— Parfois, ma famille me manque, mes amis. Le reste, non.

Il ne dit rien, s'approcha d'elle et effleura sa main. Tout son être vibra. Leurs regards se croisèrent, mais ce fut lui qui brisa le silence, par un simple murmure.

— J'ai eu si peur pour vous…

Elle eut un pâle sourire qui lui contracta la poitrine.

— Vous avez eu peur pour elle, corrigea-t-elle.

Il frémit. Il y avait pensé évidemment – comment ne pas le faire ? –, mais non, il n'avait pas songé à Artémis, c'était bien d'elle dont il s'agissait, c'était sa mort à elle qui l'avait affolé.

— Non, assura-t-il. De la même manière que ce n'est pas elle que j'ai embrassée hier.

Le cœur d'Olympe bondit dans sa poitrine. Elle se prit à croire que, peut-être… Elle frissonna quand il effleura son épaule avec le revers de sa main. Il se rapprocha sensiblement, au point que son torse frôla son corsage. Ses doigts se refermèrent sur sa nuque et elle monta doucement son visage vers lui. Il se pencha lorsqu'elle entrouvrit la bouche.

Tout un tourbillon d'émotions faisait rage dans son esprit, et elles tendaient toutes à ce rapprochement. Il avait encore envie de goûter à ces baisers, de la serrer contre lui… il avait eu des hallucinations toute la soirée, imaginant que c'était Gabriel qui serait à sa place. Il ne l'aurait pas toléré. Mais il repoussa sa jalousie, qui n'avait rien à faire là. Il n'y avait qu'elle.

Et lui.

Ses lèvres se posèrent sur celles d'Olympe et, heureux qu'elle ne le repousse pas, il approfondit son baiser. Son corps se plaqua contre le sien et il posa son autre main au creux de ses reins pour la serrer plus. Il perçut son hésitation puis sentit ses bras autour de lui, le retenant contre elle. Sa langue se mit à jouer avec la sienne et il voulut plus.

Toutefois il ne força pas. Il ne voulait pas l'obliger, la contraindre, lui faire croire qu'elle se devait à lui... cela devait venir d'elle. Il rompit leur baiser puis la regarda intensément. C'était le regard d'Artémis, mais ce n'était pas Artémis. C'était bel et bien Olympe. La comparaison n'était pas possible dans l'intimité, la manière de se lover contre lui était différente et, à présent, il s'apercevait que le grain de beauté à la naissance du cou, cette particularité qu'il aimait embrasser pendant l'acte, n'était pas là. Et ce choc ne lui fit rien.

L'historienne le regardait toujours, essayant de comprendre ce qu'il se passait. Ils s'embrassaient et c'était merveilleusement délicieux, et puis il avait arrêté et à présent ils échangeaient un regard si émouvant. Mais il avait réveillé ses sens. Elle priait pour qu'il ne rompe pas plus leur étreinte. Il la tenait contre lui, elle pouvait sentir sa force et elle n'était plus capable de penser.

Avant qu'il ait pu dire quoi que ce soit, elle l'embrassa de nouveau. S'il ne voulait pas, il faudrait qu'il se manifeste, mais elle n'en pouvait plus de la tension qui l'habitait. Et elle escomptait qu'il prenne ses responsabilités. Un homme qui lui donnait une telle envie, ce n'était pas normal. Quelque chose n'allait pas, cependant elle refusait de penser plus avant.

Il répondit à son baiser et elle comprit que, cette fois, il n'y aurait pas de retour. Sa poigne sur elle se fit plus forte, il parcourut son corps, prit sa jambe pour la monter contre lui et elle put sentir son excitation à travers son pantalon. La sienne explosa alors qu'il léchait son cou, faisant glisser son boléro sur le sol.

Elle se demanda si l'épreuve du corset serait rédhibitoire, mais il était habitué et il l'en dégagea de manière à la fois brutale et douce, si bien que son excitation monta d'un cran. Il se débarrassa lui-même de sa redingote, tandis que ce fut elle qui lui enleva son foulard et sa chemise. La vision de son torse musclé juste comme il faut la fit fondre et il la coucha sur le lit.

Il lui ôta sa jupe en même temps qu'elle le débarrassait de son pantalon et une nouvelle envie se fit jour en lui. Il embrassa son cou offert puis écarta la lingerie pour caresser ses seins avant de les embrasser. Il descendit encore, parcourant son corps, découvrant les zones sensibles, appréciant qu'elle se cambre sous ses baisers puis qu'elle agrippe les draps lorsqu'il explora un territoire sensible. Elle finit par empoigner ses cheveux en criant et il se redressa, se léchant les lèvres.

Elle avait encore l'œil excité. Jamais un homme ne lui avait donné autant de plaisir en si peu de temps. C'était presque vexant, mais elle ne s'avouait pas vaincue et ouvrit les bras. Il pesa de nouveau de tout son corps sur elle et l'embrassa en se glissant en elle. Ce fut tellement bon qu'elle rompit le baiser pour se cambrer de nouveau. Il remonta ses cuisses le long de ses hanches et la pénétra plus profondément.

Elle était au bord de la jouissance, à la fois exaltée par ses caresses, sa prévenance et sa maestria lorsqu'il lécha son cou. Un murmure, un simple mot, le prénom qui n'était pas le bon et elle fut stoppée net dans son élan.

Elle se figea, emportée par l'horreur et la frustration. Il ne mit que deux secondes à s'en rendre compte, deux secondes où elle le haït comme elle n'avait jamais haï un homme.

Il était en elle en pensant à une autre.

Il croisa son regard. Elle y lut le regret, l'incompréhension, la tristesse et l'excuse, mais son cœur se ferma.

— Retirez-vous, ordonna-t-elle d'une voix blanche.

Il s'exécuta sans protester et elle se tourna sur le côté, ramenant le drap sur elle. Il resta un instant hébété. Pourquoi avait-il dit « Artémis », alors qu'il ne pensait qu'à Olympe ? Comment ce nom avait-il pu lui échapper ?

— Olympe, appela-t-il.

Il ne comptait pas reprendre leurs ébats mais s'expliquer, s'excuser, implorer son pardon et essayer de comprendre. Sa poitrine était douloureuse, compressée à la fois par la pensée qu'il avait perdu sa favorite et que nulle femme ne pourrait désormais la remplacer et parce qu'il avait blessé la femme qu'il avait prise en affection. Il posa une main sur son épaule, elle se dégagea alors violemment.

— J'ai dit « Retirez-vous », répéta-t-elle.

Il y avait moins de conviction dans sa voix. Elle vibrait toujours de colère, pourtant il sut qu'en insistant il percerait sa carapace. Il s'y refusa. Il sortit du lit, récupéra ses vêtements, les enfila rapidement puis s'approcha de la porte de communication intérieure. Il eut un dernier regard vers le lit. Elle était allongée, repliée sur elle-même, et la culpabilité le fouetta sévèrement. Il sortit mais entendit son sanglot.

Il en fut profondément meurtri.

29

Le lendemain matin fut douloureux. Olympe ignorait combien de temps elle avait pleuré avant que le sommeil ait raison d'elle. Elle se réveilla en constatant que le soleil était déjà haut dans le ciel. Iosifína avait dû venir mais sans la réveiller. À l'idée que la femme de chambre l'ait vue nue dans un lit défait, elle eut peur des conclusions qu'elle avait pu tirer et de l'explication qui s'ensuivrait.

Comment admettre qu'elle s'était trompée du tout au tout, que ce qui était un rêve venait de se transformer en cauchemar ?

Et puis, elle se redressa et la souffrance dans son épaule la ramena encore à un autre problème. On cherchait à la tuer. Parce qu'elle avait apparemment appris quelque chose de compromettant sur un complot qui n'avait ni queue ni tête. Elle n'avait jamais été fan des romans policiers, elle le regrettait à présent. Cela aurait peut-être pu lui sauver la vie.

Incapable de sortir de son lit, elle pressa le bouton d'appel. Quelques secondes plus tard, Iosifína entrait. Elle avait son air boudeur et regarda sévèrement Olympe, qui serrait le drap contre elle dans un effort inutile pour cacher sa nudité. Une pudeur complètement déplacée puisque la femme de chambre avait déjà tout vu.

— Madame ?

Le ton froid fit plus de mal à l'historienne qu'elle aurait voulu l'admettre.

— Iosifína, je n'aime pas quand vous agissez de cette manière. Si vous avez un problème, dites-le-moi. Mais je vous assure que ce n'est pas aussi grave que vous le pensez et que si vous me souhaitez d'être malheureuse, je le suis déjà. Si je pouvais éviter de me mettre à dos la seule personne qui tienne la route ici…

Iosifína masqua sa surprise. Elle était arrivée plusieurs heures auparavant, avait vu sa nouvelle maîtresse dans le lit de son ancienne, nue, les draps défaits, après une nuit visiblement agitée, et la colère l'avait envahie. Mais le malheur d'Olympe était visible sur ses traits tirés et ses yeux gonflés. Et la sincérité du compliment acheva de mettre en miettes le peu d'emportement qu'elle conservait. Malgré tout, elle devait comprendre. Et elle avait appris que l'historienne aimait les gens francs sans arrière-pensées.

Elle s'avança vers le lit, se baissa et ramassa un objet tombé à terre. Elle le tendit à Olympe, dont le cœur se serra. Il s'agissait du soleil impérial, l'insigne qui ornait le revers de la redingote de l'empereur. Il avait dû tomber quand il s'en était débarrassé. Olympe referma le poing sur le symbole et affronta le regard de Iosifína.

— J'ai volé trop près du soleil et je me suis brûlée, expliqua Olympe. Il n'a d'yeux que pour Artémis et je ne peux rivaliser avec une morte. Rassurez-vous, votre précieuse maîtresse n'est pas près de perdre son statut de favorite.

— Pourquoi avoir…

— Je vous arrête, je n'ai rien provoqué. Il était furieux comme vous l'aviez prédit et il a… nous nous sommes disputés et la suite s'est faite naturellement. Je n'ai pas cherché… je ne voulais pas… enfin si, mais…

Olympe se tut. C'était trop compliqué d'expliquer. S'il ne l'avait pas embrassée, elle n'aurait pas cherché à le faire. Mais il avait déclenché tout ça et puis les mots de Xénia lui revinrent. Peu importent les moyens, les femmes étaient responsables. Si elle n'était pas allée au bal avec Gabriel…

Iosifína s'assit sur le lit, près d'elle, et prit ses mains dans les siennes.

— Je suis désolée, dit la domestique.

Elle était sincère et Olympe retint ses larmes de justesse.

— Je vous remercie. J'aimerais ne plus y penser. Pour le moment.

Iosifína opina. Elle pouvait aisément comprendre mais savait que l'historienne n'aurait peut-être pas le loisir d'oublier son malheur. L'empereur risquait de vouloir la revoir. Elle ignorait comment s'était passée la nuit, cependant elle connaissait suffisamment l'homme pour savoir que s'il avait fait du mal à une femme, il viendrait s'excuser et voudrait discuter. Cependant, il y avait plus urgent.

— Le capitaine des loups impériaux veut vous parler. Il insiste depuis le lever du soleil, néanmoins je voulais que vous vous reposiez. Vous êtes encore convalescente malgré ce que vous semblez croire.

Olympe esquissa un sourire. Elle avait toujours mal à l'épaule et donna raison à sa femme de chambre.

— Vous avez repoussé Léon depuis le début de la journée ?

— Il ne sait pas à qui il a affaire, sourit la domestique. Quoi qu'il en soit, maintenant que vous êtes réveillée, je suppose qu'il faut que vous vous prépariez à le recevoir.

L'historienne acquiesça et Iosifína se mit en branle. Elle commanda un solide petit déjeuner à un valet, fit faire une toilette sommaire à la jeune femme, demanda à une servante d'aller chez Lucien chercher un antidouleur puis habilla Olympe pendant qu'elle mangeait rapidement. La nourriture lui fit le plus grand bien et lorsque le médicament arriva, elle était pratiquement prête. Elle prit le remède et Iosifína fit entrer Léon, non sans avoir ordonné à une servante d'arranger le lit.

Le capitaine s'inclina devant Olympe. Il était heureux de constater qu'elle semblait à peu près normale. Il avait vu l'empereur la raccompagner chez elle puis su qu'il en était ressorti un peu moins d'une heure plus tard. Et il était ce matin d'une humeur massacrante qu'il ne lui connaissait pas. Il ignorait ce qui s'était véritablement passé entre les deux, mais il pouvait deviner que cela n'avait pas plu à l'empereur. Il ne savait donc pas dans quel état serait l'historienne, d'autant plus que le blocage de Iosifína avait intensifié ses prédictions. Disputes, refus, déception… La liste était longue.

— Je suis ravi de voir que vous semblez remise de l'attentat d'hier, fit-il en guise de préambule.

— « Remise » est un bien grand mot. Disons que je tiens debout. De quoi vouliez-vous m'entretenir ?

Léon choisit ses mots avec précaution. Il avait à dire quelque chose de délicat et ignorait l'effet de ces révélations sur Olympe.

— Après l'incident du Trocadéro, nous avons émis plusieurs hypothèses. Vous n'ignorez pas que Richelieu a entériné notre théorie concernant les Ottomans et a confirmé l'implication des mages noirs et des dragons renégats tout en soulignant aussi celle des alchimistes. [Olympe hocha la tête.] Nous avons à présent la certitude que le complot vise à la fois à faciliter la progression des armées ottomanes et à faire perdre la face à Maximilien sur un plan personnel et peut-être politique avec une révélation liée à sa famille.

— C'est sur ce dernier point que nous pensons les Bonaparte impliqués, ajouta-t-elle.

Léon acquiesça.

— Mais nous ignorons encore le véritable but des mages noirs. Nous nous sommes donc concentrés sur les Ottomans et nous avons fini par suspecter une personne de la cour qui aurait pu avoir accès à des secrets militaires.

— Il faudrait qu'elle puisse à la fois accéder à l'empereur ou à son conseil militaire mais aussi qu'elle ait des liens avec les Ottomans… L'ambassadeur ? réfléchit Olympe.

— Il est en dehors de tout soupçon, assura Léon. L'incident d'hier nous a fait comprendre que cette personne avait partie prenante à tout le complot.

— Je ne comprends pas, avoua l'historienne.

— Nous pensons qu'il s'agit de Mlle Argyropoulou, annonça Léon.

Olympe resta un instant stupéfaite. Stamatina ? Cette libertine écervelée ? Certes, Olympe avait pu constater qu'elle était loin d'être bête, mais de là à participer à un complot ? Contre l'empereur ? Avec les Ottomans ? Ça n'avait pas de sens !

Et puis, elle se rappela que son cousin était le gendre d'un prince ottoman. Et des questions parfois insistantes qu'elle lui posait sur la mission que lui avait confiée l'empereur ; des mises en garde répétées sur sa sécurité…

Olympe s'assit sur un fauteuil, sous le choc.

— Vous êtes certain ?

— Malheureusement, oui. Nous avons intercepté plusieurs de ses correspondances quand nous avons commencé à la soupçonner et elles sont accablantes. Nous sommes en ce moment en train de fouiller ses appartements et nous avons besoin de votre aide.

— Vous avez besoin de moi pour fouiller les appartements d'une dame ? Où se trouve Stamatina ?

Léon s'humecta les lèvres. Apparemment, les liens qu'Olympe avait noués avec la Grecque étaient plus profonds qu'il le croyait.

— Sous les verrous. Nous l'avons conduite hier midi à la Conciergerie. Elle y est bien traitée.

Olympe eut un grognement de mépris. Bien traitée, encore heureux. Et puis, elle se demanda d'où pouvait lui venir cette compassion. Si Léon avait raison – et elle ne doutait pas vraiment de lui –, c'est Stamatina qui avait essayé de la tuer à trois reprises. Et qui avait peut-être également empoisonné elle-même Artémis.

— Vous pensez qu'elle aurait tué Artémis ? Elle l'aime sincèrement…

— L'amour fait faire des folies… mais je le crois, oui, confirma Léon. Si vous venez avec moi, vous pourrez lire de vous-même certaines de ses lettres.

L'idée de fouiller dans l'intimité de quelqu'un déplut fortement à Olympe. Puis elle se dit qu'être historienne c'était fouiller l'intimité de quelqu'un, ou essayer en tout cas, même quelqu'un mort depuis longtemps. Elle suivit donc le capitaine, qui la mena jusqu'aux appartements des habitués du palais des Tuileries.

C'était plus petit qu'Olympe avait pensé. Les appartements de Stamatina se résumaient à deux pièces qui auraient tenu toutes les deux dans la chambre d'Artémis. Olympe fut étonnée de cette simplicité puis se rappela que loger au palais était gratuit mais coûtait à l'État. Les appartements étaient donc spartiates, pour obliger les nobles à se loger ailleurs. Louis XIV avait pris le contrepied de cette règle même si certains nobles logeaient sous les toits à Versailles.

Quand ils arrivèrent, ils retrouvèrent Merlin et Siméon. L'historienne craignit de voir arriver l'empereur, mais il n'était visible nulle part. Elle entendit tonner un canon puis des vivats et se rappela que la cour fêtait le départ des altesses japonaises. Avec un pincement au cœur, elle se concentra néanmoins sur les trois êtres en face d'elle.

Merlin s'approcha et lui tendit une liasse de documents.

— Ce sont des journaux intimes de Mlle Argyropoulou. Ils étaient codés et dans un endroit assez improbable…

Olympe secoua la tête. Elle n'avait pas besoin de connaître les détails. Elle prit les lettres des mains et les parcourut rapidement. Elle comprit qu'un terrible secret rongeait Stamatina. Elle parlait de la perte de son amour, de l'inévitabilité d'un tel événement, de la déchirure qui se faisait en elle puis du soulagement qu'elle ressentait, de l'espoir qu'elle combattait mais qui était tenace, puis de sa décision de partir pour laisser tout derrière elle et repartir de zéro.

Même si elles étaient décodées, les phrases restaient sibyllines. Néanmoins, avec ce qu'elle savait de Stamatina, Olympe les comprenait. Elle avait empoisonné Artémis, obligée par ses liens familiaux ou par autre chose encore. Elle avait regretté mais était ravie d'avoir échoué puis elle avait dû de nouveau ourdir des plans contre sa meilleure amie et elle voulait partir pour ne plus être dans cette situation.

— *Nous avons tiré les mêmes conclusions que vous*, fit Siméon. *Il ne faisait de toute manière aucun doute qu'elle était derrière les tentatives d'assassinat contre la favorite de Maximilien. Nous aurions dû y penser plus tôt mais, comme vous, l'amour qu'elle lui portait nous a empêchés de la soupçonner.*

— Ce qui en faisait la complice parfaite, comprit Olympe.

Ils acquiescèrent gravement.

— Donc, vous avez trouvé la taupe qui donnait des informations aux Ottomans. Comment s'y prenait-elle ? Ma... Sa Majesté ne semblait pas la porter dans son cœur, je la vois mal assister au conseil militaire.

— Elle non, mais certains membres de sa cour y assistaient et, sur l'oreiller, on dit souvent bien des choses, fit Merlin.

Olympe hocha la tête. Se servir du sexe pour obtenir des informations, c'était vieux comme le monde. Et la « cour » de Stamatina se composait de personnes très liées à plusieurs consuls. Sans parler du cercle libertin très en vogue...

— Et puis, il y a ça, suggéra Merlin en montrant la poitrine d'Olympe.

L'historienne allait demander en quoi ses seins pouvaient bien faire quelque chose, mais elle comprit qu'il parlait de la broche que Iosifína lui mettait tous les matins. C'était une broche en cuivre ornée de perles qui stylisait une couronne de lauriers, le symbole de la Grèce. La femme de chambre avait expliqué que c'était un cadeau de Stamatina et qu'Artémis ne l'enlevait jamais. Olympe l'ôta et la regarda. Elle n'avait pourtant rien de bien significatif.

Merlin tendit la main et elle la lui donna.

— Il y a là un sortilège qui permet, quand on connaît la formule, d'écouter ce que dit le porteur et ses interlocuteurs, dit-il tout en neutralisant les effets de la broche.

Olympe écarquilla les yeux. Espionnée, elle le savait, mais…

— Cela veut dire qu'elle devait être au courant que je ne suis pas ce que je prétends être…

— Probablement. À moins qu'elle n'ait pas écouté ces moments-là, fit Léon. Sauf si ce dispositif est équipé d'une mémoire archaïque.

— Non, ça n'a pas l'air d'être le cas. On peut écouter les choses qui se disent au même moment, mais c'est à peu près tout, assura Merlin.

— *Et les symboles ont l'air d'être similaires à ceux que l'on a retrouvés sur le cristal de la flèche*, nota Siméon.

— En effet, confirma Merlin en mettant son monocle. Je me demande comment j'ai pu passer à côté de l'étincelle magique qui sous-tend le sortilège de ce bijou.

Olympe sentit la moutarde lui monter au nez.

— Vous êtes passé à côté de beaucoup de choses, Merlin ! s'emporta-t-elle. Vous saviez que François Bonaparte était lié à des loges de magie noire et vous n'avez pas agi ! Pourquoi avoir dit à Léon que ce n'étaient que des futilités ?

Le magicien la toisa, sans perdre de sa superbe face aux accusations.

— Parce que c'était le cas, s'expliqua Merlin. Tout le monde à cette époque était fasciné par la magie noire. Cela venait d'Orient, c'était mystérieux, délicieusement interdit et donc particulièrement intéressant. Certains membres de la cour se contentaient des récits, d'autres avaient une pratique régulière et constante, d'autres encore avaient une pratique sporadique à laquelle ils ne croyaient pas, et je vous passe tous les autres usages. François Bonaparte, en tant que ministre de l'Intérieur, a été obligé de s'y intéresser, mais je vous prie de croire que ce n'était que pour les besoins de l'enquête.

— *De plus, je le surveillais étroitement*, avoua Siméon. *Il n'a jamais été très friand des pratiques magiques, s'en méfiait même beaucoup et ne recourait à la magie, même blanche qu'avec d'infimes précautions.*

— Dans ces conditions, le fait qu'on ait découvert son lien avec les loges noires était fâcheux mais pas affolant, reprit Merlin.

— Cela veut quand même dire que des secrets d'État ont fuité ! protesta Léon.

Merlin haussa les épaules.

— Lorsque les empereurs décèdent ainsi que leurs ministres, leurs archives sont passées au peigne fin par les historiens officiels, qui font un tri entre le publiable et le secret. Certains papiers ont pu être mal triés et atterrir par hasard dans un carton aux archives…, balaya le magicien. Il faudra faire plus attention à l'avenir, voilà tout. De toute manière, peu importe comment, ce n'est certainement pas ça le secret qui a fait tuer Artémis.

— Non, je suis d'accord, fit Olympe. Mais c'était un indice et, malheureusement, nous ne saurons jamais ce qu'il y avait dans les archives. Ni pourquoi ils les ont détruites.

— Ce secret devait être à double tranchant, fit Léon. Et devant la possibilité de vous éliminer, ils n'ont pas hésité à sacrifier un atout qui aurait pu se retourner contre eux.

L'historienne ne répondit pas. C'était probable et néanmoins…

— Puisque vous avez déjà lu la correspondance de Stamatina, vous n'avez rien trouvé concernant Philippe VII et Joseph Bonaparte ?

Siméon eut un mouvement nerveux. Il échangea un regard fugace avec Merlin.

— *Pourquoi sur eux spécifiquement ?* voulut-il savoir.

— Parce que je crois que le secret est lié à leur relation, répondit Olympe.

Elle n'était pas dupe de la connivence entre le dragon et le magicien et les maudit intérieurement. Ils savaient des choses mais faisaient de la rétention d'informations. Cela commençait à l'énerver prodigieusement.

— Comment en êtes-vous arrivée à cette conclusion ? demanda Merlin.

— C'est depuis que je cherche dans cette direction que je suis la cible, fit Olympe. On a tué Artémis, on a tenté de me tuer le soir de mon arrivée, sans doute pour réparer l'échec, et puis plus rien pendant une semaine. Maintenant que j'y pense…

Elle se tut et repensa aux derniers jours, à ces entretiens avec Stamatina. Elle jouait bien la comédie si elle savait qui elle était en réalité. Il était possible aussi qu'elle n'ait fait que donner la broche, sans connaître la formule. Peut-être que ce n'était pas elle-même qui l'espionnait mais ses commanditaires. Peut-être même qu'elle ignorait ce qu'était cette broche…

— *Je n'irais pas jusque-là*, fit Siméon qui avait suivi le fil de ses pensées. [Olympe le maudit.] *Mais vous pointez un fait intéressant. On ne s'en est pas pris à vous pendant une semaine… s'ils pensaient réellement que vous étiez Artémis, ils n'auraient pas pris le risque que vous parliez ou découvriez le secret dans ce laps de temps. En revanche, s'ils savaient qui vous étiez, ils ont très bien pu se dire que le danger était écarté jusqu'à ce que…*

— Je remonte à Philippe VII et Joseph, termina Olympe.

— Mais qu'y a-t-il là de si secret ? lâcha Léon. Les deux hommes se détestaient, je m'en souviens bien. Les colères du ministre sont légendaires.

— Et pourtant, l'empereur n'avait de cesse de défendre son ministre bec et ongles, rappela Olympe. J'ai cru un temps qu'ils avaient une relation homosexuelle mais…

Elle se tut de nouveau. Elle avait lu quelque chose qui ne l'avait pas frappée sur le moment, cependant, maintenant qu'elle y songeait… La date de naissance de Charles lui avait toujours semblé étrange. Il était soi-disant né prématuré, mais elle avait pu remarquer l'absence de commentaire sur ce point dans les papiers officiels annonçant la naissance du fils du ministre. Et la fête donnée en son honneur avait été grandiose.

Les dates s'entremêlaient dans sa tête et elle râla. Elle prit du papier sur un secrétaire, une plume et écrivit ce dont elle se souvenait. Elle n'était pas certaine des dates, mais un des trois autres êtres présents dans cette pièce devait s'en souvenir. Après tout, un dragon et un magicien millénaire, ça devait avoir une certaine mémoire.

— *Je vois*, fit Siméon, penché sur son épaule.

Le dragon s'intéressait à ce qu'écrivait la jeune femme parce que ses pensées devenaient confuses à suivre. Le secret qu'il avait cherché à cacher était éventé. Olympe se tourna vers lui.

— J'ai raison ? demanda-t-elle.

Il claqua sa langue contre son palais. C'était un acquiescement. Léon s'approcha d'elle et prit le papier des mains. Il n'y comprit pas grand-chose. L'historienne avait marqué la date de naissance de Charles Bonaparte, les déplacements de son père et avait mis un point d'interrogation après « prématuré ». Quand il comprit, il regarda le dragon.

— Vous étiez au courant ?

— *Oui*, fit simplement Siméon.

Léon soupira. Ce qu'avait découvert l'historienne était effectivement une bombe à retardement. Et lorsqu'elle posa une dernière question, il sut que son monde risquait de s'écrouler.

— Vous en êtes où des lois fondamentales ?

30

Le silence qui suivit la question d'Olympe était éloquent. Selon les lois fondamentales en vigueur sous l'Ancien Régime, et toujours d'actualité, un bâtard ne pouvait pas réclamer le trône même s'il était l'aîné. Donc, bien que Charles soit né neuf ans avant Maximilien, sa conception ayant eu lieu en dehors des liens du mariage, il ne pouvait pas être en concurrence avec l'empereur. Mais puisque les trois êtres ne lui répondaient pas, Olympe supposa que quelque chose clochait.

Siméon tenta une explication.

— *Vous avez raison. Jusqu'à récemment, les bâtards étaient exclus de la succession au trône, mais les choses ont un peu changé.*

Il se tut, laissant Olympe dans le suspense. Léon détourna le regard et Merlin se contenta d'un air concentré. Le dragon se résigna à continuer.

— *Philippe s'est marié à l'âge de vingt ans, en 1845. Il était éperdument amoureux de sa femme, Amélie, toutefois elle s'est révélée stérile malgré tout ce qu'on a pu faire. Il n'a jamais voulu prendre une maîtresse, toutefois, quand il a eu trente-cinq ans, on a commencé à le pousser à ce qu'il perpétue son nom. Son frère, Louis, était également incapable de concevoir mais uniquement parce qu'il refusait de faire quoi que ce soit avec une femme. Même pour le bien de l'État.*

Merlin eut un mouvement d'humeur. Il n'avait jamais pu supporter Louis, l'oncle de Maximilien. Ne pas aimer les femmes n'empêchait pas de procréer. Mais même sous assistance magique, il avait obstinément refusé.

Olympe attendait la suite. Cela lui rappelait trop bien les années difficiles de Louis XIII avec Anne d'Autriche. Les spéculations, les tensions permanentes… ça n'avait pas dû être une époque facile à vivre et elle comprenait ainsi mieux tout ce qu'elle avait pu lire. Entre les guerres et les querelles privées, Philippe devait faire profil bas. Et lorsque le souverain était effacé, c'est le ministre qui brillait. Ce qui expliquait d'autant plus pourquoi l'empereur prenait sa défense.

— *Quoi qu'il en soit, heureusement, Amélie est morte au moment où Philippe montait sur le trône. Cela donnait un espoir. Il avait le cœur brisé, mais il se remarierait, tout le monde le savait. Dans l'intervalle, le trône était en grand danger et…*

— Et vous avez joué avec le feu ! accusa Léon.

Olympe interrogea le capitaine du regard. Ce dernier ignora l'expression véhémente du dragon à son endroit et se tourna vers l'historienne.

— Il fallait une femme capable de procréer, douce, loyale et qui accepterait de jouer le jeu. Victoria Bonaparte, la femme de Joseph, était amoureuse de Philippe depuis l'enfance. Il ne fut pas difficile au dragon de l'empereur de la convaincre que le séduire serait faire preuve de patriotisme. Et je suppose qu'elle se voyait déjà impératrice.

— *Vous n'y êtes pas du tout !* lâcha Siméon. *Certes, c'est moi qui ai poussé Victoria à séduire Philippe lors d'une absence de son mari, mais je lui ai bien fait comprendre que jamais je ne tolérerais qu'elle monte sur le trône. Elle n'était qu'une fille de charpentier, pour l'amour du ciel ! Il n'était pas question d'en faire une impératrice !*

— Vous seriez étonné par ce qu'une fille de charpentier peut faire. Je connais un fils de charpentier qui s'appelait Jésus, tacla Olympe.

Le dragon leva les yeux au ciel. Elle voulait faire de l'humour. C'était mignon mais énervant.

— Quoi qu'il en soit, loin de nous l'idée de la marier mais uniquement celle de faire en sorte que Philippe conçoive enfin un héritier ! reprit Merlin. [Olympe secoua la tête. Tout le monde s'était mêlé de la vie sexuelle de l'empereur. C'était normal, cependant…] Il rechignait à l'idée de se marier parce qu'il était encore amoureux de sa défunte épouse, mais une incartade, c'était possible.

— *Effectivement. Et Victoria, de dix ans sa cadette, sut le faire fléchir. Et il ne fut pas long avant qu'elle soit enceinte*, continua Siméon.

— C'est à ce moment que vous avez changé les lois fondamentales, se rappela Léon.

Il ne l'avait pas vécu, mais son père avait suffisamment fulminé contre cette aberration juridique pour qu'il s'en souvienne. Même après la mort de Philippe, son père éructait encore.

Siméon opina.

— *Effectivement. Nous avons réuni le conseil impérial ainsi que les parlements et nous avons conclu que les bâtards restaient hors de la succession du trône sauf dans le cas où l'empereur était célibataire. Mais la naissance de Charles resta officiellement celle de Joseph.*

— Et le ministre l'accepta ? s'étonna Olympe.

— Au début, il a voulu répudier Victoria, se souvint Merlin. Puis il a vu cela comme une vengeance contre l'empereur, qui lui avait enlevé la moitié de son pouvoir. Il a cru qu'il pourrait, si son fils continuait à être l'héritier du trône, avoir une influence grandissante.

— Mais Maximilien est né neuf ans plus tard, fit Léon. Vos plans étaient caducs, mais Charles restait dangereux.

— Il sait qu'il est le frère de l'empereur ? s'étonna Olympe.

— *Non*, tempéra Siméon. *Nous avons tout fait pour qu'il ne l'apprenne pas. Même si les ressemblances sont frappantes entre lui et Philippe, elles sont minimes par rapport à Maximilien et il aime cultiver sa ressemblance avec Napoléon. Ressemblance qui n'a rien de génétique mais qui a fait notre affaire.*

— Parce qu'il n'y a rien de magique dans ce miracle ? ironisa Olympe.

— J'aurais bien aimé, mais non… parfois ça arrive, les ressemblances fortuites, fit Merlin.

L'historienne croisa les bras sur sa poitrine. Elle n'avait rien à redire à cela, le magicien s'en sortait bien.

— Cela dit, je ne comprends pas. Philippe s'est remarié, les lois fondamentales ne peuvent donc plus s'appliquer… Si ?

— *Disons que c'est un vide juridique exploitable*, lâcha Siméon. *Certes, l'empereur s'est remarié mais trois ans après la naissance de Charles. Il était célibataire lors de sa conception, dès lors…*

— Parce que vous n'avez pas pensé à préciser que les bâtards devraient céder leur tour en cas de mariage postérieur et de naissance légitime, soupira Olympe.

— *Non, nous n'y avons pas pensé.*

— Vous vous rendez compte que cela signifie que jusqu'au mariage des empereurs, ils vont devoir se méfier des enfants qu'ils pourraient avoir de leurs relations ?

— Cela les obligera à réfréner leurs ardeurs, ce n'est pas mal. Ça reposera les dames de la cour, sourit Merlin.

Olympe allait protester mais, après réflexion, se dit que ce n'était pas si mal, finalement. Pour une fois que l'idée d'un enfant n'effrayait pas que les femmes…

— Je vous suggère cependant d'y réfléchir fortement. Une femme qui a envie d'être la mère du futur empereur peut aller loin. Vous devez penser au prince Victor, exhorta Olympe. [Elle soupira.] Donc, les bonapartistes verraient d'un bon œil que Charles prenne le pouvoir. Pourquoi s'associer aux Ottomans ?

Ils l'ignoraient. Le complot aurait pu aboutir à lui seul, mais l'implication des Ottomans ne faisait aucun doute. Et ils n'en voyaient pas la motivation.

— Ce que je ne comprends toujours pas, c'est ce que les mages noirs ont à voir avec ça, ajouta Léon. Ils sont impliqués, c'est clair, mais pourquoi ? En quoi le fait que Charles prenne le pouvoir peut les avantager ? Il n'est pas plus libéral concernant la magie que l'est Monseigneur. Il serait même plutôt du style à rétrograder.

— En effet, il prend exemple sur François dans cette idée-là, fit Merlin. Il ne m'apprécie guère.

— Alors, vraiment je ne vois pas, reprit le capitaine.

— Peut-être que nous pourrions nous concentrer sur le conflit avec les Ottomans et remettre les réflexions sur les mages noirs à plus tard, suggéra l'historienne. Si nous empêchons déjà le complot d'avoir lieu, il sera toujours temps de s'inquiéter.

— *À condition que l'échec du complot ne soit pas précisément le but des mages noirs*, fit Siméon.

— Dans ce cas, nous sommes dans une impasse, nota Léon. Et l'inaction n'est pas une option. Monseigneur ne l'acceptera pas.

— Essayons déjà de comprendre pourquoi les Ottomans étaient liés aux Bonaparte. Ça nous donnera peut-être une piste, tenta Olympe. Et puisque Stamatina est en prison, je suppose que nous avons fait le maximum pour éviter que le complot prenne trop d'ampleur mais, puisqu'elle n'est pas à sa tête, ils pourront toujours continuer. Le compromis que vous cherchiez, Siméon.

Le dragon s'amusa de cette remarque. Mais l'historienne avait raison. Ils étaient dans une position de statu quo très avantageuse. Et le fait qu'Olympe le souligne lui plaisait. Même si elle avait l'odeur de Maximilien sur elle.

— Bien dans ce cas, nous devrions éplucher la correspondance de Mlle Argyropoulou pour essayer de trouver un indice, lâcha Léon.

Merlin acquiesça, imité par Siméon, et ils se mirent à lire les différentes lettres trouvées sur le bureau ou déjà rapportées des bureaux de poste impériaux par les loups.

Alors qu'Olympe s'attaquait à sa part du travail, Siméon lui posa une question.

— *Êtes-vous fertile ?*

Elle suspendit son geste, surprise par la question. Et comme jusqu'à présent, lorsqu'il parlait, tout le monde semblait l'entendre, elle jeta un œil à Merlin et à Léon. Mais ils ne semblaient pas avoir entendu.

— *Je fais en sorte que cette conversation reste privée*, confirma Siméon. *Êtes-vous fertile ?*

— Je ne vois pas en quoi ça vous regarde, tacla Olympe.

— *À partir du moment où on couche avec Maximilien, tout me regarde. Êtes-vous fertile ?*

— Je ne sais pas comment vous l'avez su, mais je ne pense pas que cette nuit donne quoi que ce soit d'autre que des regrets. Rassurez-vous, je ne risque pas d'avoir un enfant.

Siméon eut un petit grognement de mépris. Il n'aimait pas qu'on lui parle sur ce ton et encore moins qu'on ne réponde pas à sa question.

— *Il y a intérêt. Artémis avait un bon pedigree et si elle était tombée enceinte, je n'aurais rien trouvé à redire, mais elle était stérile. Vous, en revanche, n'êtes pas de bonne famille, je me dois de m'en préoccuper.*

Olympe passa sur l'insulte et refusa de continuer la conversation. Cette histoire de sang fort et de sang faible l'avait toujours énervée. C'était un des mauvais côtés de l'Ancien Régime qu'elle regrettait. Et une des raisons qui faisait que Louis XIV était son roi préféré. Il n'hésitait pas à s'entourer de roturiers du moment qu'ils étaient compétents. Et s'il les anoblissait, c'était pour leur compétence, leur intelligence et non leur sang. Et cela l'énervait qu'on lui dise encore que le sang avait une importance.

Elle se plongea dans la lecture des correspondances privées et le temps passa. Parfois, un loup faisait irruption, échangeait quelques mots avec le capitaine et repartait. Léon s'absenta trois fois pour revenir ensuite. Siméon ne lisait pas et rêvassait à la fenêtre. Olympe ignorait ce qu'il faisait mais espérait qu'il travaillait même si ça ne se voyait pas.

Le soleil se couchait quand Merlin s'approcha d'elle. Il lui tendit une feuille de papier et Olympe déchiffra l'écriture serrée de Stamatina. C'était une lettre datée d'une semaine, soit un jour après l'empoisonnement d'Artémis. La lettre était sibylline, mais quelque chose fit tiquer l'historienne.

— N'est-ce pas ? lâcha le magicien, qui avait lu l'expression d'Olympe.

Elle ne répondit pas et se leva pour fouiller dans une pile de lettres qu'elle avait lues quelques minutes auparavant. Celle de Merlin parlait d'une révélation qui tombait à point et une autre, qu'elle avait lue, parlait de Joseph. Elle relut les deux puis se tourna vers le magicien.

— Joseph était en campagne quand il a appris la grossesse de Victoria, n'est-ce pas ?

Merlin acquiesça.

— En effet. Il était sur les rives de la Varbitsa, en train de négocier un traité de paix avec un dignitaire ottoman pour la libération de la région d'Adrianople et sa passation aux mains de l'empire européen.

— Son nom ? demanda Olympe.

— *C'était l'émir Mahmoud*, se souvint le dragon en s'approchant.

Olympe montra les lettres.

— Le père de la femme du cousin de Stamatina, lâcha Olympe.

...

Intermission

Maximilien regarda la Conciergerie se profiler sur l'île de la Cité. Austère, macabre, avec ses deux tours rondes et sa tour carrée. Il détestait ce lieu. Malgré les travaux, c'était toujours aussi humide et insalubre. Il n'aimait pas envoyer les prisonniers là-bas, il lui préférait Vincennes, la Force ou la nouvelle prison de Fresnes. Toutefois, il y avait des prisonniers qu'on ne devait pas éloigner du palais.

Et comme il avait obtenu que l'ancienne prison de la Bastille soit réhabilitée en lieu d'accueil pour les plus démunis, son conseil lui avait dit qu'il ne pouvait changer tous les symboles parisiens. Alors il avait conservé la Conciergerie. Mais il ne l'aimait pas.

Il descendit de son cheval, imité par Léopold, qui l'escortait pour l'occasion. Normalement, c'est Léon qui avait cette charge, cette fois il préférait que son capitaine enquête sur le complot avec Merlin, Siméon et Olympe. Il chassa l'historienne de ses pensées. Il était d'une humeur de chien et sa visite à la Conciergerie ne l'aidait pas.

— Cela faisait longtemps que je n'avais pas chevauché à bride abattue dans les rues de Paris, s'amusa le lieutenant. Mais, ce n'était pas prudent pour vous.

— Lieutenant, coupa Maximilien, si l'empereur ne peut plus circuler librement dans sa ville natale, sa capitale, alors il n'est en sécurité nulle part. Du reste, je suis plus en sécurité à cheval dans les rues de Paris que dans mon palais, marmonna-t-il.

Le loup ne trouva rien à redire et suivit son souverain, qui s'avançait vers le guichet de la prison. La porte s'ouvrit rapidement et on pénétra dans les couloirs, sombres et humides. Ça sentait le renfermé, l'urine et la sueur, et une légère fragrance de savon. Les gardiens essayaient de nettoyer, mais la crasse avait pénétré les murs. Il aurait fallu détruire, reconstruire et prier pour être débarrassé de l'odeur.

Ils descendirent avant de remonter un peu, ils traversèrent la cour puis arrivèrent dans une section plus sèche de la prison. Ils montèrent deux escaliers en colimaçon et on amena l'empereur devant un cachot. Le gardien s'arrêta, s'inclina et balbutia, toujours courbé. Il n'était pas habitué à recevoir son souverain et ignorait les usages.

— Est-ce que Votre Majesté est sûre ?

— Pardon ? demanda Maximilien, qui n'avait rien entendu. Relevez-vous ! Je ne vais pas vous mordre ! Parlez clairement !

Le gardien acquiesça mais n'arriva pas à soutenir le regard de l'empereur. Les yeux fixés sur Léopold, il recommença :

— Êtes-vous certain de vouloir aller dans sa cellule ? Nous aurions pu l'amener dans la salle d'interrogatoire. Elle est plus confortable.

— Non, merci. Je ne resterai pas, assura Maximilien.

Le garde s'inclina puis ouvrit la porte en posant sa main sur une énorme poignée ornée d'un cristal. Une petite aiguille perça sa peau, le cristal absorba son sang, brilla légèrement, puis des gros engrenages cuivrés vissés sur le côté de la porte se mirent à tourner et la porte glissa sur la droite.

L'empereur pénétra dans la cellule, suivi par Léopold. Stamatina était assise sur un fauteuil en velours, essayant de rester digne malgré l'endroit où elle se trouvait. Et Maximilien l'admira brièvement. Elle était vêtue d'une simple tunique blanche, propre mais aux auréoles tenaces, pieds nus, les cheveux gras. Elle conservait cependant ce port altier.

— Laissez-nous, ordonna-t-il au lieutenant sans se retourner.

— Mais sire, protesta Léopold, c'est…

— C'est un ordre, coupa l'empereur. Si elle voulait me tuer, elle en aurait eu l'occasion. Disposez !

Le loup hésita un quart de seconde puis s'inclina et sortit. La porte se referma et Maximilien prit une profonde inspiration.

— Je pensais bien qu'ils allaient m'envoyer quelqu'un pour m'interroger, mais l'empereur en personne… je dois admettre que je suis flattée.

— Mademoiselle Argyropoulou, je vous prie de cesser de jouer les fortes têtes. Vous allez me dire ce que je veux savoir.

— Ou sinon quoi ? Vous allez m'envoyer en prison ? me faire torturer ? me mettre à mort ? Tout cela est prévu de toute manière, non ? Peut-être pas la torture, votre père l'avait abolie et vous n'y êtes pas favorable… faible que vous êtes.

— Remerciez le ciel que je n'y sois pas favorable. Sans ça, vous y seriez déjà ! Léon, Merlin et Siméon insistent pour que je prenne ces dispositions.

— Pourquoi vous retenez-vous ?

— Parce que je ne trahirai pas mes convictions, même pour vous !

— Je ne suis pas Artémis, c'est vrai. Il n'y a qu'elle pour vous faire changer d'avis, tacla Stamatina. [Maximilien fit jouer sa mâchoire mais ne réagit pas.] D'ailleurs, où est-elle ? Cette pâle imitation ne lui arrive pas à la cheville.

— Vraiment ? Vous n'y avez pas cru ? Une seule seconde ? [Le doute passa dans le regard de Stamatina, mais elle se reprit rapidement.] Vous n'avez pas été soulagée pendant un certain temps à l'idée que vous n'aviez pas tué votre compagne ?

Les mots étaient cruels et Stamatina détourna le regard. Si. Elle avait été immensément soulagée que le poison qu'elle avait versé dans une flasque de whisky qu'elle avait ensuite donnée à Artémis ne l'ait pas tuée. Elle y avait cru. Et puis, on lui avait dit qu'elle n'était pas la vraie Artémis. Et elle avait alors remarqué les détails. Le grain de beauté, le regard…

— Pourquoi avoir fait cela ? reprit Maximilien. Pourquoi l'avoir tuée ? Que vous ont promis les Ottomans pour que vous fassiez une telle chose ? Vous l'aimiez, je le sais. Et elle vous aimait aussi, vous auriez pu…

— Faire quoi ? s'énerva Stamatina en se levant. Elle ne jurait que par vous, il n'y avait que vous, vous, vous… Sans arrêt, elle parlait de la manière dont vous étiez avec elle, doux, attentionné, le meilleur amant qu'elle ait jamais eu parce qu'avec les sentiments le sexe n'a plus rien à voir… Ah ! Je ne comptais pas plus pour elle qu'un souvenir ! Je n'étais plus rien !

Elle se tut, terrassée par la douleur qu'elle avait refoulée toutes ces années. Elle se détourna et regarda le bout de ciel qu'elle apercevait par la lucarne barrée de sa cellule. Maximilien resta un instant sans rien dire. La douleur de la Grecque était palpable et difficile à supporter.

— Mais de là à la tuer…, murmura-t-il, peiné. De là, à nous l'enlever à tous les deux… Que vous ai-je fait pour que vous perpétriez un tel forfait ?

— Arrêtez de croire que tout tourne autour de vous ! Vous êtes bien un homme, présomptueux, arrogant, bouffi d'orgueil et convaincu de sa supériorité.

— Si ce n'était pour m'atteindre, pourquoi tuer Artémis ? Pour protéger un secret de polichinelle ? Vous croyez que j'ignorais que Charles était mon frère aîné ? Vous pensez que mon père ne m'aurait rien dit d'une chose qui menaçait mon trône ? Mais je le sais, figurez-vous !

Stamatina se retourna vers lui, surprise.

— Vous le saviez ? répéta-t-elle, balbutiante.

— Oui, je le savais.

Hagarde, elle rejoignit son siège et s'y effondra.

— Bon sang, j'ai fait tout ça pour rien… Artémis…

Des larmes perlèrent à ses yeux. La douleur était si forte. Mais Maximilien s'approcha et la prit par les épaules pour l'obliger à le regarder.

— Pourquoi ?

— Ils ne voulaient pas que vous le sachiez, les Ottomans, les mages… ils ne voulaient pas que vous le sachiez… L'élément ne doit pas être au courant…

Elle s'effondra soudainement dans les bras de l'empereur, les yeux exorbités, la bouche ouverte.

31

Olympe reposa le volume puis vit le dragon se faufiler dans la pièce. Elle essaya de garder son calme. Toutefois, la bête était trois fois plus grande que Siméon et la dépassait de deux bonnes têtes. Elle ne l'avait pas vue les ailes déployées, mais elle ne doutait pas de son aspect saisissant. Le dragon avait des écailles noires aux reflets rouges, les yeux noirs et un long cou qu'il balançait de droite à gauche.

La bibliothèque où elle se trouvait avait été conçue pour les dragons. Il y avait une verrière au plafond qui s'ouvrait par le biais de toutes une série d'engrenages, une grande ouverture sur le jardin et puis elle était ouverte sur le reste du palais afin de faciliter les passages.

— Avez-vous avancé ? demanda la créature.

Intimidée, l'historienne se força à répondre néanmoins.

— J'ai effectivement eu confirmation de ce que nous pensions. Charles Bonaparte est bien le fils de Philippe VII, mais il l'ignore. Et les lois fondamentales pourraient être en défaveur de Maximilien.

Le dragon hocha la tête puis se contorsionna. Olympe attendit, essayant de masquer son anxiété. Mais il fallait la comprendre. L'être en face d'elle était quand même un des plus grands hommes politiques de tous les temps, une personne controversée qu'elle admirait néanmoins pour son attachement à son pays et à son roi. La métamorphose achevée, Richelieu s'approcha d'elle.

Elle retint un frisson. D'accord, ce n'était pas son Richelieu mais quand même… elle se disait que la même aura, puissante, inquiétante, devait émaner du cardinal. Sinon, son nom n'aurait pas fait couler tant d'encre. Et inspiré autant les romanciers.

— Si tel était le cas, nous devrions recourir à l'acclamation populaire, répondit le dragon, ignorant les pensées de l'humaine. Cela ne se fait plus, néanmoins, c'est le peuple qui avait élu Hugues Capet, il est toujours le dernier recours en cas de conflit de succession. Et je pense qu'à ce jeu-là Maximilien gagnera. Il est bien plus populaire que Bonaparte.

Olympe essaya de reprendre le fil de la conversation.

— C'est une possibilité effectivement. Mais cela inclura sans doute une campagne, l'empereur perdra du temps à conquérir son peuple et…

Richelieu leva la main, un sourire sur ses lèvres minces.

— L'empereur ne perdra rien du tout. Maximilien est populaire parce qu'il aime le peuple. De lui-même, il donne des manifestations, pour s'en rapprocher. Tous les ans, il fait une tournée des régions les plus pauvres et les plus reculées de son empire pour recueillir les doléances en personne. Et les choses changent. Il est très aimé. Et cette année, il doit emmener le prince Victor avec lui. L'empereur et le prince héritier… rien de tel pour que la populace l'aime davantage. Et Charles ne peut pas en faire autant. Son fils est atteint d'une maladie dégénérative qui le pousse à de violentes colères. La dynastie Bonaparte est presque achevée.

Olympe pencha la tête. Il y avait dans la voix de l'ancien ministre un peu de triomphe.

— Cela vous arrange, comprit-elle.

— On ne peut rien vous cacher, ma chère, salua le dragon. Et Maximilien m'a confirmé que mon héritier se débrouillait bien. La réunification des portefeuilles se fera après la mort de Charles et les Richelieu remplaceront les Bonaparte.

— Alors, vous aussi vous complotiez.

— Tout le monde complote quand il s'agit du pouvoir. Notez que je n'en tirerai aucun bénéfice. C'est ma lignée qui sera puissante.

— Il me semble que vous avez de beaux restes, taquina Olympe.

Elle embrassa du regard la vaste bibliothèque. Outre les classiques, il y avait tout un pan d'archives et pas uniquement sur les Richelieu. Tous les rapports de ses espions, tous les faits qu'il avait appris sur les personnes et les gouvernements puis accumulés d'année en année étaient rassemblés ici. À elle seule, la bibliothèque de l'hôtel Richelieu était une annexe des archives impériales.

— J'aime me tenir au courant, admit le dragon. Quand on a été aux affaires pendant des années, il est difficile de tout à fait en sortir. Et cela me permet de contrôler un minimum le destin de ma lignée.

Olympe ne répondit pas tout de suite. Elle avait appris par Merlin, lorsqu'il lui avait annoncé qu'elle partirait chez Richelieu pour consulter les archives qu'il consentirait à lui montrer, que Joseph de Richelieu n'était pas un descendant en ligne directe d'Armand du Plessis. En tant que dragon, Richelieu aurait pu se reproduire avec d'autres dragons, mais il n'avait jamais souhaité le faire et encore maintenant ne voulait pas se perpétuer. C'était apparemment un choix que les dragons faisaient souvent, une manière de contrôler leur population, composée en grande majorité d'individus à la vie dure.

Richelieu avait cependant pris sous son aile deux apprentis : un dragon, Siméon, qui avait ensuite été le conseiller des Bourbons depuis Louis XIV, et un humain qu'il avait nommé Richelieu d'après lui et qui partageait ses biens, comme un fils adoptif. Mazarin avait failli tenir ce rôle, mais il ne voulait pas renoncer à son nom. Richelieu le regrettait encore, car s'il avait pu mettre des Mazarin à sa place, les Bonaparte n'auraient jamais eu le loisir de devenir premiers conseillers et sa lignée n'aurait pas été contrainte d'attendre près d'un siècle avant de revenir au pouvoir.

Mais il avait pris son mal en patience. Ce n'était qu'une question de temps avant que les Bonaparte dégénèrent, affolés qu'ils étaient à l'idée d'avoir des enfants de bonne lignée. Philippe VII leur avait rendu la moitié du portefeuille convoité, Maximilien ferait le reste.

— Je comprends, assura-t-elle finalement. Bon, admettons que Maximilien n'ait rien à craindre des révélations sur Bonaparte, je ne comprends toujours pas pourquoi incendier les archives et tout faire disparaître. La tête de la favorite ne devait pas peser ce poids-là, c'est impensable.

— Je ne pense pas que ce soit la tête de la favorite qu'on ait jugée, mais la vôtre. Vous êtes infiniment plus intelligente que la princesse Rállis.

Olympe fut flattée mais trouva qu'on jugeait durement Artémis.

— Je ne pense pas qu'Artémis était stupide, la défendit-elle.

— Elle ne l'était pas, ce qui rend la chose encore plus difficile à comprendre. Mais elle a toujours été plus attirée par les principes charnels qu'intellectuels. Je crois que la présence de Maximilien changeait la donne. Elle se cultivait plus depuis qu'elle le côtoyait. Maximilien n'aime pas les femmes stupides. Elle l'a séduit par sa beauté mais, pour le garder, les prouesses sexuelles ne suffisaient pas. Il aime les femmes avec qui l'on peut parler. Du reste, il n'est pas Bourbon pour rien.

Olympe hocha la tête. Aucun des rois qu'elle connaissait, y compris Henri IV, n'aimait les filles écervelées. Timides parfois, naïves aussi, mais pas stupides. Peu d'hommes appréciaient les filles stupides en réalité.

— Enfin, elle commençait à développer une certaine intelligence et c'est ce qui, je pense, a poussé Maximilien à lui confier l'enquête concernant ce conflit.

— Qui l'a conduite à la mort… Je n'arrive pas à croire que Stamatina ait ourdi tout cela, elle l'aimait sincèrement.

— Ma chère, vous apprendrez que, pour certains, tuer un être cher est l'ultime preuve d'amour.

— Des fous…

— Sans doute, admit le dragon. Et concernant Stamatina, je ne doute pas que son cousin lié à l'Empire ottoman ait trouvé un moyen de pression supplémentaire.

— Lequel ?

Le dragon fit la moue puis prit une profonde inspiration. Il jaugea l'historienne devant lui. Elle lui plaisait beaucoup. Lorsque Merlin lui avait demandé si Olympe pouvait venir consulter ses archives privées, il avait été assez réticent et avait répondu au magicien qu'il jugerait sur pièces. À présent, il lui avait tout montré et ne regrettait pas. Elle avait l'esprit vif dès qu'elle comprenait les enjeux et ne perdait pas sa concentration malgré la tension qui l'habitait. Peut-être qu'elle pourrait comprendre…

— Vous n'ignorez pas que Stamatina gère le cercle libertin de la cour et donc de Paris. Elle est à la pointe de la nouveauté et de la technologie en ce qui concerne les dernières techniques et cultures libertines. Merlin l'a fournie en matériels et aussi en poudres, en aphrodisiaques. Des potions et autres joyeusetés qu'ils aiment ingérer, renifler ou le ciel sait quoi d'autre. [Olympe hocha la tête. Elle avait cru comprendre tout cela.] Mais certains produits sont interdits dans l'empire, pour leur dangerosité, le manque de recul ou leur composition. Certains le sont par les autorités civiles, d'autres par les autorités magiques. En général, cela dépend du processus de fabrication.

— Ceux qui sont fabriqués par les humains dépendent des autorités civiles et ceux fabriqués par les alchimistes, les magiciens ou les dragons dépendent des autorités magiques, supposa Olympe.

— Exactement, sourit Richelieu. Certains sont hybrides parce qu'ils sont faits par les hommes mais avec des composants magiques comme des cristaux enchantés ou de la poudre d'os de dragon. Passons… Quoi qu'il en soit, Stamatina se fournissait chez son cousin pour les produits interdits par l'empire mais autorisés chez les Ottomans. Un petit trafic qui aurait pu lui coûter sa place à la cour. Même si Artémis la couvrait devant Maximilien.

Olympe soupira. Voilà le moyen de pression que les Ottomans devaient utiliser contre Stamatina.

— Et je suppose que certains de ses produits étaient à accoutumance, continua-t-elle.

— Exactement. Vous comprenez qu'entre l'idée de tuer la femme de sa vie, qui ne voulait pas d'elle, et perdre son fournisseur d'extase, Stamatina n'ait pas réfléchi longtemps.

L'historienne hocha la tête. Elle comprenait bien mieux à présent. Mais cela ne l'apaisait pas.

— Mais il y a encore tellement de zones d'ombre ! reprit-elle. L'incendie des archives…

— … profitait peut-être à quelqu'un d'autre.

— Siméon a suggéré que les mages noirs auraient eu intérêt à faire disparaître cette preuve.

— C'est possible. Charles déteste la magie, le voir sur le trône serait pire encore. Ils ont plus intérêt à détrôner Maximilien pour livrer l'empire au chaos d'une guerre de succession qu'à mettre un autre qui leur soit défavorable.

— Alors ce serait ça ? Ils voudraient simplement mettre le chaos dans l'empire d'Europe ? Évidemment, pour les Ottomans, ce serait du pain bénit, ils pourraient annexer autant de territoires qu'ils souhaitent, mais les mages noirs ne sont pas plus aimés par eux…

— Non, effectivement. Mais ne sous-estimez pas la puissance qu'ils ont déjà sur le territoire européen. Une anarchie les servirait. Ils pourraient même prendre le pouvoir dans certaines régions, se retourner contre les Ottomans et se poser en sauveurs de l'empire pour en prendre la tête… Les possibilités sont nombreuses.

Olympe soupira. Elle en avait la tête qui tournait.

— Il faudrait néanmoins qu'on en choisisse une pour savoir à quel saint se vouer, marmonna-t-elle.

Richelieu posa une main sur son épaule et riva ses yeux aux siens. Olympe tressaillit légèrement. Elle se demanda soudainement pourquoi le dragon choisissait une enveloppe âgée. Il pourrait sans doute se transformer en bel homme… après tout Richelieu n'avait jamais été repoussant.

— Vous connaissez le véritable but des mages noirs ? demanda l'ancien ministre.

— Non, admit Olympe.

— Ils cherchent ce que cherchent les hommes : une source infinie de pouvoir, prendre sans avoir à donner, construire sans avoir besoin de base… Bref, ils cherchent à faire en sorte de s'affranchir de la loi naturelle, rien ne se crée, rien ne se perd, tout se transforme, tout se paie.

— Je ne me souvenais pas de la dernière expression, fit l'historienne.

Richelieu eut un petit sourire.

— Elle est de moi, mais avouez qu'elle s'accorde parfaitement.

Olympe ne pouvait pas le nier et sourit. Ce Richelieu lui plaisait décidément beaucoup.

— Quoi qu'il en soit, toutes les recherches des mages noirs vont dans ce sens et nous devons trouver la loge responsable de ce complot pour avoir une chance de les démasquer.

— Nous ?

— Nous. Je crois que vous avez besoin d'un Richelieu dans cette histoire.

— J'ai déjà un Bonaparte, un Merlin et un Bourbon alors… pourquoi pas un Richelieu ? taquina l'historienne.

— Je vous apprécie beaucoup, mademoiselle Valoese. C'est d'autant plus regrettable que vous deviez retourner au palais.

Olympe s'étonna puis consulta l'énorme horloge aux murs. Elle indiquait 18 heures passées. Or, elle devait voir Léon, Merlin, Siméon et Maximilien à 18 h 30 pour discuter des suites à donner. Elle savait que l'empereur était allé rendre visite à Stamatina en prison et elle brûlait de savoir ce qu'il en était.

— Vous avez raison, je dois y aller. Je suis enchantée de vous avoir connu.

— Moi de même, ma chère. Et si, après tout cette histoire, vous avez le temps de passer me dire au revoir, cela me ferait un grand plaisir. Je pourrai vous poser toutes les questions qui me trottent dans la tête sur votre monde.

Olympe promit puis s'inclina. Un valet l'escorta jusqu'à la grille d'entrée, où une hippomobile l'attendait. Elle était noire, anonyme. Il ne fallait pas qu'on sache que quelqu'un du palais était venu à l'hôtel Richelieu. La discrétion était primordiale dans cette affaire. Les paroles de Merlin lui tournaient dans la tête, appuyées par un vif hochement de tête de Léon.

Le magicien et le capitaine des loups étaient d'accord, cela présageait de la gravité de la situation. Olympe entra dans l'hippomobile et espéra arriver à temps. Cette entrevue ne la réjouissait pas. Elle allait revoir Maximilien et après les événements de la nuit dernière, elle ignorait comme réagir.

Selon les rumeurs qu'elle avait entendues (par le biais de Iosifína), l'empereur était d'une humeur de chien peu commune. Elle ignorait si cela venait du fait de sa frustration, s'il était remonté contre elle ou s'il s'en voulait. Peut-être jugeait-il qu'une femme qui s'effarouche d'entendre murmurer le nom d'une autre était naïve et ne méritait pas son attention ? Peut-être aurait-il voulu de la compassion et qu'elle le rassure ? Avait-elle manqué de jugeote ? Mais quand même… n'importe qui se serait senti vexé qu'on prononce le nom de quelqu'un d'autre… même les libertins ! Non ?

Elle se perdait en conjectures et lorsqu'on s'arrêta, elle crut qu'ils étaient arrivés. Elle attendit qu'on lui ouvre la porte, mais, voyant que cela tardait, elle sortit d'elle-même.

Une giclée de sang lui éclaboussa le visage et elle fut emportée par les ténèbres.

32

Maximilien enrageait. Il faisait les cent pas dans son bureau. Il fulminait.

Elle n'était toujours pas arrivée.

Qu'est-ce qu'elle trafiquait ? C'était inadmissible. Faire attendre l'empereur ? Comme si son registre n'était pas assez fourni comme cela !

Et que faisait Richelieu avec elle ?

Il est capable de l'avoir draguée, en plus de cela. Ce vieux roublard…, pensa Maximilien en serrant les poings. La jalousie l'étouffait et il se rendit compte du problème véritable. Il s'inquiétait de son retard et des raisons possibles.

Son comportement de l'autre nuit le hantait. Il la voyait toujours recroquevillée dans son lit, le drap serré autour d'elle comme une armure la protégeant de lui, le sanglot qu'il avait entendu en partant… Il soupira et se tourna de nouveau vers le capitaine de ses loups.

Léon n'arrivait pas à soutenir son regard. Depuis qu'ils attendaient Olympe, une heure environ, l'empereur était intenable. Il éructait, bouillonnait en silence mais soupirait et grognait en faisant de grands gestes. Le capitaine l'avait vu dans beaucoup de situations différentes, toutefois jamais dans cet état. Il ignorait donc comment réagir et appréhendait surtout les questions auxquelles il n'avait pas de réponse.

Richelieu certifiait que l'historienne était partie de chez elle dans l'hippomobile noire anonyme que le palais avait fait envoyer. On ne l'avait pas revue, mais un message était parvenu à Iosifína, signé par Olympe, disant qu'elle avait quelque chose d'urgent à vérifier avant de revoir l'empereur. Peut-être avait-elle trouvé une piste chez le dragon et décidé de la suivre. Prise par le temps, elle allait débarquer d'une minute à l'autre...

Du moins, c'était ce qu'ils se disaient depuis une heure.

Mais le capitaine savait que, plus le temps passait, plus la thèse d'un enlèvement devait être privilégiée. Il avait envoyé discrètement des hommes sur le chemin que l'hippomobile avait emprunté, et ils n'avaient rien trouvé de suspect. Rien en tout cas qui indiquerait un enlèvement. Et puisque ni l'hippomobile, ni le chauffeur, ni les valets n'étaient réapparus, tout pouvait être envisageable.

D'autant plus qu'apparemment Olympe aurait des raisons de ne pas vouloir rencontrer l'empereur.

Léon prit son courage à deux mains et regarda l'empereur. Ce dernier le fixait, attendant apparemment une explication.

— Sire, je crois que nous devons envisager le pire, dit-il avec le plus grand sérieux.

Maximilien claqua la langue contre son palais. L'angoisse se nicha dans son cœur. Non, il n'était pas prêt à envisager cette éventualité. Elle ne voulait pas le voir, c'était tout.

Mais il ne pouvait pas se voiler la face.

— Meurtre ou enlèvement ? demanda-t-il, essayant de maîtriser ses émotions.

Le capitaine prit un moment avant de répondre. Il n'avait jamais menti à son souverain et même s'il voyait la douleur sur son visage, il refusa de le ménager.

— Les deux sont possibles, admit-il donc. Le fait qu'on n'ait pas retrouvé l'hippomobile pourrait faire croire à un enlèvement, mais sans demande de rançon on ne peut en être sûr. Ils ont très bien pu enlever tout l'équipage et les tuer ailleurs. Le temps qu'on mettrait à les retrouver, si on les retrouve, serait autant de temps gagné pour fomenter un autre coup.

— Donc soit elle est déjà morte, soit elle est quelque part, sans qu'on sache où ni ce qu'ils comptent faire d'elle, résuma Maximilien.

Léon confirma d'un mouvement de tête.

— Merlin ? appela l'empereur.

Le magicien haussa les épaules en signe d'impuissance.

— J'ai tenté plusieurs sorts de localisation, des formules d'appel, mais aucun n'a fonctionné pour l'instant.

— Et son bandeau télépathique ? fit Léon.

— Introuvable, asséna le magicien.

Maximilien retint un juron. Les bandeaux télépathiques protégeaient les pensées de leurs porteurs et diffusaient pour se faire une aura magique particulière, décelable par les fabricants du bandeau. Si on ne le trouvait pas, soit le bandeau avait été neutralisé, soit le porteur était mort. Mais si Merlin était incapable de le retrouver, cela réduisait à néant les espoirs que l'absence d'Olympe soit volontaire.

Le pire pouvait donc être arrivé.

Irrité, frustré et furieux, Maximilien lâcha un juron en jetant l'horloge posée sur sa cheminée. Elle se fracassa de l'autre côté de la pièce, près de Siméon, qui décolla, mécontent.

— *Elle datait de Louis XIV, ce n'est pas sérieux*, déplora-t-il.

Maximilien lui décocha un regard noir puis s'assit dans un fauteuil. Il essayait de réfléchir posément, froidement, mais ses émotions étaient bouleversées.

— Nous devons procéder avec méthode, fit Merlin en s'avançant vers lui. Est-ce que l'on sait ce que Richelieu et Olympe se sont dit ?

— *Ils ont parlé de la filiation de Charles Bonaparte, des conséquences de la divulgation de son ascendance et des mesures que l'on pourrait prendre pour pallier le défaut des lois fondamentales*, fit Siméon.

— Acclamation populaire, je gagne, lâcha Maximilien.

Il n'était pas vaniteux ou arrogant, mais il savait pertinemment qu'il gagnerait. Charles ne savait pas qu'il était son frère, mais lui, si. Il avait toujours agi de manière à être populaire pour pouvoir compter sur le peuple s'il le devait. Du reste, il préférait gouverner de cette manière. Il n'était donc pas inquiet sur cette partie du complot. Siméon reprit :

— *Ils ont aussi évoqué les raisons ayant poussé Stamatina à s'allier avec son cousin et les princes ottomans. Elle ne voulait pas que son trafic de poudres aphrodisiaques soit connu et risquer l'exil.*

— Elle a bien fait, marmonna Léon. Je savais que ces poudres avaient des provenances douteuses, mais je n'ai jamais réussi à remonter la filière. Et si je parvenais à arrêter quelqu'un, c'était du menu fretin. On peut dire qu'elle est douée pour dissimuler son réseau.

— Était, corrigea Maximilien.

Léon baissa la tête. Il n'avait pas encore assimilé la mort de la Grecque. C'était un personnage central de la cour et il lui semblait qu'elle était immortelle. Mais ce n'était pas le cas, finalement. Lorsque l'empereur lui avait annoncé la mort de la captive, il n'en avait pas cru ses oreilles. Assassinée qui plus est. Cela signifiait une faille dans la sécurité de la Conciergerie et il n'aimait pas cette idée.

Bien sûr, il n'était pas responsable des prisons, mais il entendait que les détenus qu'il y envoyait y restassent… et ne mourussent que sur l'échafaud, par décision judiciaire ou impériale. L'assassinat et le suicide des prisonniers lui étaient particulièrement désagréables.

— Est-ce qu'on a une explication pour ça d'ailleurs, Merlin ? demanda-t-il en se tournant vers le magicien.

Merlin fit la moue. Il n'aimait pas le ton du capitaine. Comme si tout était sa faute. Il n'était pour rien dans la sécurité de la Conciergerie. Et Armand, le magicien responsable, l'avait déjà entendu.

— L'autopsie n'a pas révélé la prise d'une quelconque substance mais un sceau à l'intérieur de sa cuisse droite.

— Un sceau ? répéta Maximilien.

— Un sceau, confirma Merlin. C'était un pentacle avec des signes alchimiques et draconiques appliqués sur la peau avec une encre spéciale. La magie n'était plus que résiduelle, mais je connais bien cette technique. C'est comme un poinçon suicide sauf qu'il n'obéit pas au porteur mais à celui qui l'a tatoué. Lorsque la formule adéquate est dite et envoyée au sceau, il réagit et tue son porteur. C'est une technique très utilisée par les mages noirs, ainsi que par leurs apprentis et les alchimistes qui veulent les servir. C'est inédit de le voir sur une espionne, mais après tout, c'est une bonne manière d'empêcher la fuite d'informations.

Maximilien ne pouvait le contredire. Même s'il trouvait le procédé un peu extrême. Certes, les espions étaient censés donner leur vie pour leur mission mais tout de même…

— Et ce n'est pas possible de remonter à un mage noir précis avec cet indice ? Est-ce que les sceaux ne contiennent pas quelque chose de particulier ? voulut savoir Léon.

— Comme une signature, vous voulez dire ? Ce serait d'un vulgaire… Les mages noirs n'ont pas le sens de l'esthétisme.

— *Cela n'a rien à avoir avec l'esthétisme. L'orgueil des hommes les pousse à signer toutes leurs créations pour être certains de récolter les mérites*, remarqua Siméon. *L'idée n'est pas idiote… dans l'emploi des signes alchimiques, par exemple… Les combinaisons sont multiples et s'ils ne suivent pas vos règles de magiciens, il est possible que certaines d'entre elles ne soient usitées que par quelques mages noirs, voire un seul…*

— Un tic de langage ? demanda Léon, pour être certain d'avoir bien compris.

— *Exactement*, approuva Siméon.

— Je ne sais pas… peut-être, fit Merlin, peu convaincu.

— Tâchez d'en être sûr, Merlin ! s'énerva Maximilien. Je ne veux pas qu'on passe à côté d'un indice parce que vous vous trompez sur les mages noirs !

— Je vérifierai, promit le magicien.

— En tout cas, les mages noirs sortent de leurs cachettes. Signe que nous avons bien secoué leurs plans, remarqua Siméon.

— Mais nous ignorons toujours leur but, souligna Léon.

— *Richelieu et Olympe étaient partis du principe que l'incendie des archives ne pouvait que leur profiter. L'accession au trône de Charles n'arrangerait pas leurs affaires, mais un chaos les servirait. Si l'empire est à feu et à sang pour une question de succession, ils pourraient tirer leur épingle du jeu dans plusieurs régions et si les Ottomans attaquaient pendant ce laps de temps, ils pourraient aussi se retourner contre eux pour se faire aduler par la population. Le plan est retors, mais il tient la route*, nota Siméon.

— Il doit cependant y avoir autre chose, lâcha Maximilien.

La colère le reprenait peu à peu. La mention d'Olympe avait ravivé son inquiétude, quelque peu étouffée par toutes ces considérations.

— *Richelieu a aussi émis l'hypothèse que cela pourrait avoir un but plus large*, reprit Siméon. *Cela pourrait peut-être toucher le but des mages noirs et des renégats.*

— Qui est de ? s'enquit Léon.

— La magie illimitée, répondit Merlin. Ils cherchent le moyen de s'affranchir des limites physiques et de recourir à la magie sans avoir besoin de refaire leur énergie. C'est une utopie.

— *Peut-être, mais ils travaillent dessus depuis des siècles*, mentionna Siméon.

— Qu'est-ce qu'on viendrait faire là-dedans ? demanda Maximilien.

— *Alors là… je n'en ai pas la moindre idée. Richelieu a dit qu'il demanderait…*

— Est-ce que Basalmo pourrait être au courant de quelque chose ? reprit l'empereur.

— C'est possible, fit Merlin. Je retournerai le voir.

L'empereur hocha la tête puis se perdit dans ses réflexions. On exhumait le secret de la naissance de Charles dans le seul but de déstabiliser son empire, non pas pour qu'il tombe aux mains des Ottomans mais pour permettre aux mages noirs de prendre le dessus afin de posséder la magie illimitée… ou le loisir de faire leurs recherches en paix. C'était une histoire de fou.

Et il savait que, dans tout ça, il n'était rien. Lui, Olympe, les humains en règle générale. Ils n'étaient que les dommages collatéraux d'une entreprise ourdie par des magiciens et des dragons… Ils étaient leurs jouets, leurs laboratoires et il ne supportait pas ça.

— Est-ce que vous avez mis Charles au courant ? demanda Merlin.

— De quoi ? Du fait qu'il est mon frère ou qu'un complot s'ourdit dans son dos ? rétorqua Maximilien. [Personne ne répondit. Il soupira.] Non, il ne sait rien. Mais je dois lui parler. Avec le duc de Richelieu. Je devais d'ailleurs les voir après cette réunion qui s'éternise… Ils savent que quelque chose se trame, ils ont leurs informateurs, mais ils sont dans le flou et s'inquiètent. Les rumeurs les plus folles commencent à courir, surtout après l'arrestation de Stamatina.

On frappa à la porte. Maximilien cria « Entrez ! » et un loup pénétra dans la pièce. Il s'inclina devant son souverain puis alla vers son capitaine, à qui il parla à voix basse. Léon lui donna deux indications et le loup repartit tandis que Léon se tournait vers l'empereur.

— Les rumeurs ne risquent pas de s'arranger, Monseigneur. Les Bonaparte et les dignitaires ottomans soupçonnés de prendre part au complot viennent d'être arrêtés.

Maximilien eut un sursaut de soulagement. Même si ce n'était qu'une partie des complotistes, c'était toujours ça.

— Toutes les précautions ont été prises ? demanda-t-il.

Il regardait à la fois Léon et Merlin. Le capitaine fut le premier à répondre.

— Les arrestations ont été simultanées et ils ont été emmenés dans des convois séparés. Ils seront incarcérés dans des prisons éloignées le plus possible les unes des autres, sans possibilité de communiquer.

— J'ai veillé à la sécurité des différentes prisons avec l'aide d'Armand, ajouta Merlin. Les communications magiques seront également impossibles, ainsi que l'usage d'un poinçon suicide. Nous devrions pouvoir les interroger correctement.

— Faites cela au plus vite. Je veux savoir tout ce dont ils avaient connaissance… et s'ils ont des nouvelles au sujet d'Olympe.

— Mes hommes sont déjà dessus, Monseigneur, assura Léon en s'inclinant.

Maximilien acquiesça. N'ayant plus rien à leur dire, il les congédia d'un geste. Le capitaine et le magicien s'inclinèrent puis partirent. Ils avaient fort à faire et savaient qu'avant le lendemain Maximilien exigerait des réponses.

L'empereur entendit la porte se refermer puis alla s'installer dans un fauteuil en face de la cheminée. Il regarda le feu crépiter et soupira. Où était Olympe ? Était-elle encore en vie ? Allait-il revoir un cadavre ? Devrait-il se rendre en personne dans l'autre monde pour avertir sa famille ?

— *Vous ronger les sangs est inutile*, nota Siméon en venant s'installer sur son épaule.

— Je sais, Siméon. Mais je ne peux pas contrôler mes émotions. Pas à ce point-là. J'ai perdu Artémis… elle n'est pas Artémis, je le sais… Je l'ai douloureusement ressenti, mais il n'empêche, les sentiments que j'éprouve pour elle…

Il ne termina pas sa phrase. C'était inutile. Le dragon lisait en lui comme dans un livre ouvert.

— *Les mystères des alter ego*, se contenta de dire Siméon.

Maximilien acquiesça. La grosse horloge du palais résonna. Vingt heures. Il devait aller dîner avec sa femme et assister au coucher de ses enfants. Mais ses deux ministres l'attendaient. Il soupira et se leva. La charge d'empereur était trop lourde.

33

Olympe se réveilla dans un cauchemar. La cage où on l'avait mise était sordide, empestait l'urine et le renfermé. Il n'y avait aucune fenêtre et la seule lumière provenait d'une lampe située à plusieurs mètres à l'extérieur de sa prison. L'historienne se releva et les chaînes qu'elle portait à ses pieds et ses poignets tintèrent.

Elle endigua la panique. Elle avait déjà vu les chaînes, elle avait déjà vu sa prison, ce n'était pas une découverte. Perdre ses moyens une nouvelle fois ne ferait pas avancer ses affaires.

Quand elle était sortie de l'hippomobile, des inconnus masqués venaient d'abattre le valet et le chauffeur. Ils s'étaient ensuite emparés d'elle et l'avaient assommée. Elle s'était réveillée – Dieu seul savait après combien de temps – dans cet endroit. Elle avait crié lorsque quelque chose l'avait mordue, mais personne n'était venu.

Elle n'avait eu de cesse d'empêcher les rongeurs de revenir à la charge et ils avaient enfin consenti (qui qu'ils soient) à allumer une lampe au fond. Elle n'avait vu personne mais depuis que cette lumière brûlait les rats n'étaient plus venus l'embêter. Elle s'était écroulée de nouveau et, à présent, elle était certaine de ne pas rêver.

On l'avait enlevée et on la séquestrait. Pourquoi ? Sans doute à cause du complot. Qui ? Les complotistes, mais lesquels ? Les bonapartistes ? les Ottomans ? les mages ? les renégats ?

Comment ? Ils avaient sans doute appris sa visite chez Richelieu, peut-être un espion dans le personnel du palais ou dans celui de l'hôtel Richelieu. C'était sans importance, maintenant, elle se trouvait ici. Et elle devait trouver un moyen de sortir.

Sans doute que Léon, Merlin et Siméon étaient déjà au courant de sa disparition. Peut-être que les ravisseurs avaient envoyé une demande de rançon à l'empereur. Penser à cet homme lui fit un drôle d'effet. Elle aurait tout donné pour s'éloigner de lui hier soir mais à présent, elle aurait tout donné pour être de nouveau en sa présence. Rien de tel qu'un enlèvement pour vous faire relativiser.

Elle ramena ses genoux contre sa poitrine. Sa robe était en lambeaux, elle n'avait plus ni bijoux ni bandeau télépathique. Elle se savait à la merci de ses ravisseurs et n'osa pas imaginer ce qu'ils avaient prévu pour elle.

Allaient-ils simplement la laisser croupir ici en la nourrissant de temps en temps ? Allaient-ils la torturer pour lui faire dire ce qu'elle savait ? Ils n'auraient pas besoin. À la seule vue des instruments, elle dirait tout. Elle ne prétendait pas être endurcie au point de résister à la simple idée de la souffrance. Elle espérait qu'ils ne voudraient pas quand même tester ses limites. Elles n'étaient pas très loin…

Elle essaya de se lever mais échoua. Les chaînes de ses poignets étaient trop courtes et étaient fixées au sol. Elle jura et se rassit. Son ventre gargouilla. Elle avait une faim de loup. Malgré sa situation ou plutôt à cause de sa situation, elle avait envie de manger. Elle était adepte de la nourriture de réconfort alors… évidemment.

Un bruit la fit sursauter et elle vit la lumière se faire plus vive. On venait probablement lui apporter de la nourriture. Elle l'espérait. Mais elle déchanta. Trois hommes vêtus de noir se présentèrent devant elle. L'un d'entre eux fit un étrange ballet avec son doigt et sa cage s'ouvrit. Les deux autres pénétrèrent à l'intérieur, se saisirent d'Olympe, lui ôtèrent ses chaînes puis la firent avancer brusquement.

Elle trébucha, et la poigne de ses geôliers l'empêcha de tomber. Elle allait demander où ils l'emmenaient mais se ravisa. C'était inutile et elle verrait bien. Au lieu de perdre son temps à résister, elle se contenta de regarder autour d'elle. Ils semblaient être dans la cave d'un château ou d'une grande maison. Les murs étaient en pierre taillée, les voûtes majestueuses mais lugubres… ça lui faisait penser aux caves de champagne qu'elle avait visitées.

Ils franchirent plusieurs salles comme cela et elle comprit qu'ils étaient dans un dédale de souterrains. Elle perdit ses repères au troisième couloir identique qu'ils empruntèrent. Mais son escorte semblait savoir parfaitement où aller. Elle tenta de voir à quoi ils ressemblaient. Ils étaient encapuchonnés dans des capes et leurs visages étaient recouverts d'un cache-nez noir doublé de lunettes. Impossible d'y voir quoi que ce soit.

Elle prit donc son mal en patience.

Ils finirent par arriver dans une grande salle où on la poussa sans ménagement. Ils refermèrent la porte derrière elle, tandis qu'elle était obnubilée par ce qu'elle voyait. Une table avec un déluge de nourriture qui fit gargouiller son estomac. Mais c'étaient surtout les deux hommes en face d'elle qu'elle regardait, hébétée.

Milo et Merlin.

Elle aurait pu se croire sauvée, mais les apparences n'étaient pas trompeuses.

— Mademoiselle Valoese, sourit le magicien.

Il s'approcha d'elle, elle recula. Il s'arrêta et la jaugea. Elle avait été plus redoutable qu'il l'avait escompté, cependant il avait réussi à manœuvrer suffisamment bien pour s'en débarrasser. Au début, il voulait la tuer, mais d'autres perspectives s'offraient.

— Vous avez trahi Maximilien, souffla l'historienne.

— Ça me paraît plutôt évident, se moqua-t-il. Mais « trahir » n'est pas le terme employé quand on n'a jamais vraiment été à son service. Je patientais, voilà tout.

— Qu'est-ce que vous en retirerez ? Vous êtes de mèche avec les mages noirs ?

— Mieux que ça, ma chère. J'en suis la tête. Je ne devrais pas vous le dire, mais soyons honnêtes, ou vous sortirez d'ici en tant que ma marionnette ou vous mourrez. Je ne cours pas de risque. Un peu de vin ?

Il alla jusqu'à la table et servit un verre avant de le tendre à Olympe. Elle refusa. Elle ne pouvait pas le croire. Elle n'aurait jamais pensé que Merlin puisse être un traître. Et pourtant… l'attentat lors du bal, la soi-disant faille de sécurité, l'incendie dans les archives, la dissimulation de l'implication des mages noirs… Comment un magicien de la trempe de Merlin avait pu passer à côté ? C'était évident…

Elle braqua son regard sur Milo.

— Et vous ? demanda-t-elle au Monténégrin. Qu'est-ce que vous remportez dans l'histoire ?

Ce fut Merlin qui répondit à sa place.

— Lui, il ne pense qu'à s'amuser. Du sexe, de la drogue… il ne lui en faut pas plus. Et puisque Stamatina n'est plus là pour diriger le cercle des libertins de la cour, propager mes drogues et mes aphrodisiaques, il faut bien la remplacer. Accessoirement, il veut s'essayer à l'alchimie.

Olympe était écœurée. Elle avait apprécié le Monténégrin. Elle n'avait vraiment pas un bon instinct pour juger les gens. Et puis, elle se rendit compte des implications de tout cela. Si Merlin avait trahi, personne ne risquait de la retrouver. L'empereur avait dû faire appel à lui, Léon et Siméon pour la retrouver, s'il était seulement au courant…

Merlin eut un rire qui la sortit de ses réflexions.

— Vous comprenez vite les enjeux, la félicita-t-elle. Effectivement, personne ne risque de vous trouver. Parce que ce lieu et moi ne sommes pas liés du tout et parce que je mettrai tout en œuvre pour empêcher votre cher Maximilien de vous retrouver. Pas avant que vous soyez morte ou à mon service en tout cas.

— Vous rêvez si vous pensez que je vous servirai.

Il plissa les yeux. Il n'appréciait pas qu'une humaine lui tienne tête.

— Pourquoi ne me serviriez-vous pas ? Ce monde n'est pas le vôtre. Je pourrais même vous faire regagner votre monde et vous n'entendriez plus parler de nous. Que vous importe dès lors que Maximilien gagne ou perde ?

Il marquait un point. Pourquoi irait-elle perdre la vie pour ce monde qui n'était pas le sien ?

— Vous me laisseriez rentrer chez moi ? demanda-t-elle d'une voix blanche.

— Pourquoi pas ? Après tout, cela permettrait de dériver l'esprit de l'empereur. Il est si inquiet. Et dans le même temps, je me débarrasserais de vous.

Le cœur d'Olympe se mit à battre fortement dans sa poitrine. Elle pourrait rentrer chez elle. Maximilien s'inquiétait pour elle. Ça lui faisait plaisir. Plus que ça n'aurait dû. Mais elle n'était rien pour lui, elle ne serait jamais qu'une ombre. Elle n'avait pas d'avenir ici.

Et puis, elle surprit le sourire malsain de Milo. Ils étaient fourbes, ils avaient trahi, louvoyé, menti… comment leur faire confiance ? Ignorant d'où il venait, Olympe se laissa emporter par le courage.

— Je ne laisserai pas Maximilien tomber. C'est un bon empereur et vous ne ferez qu'amener le chaos. Je sais que je ne pourrai pas vous en empêcher, mais je ne prendrai pas la solution de facilité. Je ne pourrai plus jamais me regarder dans la glace en sachant que des hommes sont sous votre joug.

Merlin poussa un soupir et but dans le verre qu'il avait servi. Cela le contrariait tout en lui faisant plaisir.

— Je suppose que rien de ce que je pourrais dire ne vous convaincrait de laisser tomber votre idéal romantique. Vous vous prenez pour le chevalier blanc, mais vous n'êtes pas de taille.

— Je vous ai dit que je le savais. Mais on m'a toujours répété que le mal n'avait besoin que de l'inaction des hommes de bien. Alors, je ne resterai pas à rien faire.

— Tuons-la dans ce cas, intervint Milo.

Olympe pencha la tête. Quelque chose était différent chez lui. Il avait paru gentil, affable, aimable et à présent, il ne semblait plus qu'être haine et colère. Dans sa voix, quelque chose de sombre avait percé.

Merlin eut un geste envers lui, celui d'un maître qui apaise son chien en colère.

— Non, Milo. Pas encore. Elle peut nous être utile d'encore bien des manières. Elle ressemble à la favorite, nous pourrions faire des tas d'expériences… [Il s'approcha d'Olympe et tourna autour d'elle comme un oiseau de proie.] Peut-être qu'Artémis pourrait revenir d'entre les morts pour s'emparer de son corps et les nécromants ont un certain pouvoir sur les âmes qu'ils ressuscitent… La favorite de notre côté, nous pourrions faire ce que nous voulons de Maximilien.

Il prit le menton d'Olympe entre ses mains, mais elle se dégagea farouchement et recula de nouveau. Ses yeux brûlaient de colère. Le magicien eut un simple sourire.

— Et puis, elle porte l'essence de l'empereur en elle. Elle lui a donné son corps, il y a des tas de choses que nous pourrions en tirer. Si vous saviez ce que la magie noire a comme bons côtés.

Il recula et Olympe respira plus librement. Il piocha dans une grappe de raisin et mordit un grain.

— Que préférez-vous, ma chère ? Nécromancie ou recherche de mana ?

— Une nouvelle Artémis ferait plaisir à Stamatina, nota Milo.

— Il faudrait que je la fasse revenir dans ce cas, remarqua Merlin.

Olympe écarquilla les yeux puis la tristesse s'abattit sur elle. Le magicien eut un sourire moqueur.

— Vous vous étiez attachée à cette écervelée ? C'est bien dommage. Mais j'ai dû l'éliminer. Vous comprenez, elle risquait de parler. Et les poinçons suicides sont des pratiques tellement commodes.

— Vous l'avez tuée ? s'étonna Milo.

Olympe n'aurait pas mieux dit. Mais cette question sembla énerver Merlin.

— Évidemment que je l'ai tuée. Elle était une gêne. Et puis ce n'était rien ! Pas plus que vous ! Vous êtes des pions ! On ne conserve pas des pions inutiles, on les sacrifie au mieux et pendant qu'ils cherchent du côté des Ottomans, je peux tranquillement vaquer à mes affaires.

— Alors, les Ottomans..., commença Olympe.

Merlin eut un geste d'indifférence.

— Oh, ne vous inquiétez pas. Ils ne sont pas innocents. La chute de Maximilien ferait leur affaire et ils ne se sont pas fait prier pour s'associer avec moi. Cette histoire de fils illégitime les a excités comme des puces. Ils ignoraient simplement mon véritable but.

— Qui est de... ? Prendre le pouvoir ? Devenir empereur ou... [elle se rappela soudainement les paroles de Richelieu] trouver la source de magie illimitée.

— Vous êtes décidément plus intelligente que je l'avais escompté. Mais je l'ai déjà trouvée, ma chère. Un magicien doit puiser dans ses propres ressources ou emprunter celles des autres pour utiliser ses pouvoirs. Si je contrôle un empire de la taille de l'Europe, j'aurai des milliards de vies à ma disposition... Ce n'est pas encore tout à fait la magie illimitée, mais si j'arrive à compenser les pertes humaines dues aux guerres, à la malnutrition et à la mortalité infantile, j'y serai quasiment. Les humains peuvent se reproduire comme des lapins... surtout quand on leur fait aimer le sexe.

Comme pour appuyer ses dires, il donna une légère claque à Milo, comme s'il flattait un étalon. Olympe fut parcourue d'un frisson.

— Bien sûr, s'arrêter à l'Europe serait idiot. Ce ne serait qu'une étape. Les Ottomans me mangent quasiment dans la main, les Russes n'en seront pas loin quand j'aurai inondé le marché avec mes drogues. D'ailleurs, Alexandre Mikhaïlovitch a commencé à en donner à la cour du tsar. C'est en partie pour ça que Nicolas ne l'apprécie pas.

— Alors c'était ça, votre plan. Asservir les hommes et vous en servir comme sources de pouvoir. Pour faire quoi ?

— Mais tout ce qui me chante, ma chère. Et je crois que j'ai trouvé ce que j'allais faire de vous.

Il claqua des doigts et deux hommes, Olympe jugea qui s'agissait des mêmes que précédemment, se saisirent d'elle.

— Je n'ai pas vraiment de goût pour la nécromancie. Mais j'ai trouvé une utilité à l'essence que Maximilien a laissée sur vous. Dommage que sa semence n'y soit pas… vous auriez pu aller jusqu'au bout.

Écœurée, attristée et en colère, Olympe lui cracha à la figure. C'est la seule chose qu'elle avait trouvée. Elle s'attendit à ce qu'il la frappe, mais il éclata d'un rire qui lui glaça les sangs.

— Vous ai-je dit que la recherche de mana était douloureuse ? demanda-t-il, sérieux.

Le courage d'Olympe fondit quand on l'emmena hors de la pièce.

34

— *Pourquoi ne pas faire confiance à Merlin ?* demanda Siméon au capitaine.

Léon se mit à réfléchir. Une intuition. Son instinct lui disait que le magicien n'avait pas suffisamment examiné la route. Ils avaient parcouru tout le trajet que l'hippomobile aurait dû effectuer. Puisque ses hommes n'en avaient trouvé aucune trace, pas plus du valet, du chauffeur ou de l'historienne, il était convaincu qu'il y avait de la magie dans l'air. Les moyens humains laissaient toujours des indices exploitables.

— Je ne sais pas, admit Léon. Mais nous avons fait la route plusieurs fois et il prétend que si la magie a été utilisée, il est impossible d'en garder le souvenir… Je sais que je ne suis qu'un humain et je n'ai pas vraiment d'idée sur la manière dont la magie fonctionne, toutefois, il me semble qu'il a plusieurs fois, par le passé, réussi à traquer des sorts dissipés. Alors, ça m'a paru étrange.

— Vous le soupçonnez ? s'enquit Richelieu.

Le capitaine toisa très sérieusement l'ancien ministre. Il ignorait pourquoi Siméon l'avait amené ainsi que l'étrange personne qui était sur le dos de Richelieu, mais il était finalement heureux d'avoir de l'aide supplémentaire.

— Oui, répondit-il, tout aussi sérieusement.

Les deux dragons se regardèrent, de connivence.

— Que c'est excitant, s'exclama soudainement la silhouette.

— *Vraiment, comte ?* s'étonna Siméon. *Le magicien impérial impliqué dans un complot, ça vous excite ?*

Le comte rejeta la capuche et Léon masqua son étonnement. Ce visage, vieilli, bouffi, lui était extrêmement familier. Le comte de Cagliostro, Joseph Basalmo, enfermé pour sorcellerie, mort en cellule puis évadé de son tombeau…

— *C'est un ami*, avertit Siméon en voyant le mouvement du capitaine. *Il est… étrange, mais nous pouvons lui faire confiance.*

— Jamais je ne trahirai celui qui m'a ressuscité, sourit le comte en descendant de Richelieu. [Il s'inclina devant le dragon, qui se contenta d'un hochement de tête.] Eh oui, Siméon, c'est diablement excitant. Et ce brave capitaine a raison. Merlin est un traître, comme je vous l'ai dit.

— Vous le saviez ? s'étonna Léon en regardant Siméon et Richelieu.

— Nous venons de l'apprendre, corrigea Richelieu. Siméon est venu pour me parler de la disparition d'Olympe, j'ai fait ma propre enquête et je suis allé voir le comte. Merlin vous a menti.

— Il n'est jamais venu me voir, fit Basalmo.

— Mais il a dit que vous l'aviez aidé à décrypter les symboles…

— Il a menti, répéta le comte. Quant au sens des cristaux, il ne vous l'a jamais dévoilé, n'est-ce pas ?

Léon se mit à réfléchir. Basalmo avait raison. Il vit le comte déplier une feuille de papier.

— Au demeurant, c'est évident, cela l'incrimine trop. Il a dû être particulièrement énervé de voir le cristal en entier. Son sbire aurait dû le détruire.

— *Il était très contrarié que je lise par-dessus son épaule et que je vienne le voir pour lui demander des nouvelles*, se souvint Siméon.

— Cela n'est pas étonnant, sourit Basalmo.

— Joseph, venons-en au fait, voulez-vous ? s'agaça Richelieu.

— Bien sûr, s'excusa le comte. Siméon m'a donné une retranscription des symboles et, traduit, cela donne à la fois une incantation pour enchanter le cristal, pas très intéressante parce que classique, et une phrase que je n'avais jamais vraiment comprise… Cela dit : « Gloire au sang-mêlé, source de toute magie. » C'est la formule que l'on trouve pour clôturer tous les sorts faits par les mages noirs, quelle que soit la loge à laquelle ils appartiennent…

— Attendez, attendez, vous voulez dire que les loges ne sont pas indépendantes ? fit Léon.

— Si, elles le sont. Mais la magie noire obéit à certains codes qu'ils doivent partager. Et elles ont l'air de toutes obéir à ce sang-mêlé. Très honnêtement, je n'y croyais pas. Je pensais que c'était un peu comme quand on dit « Adieu »… Croyant ou pas, c'est un mot que l'on utilise mais qui a perdu sa signification religieuse première.

— C'est trop long, Joseph. Permettez-moi de résumer, cingla Richelieu. Le comte a récemment appris que les grands maîtres des loges étaient soumis à un autre et cette phrase a pris un relief différent. Ce sang-mêlé était un maître dont le but était le même que celui des mages noirs : trouver la source infinie de magie. Lorsque nous sommes allés le voir, les pièces se sont imbriquées d'elles-mêmes et le nom de Merlin comme potentiel maître des mages noirs est apparu.

— *Il nous fallait une confirmation, mais nous allons l'avoir*, reprit Siméon.

Léon se demanda ce qu'il voulait dire par là. Avant qu'il ait pu dire quoi que ce soit, Siméon le saisissait par les épaules, le comte remontait sur Richelieu et les dragons s'envolaient. Le capitaine voulut protester mais n'osa pas. Les dragons avaient visiblement un plan en tête et il ne voulait pas les retarder.

Il faisait noir quand ils atterrirent dans une clairière, non loin des murs de Paris. Léon avait compris que les dragons remontaient l'itinéraire qu'aurait dû emprunter l'hippomobile à la recherche de quelque chose.

— C'est là ? demanda Richelieu au comte.

— Je le pense, oui.

Basalmo se laissa glisser à terre puis ses mains se mirent à briller d'un éclat rouge.

— *Il cherche la magie noire résiduelle*, lui expliqua Siméon. *Je la sens, mais elle est très diffuse. Cela signifie soit que le mage noir était faible, soit au contraire qu'il était puissant et qu'il a camouflé le sort. Mais cela nécessite l'emploi d'une autre méthode qui laisse des traces…*

— Des traces comme celle-là, sourit le comte.

Il était agenouillé dans les buissons près de la route et leur montra triomphalement un symbole alchimique qui luisait sur une pierre.

— Pourquoi mes hommes ne l'ont-ils pas vu ? s'étonna Léon.

Un symbole brillant aurait dû attirer leur regard. Basalmo gloussa.

— Le symbole ne brille qu'en réaction au sort de recherche. [Ses mains arrêtèrent de luire ainsi que le symbole. Il réactiva le sort et les lumières réapparurent.] Vous voyez ?

Léon acquiesça.

— Il doit y en avoir d'autres, fit Richelieu. Un instant.

Le dragon ferma les yeux puis une longue plainte s'échappa de sa gueule. Elle était lancinante et gutturale, indescriptible, et Léon sentit un frisson le parcourir.

— C'est la magie qu'il utilise, murmura Basalmo, comme pour lui expliquer ce qu'il ressentait. Lorsque les magiciens utilisent la magie, c'est imperceptible car nous n'en captons qu'une infime partie, mais un dragon qui se met à faire de la magie… c'est bouleversant. C'est en grande partie pourquoi ils ne l'utilisent que rarement. Ils auraient tôt fait de déséquilibrer la magie tout entière.

De nouveau, Léon acquiesça. Il en apprenait trop sur la magie et se jura de l'étudier. Ce n'était pas normal qu'il ait laissé une force aussi puissante, potentiellement une menace contre son empereur, aux mains d'un seul homme. Merlin avait la confiance de l'empereur, il aurait néanmoins dû apprendre des rudiments. Son ignorance lui faisait honte.

— *Nous gardons la magie cachée, ne culpabilisez pas. Les humains ne doivent qu'en savoir le strict minimum, c'est mieux pour eux.*

— Mais je ne peux protéger l'empire d'un danger dont j'ignore tout, rétorqua Léon.

Siméon s'inclina. L'argument était inattaquable. D'autant plus maintenant que le magicien impérial était soupçonné. Il mit dans un coin de sa tête de dégager du temps pour instruire le capitaine.

Une grande lueur le sortit de ses réflexions. Le sort de Richelieu fonctionnait. Les autres symboles luisaient autour d'eux. Un pentacle se dessina dans le sol et il comprit que Richelieu ne faisait pas que faire réagir le sort dissipé mais le reconstituait, lui donnait sa force. Sans doute dans le but de mieux le décrypter et de connaître celui qui l'avait lancé. Chaque mage avait sa propre énergie qu'il mettait dans son sort. Réactiver le sort d'un autre permettait de capter l'essence de celui qui l'avait lancé.

Après quelques instants, tout s'éteignit et Richelieu les regarda. Ses naseaux frémissaient de colère.

— C'est bien Merlin, annonça-t-il d'une voix solennelle. Nous devons en informer l'empereur sans plus attendre.

Basalmo sauta sur son dos au moment où il décollait. Siméon l'imita et récupéra le capitaine des loups. Ils filèrent à toute allure au palais et firent irruption dans la chambre de l'empereur. Maximilien sursauta puis, voyant deux dragons, un alchimiste et le capitaine de ses loups dans la pénombre, il comprit que l'heure était grave.

— Vous êtes certains de ce que vous avancez ? demanda l'empereur après qu'ils eurent terminé de raconter leurs découvertes.

— Oui, sire, assura Richelieu. Le comte ici présent peut témoigner que Merlin n'est jamais venu, que les symboles sur le cristal ont été utilisés dans le même langage que ceux sur le bord de la route, qu'ils incriminent tous un sang-mêlé et que les informations sur le maître des mages noirs qu'il a recueillies mènent à Merlin. De plus, en recréant le sort de la route, j'ai clairement vu la patte du magicien impérial. Elle était diluée et camouflée, mais je suis un dragon, un véritable gardien de la magie. Nul arcane ne me résiste.

Maximilien opina. Il n'avait aucune raison de douter de Richelieu. Mais il n'en avait aucune pour soupçonner Merlin. Si son magicien était incriminé, alors qu'il lui faisait pleinement confiance, comment s'assurer que ce n'était pas le cas d'autres ? Il regarda par la fenêtre. La nuit était encore épaisse. L'inquiétude pour Olympe le poussait à les croire, mais il avait peur.

Léon s'approcha de lui et s'inclina.

— Il est difficile d'accorder sa confiance, sire, toutefois la paranoïa n'est pas bonne conseillère. Nous devons agir vite.

L'empereur se tourna vers son capitaine puis scruta les deux dragons.

— Que veut-il faire d'Olympe ? Quel serait son but ?

— Les mages noirs convoitent la magie illimitée. Pour en faire quoi... ? Nous ne savons pas vraiment. Mais Merlin déteste les dragons. Les expériences que les mages noirs font avec les renégats visent à donner de la force aux magiciens pour qu'ils soient à égalité avec nous.

— Ils veulent anéantir votre race, comprit l'empereur.

— C'est, je le crains, leur but, avoua Richelieu.

— *Et vous ne pouvez pas nier que Merlin me déteste*, fit Siméon.

— Vous ne le portez pas non plus dans votre cœur, rétorqua Maximilien.

Le dragon hocha la tête. L'empereur réfléchit encore, il n'avait pas vraiment d'autres options. Jusque-là, Siméon et Richelieu avaient parfaitement servi l'empire. Merlin aussi, mais il avait toujours eu des comportements à la limite de la légalité, comme ses poudres aphrodisiaques. Évidemment, maintenant tout s'éclairait. Il croisa le regard de son capitaine. Ce dernier semblait convaincu par les dragons. Et son conseil était judicieux.

— Reprenons, ordonna Maximilien. Merlin est le maître des mages noirs. Depuis combien de temps ?

— Probablement quelques siècles, fit Richelieu. Déjà, à mon époque, je m'en méfiais. Il avait une curieuse aura autour de lui. Mais nous ne le saurons pas avant d'avoir disséqué son esprit.

— Merlin est un magicien extrêmement puissant, vous pensez être de taille ? s'inquiéta l'empereur.

Les deux dragons se regardèrent et eurent un sourire carnassier.

— Majesté, sachez que les dragons supplanteront toujours les magiciens. Et ce n'est pas présomptueux, assura Siméon.

— Vous n'avez pas réussi à voir sa duplicité, nota Léon.

— Mais je l'ai toujours détesté. Non seulement il a cette abominable appartenance à une race honnie, mais en plus il avait ce parfum détestable sur lui. Je ne cherchais pas à me méfier de lui, il servait l'empereur et je n'avais pas à m'en plaindre. Mais à présent, c'est autre chose.

Maximilien soupira. Et puis, l'inquiétude pour Olympe le reprit.

— Est-ce que vous savez où pourrait être Olympe ? Est-ce qu'elle…

Il ne termina pas sa phrase. Il n'en avait pas le courage.

— Nous savons combien tout cela vous est pénible, Votre Majesté, assura le comte de Cagliostro. Merlin a de nombreuses cachettes en ville, sous sa réputation de magicien mais aussi sous celle de maître des mages noirs. J'en connais quelques-unes.

— Il ne les utilisera pas, réfuta Léon. Il n'est pas idiot. Il sait que nous pouvons remonter à lui. Il ne se doute pas que nous l'avons fait aussi rapidement, mais…

— Je suis d'accord, approuva Maximilien. Elles seront trop visibles. Si j'étais lui, je voudrais une cachette où je pourrais utiliser ma magie sans être détecté.

— Ce n'est pas possible, Votre Majesté, sourit le comte. Pour être indétectable, il faut lancer un sort et il n'existe pas de magicien capable de faire un sort indétectable par un dragon.

Richelieu et Siméon approuvèrent puis l'ancien ministre eut une idée.

— Certes, nous sommes capables de détecter toute utilisation de la magie si nous nous en donnons la peine, mais il y a un milieu qui nous donne du fil à retordre.

L'eau, termina Siméon.

Le Marais, lâcha Léon. Est-ce qu'il pourrait s'y cacher ?

— Il y a des caves profondes où les mages noirs ont eu l'habitude de se terrer à mon époque, fit Richelieu. Nous les avons délogés et ils ont préféré aller ailleurs, mais Merlin aurait pu les réhabiliter.

— Nous n'avons pas beaucoup de temps, prévint Maximilien.

— Nous devons faire des recherches simultanées, fit le capitaine. Ne pas laisser le loisir à Merlin de s'échapper.

— Où est-il, d'ailleurs ? demanda l'empereur.

— *Nul ne l'a vu depuis notre entretien de ce soir*, fit Siméon après s'être mis en contact avec la garde du palais.

— *Les bandeaux télépathiques des loups* ! songea Léon avec horreur. Est-ce que Merlin pourrait…

— *Non*, assura Siméon. *Il m'a aidé pour le sort, mais je le saurais s'il l'avait trafiqué en sa faveur ou s'il nous espionnait. Je n'ai rien décelé.*

Rassuré, le capitaine soupira.

— Richelieu, s'il vous plaît, dépêchez un dragon et un magicien dont nous sommes sûrs en accompagnement d'une équipe de loups afin de fouiller les différents lieux possibles où Olympe pourrait être, demanda Maximilien.

Le dragon réfléchit. Il avait une grande équipe et plusieurs magiciens de confiance à qui confier cette tâche.

— Oui, Votre Majesté.

— Bien. Léon, allez voir avec Siméon la liste des lieux et établissez des équipes. Gardez vos meilleurs hommes pour les tunnels du Marais. Et venez me chercher dans une demi-heure.

Le capitaine allait opiner puis regarda l'empereur avec stupéfaction.

— Monseigneur, vous ne pensez pas…

— Vous accompagner ? Bien sûr que si ! Et je défends quiconque de me l'interdire !

Léon et Siméon se regardèrent, surpris et légèrement inquiets. Richelieu eut un sourire et le comte applaudit.

— Un empereur qui part au secours de sa dulcinée ! Comme c'est excitant !

Siméon leva les yeux au ciel. Pourquoi cet alchimiste trouvait-il tout excitant ?

35

Les douleurs étaient partout. Dans ses jambes, dans ses pieds, dans ses bras, dans son dos, dans sa poitrine, dans sa tête… il n'y avait pas un centimètre carré de son corps qui était épargné par la souffrance. Elle pleurait et gémissait. Elle aurait voulu se contorsionner et se recroqueviller, mais elle était maintenue par des bandes de cuivre. Elles la ceinturaient aux chevilles, aux poignets et au front, la plaquant contre la table de marbre.

Merlin était au-dessus d'elle. Elle ignorait depuis combien de temps ils étaient dans cette position. Elle nue, allongée là, et lui à côté, faisant des gestes qu'elle ne comprenait pas.

Au départ elle s'était débattue, mais il avait mis sa main sur son front et prononcé une formule. Elle était tombée dans un état catatonique. Elle ne pouvait plus bouger, pourtant elle était encore consciente de ce qu'il se passait. Milo l'avait allongée puis avait installé les bandes de cuivre. Merlin était revenu un peu plus tard avec des cristaux rougeâtres qu'il avait disposés autour d'elle. Il avait exploré son corps puis avait tracé des symboles sur elle, partout.

Et la douleur avait commencé.

Il avait eu un rire sardonique alors qu'elle se tendait. Il s'était redressé, avait commencé ses psalmodies et la douleur s'était intensifiée. Elle voulait hurler, mais elle était trop épuisée pour le faire. Les gémissements étaient tout ce qu'elle pouvait se permettre.

Et elle ignorait depuis combien de temps elle subissait ça. Parfois, le magicien s'interrompait et la souffrance refluait un peu. Mais il reprenait assez vite et Olympe basculait de nouveau dans le cauchemar.

Il s'arrêta.

Le voile de la souffrance se déchira et l'historienne le regarda. Il sourit puis appela Milo. Le Monténégrin vint près de lui. Le magicien désigna les symboles qu'il avait tracés sur les cuisses d'Olympe.

— Comme l'on pouvait sans douter, l'essence impériale est surtout située dans cette zone.

Milo acquiesça puis demanda :

— Pourquoi est-ce aussi long ? D'habitude, les rituels sont plus rapides.

— La plupart du temps, la semence est présente. Mais ce n'est pas le cas ici. Nous devons aller chercher plus profondément parce que l'essence est plus diffuse. C'est comme si vous vouliez prendre l'essence d'une femme sur un homme.

Milo opina. Il n'avait assisté qu'à un seul rituel sur un homme. Il avait cru vomir. Ça avait été atrocement long et la souffrance de l'humain avait été difficilement supportable. Il se sentit blêmir à l'idée de revivre ça.

— Vous allez défaillir ? se moqua Merlin.

Le Monténégrin déglutit et secoua la tête.

— Non, je tiendrai, promit-il.

Merlin hocha la tête. Il n'aurait pas supporté une lavette comme assistant. Déjà que ses capacités alchimiques laissaient à désirer, heureusement qu'il pouvait faire face à un peu de sang et quelques hurlements. Mais il serait plus aisément manipulable à la fin du rituel. Les mages noirs pensaient que Merlin partagerait sa découverte, pourtant s'il parvenait à atteindre la magie élémentaire, il la garderait pour lui et la dirigerait sur les dragons. Il serait le seul à pouvoir manier la magie primitive, celle que les dragons se vantaient de garder.

Le seul obstacle pour l'instant était une femme d'un autre monde. Pourquoi la semence de l'empereur n'était pas en elle, il l'ignorait. Ils avaient couché ensemble, mais cet idiot de Maximilien avait dû avoir des regrets. Et elle n'avait pas été foutue de le garder en elle suffisamment longtemps. C'était contrariant. Le rituel aurait été plus rapide de cette manière et il aurait déjà obtenu des résultats.

Il était persuadé que la clé pour atteindre la magie élémentaire était de traquer l'essence d'un être dont la famille avait été proche des dragons. L'aura des dragons finissait par changer celle des êtres qu'ils côtoyaient. Ça ne se voyait pas à l'échelle humaine, leur vie étant trop courte, mais il avait constaté que dans les familles où les dragons élisaient domicile, l'essence des enfants était influencée par celle des dragons.

Et puisque le rituel n'avait rien donné sur des humains ayant bu le sang du dragon, il n'avait pas d'autres choix. Il devait essayer. Et la seule famille correspondant à ces critères était la famille impériale. Il n'aurait pas dû attendre, et faire cela à Artémis plutôt que de la tuer. Mais il n'était pas encore prêt à tenter le rituel. Il lui fallait se préparer, rassembler ses énergies, ses forces… cela prenait du temps.

La favorite avait dû être éliminée pour que son plan ne soit pas éventé trop tôt. En conseillant à l'empereur de prendre une femme similaire, il s'attendait à ce qu'il cède à ses pulsions naturelles. Mais il n'avait fait les choses qu'à moitié.

Peu importe, j'y parviendrai, décida-t-il en reprenant ses psalmodies.

Olympe se tendit sur la banquette, tirant sur les lanières de cuivre. Il intensifia son sort sur les cuisses de l'historienne. L'empereur s'était attardé à cet endroit, il devait à tout prix en faire ressortir son essence. Il pourrait la distiller et percer enfin la satanée protection des dragons sur la magie élémentaire.

Il en ferait une clé qu'il actionnerait avec sa propre énergie de sang-mêlé. Le verrou serait troublé par ce dragon qui n'en était pas un, il céderait, et Merlin accéderait enfin à la magie tant convoitée.

Et ensuite, je n'aurai qu'à l'alimenter avec les humains pour faire tomber les dragons ! savoura-t-il.

Il puisa un peu plus dans son pouvoir et Olympe gémit plus fortement.

La douleur avait atteint des sommets. Elle ne rêvait que d'une chose, s'évanouir ou mourir pour ne plus avoir à subir ça.

Mais tout lui était refusé.

Milo se détourna lorsque Merlin doubla son pouvoir. L'ambiance était suffocante. Il n'était pas habitué à sentir une telle puissance magique et ses sens étaient bouleversés. Mais il savait que sa vie ne tenait qu'à un fil. S'il décevait Merlin, il ne donnait pas cher de sa peau. Il avait pu voir le regard du magicien, sa moquerie… Merlin ne l'aimait pas. Pire, il le trouvait inutile.

Et les choses inutiles ne faisaient pas long feu.

Alors, Milo se promit d'assister à ça jusqu'au bout. Même s'il avait apprécié converser avec la femme torturée. Elle était bien plus agréable qu'Artémis, bien que moins drôle. Mais cela l'avait enchanté d'avoir enfin des discussions intelligentes.

Les cristaux rougirent encore plus et Merlin aboya un ordre. Milo se reprit, alla jusqu'à l'établi et ramena au magicien une fiole de cristal gravée de symboles alchimiques. Merlin la prit comme si c'était l'objet le plus précieux du monde, marmonna une formule puis exécuta plusieurs gestes de la main.

Aussitôt, Olympe se tordit et le hurlement qu'elle voulait pousser mourut dans sa gorge. Sur son corps, les symboles tracés plus tôt commençaient à se détacher d'elle. À la manière d'une bande adhésive que l'on soulève. Mais ils emportaient avec eux des lambeaux de peau dans le meilleur des cas, des morceaux de chair lorsqu'ils étaient bien accrochés et que l'essence de l'empereur était plus présente.

Le sang coula et l'historienne crut mourir.

Merlin triomphait alors que les symboles se déversaient dans la fiole qu'il tenait dans le creux de sa main. Ils devenaient vapeur et une brume rougeâtre se dispersa dans le contenant. Lorsque tous les symboles eurent disparu du corps d'Olympe, il referma la fiole puis alla la cacheter avec un bouchon de cuivre.

— Occupez-vous d'elle, lâcha-t-il avant de partir.

Il s'adressait à Milo et le Monténégrin resta un instant interdit. S'occuper d'elle ? Cela pouvait avoir deux significations… mais laquelle était-ce ? Si Milo la tuait sans que ce soit le but du magicien, il serait tué à son tour. S'il la guérissait, même sentence.

Olympe sanglotait, du sang coulant de ses plaies. La douleur irradiait toujours mais soit l'historienne s'y habituait, soit elle était moins forte.

Milo regarda autour de lui. Un des gardes du magicien était resté. Mais il ne lui fut d'aucune aide. Il ne regardait pas l'alchimiste et semblait figé dans la glace. Milo jura intérieurement. « Occupez-vous d'elle »… en voilà un ordre sibyllin. « Débarrassez-vous d'elle », ça aurait été plus compréhensible. Non que le Monténégrin en ait été capable : il avait assisté à des séances de torture, il avait vu des gens se faire tuer mais le faire à son tour… il n'avait jamais sauté le pas. Et ne souhaitait pas véritablement le faire.

Après tout, Merlin sait que je n'aurai pas les nerfs de faire ça… il a dû simplement ordonner que je la ramène à sa cellule… Au pire, je la tuerai plus tard quand il m'aura donné un ordre plus compréhensible, se dit Milo.

Il se réconforta en se disant que soigner une personne, c'était toujours réparable, mais la tuer, c'était plus définitif. Il s'approcha donc de l'historienne et se pencha au-dessus d'elle.

La douleur était moins intense et Olympe récupéra une certaine faculté de réflexion. Elle vit le Monténégrin se pencher au-dessus d'elle et la peur la prit. Allait-il recommencer l'œuvre de Merlin ? Ou l'achever ?

Il examina les blessures puis s'éloigna un peu. Il alla à l'établi tout près, confectionna une potion puis revint. Il posa le plat près d'Olympe, qui fut assaillie par une odeur de pin coupé. Elle était agréable mais incongrue. Un peu de tranquillité dans cet océan de souffrance. Elle frissonna lorsque Milo se mit à appliquer une pâte sur ses blessures tout en psalmodiant.

La souffrance revint légèrement puis s'éloigna. Elle ne disparut pas mais s'estompa grandement. Elle put remarquer qu'il ne traitait pas toutes ses blessures, uniquement les plus douloureuses. Quand il eut terminé, il enleva les bandes de cuivre. Olympe n'avait pas d'énergie, pourtant, quand il se pencha pour lui libérer la tête, elle réussit à murmurer :

— Pourquoi ?

Étonné, le Monténégrin suspendit son geste et l'observa. Il y avait plusieurs réponses à cette question et il soupira.

— Vous ne comprendriez pas, lâcha-t-il simplement. C'est magique.

L'historienne eut un petit rire. Cela surprit Milo, qui continuait de la libérer. Il la fit se redresser et s'asseoir sur la table de marbre. La souffrance la reprit, bien que moins forte qu'auparavant. Elle respirait difficilement, ses membres étaient lourds et douloureux, comme pendant une grippe carabinée.

— J'ai toujours cru que la magie n'était pas trop douloureuse, soupira Olympe.

— Vous n'y connaissez rien, trancha Milo.

Il la fit se lever et passa son bras autour de ses épaules. L'historienne étouffa un cri de douleur quand ses pieds heurtèrent le sol, mais il la retint. Ils se mirent lentement à marcher.

— Qu'est-ce que vous allez faire de moi ? souffla-t-elle.

— Vous ramener dans votre cellule. Dans un premier temps. Merlin décidera ensuite.

Olympe sut que la décision ne serait pas en sa faveur. Il avait proposé de la ramener chez elle, mais… le ferait-il encore ?

Probablement pas. *Je vais mourir dans cette dimension*, se résigna Olympe.

— Pourquoi ne pas me tuer ? demanda-t-elle.

Milo hésita.

— Vous pouvez encore servir, lâcha-t-il après réflexion.

Olympe ne répondit pas. Ils s'engageaient dans un couloir. Le garde ne les suivait pas. Ils cheminèrent lentement. Chaque pas lui était moins douloureux que le précédent, mais sa tête commençait à tourner.

— Pourquoi vous être allié à Merlin ? voulut-elle savoir.

— Cela ne vous regarde pas.

— Un peu, je crois, ironisa-t-elle.

Milo culpabilisa. Il n'avait pas à s'expliquer, mais, quelque part, il se disait qu'elle l'avait mérité.

— Je suis alchimiste, dévoila-t-il finalement. Pas très bon. Mais quand j'ai compris la puissance que les dragons possédaient jalousement sans vouloir la partager, je n'ai pas trouvé ça juste. Les mages noirs disent qu'ils peuvent faire en sorte que la magie soit rendue aux humains, à tous. Pas uniquement à ceux qui en ont le pouvoir. Alors…

Olympe eut un rire. Pas juste… il y avait tellement de choses mauvaises perpétrées pour prétendument réparer une injustice. L'homme convoitait toujours ce que d'autres avaient, mais, au lieu de se rendre compte de ce qu'il avait, il préférait essayer de le voler parce que ce n'était « pas juste » que quelqu'un l'ait et pas lui. Et cela justifiait le meurtre, le viol, l'enlèvement et bien d'autres choses encore… La jalousie, l'envie, la convoitise…

— Au moins, ce n'est pas une question d'argent, remarqua-t-elle, amère.

Milo allait réagir quand des bruits de combat se firent entendre. Un rugissement résonna, suivi d'un autre puis d'un bruit semblable à un éclair que Milo connaissait bien. Merlin lançait des sorts de défense. La peur s'empara de lui. Que se passait-il ?

Des ordres fusèrent, des cavalcades naquirent et il en eut la conviction : ils étaient attaqués et c'était sérieux.

Olympe avait elle aussi compris que les bruits de bataille annonçaient des ennuis sévères pour ses geôliers. Elle espérait que ce fût l'empereur, mais elle se disait qu'il pouvait tout aussi bien s'agir d'une dissension dans le groupe ou d'une rébellion des dragons renégats. Elle essayait de ne pas laisser l'espoir s'engouffrer en elle.

Mais tu devrais en profiter, lança une petite voix intérieure.

Olympe n'était pas une guerrière, pas une combattante… elle n'avait jamais pris part à la moindre dispute qui incluait la force physique. Mais elle sut qu'elle devait faire quelque chose. Milo avait un air hagard et un poignard à la ceinture. L'historienne n'avait pas beaucoup d'énergie, pourtant l'adrénaline dopa ses forces. Son cœur battait désormais à tout rompre.

Peu importait qui étaient les responsables du chaos ambiant, elle pourrait peut-être s'échapper. Même si elle n'avait aucun plan des souterrains.

Une chose à la fois, lui conseilla la voix.

Elle déglutit puis pesa de tout son poids sur le Monténégrin, qui trébucha et heurta le mur. Elle dégaina son poignard et s'éloigna de lui aussi vivement qu'elle le put. Elle tremblait mais serra l'arme de toutes ses forces. Milo se redressa et écarquilla les yeux en la voyant le menacer. Elle avait l'air ridicule, entièrement nue, un poignard dans ses mains tremblantes et il se mit à rire.

— Ne sois pas stupide, je ne t'ai pas tuée dans le doute, mais ne tente pas trop ta chance, prévint-il.

Il marcha sur elle et saisit son poignet. Elle essaya de résister et il la plaqua contre le mur.

— Lâche ça avant de te faire mal, conseilla-t-il.

Il appuya plus fermement sur les poignets de l'historienne. Elle avait mal, mais ce n'était rien à côté de ce qu'elle venait de subir.

Il bougea légèrement, pour peser davantage sur elle et elle eut un mouvement rapide. La lame entailla le cou du Monténégrin et il grogna sous l'effet combiné de la colère et de la surprise.

Le poignard toujours à la main, elle profita du fait qu'il s'éloignait un peu d'elle pour s'échapper et fit un pas de côté. Mais Milo la retint par le bras et la fit tomber à terre. Elle se débattit alors qu'il pesait de son poids sur elle et, instinctivement, ramena l'arme entre eux. Il ne le vit pas et se redressa pour la frapper. Mue par sa volonté de survie, Olympe leva son poignard au moment où il s'abattait sur elle. Le choc fut rude, mais elle tint bon. La lame s'enfonça dans le ventre de Milo et ce n'est que lorsqu'il s'effondra sur le côté qu'Olympe lâcha son arme.

Elle rampa vers le mur. Le sang avait coulé sur elle et sur le sol, et bouillonna davantage quand il arracha la lame de ses entrailles en se relevant. Il allait dire quelque chose mais s'écroula sur le sol en gémissant. Il n'avait plus assez de force pour la menacer et elle était trop épuisée pour fuir. Les bruits de combat se rapprochaient, elle resta recroquevillée, sans force, à regarder un homme agoniser.

36

Richelieu se posa sur le dôme de l'hôtel de ville, à moitié immergé. La mairie de Paris avait été conçue de manière à ce que l'accès puisse se faire aussi bien du quartier immergé que du reste de Paris. Et une grande plateforme sur le dôme même permettait aux dragons de se poser sans craindre de voir s'écrouler le bâtiment. Ce dont l'ancien ministre fut reconnaissant.

Lorsqu'on était un dragon de plusieurs centaines de livres, il fallait faire attention à l'endroit où on se posait. Les étages lui étaient le plus généralement interdits, ainsi que la plupart des toits. Certains dragons se fichaient comme d'une guigne de faire s'écrouler les maisons où ils se posaient, mais Richelieu avait toujours considéré que de cela découlait une bonne entente. Il n'en était pas au point de militer pour la reconnaissance du droit des humains, ce que faisaient certains renégats, qui, à son avis, avilissaient leur espèce.

Ils étaient supérieurs, cela ne faisait aucun doute. Ils acceptaient le développement humain tout en le guidant soigneusement vers des buts raisonnables mais n'hésitaient pas à intervenir s'il le fallait, ou à reprendre ce qu'ils estimaient leur appartenir. Et selon Richelieu, c'était ainsi que les choses devaient se dérouler. Les dragons étaient les gardiens de la magie et par extension de la terre dans son ensemble.

Les petits êtres tels que les humains étaient négligeables, mais telles des fourmis ils pouvaient arriver à des résultats catastrophiques s'ils n'étaient pas cadrés. Comme il avait pu en avoir vent en lisant les différents rapports des équipes d'exploration des autres dimensions. Plus que jamais, l'homme devait être tenu en laisse. Et cela malgré toute l'affection qu'il portait à Maximilien. Ou justement, précisément à cause de celle-ci.

Un mouvement sur sa droite sortit Richelieu de ses réflexions. Il vit Siméon atterrir noblement à côté de lui, Léon se récupérer comme il le pouvait après que le dragon l'eut lâché, puis Grégoire, un autre dragon monté par le comte de Cagliostro, arriva aussi. L'escouade des loups impériaux qui les avaient suivis entra dans l'hôtel de ville et Richelieu leur ordonna de les attendre en bas, près de l'accès au quartier immergé.

— Merci, fit Maximilien en démontant.

Richelieu inclina la tête. Les dragons ne se laissaient pratiquement jamais monter, cependant, parfois, il fallait bien porter les humains et ils n'appréciaient pas être transportés dans les serres. Siméon ne pouvait pas faire autrement, il était trop petit pour être monté par un humain, mais Richelieu et Grégoire étaient immenses… ils avaient la possibilité de faire grimper sur leur dos une dizaine d'hommes. Ils auraient pu ainsi transporter toute l'escouade de Léon, toutefois c'était trop demander. Richelieu avait transigé pour la personne impériale et l'alchimiste, son ami de longue date, mais il ne fallait pas pousser le bouchon.

— Descendons, fit-il.

Il emprunta le long escalier qui menait au cœur de l'hôtel de ville. Tout avait été conçu pour y recevoir des dragons. Les passages étaient assez larges, creusés dans des roches naturellement luminescentes pour éviter les lustres qui pendaient. Ils parvinrent rapidement au grand hall et s'engagèrent dans les tunnels menant au quartier immergé.

C'était plus étroit mais encore praticable. Il était rare que les dragons descendent dans le Marais, sauf pour se rendre dans certains lieux dont le quartier avait l'exclusivité, comme l'aquarium. C'était curieux, en effet, les dragons adoraient regarder les poissons.

Léon avait repris la tête de son escouade. Il avait accepté de s'en séparer uniquement pour veiller sur son souverain. Il faisait confiance aux dragons mais ne voulait pas en être trop éloigné. Et il était hors de question que l'empereur coure le moindre danger. Il avait espéré que le trajet le ferait changer d'avis, qu'il renoncerait à se battre en personne.

L'empereur savait se battre. Léon, Léopold et lui avaient été compagnons d'armes, partageant le même maître. Et Maximilien pouvait être meilleur que lui à l'épée. Néanmoins, c'était au capitaine et non à l'empereur de prendre les armes.

Mais Léon, scrutant son souverain, comprit que le raisonner était inutile. Il avait le visage déterminé, le regard fixe et le capitaine sut que les tracas pour cette historienne allaient au-delà de la simple inquiétude. Il était amoureux. Ou à peu près.

Maximilien sentit son regard et se tourna vers son capitaine. Léon conserva ses yeux sur lui et l'empereur hocha la tête. Le loup s'inclina légèrement et reprit sa marche. Maximilien eut un sourire. Son capitaine était inquiet, mais il ne renoncerait pas. Il priait pour retrouver Olympe en vie et surtout pour qu'ils arrivent avant que Merlin ait eu le temps de faire quoi que ce soit. Toutes les possibilités tournaient dans sa tête et il devenait fou. Il n'aurait pas eu les nerfs de rester au palais et d'attendre des nouvelles.

— Nous allons la retrouver, assura Siméon.

L'empereur opina. Il le fallait.

Richelieu s'arrêta quand ils furent arrivés aux tunnels du métro. Une grande place sous verrière s'ouvrait devant eux. Ils pouvaient prendre le métro sous-marin ou bien emprunter l'une des ruelles. Elles étaient à peine faites pour les dragons, mais Richelieu n'en avait cure.

Il gonfla son pouvoir et détecta une forte déformation de la magie à plusieurs dizaines de mètres de leur position, légèrement en dessous. Il pénétra dans la terre et trouva ce qu'il cherchait. Sans hésiter, il s'engouffra dans un tunnel en se transformant en humain. Grégoire l'imita, et seul Siméon resta sous forme draconique, volant légèrement en avant.

Maximilien se félicita d'être accompagné de deux dragons capables de se transformer en humains.

— *Dans quelques années, je pourrai aussi*, lâcha Siméon, vexé.

L'empereur sourit. Cette capacité venait avec l'âge et Siméon était toujours vexé d'être le plus jeune des dragons.

Après quelques mètres de course, Richelieu se stoppa devant un hôtel légèrement décrépi. Il resta silencieux quelques secondes avant de gronder.

— Merlin est ici.

Maximilien prit une profonde inspiration. Léon donna des ordres brefs aux loups, qui tirèrent leurs épées et leurs boucliers anti-sortilèges. Ils vérifièrent une dernière fois l'étanchéité de leurs écrans télépathiques puis Richelieu lança la curée. Il défonça la porte en reprenant sa forme originelle, suivi par Grégoire et Siméon.

Ils pénétrèrent dans la maison et le premier mage noir prononça une formule. Richelieu éteignit l'étincelle de magie qu'il venait de produire et envoya un tourbillon de flammes qui réduisit le mage à l'état de cendres. Il claqua des mâchoires. Il était furieux.

Des hommes en noir, armés, arrivèrent bientôt et le combat commença. Les loups s'élancèrent contre eux, laissant les dragons et l'empereur progresser à travers la maison. Léon évita une lame en se reculant vivement et embrocha son adversaire, avant de virevolter et de lacérer le visage d'un autre. Les ombres tombèrent sans bruit et il reprit sa course.

Ses loups continuaient à se battre, tandis qu'il restait près de l'empereur. Ce dernier avait dégainé son épée, mais il était hors de question qu'il s'en serve. Le capitaine ne laisserait pas son souverain se salir les mains. C'était son rôle. Et il entendait farouchement le conserver.

On le percuta sur le côté et il encaissa en bloquant son adversaire contre lui. Il l'assomma avec le pommeau de son épée dans la nuque, il s'effondra. Léon se dégagea et évita de justesse une autre lame. Il se baissa tout en allongeant son bras et son arme ripa sur la cuirasse de son adversaire. Il jura alors que ce dernier lui assénait un crochet à la mâchoire. Assommé, le capitaine recula en trébuchant.

Ils étaient dans un couloir étroit, ce qui sauva la vie du loup, l'empêchant de tomber sur un autre ennemi. Mais le premier fonça sur lui et il esquiva la lame de son adversaire avant de riposter avec son propre fer. Ils échangèrent quelques passes puis Léon avisa le lustre. Il bondit, se balança et, dans l'élan, botta la tête de son ennemi, qui s'effondra sur le sol.

Les renforts arrivaient déjà. L'escouade des loups avait apparemment terminé d'en découdre avec les hommes en noir de l'entrée et rejoignait son capitaine. Léon reprit sa marche et rejoignit l'empereur.

Les dragons étaient déjà descendus dans les souterrains et le capitaine franchit plusieurs portes à toute vitesse avant de les apercevoir de nouveau. D'autres ennemis avaient surgi, accompagnés de mages noirs. Maximilien en avait déjà pourfendu un et échangea deux passes avec un autre avant de lui planter sa lame au milieu du front. Sans réfléchir, Léon se jeta dans la mêlée.

Il donna un coup de pied dans le genou d'un homme qui menaçait son souverain. L'articulation craqua et l'homme cria, mais le capitaine l'égorgea sans plus d'états d'âme et passa au suivant. Il frappa deux fois l'épée de son adversaire avant de transpercer sa main. Il lâcha son arme et le loup planta sa lame dans sa nuque avant de la ressortir proprement dans une gerbe de sang.

Il entendit plusieurs explosions proches de lui et, d'un œil, s'assura que l'empereur allait bien. Ce dernier était tout à côté de lui et se battait également. Il faucha les jambes de son adversaire avec sa lame avant de lui lacérer le visage. Voyant son capitaine, instinctivement, ils se mirent dos à dos.

Les ennemis les encerclaient à présent. Les mages noirs lançaient des sorts, et c'est Siméon et Grégoire qui en dérivaient la plupart. Richelieu, lui, travaillait ailleurs. Il était là, avait les yeux fermés et s'était profondément immergé dans la magie. Il essaya de couper tous les mages noirs de leur énergie, mais c'était difficile et cela prenait du temps. Et puis, il cherchait toujours à repérer Merlin.

Le maître des mages noirs n'était pas là, toutefois il n'était pas loin.

Richelieu repéra cependant plusieurs dizaines de mages noirs et de combattants humains.

— Ils sont trop nombreux, signala Siméon.

— Nous tiendrons, assura Grégoire.

— Pas longtemps, je le crains, intervint Maximilien.

Il ne s'était pas entraîné depuis longtemps et ses muscles étaient douloureux. Il savait qu'il allait trouver son second souffle très rapidement, mais ensuite son épuisement ne serait pas loin. Et bien que les loups soient plus entraînés que lui, ils ne tiendraient pas des heures. Quelques minutes, tout au plus.

Richelieu était conscient de l'état de fatigue de leur petite équipe, mais il devait continuer ce qu'il faisait. Il détricotait patiemment les fils qui reliaient les mages à la magie élémentaire, les privant de leurs pouvoirs. Il se rendit compte cependant qu'ils étaient également connectés à Merlin et que c'était là la difficulté.

Si Richelieu ne tuait pas Merlin, ils ne pourraient pas véritablement se débarrasser des mages noirs. Mais il pouvait les neutraliser momentanément et il gonfla de nouveau son pouvoir. Il puisa une grande quantité de magie. Si grande que Siméon et le comte de Cagliostro le regardèrent, stupéfaits. Ils ignoraient que le dragon était capable d'en manipuler autant. Certes, il passait pour le plus puissant du monde, néanmoins sa puissance était ici effrayante.

— Merlin a mal choisi son adversaire, exulta Richelieu.

Il relâcha son pouvoir et la vague de choc percuta tous les mages noirs. Ils titubèrent avant de s'écrouler. La manipulation de Richelieu avait puisé toute la magie disponible aux alentours et ils n'étaient pas assez puissants pour aller en chercher plus loin et résister à la décharge qu'il leur avait envoyée. Débarrassés des mages noirs, Grégoire et Siméon s'attaquèrent aux hommes de main, qui reculèrent. Ils n'étaient pas de taille face à des dragons, pas sans protection magique.

Léon eut un sourire en les voyant déguerpir, mais il s'effaça quand il constata qu'ils ne fuyaient pas tout à fait.

— Ils se regroupent, murmura l'empereur près de lui.

Richelieu approuva.

— Merlin arrive, annonça-t-il.

37

Les combats se rapprochaient. L'homme devant elle agonisait, grognant et gémissant. Olympe rassembla ses forces. Elle était épuisée, la douleur était revenue, mais elle n'était pas abattue. Elle réussit à se redresser, n'écouta pas la souffrance qui irradiait dans ses os et s'approcha de sa victime. Ce terme était incongru, il n'en était pas moins vrai.

Même s'il était complice de Merlin, même s'il n'aurait sans doute pas hésité à la tuer s'il en avait reçu l'ordre, Olympe se refusait à être une meurtrière. Elle s'était défendue et elle ne culpabilisait pas pour ça. Mais il y avait une différence entre laisser quelqu'un mourir sans l'aider et se défendre.

Elle rassembla toute son énergie et s'approcha de Milo. Il gisait sur le dos et elle regarda la blessure. Elle n'était pas très grande mais saignait abondamment. Elle déchira un pan de la cape du Monténégrin et appuya fortement sur la blessure. Il hoquetait déjà et était très pâle, mais elle aurait tout tenté et n'aurait rien à se reprocher en cas d'échec. Elle n'avait pas beaucoup de force, alors le sang continuait de couler et imbibait le tissu. Pourtant elle ne s'avouait pas vaincue.

Elle regarda autour d'elle. Il n'y avait personne. Les combats continuaient et elle entendait d'autres bruits qu'elle n'arrivait pas à identifier. Elle ne savait pas si c'était à cause d'armes dont elle ignorait tout ou de la magie. Elle hésita à crier à l'aide. Suivant qui répondrait, ce serait bon pour lui mais pas pour elle. Milo hoqueta une dernière fois et sa résistance fondit.

Elle mit autant de voix qu'elle le pouvait et cria au secours. Elle le fit deux fois, trois fois peut-être et puis la voix qu'elle avait déjà entendue dans sa tête résonna une nouvelle fois.

— *Ne vous égosillez pas, nous arrivons.*

Surprise, elle chercha la provenance puis vit Siméon arriver au détour du couloir. Derrière lui, Maximilien. En voyant l'historienne nue, couverte de sang, il fut à la fois furieux et dévasté. Ses yeux s'emplirent de larmes quand il approcha et il l'attira contre lui. Ses barrières cédèrent et elle se mit à pleurer.

Il savoura sa présence et ferma les yeux quelques secondes. Elle était vivante. Elle était vivante. C'était tout ce qui importait.

— *Lui est mort*, constata Siméon.

Cet éclat sortit Maximilien de son émotion et il considéra le Monténégrin. Il n'avait jamais appris à le connaître et même s'il le croisait quelquefois, s'il avait dû lui parler de temps en temps, sa mort ne lui faisait rien. S'il était là, près d'Olympe, il n'y avait que deux solutions. Il l'aidait ou il était son bourreau. Et puisqu'il faisait partie du cercle de Stamatina, Maximilien sut que c'était la seconde hypothèse. À partir de cet instant, il s'en désintéressa.

Il retira son manteau et le drapa sur Olympe. Cette dernière renifla puis se redressa. Il l'aida à se vêtir avant de lui sourire.

— Tout va bien, maintenant, assura-t-il.

Sa voix était apaisante, ses mains sur ses joues diffusaient une douce chaleur et l'historienne acquiesça.

— Comment…

Il secoua la tête, l'empêchant de continuer.

— C'est une longue histoire, fit-il.

— Et elle n'est pas terminée, rappela Siméon.

Maximilien acquiesça puis aida Olympe à se relever. Elle était faible et chancela, mais il la prit dans ses bras et ils retournèrent d'où ils étaient venus.

— Merci, dit l'empereur au dragon qui reprenait son envol. Vous auriez pu attendre la fin du combat.

— Je n'en voyais pas l'intérêt, assura le dragon.

Maximilien sourit intérieurement. Il en était reconnaissant malgré tout. Alors que Merlin apparaissait, le dragon l'avait interpellé et prié de le suivre. Il s'était faufilé, tuant les quelques sbires qui voulaient l'empêcher de passer et le dragon l'avait mené jusqu'à un couloir adjacent. À présent, ils retournaient dans la grande salle. Richelieu aurait besoin d'eux pour contrer Merlin. Et Maximilien voulait savoir ce que dirait son ancien magicien pour sa défense.

— Tu penses vraiment qu'un simple sang-mêlé pourrait accéder à la source de magie élémentaire ? se moquait Richelieu.

— Regarde ce que le sang-mêlé a accompli ! s'énerva Merlin.

Le dragon émit des cliquetis inquiétants. Il riait. L'empereur lança un regard étonné à Léon en le rejoignant.

— *Qu'est-ce qu'on a loupé ?* demanda Siméon.

— Trois fois rien. Richelieu s'amuse à provoquer Merlin. C'est excitant ! s'exclama Basalmo.

Le dragon leva les yeux au ciel. Puis observa la scène. Les hommes de Merlin et les quelques mages encore en état de combattre s'étaient rassemblés autour de lui. Les loups formaient une ligne double en face d'eux devant le capitaine, l'empereur, le comte de Cagliostro et les blessés. Grégoire était devant la ligne mais derrière Richelieu, qui s'était avancé à un mètre à peine du maître des mages noirs.

— Du coup, on attend, soupira Léon.

La nonchalance du capitaine était feinte. Il était sur des charbons ardents. Ils avaient combattu et leur élan était brisé par la discussion que Richelieu tenait à avoir avec leur ennemi. Léon détestait ça. La conversation…

— Et qu'as-tu accompli ? reprit Richelieu. Tu as amassé une meute d'hommes en quête de pouvoir, de magiciens égarés et d'alchimistes fous, tu leur as promis l'impossible à coups de passe-passe et tu voudrais qu'on chante tes louanges ?

— J'ai dirigé les mages noirs dans l'ombre depuis des siècles, cracha Merlin. Notre influence n'a fait que grandir, corrompant les royaumes et les empires humains. À l'heure où je vous parle, même les Russes, pourtant les plus impénétrables à la magie, vont tomber sous mon joug.

— Ah ! Tu parles de Raspoutine ? Ce crétin dégénéré ? ce magicien médiocre ?

— Il n'est pas médiocre ! Il est…

— Médiocre, répéta Richelieu. Il boit trop de sang de dragon et même s'il l'assimile curieusement bien, il succombera, dussé-je devoir y planter mes crocs ! Ton plan est une abomination que je ne permettrai pas.

— Parce que tu te prends pour le dragon tout-puissant ? railla Merlin.

— Parce que je suis le dragon tout-puissant, corrigea Richelieu.

Comme pour appuyer ses dires, il étendit ses ailes et se cabra. La caverne où ils se trouvaient était spacieuse, mais il remplit l'espace et tous frissonnèrent. Merlin recula imperceptiblement avant de se reprendre. Il ne devait pas se laisser avoir. Il avait l'essence de l'empereur, il allait pouvoir faire sauter le verrou de la magie élémentaire, il aurait accès à la puissance qu'il convoitait et il ne ferait qu'une bouchée de ce dragon prétentieux.

— Encore faut-il que tu aies le temps de faire tout cela, rappela Richelieu. Crois-tu que je te laisserais faire ?

— Et pourquoi pas ? Puisque je dois apparemment échouer ? Que vous importe ?

— Je te ne laisserai pas provoquer un déséquilibre dans la magie ! rugit le dragon.

Merlin sourit et, au moment où la créature lançait son pouvoir, il psalmodia une formule et l'onde de choc fut brisée nette par le bouclier qu'il venait de déployer. Richelieu rugit, contrarié, et réitéra son attaque.

De leur côté, les mages noirs et les hommes de Merlin se lancèrent à l'assaut. Léon hurla à ses hommes de se tenir prêts puis ils s'élancèrent vers leurs adversaires. Grégoire, Siméon et le comte de Cagliostro les couvraient de leur magie, les protégeant des sorts que les mages pouvaient encore produire. Maximilien aurait voulu les rejoindre, mais il sentait Olympe se laisser aller contre lui.

Il avisa un mur et la fit asseoir contre, s'installant près d'elle. Elle frissonnait et il resserra un peu plus le manteau contre elle. Sa peur lui sauta à la figure ainsi que les multiples questions qui se formaient dans sa tête. Elle n'avait plus d'écran télépathique et ne maîtrisait pas ses pensées. Il se ferma à leur perception et lui sourit.

— Vous devriez aller vous battre, murmura-t-elle.

Malgré tous ses efforts, il perçut sa culpabilité. Elle ne voulait pas l'empêcher de prendre part au combat s'il le souhaitait, encore moins pour s'occuper d'elle. Elle n'irait pas loin, il n'avait qu'à la laisser là et revenir plus tard. Elle n'était pas importante. Mais il vit aussi qu'elle ne supporterait pas la solitude.

— Léon ne voulait pas que je vienne. C'est à lui de se battre pour moi, il en fait une affaire personnelle. Et je suis un bon bretteur, mais je pense qu'ils sont tous bien meilleurs que moi. Je ne ferai pas la différence, assura-t-il.

Elle sembla accepter l'explication et ses yeux se perdirent dans le combat. Elle ne parvenait pas à voir Léon. Tous les combattants étaient enchevêtrés, les uns sur les autres. Le sang giclait moins qu'elle l'aurait cru, néanmoins les cris retentissaient ainsi que les bruits mouillés des lames tranchant la chair. Les bruits des sorts résonnaient aussi. Olympe ne serait pas parvenue à le décrire parfaitement. Cela s'apparentait au chuintement d'un éventail énorme qui basculait d'un côté ou de l'autre.

Le comte et Grégoire se battaient côte à côte. Des éclairs rouges fusaient de leurs mains et allaient percuter ou des boucliers rougeâtres ou d'autres éclairs. Les mages noirs étaient encore suffisamment nombreux pour les contrarier. Elle vit un halo verdâtre protéger par intermittence les loups impériaux et comprit que Siméon aussi lançait des sorts de protection.

Et puis, son regard fut attiré invariablement par Merlin et Richelieu. Le dragon et le magicien se défiaient à coups de sorts et de sortilèges, mais le dragon essayait de s'approcher du magicien. Ce dernier avait érigé un grand bouclier autour de lui qui irradiait d'une lumière rougeâtre chaque fois que Richelieu y posait les griffes ou la queue.

Mais le dragon ne s'avouait pas vaincu. Il puisait dans son pouvoir et, tout en contrant les sorts de Merlin, lui en envoyait d'autres et tentait de saper les réserves du magicien. Elles étaient plus grandes que le dragon l'avait escompté. Mais elles obéissaient aux mêmes règles que celles de n'importe qui d'autre. Elles étaient reliées au flux magique et transitaient par l'hôte.

Merlin protégeait ce lien mais pas suffisamment et Richelieu sentait qu'il gagnait du terrain. Chaque fois que Merlin récitait une formule, ce lien était plus fort et plus accessible pour le dragon. Richelieu s'approcha davantage et cracha une vague de flammes à laquelle il ajouta un sort de vivacité. Le comprenant, Merlin créa un pentagramme dans les airs à toute vitesse, mais cela ne suffit pas.

Il prit la vague de plein fouet. Il ne craignait pas le feu, il s'était dessiné suffisamment de sorts de protection sur le corps pour ne plus les craindre, mais leur utilisation consommait de l'énergie et il comprit trop tard que c'était le but recherché par Richelieu.

Il avait pris soin de protéger son lien avec le flux magique, mais lorsque les sorts écrits auparavant se réalisaient, il n'y avait plus aucun moyen de les contrôler. Et il ne sut pas adapter sa protection au surplus de consommation qu'il fit. Richelieu en profita pour trancher rapidement le lien du magicien avec la magie élémentaire.

Merlin hurla et s'écroula. Ses réserves étaient vides et il n'avait même pas la force de se tenir debout. Richelieu s'approcha, menaçant, et referma ses mâchoires à quelques centimètres de son crâne.

— Je vous en prie, Richelieu, s'exclama Maximilien, se levant. Je sais que cette histoire vous concerne en premier lieu, mais j'ai aussi des griefs contre lui.

De nouveau, le dragon claqua des mâchoires. Puis, d'un mouvement de griffes, il annula tous les sorts du magicien et la terre se referma sur Merlin, laissant simplement sa tête dépasser.

— Je le sais et vous aurez vos réponses. Mais je serai le juge et le bourreau, décida Richelieu.

Maximilien hocha la tête. Il n'avait rien à redire. Les dragons avaient leur propre justice, les humains ne s'en mêlaient jamais. Et tout conflit qui impliquait un dragon de près ou de loin, y compris les sang-mêlé et les humains buveurs de sang draconique, était de leur ressort. L'empereur n'allait pas revenir sur ces coutumes millénaires et ce n'était pas son intention.

Mais il voulait comprendre.

Olympe le vit s'éloigner et Siméon vint lui tenir compagnie.

— Merci, dit-elle au dragon.

— *Ne me remerciez pas, c'est lui qui a demandé*, assura-t-il. *Il est aux petits soins… il était très inquiet. Mais il doit faire ça et apparemment vous ne pouvez pas rester seule. Vous ne l'êtes pas, nous sommes là, mais la logique humaine…*

Olympe se surprit à sourire. Oui, ils étaient là. Mais ils étaient loin et elle était encore sous le coup de la peur, du traumatisme de l'enlèvement, de la séquestration et de la torture pour être rassurée seulement par leur présence lointaine. Elle avait besoin de quelqu'un près d'elle, quelqu'un d'amical, même si c'était un dragon.

— *C'est offensant*, nota Siméon.

Olympe fut mortifiée et adressa un regard désolé au dragon.

— Excusez-moi, Siméon, je ne voulais pas…

— *Je sais*, assura-t-il.

Il se détourna d'elle pour observer Maximilien s'approcher de Merlin et elle l'imita. Ils étaient assez loin, ils entendirent néanmoins l'empereur.

— Pourquoi ? demanda-t-il simplement.

— Vous aussi vous demandez pourquoi… vous êtes donc stupide ?

— Non, mais je veux comprendre. Je sais que votre situation de sang-mêlé vous pesait et j'ai reproché assez souvent à Siméon de vous maltraiter à cause de cela, mais… de là à vouloir tuer tous les dragons ? Cela me dépasse, avoua Maximilien.

Merlin eut un rire narquois.

— Vous n'êtes qu'un humain, vous n'y comprenez rien. La magie… c'est bien plus que ce que vous pouvez imaginer. Les dragons se la sont arrogée, décrètent les lois que les autres doivent respecter, honnissent les races inférieures. Cela doit cesser.

— Pourquoi ? répéta Maximilien. Les dragons sont reliés à la magie, bien plus que nous ne le serons jamais, ils savent de quoi ils parlent… Quand on est enfant, on écoute les parents ou sinon on commet des bévues. Pour le moment, je ne pense pas que nous soyons prêts à réclamer quoi que ce soit aux dragons. Et je pense que vous venez de prouver par vos agissements le bien-fondé des leurs.

— Adieu, Merlin.

Il se détourna du magicien. Il avait ses réponses. La colère, la rancœur et la jalousie… C'étaient des motifs très triviaux et il pouvait le concevoir. Toutefois, il ne comprenait pas. Les mages noirs ne faisaient pas seulement des expériences contre-nature avec les dragons, mais aussi avec les humains. Ils procédaient à des sacrifices innommables d'êtres innocents, n'avaient aucune limite, ne connaissaient aucune moralité et n'avaient aucun scrupule.

Il retourna près d'Olympe puis la prit dans ses bras. Escorté par ses loups, il repartit au palais. Derrière lui, Siméon, Richelieu, Grégoire et le comte de Cagliostro s'attardèrent, accomplissant ce qu'ils devaient accomplir.

38

Maximilien allongea Olympe dans une couchette et l'historienne regarda autour d'elle. Elle ignorait à quoi elle s'était attendue mais certainement pas à ça. Lorsque l'empereur avait décrété qu'ils devaient retourner au palais, elle s'était attendue à ce qu'ils remontent à la surface et prennent une hippomobile. À l'extrême rigueur, ils auraient pu monter dans un train impérial privé qui aurait emprunté les rails du métro. Ou bien encore les dragons auraient pu les transporter…

Bref, elle s'attendait à tout sauf à ça.

Mais comment l'aurait-elle pu ? Ça allait au-delà de son imagination.

Maximilien, escorté par les loups impériaux menés par Léon, l'avait conduite jusqu'à l'extérieur de la bâtisse qui servait de repaire à Merlin. Ils avaient emprunté une longue verrière qui servait de ruelle, faisant s'extasier un peu plus Olympe sur l'architecture du Marais.

Et puis, ils s'étaient arrêtés et une bulle de verre avait flotté jusqu'à eux. Olympe n'en revenait pas. La bulle était enchâssée dans une mécanique en cuivre qui se terminait par deux puissantes palmes. Elles semblaient actionnées par des roues à aubes et le courant, mais Olympe n'était pas mécanicienne et n'aurait pas pu le jurer.

La bulle s'était approchée des parois vitrées et une passerelle était sortie de l'immense mécanique. Aussitôt, le verre de la ruelle s'était gonflé et avait repoussé l'eau pour permettre à l'empereur et son escorte de passer à pied sec et de rejoindre l'étrange engin.

L'empereur arrangea les coussins derrière la tête de l'historienne puis s'allongea à ses côtés. Elle aurait protesté en temps normal, mais le sentir près d'elle achevait de chasser le sentiment de peur qu'elle ressentait encore et elle se blottit même contre lui. Il serra ses bras autour d'elle et elle fut soulagée. Elle se rendit compte que malgré sa présence, elle n'avait pas été entièrement rassurée. Mais là, dans un autre environnement, juste avec lui, tout allait pour le mieux.

— Comment cela s'appelle-t-il ? demanda-t-elle.

Au même moment, la bulle partit et un léger frémissement se fit ressentir.

— Une mécapalmabulle, répondit-il. Simple et efficace.

Elle sourit. On ne pouvait faire plus explicite. Mais toute cette dimension respirait la simplicité. Plus ou moins. Elle soupira, soudainement lasse.

— Comment vous vous sentez ? s'enquit-il.

— Bien, je crois, répondit-elle. J'ai mal, mais c'est rien.

Il opina. Il aurait aimé lui poser des questions, il ne voulait cependant pas lui faire revivre le calvaire qu'elle venait de quitter. Néanmoins, il n'avait pas pu manquer de voir les blessures qu'elle avait sur tout le corps. Subitement, il regretta d'avoir laissé Merlin aux mains de Richelieu. Le dragon allait faire un sort au magicien, il n'en doutait pas. Mais il aurait pu exercer une basse vengeance sur son ancien conseiller.

— Pourquoi Merlin a-t-il fait cela ? murmura Olympe.

— Par stupidité, répondit-il.

Elle se tordit pour le regarder. Elle fronçait les sourcils. Elle avait saisi les raisons principales mais n'avait pas tout compris.

— Il voulait la source illimitée de magie, il voulait se venger des dragons parce qu'ils se moquent des sang-mêlés comme lui, il voulait le pouvoir, il voulait s'affranchir de la morale, il voulait trop de choses et n'a pas su regarder ce qu'il avait, résuma Maximilien. Du reste, c'est exactement cela qui engendre les guerres.

Olympe acquiesça. En tant qu'historienne, elle pouvait compter sur les doigts d'une main les guerres justes. Et même celles-là, en fouillant bien, on leur trouvait une origine stupide.

— Et il s'est servi des bonapartistes et des Ottomans pour… faire quoi ? s'enquit-elle.

— Brouiller les pistes, s'assurer l'appui de plusieurs alliés, je ne sais pas. Nous en saurons plus lorsque les concernés parleront. Maintenant que le maître est tombé, nous pouvons espérer que les mages noirs, les dragons et toutes les parties prenantes à son complot seront coopératifs.

Olympe l'espérait. Tout était tellement flou. Le complot partait de Merlin, qui voulait sans doute renverser l'empire pour affirmer son pouvoir et faire la guerre aux dragons. Détruire les empires humains, c'était s'assurer que des ennemis potentiels ne se dresseraient pas entre lui et les dragons.

Ce n'était pas stupide.

Elle avait bien compris que, sans être entièrement soumis aux dragons, les humains leur étaient cependant loyaux et Maximilien aurait certainement engagé ses troupes et tout ce qui aurait pu être utile pour mettre à bas Merlin et protéger les dragons.

Faire tomber les empires humains était donc la première étape. Et celui de Maximilien étant le plus puissant, il était la cible numéro un. Merlin aurait sans doute réussi à faire pareil avec les autres, d'une manière ou d'une autre. Une fois les humains ralliés à sa cause, il aurait pu continuer ses recherches et voler la magie aux dragons pour la retourner contre eux. Ce qu'il voulait véritablement faire avec l'essence de Maximilien qu'il avait récupéré sur elle, elle l'ignorerait probablement toujours.

La bulle fit une légère embardée et grimpa. Le quartier du Marais s'éloigna un peu et Olympe oublia ses soucis. Les immeubles éclairés, les métros qui passaient, les poissons, les roues à aubes des pompes… tout lui semblait sublime et elle profita du spectacle.

Maximilien resserra son étreinte et posa son nez contre ses cheveux. Il respira son odeur. Si différente mais si semblable. Son cœur se tordit sous les sentiments contradictoires.

— Je suis désolé, souffla-t-il.

Il sentait qu'il interrompait le moment, mais elle leva des yeux rieurs vers lui.

— Ne le soyez pas, assura-t-elle. Tout va bien.

Elle souriait et il se laissa convaincre. Il se pencha légèrement et l'embrassa. Elle se laissa faire puis se blottit vraiment contre sa poitrine, profitant du spectacle, emplissant sa mémoire de souvenirs heureux.

Le trajet n'était pas long, pourtant il parut heureusement très long à Olympe. Ils arrivèrent aux Tuileries et la bulle émergea au niveau de l'embarcadère. La verrière s'ouvrit et Maximilien aida Olympe. L'historienne pouvait marcher, mais il insista et la prit de nouveau dans ses bras.

Les loups impériaux étaient déjà là et Olympe se demanda s'ils étaient dans la bulle avec eux, à un endroit qu'elle n'avait pas vu, s'ils en avaient pris une autre ou s'ils avaient emprunté un autre moyen de locomotion. Peu importait, et ils les escortèrent jusqu'à l'entrée du palais. À partir de là, seul Léon resta. Ils longèrent les corridors. La nuit était encore épaisse, mais l'aube ne tarderait plus et l'activité était donc encore restreinte.

Ils ne croisèrent que quelques valets qui s'inclinèrent devant leur empereur et partirent répandre la rumeur. Maximilien sourit en secouant la tête.

— J'ai hâte de voir en quoi cette expédition va se transformer demain soir, s'amusa-t-il.

— Je penche pour une chute de cheval lors d'une expédition nocturne de la favorite impériale, fit Léon.

Maximilien fit la moue.

— Pas assez croustillant si vous voulez mon avis. Une visite de l'aquarium privée et un accident pendant l'acte, enchérit-il.

— Nous verrons. La mise habituelle ?

— C'est d'accord, approuva Maximilien.

Olympe le regarda, surprise. L'empereur qui faisait des paris sur les potins de la cour avec son capitaine. C'était incongru mais tellement logique que cela la fit rire. Son sourire fit plaisir à l'empereur même s'il s'effaça quand elle reconnut la porte de Lucien.

Elle eut un air d'inquiétude et Maximilien la regarda, désolé.

— Vous avez été blessée et je dois m'assurer que vous allez bien.

Elle aurait aimé dire qu'elle s'en passerait, mais elle avait encore mal et savait que ses plaies restaient à vif. Le tissu de la veste de Maximilien frottait durement contre sa peau et augmentait son supplice. Elle acquiesça et Maximilien pénétra dans les appartements du médecin. Lucien était réveillé et invita l'empereur à allonger sa patiente sur la table. Puis il regarda l'empereur avec insistance.

Maximilien hésita. Il percevait que l'historienne n'était pas tranquille à l'idée d'être examinée mais que sa présence dérangeait Lucien.

— Je suis entre de bonnes mains, assura-t-elle, et il est déjà près de 3 heures. Vous devriez aller vous reposer avant de commencer votre journée. Je demanderai probablement un somnifère à Lucien. Que vous restiez est inutile. Et je pense que Lucien se chargera de vous informer si mon état nécessite votre intervention.

L'empereur voulut insister mais se réfréna. Les arguments de l'historienne étaient valables et il sentait que sa présence n'était plus souhaitée. À l'idée qu'il voie l'étendue des dégâts, Olympe venait de s'effrayer et il ne voulait pas générer davantage de stress chez la jeune femme. Il s'inclina donc avant de sortir, non sans avoir lancé un regard d'avertissement qui fit sourire Lucien.

Une fois qu'il fut parti, Olympe se détendit légèrement.

— Vos émotions ne s'améliorent pas, nota Lucien.

Il avait dit cela comme une constatation médicale et était déjà en train de l'aider à se déshabiller pour l'examiner. Néanmoins, l'historienne voulut le questionner sur cet état émotionnel.

— C'est normal lorsqu'on a pris la place de son alter ego, non ?

Lucien la regarda, étonné d'une telle question.

— Pourquoi dites-vous cela ?

— Les sentiments que j'éprouve sont-ils les miens ou bien ceux d'Artémis ? Les alter ego sont-ils liés malgré la distance ? Et la mort ? Pouvez-vous m'affirmer que le bordel émotionnel dans lequel je me débats n'est pas lié à Artémis ?

Lucien sourit et arrêta ses gestes.

— Non, je ne peux rien affirmer de tel. Beaucoup de choses nous échappent concernant les dimensions parallèles et encore plus concernant les alter ego. Des études ont été faites, mais elles ne se sont pas appuyées sur des observations raisonnables et n'ont pas vraiment suivi un protocole scientifique. Vous êtes probablement liées et le fait que vous ressentiez des sentiments aussi forts envers Maximilien, et que cela soit réciproque, tendrait à confirmer cette hypothèse. Toutefois, je ne peux pas dire s'ils sont plus réels que ceux qu'Artémis éprouvait pour lui. Ça, ma chère, c'est du domaine du cœur. Et un médecin, à part le disséquer et le faire battre, ne sait pas faire grand-chose de plus.

Il eut un léger sourire et Olympe opina. Il avait raison. Trouver une raison aux sentiments était inutile. Ils étaient là, le tout était de savoir quoi en faire. Il la fit s'allonger et inspecta longuement les différentes plaies. Olympe se plia à l'examen et ferma les yeux. Elle n'aimait pas voir l'expression du médecin s'assombrir au fur et à mesure de ses découvertes.

39

Olympe se réveilla le lendemain, très tard. La douleur avait entièrement disparu et, en observant son corps, elle vit que la plupart des blessures s'étaient estompées sans laisser de traces. Il restait encore les plus graves, mais Lucien lui avait dit de ne pas s'affoler.

Elle se sentait pâteuse et vaseuse mais soupira d'aise. Tout était terminé. Le médecin impérial avait passé plusieurs heures à enchaîner les sorts de guérison et les techniques médicales humaines. Il ne disait rien, n'avait pas posé de questions et Olympe avait pu se détendre.

— Puis-je entrer ? demanda Iosifína.

L'historienne acquiesça et la femme de chambre pénétra dans la chambre. Avec elle, vint un valet qui portait un grand plateau rempli de viennoiseries en tout genre. Il sortit rapidement et seule resta la domestique.

— Je sais que vous adorez les viennoiseries et j'ai pensé que vous auriez envie de manger un peu, fit-elle en servant une tasse de thé.

Olympe la prit en la remerciant. Iosifína était la femme de chambre parfaite. Et l'historienne fut touchée de cette attention.

— Merci de vous être occupée de moi.

— C'est naturel. Et puis, je continuerai.

Olympe tiqua.

— Que voulez-vous dire ?

— Au cas où madame aurait besoin de moi, expliqua Iosifína. Toute cette histoire est terminée, mais il y a encore beaucoup de choses à faire, à prévoir…

L'historienne n'y comprenait rien.

— Comme quoi, par exemple ?

— Oh, je ne sais pas vraiment. Ce que l'empereur voudra, je suppose.

Olympe avait l'impression de revivre son premier jour dans cette dimension. Qu'avait-elle loupé ?

On frappa à la porte, ce qui l'empêcha d'en demander plus. Un valet s'avança et s'inclina.

— Sa Majesté impériale demande si la princesse Rállis est assez en forme pour se rendre dans son cabinet de travail et assister à une réunion informelle, dit-il.

Olympe regarda brièvement Iosifína, mais la domestique ne semblait pas en savoir davantage. L'historienne réfléchit rapidement. Elle allait mieux, c'était indéniable. De quoi s'agissait-il vraiment ?

— Le temps de m'habiller et j'arrive, dit-elle au valet.

Il fut légèrement surpris et Olympe se fit la réflexion qu'elle aurait dû être plus solennelle, mais il s'inclinait déjà et repartit. Iosifína se précipita vers l'armoire et l'ouvrit pour en sortir une tenue adaptée. Olympe mangea un pain au chocolat et se rendit compte qu'elle mourait de faim. À la pendule du secrétaire, elle constata qu'il était presque 17 heures. Elle avait donc dormi près de douze heures d'affilée et n'avait rien avalé depuis le déjeuner de la veille. Qu'elle avait pris chez Richelieu.

Repenser au dragon la plongea dans la bataille et sa captivité. L'angoisse la reprit, mais elle essaya de respirer calmement. Elle était en sécurité. Même si Iosifína était en train de serrer son corset.

Quelques minutes plus tard, elle était prête et se fit annoncer. Un valet ouvrit la porte du cabinet de travail de l'empereur, la première pièce où elle avait pénétré après son arrivée. Maximilien l'attendait, mais il n'était pas seul. Siméon était perché sur le dossier de son fauteuil, Richelieu, en forme humaine, était assis sur un canapé près de la cheminée, Léon attendait devant la fenêtre, les mains derrière le dos, les ministres de l'Intérieur et de l'Extérieur, Joseph de Richelieu et Charles Bonaparte, étaient installés sur deux chaises.

Olympe s'inclina devant Maximilien et il vint lui prendre la main pour y déposer un baiser. Un frisson la parcourut, accentué par le sourire qu'il lui adressait.

— Êtes-vous sûre d'être assez forte ? murmura-t-il. Je ne voudrais pas…

— Je vais bien, assura-t-elle.

Il hocha la tête, mais elle fut heureuse qu'il se soucie de sa santé.

— Dans ce cas, commençons.

Il la mena vers le canapé qu'occupait Richelieu et elle s'assit près de l'ancien ministre. Il avait les traits tirés mais lui sourit quand même. Elle n'en revenait toujours pas de s'installer comme si de rien n'était à côté du cardinal Richelieu. Certes il n'était pas cardinal dans cette dimension mais tout de même… c'était inouï.

— Pour commencer cette réunion, je tiens donc à vous présenter Olympe Valoese, qui a accepté de nous donner un coup de main et de jour le rôle de notre regrettée Artémis, fit Maximilien.

L'historienne écarquilla les yeux en se tournant vers lui. Il y avait tellement de choses incongrues dans ses paroles. Puis elle considéra les ministres, mais ils se contentèrent de hocher la tête.

— *Il leur a expliqué qui vous étiez avant que vous arriviez*, expliqua Siméon.

Olympe lui adressa un hochement de tête reconnaissant. Elle se demanda si elle devait dire quelque chose, mais Maximilien reprit.

— Hier soir, je vous ai entretenu d'un complot qui me touchait personnellement mais pas uniquement. Ce complot était effroyablement enchevêtré et des dizaines de personnes étaient impliquées. Les mages noirs avec leur maître, Merlin, les dragons renégats, certains dignitaires ottomans et les Bonaparte.

À la mention de sa famille, Charles se crispa. Mais Maximilien vint lui mettre une main sur l'épaule, encourageant. Puis il se tourna vers l'assemblée, le visage solennel.

— J'ai révélé à Charles notre lien de parenté, annonça-t-il.

Olympe vit que tout le monde avait l'air surpris. Près d'elle, Richelieu serra le poing. L'empereur reprit, ignorant les réactions des uns et des autres.

— Il était impensable qu'il continue de l'ignorer alors que tant de personnes étaient au courant. De plus, cela m'a permis de comprendre qu'il n'était pas lié, de près ou de loin, au complot qui nous a fait du tort.

— Ma tante voulait à tout prix que je devienne empereur, c'est elle qui a tout arrangé, je ne…, commença Charles avant de s'étrangler d'émotion.

Olympe essaya de masquer son étonnement. Elle n'aurait pas pensé qu'il réagisse ainsi. Cela n'avait pas l'air d'être feint et elle n'ignorait pas que nombreux étaient ceux qui, dans la même pièce, auraient pu déjouer sa comédie.

— Nous le savons, assura Maximilien. Notre capitaine des loups a recollé tous les interrogatoires des personnes que nous avons arrêtées et plusieurs choses se sont ainsi éclairées. Capitaine !

Léon s'inclina puis prit la place de l'empereur, qui alla s'installer dans son fauteuil où Siméon trônait toujours.

— Comme l'avait soupçonné Mlle Valoese, tout a commencé avec la révélation que Charles était le frère aîné de l'empereur. À la mort de l'émir Mahmoud, un de ses fils a appris le secret, en a parlé à son beau-frère, qui a voulu vérifier. Un des fils de l'ambassadeur ottoman s'est donc introduit aux archives et a consulté certains registres privés mal rangés. La preuve était là et nous l'avons d'ailleurs récupérée ; il l'avait fait sortir en douce des archives.

Olympe comprit d'un coup pourquoi l'incendie des archives avait eu lieu. Il n'y avait plus rien à épargner et la peur qu'elle trouve quand même un lien – peur justifiée, du reste – l'avait emporté.

— Les Ottomans ont donc été les premiers à vouloir se servir de cette révélation pour faire tomber l'empire. Ils ont approché les Bonaparte, à la fois par le biais de commerçants – puisque Eugénie Bonaparte adore l'art oriental – et par le biais de Mlle Argyropoulou, qui était plus libre de ses mouvements. Or, cette dernière était au cœur d'un trafic mené par Merlin, le cercle libertin et certains commerçants ottomans. Des poudres aphrodisiaques, des drogues qui permettaient au magicien d'avoir une certaine emprise sur des membres de la cour. Quand il a appris ce complot, il y a vu une opportunité.

— Les conspirateurs ont joint leurs forces, marmonna Joseph.

— C'est exact, confirma Léon. Merlin avait déjà son complot. Le trafic qu'il avait mis en place tendait à inonder la cour impériale de drogues et, une fois la plupart des dignitaires de l'empire complètement accrocs à ce qu'il leur donnait, il lui aurait été facile de les manipuler. Comme nous avons pu le constater avec Mlle Argyropoulou et une grande partie du cercle libertin, que nous avons entièrement démantelé de fait. Le but de Merlin était aussi d'anéantir l'empire mais uniquement pour s'ériger en tant que maître absolu. Les Ottomans voulaient simplement semer le chaos dans la succession pour pouvoir briser la chaîne de commandement et pénétrer nos territoires grecs.

— Mais à court terme, leurs ambitions étaient similaires et Merlin s'est associé avec les Ottomans pour faire tomber Maximilien, résuma Richelieu.

— Une fois l'empereur destitué, Merlin aurait profité de la mort de l'empire européen pour détruire les autres. Nous avons envoyé Grégoire et le comte de Cagliostro à la cour de Nicolas II pour le prévenir et le soustraire à l'emprise de ce Raspoutine qui a pris racine dans sa maison. Ce n'est qu'un pantin de Merlin.

— Si seulement, soupira Olympe.

Ils se tournèrent vers elle et elle resta interdite. Elle pensait que si une telle chose avait pu arriver dans son monde, le tsar Nicolas II n'aurait pas été assassiné de cette manière avec sa famille. La révolution russe aurait peut-être eu lieu mais différemment. Cependant, c'était trop long à expliquer et elle se contenta de hocher la tête en souriant pour inviter Léon à reprendre le cours de sa démonstration.

— Nous attendons donc leurs rapports pour l'instant, mais nul doute que Nicolas II prendra la menace au sérieux. L'impératrice est déjà sur le départ pour épauler son frère.

— Un voyage lui fera de toute manière le plus grand bien, ajouta Maximilien. La trahison d'Alexandre lui fut difficile.

L'historienne regarda Maximilien, étonnée.

— Il faisait partie du cercle libertin, expliqua-t-il simplement.

Elle hocha la tête, comprenant tout. Même si Xénia et elle n'avaient pas accroché, elle était triste pour elle. Et puis, elle se mit à sourire.

— Cela veut dire que j'ai donné le change pour rien. Ceux que je devais tromper étaient déjà au courant du changement.

— C'est fort probable, oui, assura Léon. Mais toute la cour ne faisait pas partie du complot. La mort de la princesse Rállis devait passer inaperçue pour éviter la panique et la débandade. En cela, vous avez aussi sauvé l'empire.

— Et je dois avouer que le change était extraordinaire, j'ai bien cru que vous étiez elle, sourit Joseph.

Le compliment fit plaisir à Olympe, mais elle surprit le regard de Maximilien. Il était indéchiffrable et il se détourna rapidement.

— Reprenons, ordonna-t-il.

Léon s'inclina et s'exécuta.

— Merlin voulait donc aussi la chute de l'empire puisque son plan était vraisemblablement d'utiliser les humains comme source d'énergie afin de percer le bouclier de la magie élémentaire... Excusez-moi si je n'emploie pas les mots justes, fit-il à l'intention de Siméon et Richelieu.

— Je peux prendre le relais si vous le souhaitez, proposa l'ancien ministre. [Léon hocha la tête et il s'éclaircit la voix.] Je sais que pour la plupart d'entre vous la magie est quelque chose d'obscur. Aussi vais-je simplifier mon explication au maximum. Pour activer ses pouvoirs, un magicien a besoin de ressources propres et de ressources extérieures. Il lui faut de la puissance et un lien avec la magie élémentaire. La puissance s'obtient en catalysant de l'énergie à travers son propre corps ou celui d'un autre être vivant. Le lien avec la magie élémentaire ne s'obtient pas, il est plus ou moins puissant suivant les individus mais ne peut pas se créer. Les liens puisent donc dans la magie élémentaire qui se régénère périodiquement. Mais son utilisation doit être pondérée et maîtrisée. Pour ne pas assécher le réservoir naturel d'un coup. Il faudrait beaucoup de puissance pour cela... Les dragons sont donc responsables de cette utilisation, mais Merlin voulait s'en affranchir. Il voulait anéantir notre race et, pour ce faire, comptait se servir des vies humaines comme énergie afin de grossir son lien avec la magie élémentaire et de pouvoir aller au-delà de ses limites.

— Il voulait vider toute la magie élémentaire pour vous tuer ? fit Olympe.

— C'est exact. Les dragons sont des êtres magiques. Nous ne mourrons pas facilement, mais si la magie n'existe plus...

— Alors il a menti aux mages noirs. Il prétendait vouloir offrir la magie à tous mais..., comprit l'historienne.

— C'était non seulement impossible et hors de sa capacité, mais ce n'était pas son objectif, assura Richelieu.

— Et les dragons renégats ? Pourquoi s'allier à lui ? s'étonna Joseph. Ils allaient mourir aussi, non ?

— Oui, mais les renégats sont des fous, lâcha Richelieu. Ils veulent se mêler aux humains, ils acceptent qu'on fasse des expériences sur eux, d'ailleurs Merlin en était une, ils se plient aux volontés des humains comme des animaux domestiques… bref ils sont stupides. Suffisamment pour que Merlin ait pu les convaincre qu'il les épargnerait.

— Il aurait pu ? s'enquit Bonaparte.

Richelieu haussa les épaules.

— Je ne sais pas. S'il voulait vraiment anéantir les dragons, il aurait dû vider le réservoir de magie élémentaire. En en préservant un peu, il prenait le risque de ne pas tuer tous les dragons.

— Mais vous auriez été affaiblis, raisonna Olympe. Et si les renégats lui obéissaient vraiment, il aurait pu les lancer à vos trousses.

Richelieu se tourna vers elle, visiblement étonné.

— Je n'y avais pas songé, mais c'est probable. Cela aurait de plus évité qu'il perde lui-même ses pouvoirs. Maintenant que vous le dites, c'est sûrement ce qu'il mijotait.

— *Il est mort, il ne mijote plus rien maintenant*, grogna Siméon en claquant sa mâchoire.

— Tous les mages noirs ont été appréhendés ? demanda Bonaparte.

— Sur notre territoire, oui, fit Maximilien. Nos ambassadeurs dans les autres pays vont faire passer le mot, mais, une fois Merlin mort, je doute que les mages noirs soient une véritable menace. Et les magiciens vont se regrouper plus fermement qu'ils le faisaient jusqu'à présent. Basalmo semblait dire qu'il pourrait les convaincre de s'associer dans des loges, comme le faisaient les mages noirs. Histoire de contrer ce qui resterait d'eux.

— Une union des magiciens est très souhaitable, en effet, approuva Richelieu.

— Et comment remplacer Merlin ? Par qui ? s'enquit Bonaparte. Nous avons besoin d'un magicien.

— Pour le moment, Richelieu a accepté de prendre cette position, fit Maximilien. Lorsque les magiciens seront réunis et auront décidé de leur organisation, nous leur demanderons de nous fournir un magicien impérial.

— Laisser cette décision entre leurs mains est dangereux, jugea Léon.

— Je serai là pour m'assurer que le magicien aura à cœur les intérêts de l'empire et de la magie, fit Siméon.

— Et il y a une magicienne qui serait déjà parfaite pour ce rôle. De plus, elle est écoutée par ses pairs. Je pense qu'elle pourrait nous être fort utile, mais je dois aller la consulter, fit Richelieu. Nous pourrions la prendre à l'essai.

— *Viviane ?* fit Siméon.

— Pourquoi pas ?

— *Elle était proche de Merlin*, maugréa le dragon.

— Je sais. Mais lorsque je suis allé la voir ce matin, elle était profondément meurtrie. Je pense qu'elle voudra réparer les torts de celui qu'elle considérait comme son compagnon.

Siméon souffla fortement puis rendit les armes. Si Richelieu le disait…

— Je la rencontrerai quand vous le souhaiterez, fit Maximilien. Dans l'intervalle, les ambassades dans l'Empire ottoman sont suspendues. J'ai envoyé des troupes supplémentaires en Grèce et notre ambassadeur à Constantinople a fait parvenir nos injonctions au sultan Abdülhamid. Nous verrons ce qu'il en ressortira.

Tous les hommes acquiescèrent et le cœur d'Olympe se serra. Il allait y avoir une guerre, probablement. Un silence plana puis Maximilien se leva.

— Je pense que nous nous sommes tout dit. Prenez votre soirée pour assimiler les nouveaux éléments et nous nous reverrons demain.

Congédiés, les ministres et le capitaine sortirent sans demander leur reste. Richelieu pria Siméon de lui montrer l'antre de Merlin et les deux dragons partirent par les jardins. Olympe se retrouva seule avec Maximilien.

Son cœur bondit dans sa poitrine.

40

Maximilien avait les mains moites. Il y a deux heures, il décidait de rompre toutes les relations avec l'Empire ottoman, l'espoir d'une paix rapide s'était effacé et il avait signé les ordres pour envoyer des troupes garder les frontières. Schématiquement, il avait accepté que des hommes donnent leur vie pour défendre ses territoires.

Cette décision l'avait effrayé, mais elle était nécessaire et il avait signé, la main sûre.

À présent, la situation qu'il vivait était encore plus effrayante. La femme en face de lui faisait naître des sentiments contradictoires. Il ignorait où il en était. Il pensait à Artémis en la voyant, cependant elle était Olympe, l'historienne d'un autre monde qui l'avait sauvé, avait mis au jour un complot, avait failli mourir plus d'une fois…

Il ignorait ce qu'elle déciderait. Elle allait sans doute vouloir partir, comme cela était prévu. Elle avait une vie ailleurs, dans cet autre monde. Et si elle partait…

— Les choses ont bien avancé pendant que je dormais, sourit Olympe.

Elle ignorait quoi dire et voyant que l'empereur n'engageait pas la conversation, elle avait décidé de prendre les choses en main.

— Nous n'avons pas chômé, effectivement. Mais rien de tout cela n'aurait été possible sans vous.

— Vraiment ? J'en doute. Je pense que, entre Léon et Siméon, vous auriez fini par comprendre que Merlin était impliqué.

— Pas avant des années, je le crains. Il aurait eu le temps de mettre en place son plan et j'aurais dû me battre pour mon trône et bien plus encore…

— Charles ne semblait pas enclin à vous le prendre, alors peut-être que ce plan-ci n'aurait pas été possible.

Maximilien acquiesça.

— C'est vrai. Lorsque je lui ai dit qu'il était mon frère, il a été véritablement surpris. Et il veut renoncer à sa position.

— Vraiment ?

— Oui, vraiment. Je crois qu'il est en train de tout redéfinir, la manière dont il a été éduqué, la façon dont son père le traitait, il remet tout ça en perspective maintenant. Et il veut s'éloigner des affaires, profiter de son fils qui a besoin de lui. [Olympe se rappela ce que lui avait dit Richelieu à ce propos et opina.] Et puis, je vais lui faire une reconnaissance officielle, il accédera au rang d'altesse impériale ainsi que ses enfants, ce n'est que justice. Quant à son frère qui aurait dû être à sa place, il était apparemment de mèche avec leur tante et convoitait la position de ministre… Les Bonaparte vont déchoir. Ils devront tout recommencer de zéro, cela leur apportera de l'humilité…

Olympe posa une main sur le bras de l'empereur et l'enleva quand elle s'en rendit compte. Troublée, elle essaya néanmoins de formuler ce qu'elle pensait.

— Ne les blâmez pas tous pour la faute d'un seul. Que vous mettiez les Richelieu à leur place et que vous réunissiez à nouveau les portefeuilles est naturel, mais que les Bonaparte ne deviennent pas les honnis de la société. Vous le regretteriez.

— Je dois pourtant les punir !

— Bien sûr, mais il y a punition et punition. Les auteurs du complot ont été arrêtés et seront jugés, les autres sont innocents… Votre mansuétude vous les liera à tout jamais.

Maximilien prit une profonde inspiration, réfléchit quelques secondes puis sourit et se tourna vers Olympe.

— Vos conseils sont excellents.

— J'ai appris du passé, c'est le meilleur des professeurs.

L'empereur ne pouvait la contredire. Il s'approcha puis lui prit les mains.

— Resterez-vous avec moi ? souffla-t-il.

Elle resta un instant interdite, ne sachant comment réagir. La joie s'engouffrait dans son esprit et elle ne voulait qu'une chose, dire oui. Mais elle secoua la tête.

— Non, je dois rentrer chez moi.

Maximilien hocha la tête, le cœur serré.

— Vous n'avez plus besoin de moi et il y a des conseillers bien plus performants que moi. Et je…

— Vous quoi ? murmura-t-il.

Elle hésita une seconde de trop et il posa son front contre le sien.

— Restez, pria-t-il.

— Je ne peux pas, refusa-t-elle, les larmes aux yeux. Je ne serai que son souvenir…

— Olympe, non…

Elle secoua la tête pour l'interrompre et le regarda en face.

— Vous penserez toujours à elle, elle était votre amour et je ne suis que son reflet. Et même si vous m'aimiez pour moi, je ne pourrais pas l'accepter. Dans vos yeux, vous la voyez d'abord. Et vous souffrez. Et je ne veux pas être la source de cette souffrance.

— Vous l'apaiseriez, vous sauriez le faire…, insista-t-il.

— Mais ça ne serait pas juste. Pour elle et pour vous. Vous devez faire votre deuil… tant qu'il ne sera pas fait, vous ne pourrez pas penser clairement.

Il s'éloigna d'elle. Sa poitrine était douloureuse et il s'appuya à son bureau. Olympe retint à grand-peine ses larmes. Elle aimait cet homme, mais il n'était pas pour elle. Elle le savait, le sentait et ne le supportait pas. Elle devait partir.

— Rien de ce que je dirai ne vous convaincra de rester ? demanda-t-il après quelques instants.

— Rien, confirma-t-elle.

Il opina, résigné. Il y avait un fond de vérité dans ses paroles, il le savait. Cette femme déclenchait un tourbillon d'émotions en lui, il ne pouvait cependant pas s'empêcher de penser à Artémis. Il l'aimait, mais sa favorite rôdait toujours autour de son cœur. Il devait faire son deuil, admettre qu'elle n'était plus là. Ce qu'il redoutait le plus était arrivé, il devrait accepter la mort d'Artémis et libérer Olympe.

— Je comprends, assura-t-il donc.

Il reprit sa main et la porta à ses lèvres.

— Désirez-vous rester quelques jours de plus pour profiter de notre monde ou bien… ?

— J'aimerais rentrer le plus vite possible, fit l'historienne. Mais merci de le proposer.

Ils échangèrent un dernier regard et Olympe pria pour ne pas pleurer. Ce n'était pas très loin et elle espéra qu'il n'éterniserait pas les adieux. Elle n'en aurait pas le courage. Mais il s'éloigna et fit appeler Léon. Le capitaine entra quelques secondes plus tard et s'inclina.

— Raccompagnez Mlle Valoese chez elle, ordonna Maximilien.

Léon hocha la tête et Olympe le rejoignit. Avant qu'elle sorte, l'empereur l'interpella.

— Vous serez toujours la bienvenue entre ces murs.

— Merci. Prenez soin de vous, Votre Majesté.

Il promit en s'inclinant légèrement et l'historienne sortit. Elle suivit Léon, qui la ramena à ses appartements. Elle comprit qu'elle pouvait prendre tout ce qu'elle voudrait. Elle ne voulait rien emporter, mais lorsque Iosifína sut qu'elle partait, la domestique la serra dans ses bras. Avant de lui faire plusieurs paquets, essentiellement des vêtements et des bijoux, qu'elle lui ordonna de prendre.

— Iosifína, je n'en aurai pas besoin dans mon monde…

— Parce que tout le monde porte ces tenues immondes ? demanda-t-elle.

Pour prouver ses dires, elle sortit les vêtements d'Olympe, ceux qu'elle portait en arrivant, d'un des tiroirs. Olympe eut un pincement au cœur en les revoyant.

— Je ne suis pas à la pointe de la mode, mais oui…

Ses barrières cédèrent et les larmes lui piquèrent les yeux. Iosifína l'étreignit mais comprit qu'il était vain de vouloir la convaincre de rester. Elle avait pris sa décision et la domestique, connaissant les sentiments qu'elle portait à l'empereur, comprenait qu'elle n'avait pas été simple. Elle n'avait donc pas besoin qu'on la dissuade mais au contraire qu'on l'encourage.

— Prenez-les quand même, vous pourrez lancer une nouvelle mode.

Olympe rit.

— Dans certains milieux, je vais faire un malheur.

— Alors, fréquentez-les, pria la femme de chambre.

Olympe promit puis, aidée par Léon, sortit avec plusieurs paquets sous le bras. Léopold les attendait devant les appartements et l'historienne fut heureuse de le voir. Elle ignorait ce qu'il avait fait durant toute la bataille, il n'était pas avec eux.

— *Il supervisait l'emprisonnement des dignitaires ottomans et des Bonaparte*, lui apprit Siméon.

Surprise, Olympe vit le dragon se poser sur une corniche dans le couloir.

— *Vous pensiez que je ne viendrais pas vous dire au revoir ? Richelieu est en train de tout ranger dans le laboratoire de Merlin et m'a demandé de venir vous transmettre ses amitiés. C'est une sage décision que la vôtre.*

— Merci, fit Olympe. Dites-lui que le rencontrer fut un honneur.

— Il en sera ravi, nota le dragon.

L'historienne n'en doutait pas. Elle se tourna vers Léopold, qui lui adressait un grand sourire. Elle ne l'avait pas assez fréquenté mais savait qu'il avait un grand cœur et beaucoup d'humour.

— Je sais que mon capitaine me mettra aux arrêts, mais tant pis, lâcha-t-il avant de la prendre dans ses bras.

Olympe ne s'y attendait pas mais lui rendit son étreinte.

— C'est de notre part à tous les deux, indiqua Léopold en se replaçant aux côtés de son frère, qui leva les yeux au ciel. Pour services rendus, ajouta-t-il sur un ton solennel. Vous nous manquerez.

— Vous aussi, assura Olympe. Vous pourrez dire à l'impératrice que j'ai été ravie de la rencontrer et à Gabriel que je lui souhaite toute la réussite du monde ?

— Il est bien arrivé au Japon et semble conquis. Il vous a envoyé une invitation, mais nous lui transmettrons vos pensées, assura Léon.

Olympe acquiesça, triste de ne pas pouvoir voir le Japon de ce monde. Elle aurait pu rester, mais c'était trop douloureux à présent. Rien ne pourrait la détourner de Maximilien et elle ne voulait pas être une oisive qui soupirait après l'empereur. Il lui avait proposé de revenir et elle le ferait peut-être… du moins… si elle le pouvait.

— Comment cela va-t-il se passer ? demanda-t-elle.

Pour toute réponse, Léon lui tendit une montre oignon. Olympe la prit dans ses mains et la reconnut. C'était celle qu'il avait utilisée pour la faire venir ici. Il lui expliqua rapidement le fonctionnement.

Il y avait plusieurs cadrans qu'on pouvait tourner et qui permettaient d'afficher des hologrammes différents. Ils avaient tous une fonction précise, mais aucune ne lui serait utile dans son monde. La seule qu'elle devait maîtriser était la fonction temporelle et dimensionnelle. Pour le temps, c'était assez simple, il suffisait d'indiquer la date exacte et l'heure à partir de l'horloge même.

Pour la dimension, ce n'était guère plus compliqué. Une fois qu'on avait accédé au bon écran holographique, il suffisait de faire défiler les différentes dimensions accessibles et de sélectionner la bonne.

— La vôtre a été rebaptisée « Olympe ». En votre honneur, pour qu'on sache que c'est votre monde.

Touchée, Olympe opina. Elle allait ajouter autre chose, mais Lucien débarqua, essoufflé.

— Je croyais que vous seriez déjà partie, j'ai eu du nez, fit le médecin.

— Que se passe-t-il ?

— Rien mais… si jamais vous avez encore mal, je voulais vous donner ceci. [Il lui tendit une boîte où se trouvaient plusieurs pansements ensorcelés et elle lui adressa un regard reconnaissant.] Vous l'appliquez une fois et vous le changez au bout de vingt-quatre heures, si nécessaire.

— Merci, Lucien.

Le médecin fit un geste de la main puis repartit dans son antre. Olympe regarda les deux loups, le dragon puis Iosifína. Le temps était venu.

— Je vous conseille de régler la montre sur l'instant précis de notre départ. Ainsi, personne ne se sera inquiété de votre disparition, fit Léon.

Olympe acquiesça et s'exécuta. Mais avant qu'elle enclenche la montre, le capitaine posa sa main sur la sienne.

— Notre dimension s'appelle « Terre des dragons ». Pour que vous puissiez revenir.

L'historienne resta muette de stupeur puis, émue, se contenta d'opiner avant d'allumer le dispositif.

Elle se retrouva dans la salle des casiers des archives d'Aix-en-Provence et se laissa tomber par terre. Elle regarda autour d'elle, les cartons de Iosifína étaient tous là, entre les casiers colorés de la pièce, ils encombraient le passage. L'historienne mit de longues minutes avant de bouger.

Elle reprenait pied avec sa réalité, lentement, doucement.

Mais elle sut qu'elle ne pourrait pas le faire ici. Prenant son courage à deux mains, se disant qu'elle devait faire étape par étape, elle remonta dans la salle de lecture, rassembla ses affaires puis redescendit. Elle barra toutes ses émotions jusqu'à ce qu'elle ait réussi à prendre tous les paquets et son sac. Elle sortit des archives et alla jusqu'à sa voiture.

Elle se projetait déjà dans son appartement, dans un bon bain, à assimiler doucement son retour. Elle fut effarée en voyant sa lunette arrière brisée et une débroussailleuse abandonnée à côté. Un homme était penché de l'autre côté et elle vit rouge. On ne pouvait pas la laisser digérer son aventure tranquillement ? Il fallait que les ennuis reviennent aussi vite que cela ?

— Qu'est-ce que vous faites ? soupira-t-elle en s'approchant de l'inconnu.

Il se redressa et le cœur d'Olympe rata un battement.

— Excusez-moi, je m'occupe des espaces verts, j'étais en train de débroussailler et… je fais super gaffe d'habitude, mais là… un caillou a jailli et il a brisé votre vitre. Du coup, j'étais en train de vous écrire un mot… mais vous êtes là donc… Enfin si vous êtes bien la propriétaire…

L'historienne ne répondit pas. Elle était encore sous le choc. C'était le portrait de Maximilien. Et son cœur cognait contre sa poitrine. Bien plus fort qu'avec l'empereur.

— Vous allez bien ? demanda-t-il, comme elle ne réagissait toujours pas.

Cette question sortit Olympe de sa catatonie. Elle lui sourit, amusée par la manière dont le destin essayait de se rattraper.

— Oui, je vais bien. Malgré les dégâts.

— Je suis désolé, j'ai appelé un réparateur et ils vont venir dans trente minutes pour vous changer ça… Dans deux heures maximum, tout est résolu. Mon assurance prendra en charge et je vais faire un constat. Je suis vraiment navré…

— Ça arrive, c'est rien, assura Olympe.

Elle soupira puis récupéra ses paquets, ouvrit sa voiture et essaya de tous les caser.

— J'ignorais que les archives faisaient de la vente, se moqua l'homme en l'aidant néanmoins.

— Elles n'en font pas, confirma Olympe, énigmatique. Deux heures vous dites… c'est long et je voulais rentrer chez moi…

— Encore une fois, je suis navré…

— Je suppose que devant un bon thé et en bonne compagnie, ces deux heures passeront vite, qu'en dites-vous ?

Surpris, il sourit néanmoins. Elle avait l'air un peu folle avec tous ses paquets qui donnaient l'impression de sortir du passé, mais elle aurait pu être plus méchante que ça et il était heureux de s'en tirer à si bon compte. Et elle était bien trop charmante pour qu'il laisse passer une occasion pareille.

— J'ai deux parterres à terminer… Si vous me donnez quinze minutes, je vous fais découvrir le meilleur café de la ville.

— Vendu, acquiesça-t-elle. Je m'appelle Olympe, au fait.

— Adrien, répondit-il avant de repartir au travail.

Un nom impérial… évidemment, sourit Olympe.